Kathrin Lange

Herz aus Glas

Für klein Alicia.
Herzlich!
K. Lange

Weitere Bücher von Kathrin Lange im Arena Verlag:
*Schattenflügel*
*In den Schatten siehst du mich*
*Septembermädchen*

Weitere Titel dieser Reihe:
*Herz in Scherben*
*Herz zu Asche*

*Kathrin Lange,*
geboren 1969, arbeitete als Verlagsbuchhändlerin und Mediendesignerin, bevor sie 2005 das Schreiben zu ihrem Beruf machte. Seither ist sie für ihre historischen Romane und Jugendthriller bekannt.»Herz aus Glas« ist der Start ihrer neuen Mystery-Trilogie. Kathrin Lange lebt mit ihrer Familie in der Nähe von Hildesheim.

Kathrin Lange

# *Herz aus Glas*

Arena

For Chris.
Because »The Girl with April in her Eyes«
was my very first inspiration.

FSC
www.fsc.org
MIX
Papier aus verantwortungsvollen Quellen
FSC® C110508

S. 221: Daphne du Maurier, *Rebecca*.

1. Auflage als Sonderausgabe 2015

Umschlaggestaltung: Frauke Schneider
Umschlagtypografie: KCS GmbH · Verlagsservice & Medienproduktion, Stelle/Hamburg
Gesamtherstellung: Westermann Druck Zwickau GmbH
ISSN 0518-4002
ISBN 978-3-401-50788-0

*www.arena-verlag.de*
*Mitreden unter forum.arena-verlag.de*

I once had a true love and I loved her so well
I loved her far better than my tongue can tell
And I thought that she whispered to me and did say
*»It will not be long, love, 'til our wedding day.«*

(She Moved Through the Fair, Charlies Version)

# 1

Sein Blick traf mich wie ein Hieb. *Was für traurige Augen,* dachte ich. *Wie bei jemandem, der mit einem Fuß über dem Abgrund schwebt und sich darauf freut, endlich zu fallen.* Heute noch frage ich mich manchmal, wieso ich bei Davids Anblick sofort ans Fallen denken musste. Aber je mehr Zeit vergeht, umso sicherer bin ich, dass ich schon in diesem ersten Augenblick das Unheimliche spüren konnte, das direkt auf mich zukam.

Das Weiße von Davids Augäpfeln schimmerte rot, aber es waren keine Tränen hinter seinen Lidern mit den langen dunklen Wimpern zu sehen.

»Man könnte meinen, er hätte vor fünf Minuten noch geweint, oder?« Mein Dad beugte sich über meine Schulter, sodass mich sein Atem am Ohr kitzelte. Wir waren eben aus unserem Auto gestiegen und standen jetzt ein bisschen verunsichert auf dem Parkplatz vor dem altehrwürdigen Herrenhaus auf Martha's Vineyard. David hatte sich auf der obersten Stufe der breiten Eingangstreppe aufgebaut und die Arme vor der Brust verschränkt. Er trug eine schwarze Jeans und einen ebenfalls schwarzen Rollkragenpullover, der sein Gesicht blass und hager aussehen ließ.

Der Wind heulte um uns herum und zerrte an mir, als wollte er mich mit Gewalt von hier vertreiben. Ich unterdrückte ein Frösteln und ließ dabei David nicht aus den Augen.

»Hat er aber nicht«, raunte Dad. »Er hat nicht eine Träne vergossen, seit ...« Er zögerte. »... seit Charlie gestorben ist«, vollendete er. Es war nicht das erste Mal, dass ich Charlies Namen hörte, aber es war das erste Mal, dass ihn jemand hier auf der Insel aussprach. In meiner Erinnerung haben sich all die Stimmen, die ihren Namen nur hinter vorgehaltener Hand flüsterten, zu einem einzigen apokalyptischen Chor vereinigt, den ich heute noch ab und zu in meinen Träumen hören kann. Manchmal bin ich froh darüber, denn wenigstens träume ich dann nicht von Madeleines dämonischem Gewisper ...

Dad und ich hatten uns noch immer nicht von der Stelle gerührt, als ein Mann aus dem Haus auf uns zugeeilt kam. Mein Vater begrüßte ihn mit einem Lächeln, das etwas zu breit war, um nicht aufgesetzt zu wirken. »Jason! Danke für eure Einladung!«

Jason Bell war der Eigentümer dieses riesigen Herrenhauses aus dem 19. Jahrhundert, das den sonderbaren Namen *Sorrow* trug. *Sorrow!* Allein dieser Name hätte mir schon zeigen müssen, dass die Leute, die hier wohnten, nicht ganz echt im Kopf waren. Ich meine, wer nennt sein Haus schon »Trauer«? Während Mr Bell und Dad sich begrüßten, versuchte ich, Davids Blick einzufangen. Es gelang mir nicht. *Hey!,* dachte ich, *sieh mich richtig an, du unhöflicher Kerl! Immerhin bin ich deinetwegen hier!* Doch natürlich konnte er meine Gedanken nicht lesen.

Noch immer stand er regungslos da. Er hatte die Arme jetzt entflochten und die Hände dafür in den Taschen seiner Jeans vergraben, die ihm fast von den Hüftknochen zu rutschen drohten. Seine hochgezogenen Schultern wirkten abweisend. Der schneidende Dezemberwind wehte vom Atlantik her und zauste seine halblangen dunklen Haare. David schien ebenso zu frieren wie ich. *Nein,* erkannte ich. *Mehr. Viel mehr!*

Jason Bell und Dad wechselten ein paar belanglose Worte über unsere Anreise und die Überfahrt auf die Insel. Und die ganze Zeit starrte David abwesend über meinen Kopf hinweg in die Ferne. In Richtung Meer. Ich konnte das Donnern der Brandung hören und fragte mich, was er wohl sah. *Er hat nicht eine Träne vergossen, seitdem es passiert ist.* Ich klopfte mir mit den flachen Händen auf die Oberarme. Es fühlte sich so an, als würde mir nie wieder warm werden.

Endlich hatten unsere Väter ihre Begrüßung beendet. Mr Bell trat einen Schritt zur Seite und sagte: »Darf ich dir Juli vorstellen, David? Sie ist Bobs Tochter.« Er sprach den Vornamen seines Sohnes nicht amerikanisch aus, sondern französisch, mit lang gezogenem I und weichem D am Ende. Dad hatte mir erzählt, dass die Vorfahren von Davids Mutter aus New Orleans stammten und noch Französisch gesprochen hatten. Seine Mutter war seit Jahren tot.

David rührte sich nicht, aber immerhin nickte er knapp.

In einer energischen, weltmännischen Geste streckte Mr Bell mir die Hand entgegen. Ein freundliches Lächeln klebte in seinen Mundwinkeln und trotzdem wirkte er angespannt. Mit dröhnender Stimme rief er: »Willkommen in unserem Haus, Juli! Wir freuen uns, dass du da bist!« Er räusperte sich. »Alle!«, schob er nach.

Ich schüttelte Mr Bell die Hand und suchte dabei erneut Blickkontakt zu David. Vergeblich. Seine Augen waren so dunkel, dass man den Übergang von Pupille zu Iris nicht erkannt hätte, wenn da nicht ein schmaler goldener Ring gewesen wäre, der beides voneinander trennte. Davids Augäpfel schimmerten so rot, dass ich mir vorstellen konnte, wie sie brannten.

Und dann, endlich, begegneten sich unsere Blicke zum ersten Mal.

»Hallo Juli«, sagte er. Er hatte eine sehr ruhige Stimme. Eine Stimme, die etwas tief in meinem Innersten zum Schwingen brachte. Plötzlich fühlte ich mich wie aus Glas. Durchsichtig, zerbrechlich. Eine unbedachte Bewegung und ich würde in tausend Scherben zerspringen.

»Hallo David«, gab ich zurück. Der eisige Dezemberwind schien schlagartig noch um drei, vier Grad kälter geworden zu sein.

*Er hat nicht eine Träne vergossen, seit Charlie gestorben ist,* dachte ich mit einem Schaudern.

Himmel, auf was hatte ich mich da eingelassen?

Eine Woche zuvor hatte ich noch friedlich und völlig ahnungslos in meinem Zimmer gehockt und versucht, mich auf eine Matheaufgabe zu konzentrieren, die ich vor Weihnachten noch erledigt haben musste und einfach nicht lösen konnte. Als mein Dad klopfte, warf ich frustriert den Bleistift auf das Heft. »Darf ich reinkommen?«, fragte er durch die geschlossene Tür.

»Klar!« Ich verschränkte die Hände im Nacken und lehnte mich auf meinem Schreibtischstuhl so weit zurück, dass die Lehne bedenklich knirschte.

Dads Kopf erschien im Türspalt. »Was machst du gerade?« Seine Augen hinter der Brille wirkten müde und sein rotbrauner Schopf war zerzaust. Offenbar hatte er sich über seinem neuesten Roman ebenso die Haare gerauft wie ich über meiner Matheaufgabe.

»Die Weltformel suchen«, antwortete ich mürrisch. »Kommt mir jedenfalls so vor!«

Dad lachte. »Oje!« Er war der Autor einiger ziemlich erfolgreicher Schnulzen (Romantic Thriller nannte er sie), die ihn und mich aus dem beschaulichen *good old Germany* in ein Landhaus in Massachussetts gebracht hatten. Seit zwei Jahren besuchte ich eine Highschool in Boston. Mir gefiel es hier in Amerika. Ich mochte die Landschaft, den Indian Summer mit seinen flammenden Farben, die entspannte Ostküstenkultur. Alles hätte perfekt sein können, wenn meine Eltern nicht beschlossen hätten, sich scheiden zu lassen, kaum dass mein Vater den ersten Bestseller hingelegt hatte. In seinen Büchern gab es für jedes Pärchen ein Happy End. Von Scheidungen und Ehekrisen war darin nie die Rede. Wie ungerecht!

Ich seufzte tief. Mir war selbst nicht klar, ob wegen der Matheaufgabe oder wegen meiner noch immer in Deutschland lebenden Mutter.

»Hast du trotzdem einen Moment Zeit für mich?«, fragte Dad.

Ich beugte mich wieder vor. Die Lehne ächzte erleichtert. Mit einer energischen Geste klappte ich das Matheheft zu und grinste. »Die Menschheit muss wohl noch eine Weile ohne die Weltformel auskommen.« Dann wurde ich wieder ernst. »Was ist denn los?«

Er wirkte seltsam. *Besorgt* wäre eine Übertreibung gewesen, aber *nachdenklich* traf es ganz gut. »Ich habe eben mit Jason telefoniert.«

Jason Bell. Sein amerikanischer Verleger. Den Gerüchten nach einer der reichsten Männer rund um Boston.

»Okay«, sagte ich gedehnt. »Ist irgendwas mit dem neuen Buchvertrag?«

Er winkte ab. »Nein, nein! Keine Sorge! Da ist alles in Ordnung.« So weit in Ordnung, wie es sein konnte, wenn der

Autor in einer Schaffenskrise steckte, dachte ich, schwieg aber. Immerhin hatte Dad bisher jedes seiner Bücher irgendwann in den Griff bekommen, selbst nachdem er angefangen hatte, sie gleich in Englisch zu schreiben, um als amerikanische Originalausgabe zu erscheinen.

»Es geht allerdings schon um das Buch«, fuhr er fort und schaute ein wenig schuldbewusst. »Jason hat mich gebeten, direkt nach Weihnachten nach Vineyard zu kommen, um es in seinem Haus fertig zu machen.«

»Oh«, murmelte ich. Also war die Sache mit der Schaffenskrise doch ernster, als ich gedacht hatte.

»Ich stecke ein bisschen fest und Jason meint, er kann mir besser helfen, wenn wir an einem Tisch sitzen.«

»Du musst für ein paar Tage weg.« Ich nickte. Das war kein Problem für mich. Ich war siebzehn. Und ich hatte schon Wochenenden allein zu Hause verbracht, als ich noch in die Grundschule gegangen war. Ich hatte es immer als Preis dafür angesehen, dass meine beiden Eltern ihren Lebensunterhalt als Künstler verdienten.

Dad lächelte. Ich wusste, dass er ein schlechtes Gewissen hatte, und so fügte ich hinzu: »Mach dir keine Sorgen, ich komme schon klar!«

Zu meiner Verblüffung jedoch schüttelte er den Kopf. »Das ist es nicht ...« Plötzlich sah er aus wie jemand, der vor einer Grand-Jury steht. Und des Mordes angeklagt ist.

Ich wartete und wurde langsam unruhig. Gab es schlechte Nachrichten? Von Mama vielleicht? Aber bevor ich mich danach erkundigen konnte, rückte er endlich mit der Sprache raus.

»Jason hat mich gefragt, ob du nicht mit nach *Sorrow* kommen könntest.«

»Wohin?«

Dad verzog das Gesicht. »Ich kann nichts dafür, so heißt Jasons Haus tatsächlich. *Sorrow*. Er hat mir mal erzählt, dass irgendein verrückter Verwandter von ihm es im 19. Jahrhundert gebaut und aus Liebeskummer so genannt hat.«

»Klar.« *Jedem seinen kleinen Spleen!*, dachte ich. »Nur noch mal zum besseren Verständnis: Du willst, dass ich mit nach Martha's Vineyard komme?«

Die Insel vor Cape Cod war das Eldorado der Reichen und Schönen – oder derjenigen, die wenigstens für zehn Tage im Jahr so tun wollten.

Wieder nickte Dad.

»Versteh mich nicht falsch«, sagte ich. »Ich wollte schon immer mal nach Vineyard. Aber irgendwie ...« Ich überlegte, wie ich es ausdrücken sollte. »Irgendwie siehst du so aus, als sei ein Haken an der Sache.«

»Ist es auch.«

Ich verschränkte die Arme vor der Brust.

Es dauerte einen Moment, bis Dad sich traute weiterzureden. Himmel, das musste ja wirklich ein gigantischer Haken sein!

»Erinnerst du dich noch an David?« Auch er sprach den Namen französisch aus, mit langem I und weichem D hinten.

»Klar.« David war Jason Bells einziger Sohn. Ich kannte ihn allerdings nur ganz flüchtig, von einem förmlichen Abendessen, das Dads Verlag ausgerichtet hatte, nachdem sein erstes Buch auf der *New-York-Times*-Bestsellerliste gelandet war. Zwei Jahre war das jetzt her und ich erinnerte mich an einen schmalen, mürrischen und ziemlich arroganten Siebzehnjährigen, dem man jedes Wort einzeln aus der Nase ziehen musste. »Was ist mit ihm?«

»Nun.« Bis zu diesem Augenblick hatte Dad in der Tür gestanden. Jetzt kam er herein, warf einen stirnrunzelnden Blick auf das Chaos auf meinen Sesseln und entschied sich dafür, sich auf die Bettkante zu hocken. Die Matratze seufzte unter seinem Gewicht. »Vor Kurzem hat David sich verlobt«, erklärte Dad mir. »Und ...«

»Verlobt?«, fiel ich ihm ins Wort. »Wie alt war er noch mal?«

»Neunzehn.«

Also hatte ich es richtig in Erinnerung: David war nur zwei Jahre älter als ich. Ich versuchte, mir vorzustellen, wie es wäre, mit neunzehn schon verlobt zu sein. Es ging nicht. Ich rümpfte die Nase. »Neunzehn!«

Dad nickte. »Ja. Ich fand es auch ein bisschen komisch, sich so jung zu verloben. Das Mädchen ...« Er hielt inne und drehte die Augen gen Decke, wie er es immer tat, wenn er scharf nachdachte. »Charlie, so hieß sie wohl.«

Mir entging nicht, dass er »hieß« sagte. Plötzlich fühlte sich mein Magen an, als hätte eine riesige Faust ihn gepackt und zu einem kleinen Klumpen zusammengequetscht.

Dad sah mir an, dass ich längst begriffen hatte. Trotzdem nickte er. »Charlie ist tot. Irgendein furchtbarer Unfall.«

Ein Unfall. Ich lehnte mich wieder zurück, weniger kräftig diesmal, sodass die Lehne es vorzog, die Klappe zu halten. Vor meinem geistigen Auge erschien das Bild eines Sportwagens, der völlig zerquetscht um einen Baum gewickelt war.

»Armer David«, murmelte ich.

Dad nickte erneut. »Jason macht sich ziemliche Sorgen um ihn.« Wie immer, wenn er ein Anliegen hatte, zappelte Dad nervös herum und konnte die Hände einfach nicht stillhalten.

»Was also?«, fragte ich und schielte auf mein Heft. Ich ahnte bereits, was jetzt kommen würde. Im Grunde hatte er es ja auch schon längst ausgespuckt. »Ich soll Kindermädchen für diesen David spielen«, fasste ich es zusammen.

Er grinste schwach. Eindeutig verlegen. »Nun ja, nicht direkt Kindermädchen ...«

»Was dann?«

»Jason und ich ... wir dachten, tja ...« Hilflos kehrte er die Handflächen nach oben. Dann stieß er ein peinlich berührtes Lachen aus. »Ach was soll's! Nennen wir das Kind ruhig beim Namen. Jason hofft, dass du David auf andere Gedanken bringen kannst.«

Ich senkte das Kinn und funkelte meinen Vater an. »Wie lange, hast du gesagt, ist diese Charlie tot?«

»Ich habe gar nichts gesagt. Aber sechs Wochen ist es her, dass sie ...« Er ließ den Rest des Satzes in der Luft hängen.

Ich griff nach einem Bleistift und drehte ihn zwischen den Fingern hin und her. »Was erwartet ihr von mir?«, fragte ich leise.

»Nur, dass du dich ein bisschen um ihn kümmerst. Bis Neujahr vielleicht.«

»So lange?« Ich runzelte die Stirn. Bis eben hatte ich gedacht, dass wir von zwei, drei Tagen sprachen, nicht von fast einer Woche. »Ich bin mit Miley und den anderen zu Silvester verabredet.«

Mein Vater nickte. »Ich weiß. Könntest du das nicht ... ich meine ...«

»Die Silvesterparty absagen?« Ich pustete mir die Haare aus der Stirn. »Muss das sein?« Plötzlich erschien mir der Gedanke, nach Vineyard zu fahren, überhaupt nicht mehr verlockend.

»Für mich?«, fragte mein Vater hoffnungsvoll und schaute mich mit einem flehenden Blick an, der den ganzen Nordpol zum Schmelzen gebracht hätte. »Und für das neue Handy, das du schon so lange haben willst?«

Damit hatte er mich fast, aber ich beschloss, es ihm nicht so leicht zu machen. »Du hast von einem Haken gesprochen. Was ist das für ein Haken?«

»Ich ...« Dad wirkte jetzt regelrecht hilflos. »Herrgott!«, fluchte er und rang die Hände. Die Matratze geriet in Schwingungen und der uralte Teddy, das einzige meiner Stofftiere, das ich aus Kindheitstagen aufgehoben hatte, stürzte von der Bettkante. Er fiel auf den bunten Teppich und blieb regungslos auf dem Gesicht liegen.

Dad starrte den Teddy an, sah mir dann in die Augen. »Jason hat es nicht eindeutig gesagt, aber er hat durchblicken lassen, dass David ... nun ja, selbstmordgefährdet sein könnte.«

Nun war es heraus. »Aha.« Mehr fiel mir nicht dazu ein. Nicht sehr intelligent, ich weiß, aber alles, was ich hätte sagen können, wäre nur eine Floskel gewesen. Ich rief mir Davids mürrisches Gesicht ins Gedächtnis. Wie ein depressiver Selbstmordkandidat war er mir bei dem Abendessen vor zwei Jahren nicht vorgekommen. Okay, wie die personifizierte Lebensfreude allerdings auch nicht, eher wie ein schnöseliger, ziemlich melodramatischer Teenager, der sich für den Nabel der Welt hielt. »Was ist, wenn er es tut, solange ich da bin? Bin ich dann schuld?«

»Du liebe Güte, nein!« Mein Vater hob den Teddy auf und setzte ihn gedankenverloren auf seinen Platz zurück. Dass er gleich wieder umfiel und erneut auf dem Gesicht liegen blieb, bemerkte er nicht einmal. »Du sollst ihm nur ein bisschen Gesellschaft leisten. Wenn ich Jason richtig verstanden habe, bekommt David so was wie professionelle Hilfe.«

Ich dachte an Martha's Vineyard, an Ferienhäuser, an kleine

Geschäfte und Boutiquen, an sommerliche Tage am Strand. Dann sah ich aus dem Fenster. Draußen regnete es und es waren sicher nicht mehr als drei Grad. Vermutlich würde es später am Abend sogar anfangen zu schneien. Typisches Dezemberwetter eben. Ich schloss die Augen und sah mich am Strand stehen, schräg niederprasselnden Eisregen im Rücken, und neben mir einen jungen Mann mit Selbstmordabsichten, während meine Freunde hier in Boston eine ihrer coolen Silvesterpartys steigen ließen. Aber irgendwie faszinierte mich der Gedanke auch ein bisschen. Ich war eigentlich kein Typ, der auf Gothic stand, und trotzdem hatte die Vorstellung, dass ich diesem David vielleicht tatsächlich helfen konnte, etwas Verlockendes. Na ja, und natürlich das Handy, das mein Vater mir versprochen hatte.

»Weihnachtsferien im Paradies«, seufzte ich, öffnete die Augen wieder und blinzelte zweimal. »Tolle Aussichten!«

Über Dads Gesicht glitt ein Lächeln. »Ich wusste, dass ich mich auf dich verlassen kann, Süße! Wir fahren gleich nach den Feiertagen«, rief er. »Jason freut sich schon auf uns!«

Ich warf den Bleistift zum zweiten Mal auf das Heft. Diesmal hatte er so viel Schwung, dass er über die Kante des Tisches rollte und klappernd auf dem Dielenfußboden liegen blieb. »Du hast ihm längst gesagt, dass wir kommen!« Es war keine Frage. Ich war überzeugt, dass es so war. Wütend funkelte ich Dad an.

Doch er nickte so unbekümmert und voller Begeisterung, dass ich ihm nicht lange böse sein konnte. Weihnachtsferien auf Martha's Vineyard, dachte ich. Zusammen mit einem Typen, der womöglich lebensmüde war. Wenn das nicht der absolute Traumurlaub werden würde!

# 2

Einen Tag nach den Weihnachtsfeiertagen waren wir dann in einem Mietwagen die knapp hundert Kilometer bis hinunter nach Woods Hole gefahren. Unterwegs hatte Dad mir das wenige erzählt, das Jason Bell ihm am Telefon über seinen Sohn und diese Charlie verraten hatte. Genau wie die Bells lebte Charlies Familie das ganze Jahr über auf der Insel. Charlies Vater war früher einmal Professor in Harvard gewesen, arbeitet aber seit Längerem nicht mehr dort. Charlies Mutter hatte die Familie vor anderthalb Jahren verlassen. Über die Umstände von Charlies Tod wusste Dad keine Details. »Jason hat mir versprochen, uns Genaueres zu erzählen, sobald wir erst mal da sind«, hatte er gesagt, kurz bevor wir an der Fähre in Woods Hole angekommen waren und auf die Insel übergesetzt hatten.

Und jetzt stand ich hier – vor einem viktorianischen Herrenhaus, das locker die Hauptrolle in einem Spukfilm hätte spielen können – und der Blick eines jungen Mannes mit roten Augen und bleichem, schmalem Gesicht hatte mich in eine Salzsäule verwandelt.

Es kam mir wie eine Ewigkeit vor, bis Mr Bell sich endlich räusperte und sagte: »Nun ja. Ich denke, wir sollten rein ins Warme gehen, bevor wir Eiszapfen an der Nase kriegen!« Er lachte laut und dröhnend, was seine Unsicherheit nur noch deutlicher machte. Dann scheuchte er uns alle durch die breite, verglaste Haustür. Im Vorbeigehen erkannte ich, dass auf den Glasscheiben ein Pelikan mit seinen Jungen abgebildet war. Als David mir den Rücken zuwandte, sah ich, wie aus seiner hinteren Jeanstasche die Ecke eines zerknitterten fliederfarbenen Briefumschlags ragte.

Jason Bell führte uns in eine Halle, bei deren Anblick mir der Unterkiefer herunterfiel. Blank poliertes rotbraunes Parkett erstreckte sich von Wand zu Wand. Eine Sitzecke aus antiken Möbeln mit filigranen Beinen stand rechter Hand, eine antike Standuhr daneben. Eine geschwungene Freitreppe führte ins obere Stockwerk hinauf, direkt auf ein Fenster aus buntem Glas zu, das, ebenso wie die Haustür, einen Pelikan mit seinen Jungen zeigte. Die fahle Wintersonne fiel schräg durch dieses Fenster in die Halle und malte farbige Kleckse auf Treppe und Parkettfußboden. Obwohl wir den 27. Dezember hatten, gab es keinerlei Festdekoration - weder Tannengirlanden am Treppengeländer noch einen Weihnachtsbaum. Aber das war es nicht, was mich mit dieser sonderbaren Mischung aus Ehrfurcht und Unbehagen erfüllte. Es war die Atmosphäre des Hauses. Obwohl die Halle so weitläufig und mondän wirkte, überkam mich ein fürchterlich beklemmendes Gefühl, das ich im ersten Moment überhaupt nicht einordnen konnte. Es fühlte sich an, als sei ich von einem kalten Raum in einen noch kälteren getreten - was natürlich unmöglich war. Das Haus war beheizt und hier drinnen war es definitiv wärmer als draußen. Trotzdem überlief mich ein Frösteln, kaum dass ich die Türschwelle überschritten hatte.

Vor lauter Unbehagen stolperte ich und wäre vermutlich der Länge nach hingeschlagen, wenn David nicht reflexartig zugefasst und mich festgehalten hätte. Seine Hand war kalt und legte sich wie eine Schraubzwinge um meinen Oberarm.

Ich murmelte eine Entschuldigung und er nickte schweigend. Sein Blick lag dabei forschend auf meinem Gesicht und seine rechte Augenbraue hob sich ganz leicht. Aus irgendeinem Grund hatte ich das Gefühl, dass er wusste, was ich empfand.

Mit einem verlegenen Lächeln machte ich mich los und betrat die weite Halle. Das Frösteln verstärkte sich kurz – und verschwand dann.

Ein vielleicht fünfzigjähriger, kräftiger Mann kam herbeigeeilt und seine freundliche Geschäftigkeit und die laute Stimme, mit der er uns willkommen hieß, überlagerten mein Unbehagen. Mr Bell wechselte einige Worte mit dem Mann, dann schickte er ihn nach draußen, um unser Gepäck zu holen. »Bringen Sie es gleich ins Gästehaus, Theo!«, befahl er ihm. Theo nickte schweigend und eilte davon.

»Praktisch«, raunte Dad mir zu. Ich zuckte zusammen. In Davids Anwesenheit hatte ich völlig vergessen, dass er auch noch da war.

»David«, wandte Mr Bell sich an seinen Sohn. »Führst du Juli bitte schon einmal ins Esszimmer? Ich möchte Bob nur kurz etwas zeigen.«

»Natürlich, Dad.« David schaffte es nicht ganz, den Anflug von Aufsässigkeit aus seiner Stimme zu halten. Klar! Er hatte auf die Sache hier genauso wenig Lust wie ich.

Kein Wunder!

Ich starrte in Dads Richtung. *Du willst mich doch wohl jetzt nicht einfach allein lassen?*, sagte mein Blick. In einer Geste, die fast komisch verzweifelt wirkte, hob er die Schultern.

»Wir sind sofort wieder da«, versprach Mr Bell. Und im nächsten Augenblick hatte er Dad bereits durch eine Tür hinauskomplimentiert. Ich wollte ihnen etwas hinterherrufen, doch bevor ich dazu kam, fiel die Tür auch schon ins Schloss.

»Tja«, murmelte ich. »Und nun?«

Davids Blick ruhte auf mir wie ein Gewicht. »Komm mit«, sagte er kühl, wandte sich ab und verschwand in einem Gang, der links von der Halle abging. Hilflos und ein wenig wütend über seine Unhöflichkeit stolperte ich hinter ihm her. Die Stelle an meinem Oberarm, wo er mich eben festgehalten hatte, schmerzte leicht.

David führte mich in einen großen, lichtdurchfluteten Raum, der mit seinen zwei über Eck liegenden, bodentiefen Fensterreihen mehr wie ein Wintergarten aussah als wie ein Esszimmer. Durch die Scheiben konnte ich einen leicht abschüssigen Rasen sehen, ein Stück eines Swimmingpools, in dem jetzt im Winter natürlich kein Wasser war, und hinter ein paar Büschen ein Nebengebäude, das einer modernen Westernranch ähnelte.

Auch in diesem Raum konnte ich keine Weihnachtsdekoration entdecken. In diesem Haus hätte man glatt vergessen können, was für ein Monat war, wären nicht schwere graue Wolken über den Himmel getrieben, die Schnee versprachen. Ein riesiger Tisch war mit teuer aussehendem Porzellan eingedeckt. Es roch schwach nach frischen Waffeln und Kaffee. Und nach dem Salz des Meeres, dessen Geruch durch ein offen stehendes Fenster zu uns hereinwehte.

Es war eiskalt in dem Raum.

»Hu!«, rutschte es mir heraus.

David marschierte zu dem Fenster und schloss es, dabei fiel mein Blick wieder auf den Umschlag in seiner Tasche. Bevor ich ihn jedoch danach fragen konnte, wandte er sich zu mir um. »Möchtest du dich schon einmal setzen?« Seine Stimme war so neutral wie die eines englischen Butlers. Wäre er nicht in Jeans und Rolli gewesen, hätte ich ihn am liebsten James genannt.

Ich biss mir auf die Lippe. *Du und deine unbekümmerte Art,* hörte ich meinen Vater sagen. *Vielleicht könnt ihr David ein bisschen aufmuntern.* Er hatte das auf der Fahrt hierher mindestens dreihundert Mal gesagt. Blöd nur, dass ich meine unbekümmerte Art offenbar zu Hause in Boston vergessen hatte. Meine Arme und Beine fühlten sich an wie aus Treibholz. Als David mir allen Ernstes einen Stuhl unter dem Tisch hervorzog und darauf wartete, dass ich mich setzte, versuchte ich, ein hysterisches Kichern zu unterdrücken. So vorsichtig wie möglich ließ ich mich auf der Stuhlkante nieder. *Wie albern!* Das Kichern platzte heraus, ohne dass ich es verhindern konnte.

»Was ist so lustig?«, fragte David. Er lehnte sich gegen die Anrichte, auf der eine Kaffeekanne und mehrere abgedeckte Platten standen. Offenbar spürte er dabei den Umschlag in seiner Tasche, seine Hand wanderte ganz kurz dorthin und ein Muskel unter seinem rechten Auge zuckte.

Ich presste die Lippen zusammen. »Nichts. Entschuldige! Ich fühle mich gerade nur so, als sei ich hier zufällig unten am Strand angeschwemmt worden.«

Davids Blick ruhte auf mir. Seine Augäpfel waren jetzt noch roter. Ob er seit Charlies Tod wirklich noch kein einziges Mal geweint hatte? Ich konnte mir unmöglich vorstellen, wie sich das anfühlen mochte. Ich war extrem nah am Wasser gebaut – ebenso schnell, wie ich in haltloses Lachen ausbrechen konnte, konnte ich auch anfangen zu heulen.

»Verstehe.« Sein Kehlkopf bewegte sich ruckartig auf und ab.

»Oh. Tatsächlich?« Ich nickte mechanisch. *Und warum bist du trotzdem so wortkarg?,* dachte ich ein wenig verärgert. Immerhin war sein stilles und trotzdem irgendwie ruppiges Verhalten schuld daran, dass ich überhaupt nicht wusste, wie ich mich verhalten sollte.

Davids rechter Mundwinkel zuckte und ich glaubte, meinen Augen nicht zu trauen. War das etwa die Andeutung eines Lächelns gewesen? Ich war mir nicht sicher, denn zu schnell war es wieder verschwunden. Eins war jedoch klar: Wenn er tatsächlich gelächelt hatte, dann nur, weil ich mich hier zum kompletten Idioten machte!

»Scheiße«, rutschte es mir heraus. Ich ließ den Kopf hängen. »Entschuldigung.« In dieser mondänen Umgebung war ein solches Wort mehr als unpassend. Ich beschloss, zu dem einzigen Mittel zu greifen, das bei mir half, wenn ich dabei war, mich zum Trottel zu machen: absolute Ehrlichkeit. »Es ist nur so«, sagte ich, »dass ich nicht weiß, wie ich mich verhalten soll. Sie wollen, dass ich dich aufmuntere, aber ich ...«

»Schon gut!« Seine Stimme klang plötzlich sehr scharf.

Ich zuckte zusammen, klappte den Mund zu. Und hätte mich beinahe schon wieder entschuldigt.

»Versuchen wir beide einfach, das Ganze so elegant wie möglich hinter uns zu bringen«, schlug David vor. Er hatte inzwischen wieder die Arme vor der Brust verschränkt. Er wirkte abweisend und furchtbar zerbrechlich. Vielleicht fühlte er sich genauso aus Glas wie ich.

Ich spürte eine winzige Nadel, die mich genau an der Stelle pikste, an der mein Ego saß. Obwohl ich zuvor nicht besonders viel Lust gehabt hatte hierherzukommen, hatte der Anblick von Davids Augen dies schlagartig geändert. Mit einem einzigen Blick war ich neugierig auf diesen Typen geworden und es tat verblüffenderweise weh zu hören, dass es ihm mit mir nicht im Geringsten so ging.

Ich schluckte. *Sei nicht albern, Juliane!*, schimpfte ich im Stillen mit mir selbst. *Er hat vor ein paar Wochen das Mädchen verloren, das er heiraten wollte. Wie kommst du auf die*

*Idee, dass er auch nur einen Funken von Interesse an dir haben könnte?* Ich kam mir wirklich vor wie der komplette Volltrottel! Wieder sah ich diesen arroganten Siebzehnjährigen vor mir, als den ich ihn vor zwei Jahren kennengelernt hatte. Viel verändert hatte er sich offenbar nicht.

Ich atmete auf, als draußen auf dem Gang die Stimmen von Mr Bell und meinem Vater zu hören waren.

Das Kaffeetrinken gehörte zu der Kategorie *Veranstaltungen, die niemand braucht.* David schwieg eisern, Dad und Mr Bell versuchten, ihn zum Small Talk zu verleiten, und als sie damit scheiterten, redeten sie zu viel und zu laut miteinander, um ihre Unsicherheit zu überspielen. Ich hingegen fühlte mich, als hätte man in einem Theaterstück vergessen, mir eine Rolle zu geben.

Irgendwann – nachdem er eine Tasse Kaffee halb ausgetrunken und dann wortlos in die Mitte des Tisches geschoben hatte – stand David mit einer schwerfälligen Bewegung auf. »Ich bin müde«, murmelte er. »Hast du etwas dagegen, wenn ich mich zurückziehe, Dad?«

Er sagte tatsächlich »zurückziehen«. Plötzlich kam mir die gesamte Szene noch unwirklicher vor. Dad sah mich an und machte ein unglückliches Gesicht. Voller Unbehagen rutschte er auf seinem Stuhl hin und her.

Mr Bell zögerte mit der Antwort, doch dann nickte er. »Geh ruhig!« Er warf mir einen Seitenblick zu. »Sofern Juli dich entschuldigt.«

»Selbstverständlich!« Ich versuchte, Davids Blick einzufangen, aber er hatte den Kopf gesenkt und seine Haare verschleierten seine Augen.

»Ich danke dir!« Er wandte sich ab und wollte den Raum verlassen.

»Hast du deine Tabletten genommen?«, fragte Mr Bell beiläufig.

Mitten im Schritt erstarrte David. Einen Moment lang stand er völlig regungslos da. Dann ballte er die Fäuste. »Natürlich«, sagte er, ohne sich umzuwenden. Und ging. Leise fiel die Tür hinter ihm ins Schloss.

Erleichtert seufzte ich auf. Schlagartig war wieder genug Luft zum Atmen da. Mr Bell und Dad schauten mich an.

»Es tut mir leid«, entschuldigte sich Mr Bell. »Vielleicht war es doch keine so gute Idee, euch herzubitten.«

Mein Vater legte beide Hände auf das weiße Tischtuch. Seine Finger waren mit Filzstiftfarbe beschmiert. Die unzähligen roten Striche kamen mir vor wie winzige Wunden.

Ich klammerte mich an der Sitzfläche meines Stuhls fest.

»Lass ihm einfach ein bisschen Zeit«, schlug mein Vater vor. »Für ihn muss es so wirken, als würde ihm plötzlich ein Babysitter zugeteilt.«

Mr Bells Unterkiefer war eine harte Linie. »Er benimmt sich ja auch, als hätte er einen nötig.«

Ich konnte nicht fassen, wie genervt und eisig er klang. »Er hat seine Verlobte verloren«, warf ich ein. Meine Worte kamen weitaus schärfer aus meinem Mund, als ich es beabsichtigt hatte. »Und so wie er aussieht, hat er eine handfeste Depression.«

Mr Bell nickte knapp. »Ich weiß.« Plötzlich wirkte er bekümmert. »Es fällt mir nur so schwer, das zu akzeptieren. Himmel, er ist ein Mann! Depressionen sind etwas für Frau...« Gerade noch rechtzeitig unterbrach er sich und hatte sogar den Anstand, etwas zu erröten.

Dad verzog den Mund zu einem halb spöttischen, halb vorwurfsvollen Grinsen. »Immer noch der alte Macho, Jason?«

Mr Bell zuckte die Achseln. »Ich bin eben in einer Zeit aufgewachsen, in der ein Mann ...« Wieder sprach er nicht zu Ende.

Ich hatte die Nase voll. Ähnlich mühsam wie David kurz zuvor erhob ich mich. »Ich denke, ich habe für heute genug von John-Wayne-Sprüchen«, sagte ich mürrisch.

Mein Vater riss erschrocken die Augen auf.

Ich ignorierte ihn. »Darf ich mich ebenfalls zurückziehen, Mr Bell?«, fragte ich. »Ich bin schließlich nur eine Frau. Ich glaube, ich möchte mich jetzt ein bisschen in meinen Depressionen suhlen.«

Mein Vater wurde auf seinem Stuhl ganz blass. Ich starrte ihn nur wütend an, schließlich war er schuld an dem ganzen Schlamassel hier. Ich hätte jetzt zu Hause in Boston sein, mich mit meinen Freunden treffen oder sonst was tun können. Aber stattdessen stand ich in diesem unterkühlten Speisezimmer, fühlte mich zerbrechlich wie Glas und hätte am liebsten angefangen zu heulen. Ich riss mich zusammen und verfluchte im Stillen die halbe Welt.

»Bitte«, meinte Mr Bell. »Nenn mich Jason.« Wahrscheinlich war das alles, was ich an Friedensangeboten von ihm bekommen würde.

Ich nickte knapp. Der Ärger in meiner Brust nagte an meinen Rippen wie ein kleines Tier an den Stäben eines Käfigs.

Da seufzte Mr Bell. »Also gut! Ich fürchte, diesen Tag sollten wir alle besser schnell vergessen. Versuchen wir morgen noch einmal, uns zu vertragen. Grace wird dir dein Zimmer zeigen.« Er langte nach einer Klingel, die zwischen zwei Fenstern an der Wand angebracht war, und drückte darauf.

Grace, das stellte sich gleich darauf heraus, war ein Dienstmädchen, das allen Ernstes in einem schwarzen Kleid mit weißer Schürze steckte. Ihre Haut hatte einen dunklen Bronzeton und die langen, glatten Haare, die sie zu zwei schwarzen Zöpfen geflochten trug, ließen mich ahnen, dass sie indianische Vorfahren hatte. Sie war älter als ich, aber nicht allzu viel, ich schätzte sie höchstens auf Mitte zwanzig. Mit kurzen, geschäftigen Schritten betrat sie das Speisezimmer. »Ja, Mr Bell?«, fragte sie. Sie hatte eine tiefe, leicht heisere Stimme, die so klang, als würde sie zu viel rauchen.

»Miss Wagner möchte sich zurückziehen, Grace. Bitte seien Sie so gut und zeigen Sie ihr das Gästeappartement!«

Grace deutete einen leichten Knicks an und ich spürte schon wieder ein Kichern in meiner Kehle aufsteigen. Mein Vater warf mir einen warnenden Blick zu und ich rümpfte die Nase. Ihm die Zunge herauszustrecken, wagte ich nicht.

»Wenn Sie mir bitte folgen würden, Miss?«, wandte sich Grace an mich.

Ich nickte meinem Vater und Jason so hoheitsvoll wie möglich zu und beeilte mich, Grace hinauszufolgen. Sie führte mich den Gang entlang zurück in Richtung Halle. Als wir an der breiten Freitreppe vorbeikamen, hatte ich das Gefühl, als streiche mir jemand mit einer eiskalten Hand über das Genick. Wie angewurzelt blieb ich stehen und fasste an meinen Hinterkopf.

Grace' Augen wurden kugelrund, als sie es bemerkte. Kurz sah es so aus, als wollte sie etwas sagen, aber sie schwieg und beschleunigte stattdessen ihre Schritte noch etwas mehr. Wir gingen durch einen weiteren Gang, vorbei an einer nur angelehnten Tür mit einem Messingdelfin, aus der es leicht nach Chlor roch. Durch eine andere Tür führte Grace mich hinaus auf eine Terrasse und von dort aus über einen gewundenen Weg aus Marmorplatten an dem weitläufigen, abschüssigen

Rasen vorbei, den ich schon vom Esszimmer aus gesehen hatte. Unsere Gästezimmer befanden sich offenbar in diesem Nebengebäude, das mit Veranda, silbergrauen Holzverschalungen und Sprossenfenstern aussah wie eine moderne Westernranch. Innen, stellte ich fest, als Grace und ich es betraten, war es supermodern und teuer eingerichtet.

Wir liefen einen mit weinrotem Teppich ausgelegten Gang entlang, dann eine Treppe hoch in den ersten Stock. Grace öffnete mir eine der Türen hier oben. Dann trat sie zur Seite und ließ mich als Erste eintreten. Als ich an ihr vorbeiging, musterte sie mich, als hätte sie plötzlich etwas an mir entdeckt, das ihr zuvor entgangen war.

Mein Appartement bestand aus einem riesigen Raum mit breitem Bett und einer sehr modern aussehenden Wohnzimmergarnitur. Keine Spur von Kälte und frostiger Atmosphäre hier. Ich atmete erleichtert auf.

Grace gab einen kaum hörbaren, unterdrückten Laut von sich.

»Was ist?«, fragte ich.

Sie wich einen Schritt zurück. Ganz offensichtlich war sie erschrocken darüber, dass ich ihr Ächzen gehört hatte. »Nichts, Miss Wagner«, murmelte sie zu ihren Füßen hin. In ihrer Dienstmädchentracht wirkte sie eigenartig winzig, fast ein bisschen unsichtbar, fand ich. Das war vermutlich Absicht.

Ich überlegte. Zu gern hätte ich nachgehakt und Grace gefragt, was sie eben gemeint hatte. Aber ich war es nicht gewohnt, Menschen Befehle zu erteilen und Grace zu zwingen, mir zu antworten, kam mir irgendwie falsch vor. Doch noch bevor ich mich entschieden hatte, was ich tun sollte, räusperte Grace sich.

»Es ist nur ...«, begann sie und brach ab.

Ich wartete.

Verzagt sah sie mich an. »Bitte verraten Sie Mr Bell nicht, dass ich Ihnen das gesagt habe!«

Beruhigend schüttelte ich den Kopf.

»Eben drüben im Haupthaus ...« Sie schluckte schwer.

Ich wartete weiter.

»Sie haben es gespürt, oder?«

Mein Magen machte einen kleinen Hüpfer. »Gespürt?«, echote ich, in der Hoffnung, dass ich mich einfach nur verhört hatte. »Was gespürt?«

Aber Grace schüttelte eilig den Kopf. Zwischen ihren dunklen Augenbrauen lag jetzt eine tiefe, sorgenvolle Falte. »Sie sollten Ihren Vater bitten, Sie so schnell wie möglich wieder von dieser Insel wegzubringen!«

Das kam nun allerdings so unerwartet, dass ich auflachte. »Warum das denn?«

Grace' Gesicht wurde zu einer undurchdringlichen Maske. »Gute Nacht, Miss Wagner!«, murmelte sie und wollte den Rückzug antreten.

Doch ich packte sie am Arm. »Moment! Sie können nicht solche seltsamen Andeutungen machen und dann einfach abhauen!«

Aus geweiteten Augen starrte Grace zu mir auf. Ich war ein ganzes Stück größer als sie. »Bitte, Miss ...«

»Sagen Sie mir, was Sie eben gemeint haben!«

Da seufzte sie schwer. »Es ... ist gefährlich auf *Sorrow*«, wisperte sie. »Madeleine wird nicht dulden, dass Sie hier glücklich werden.«

So betrübt wirkte sie, dass mir das Lachen im Halse stecken blieb. »Das habe ich eigentlich sowieso nicht vor.«

»Madeleine – sie wird kommen und Sie ...« Grace wurde bewusst, dass ich ihr kein Wort glaubte, und sie presste so fest die Lippen aufeinander, als müsste sie die Worte mit Gewalt daran hindern, aus ihrem Mund zu purzeln.

»Wer ist Madeleine?«, fragte ich.

Statt mir zu antworten, blickte Grace auf meine Faust um ihr Handgelenk.

Zögernd ließ ich los. »Wer ist Madeleine?«

Grace nutzte ihre Chance und trat eilig den Rückzug an. »Sie kommt«, flüsterte sie. »Sie werden es erleben.« Dann machte sie kehrt und eilte davon, ohne die Tür hinter sich zu schließen.

Verblüfft und auch ein wenig verunsichert starrte ich ihr nach.

# 3

Ich brauchte ein paar Sekunden, bevor ich mir einen Ruck geben und die Tür schließen konnte. Mein Blick schweifte durch das Zimmer, das ungefähr doppelt so groß war wie unser Wohnzimmer in Boston. Mein Koffer lag auf dem Bett, das mit apricotfarbener Seide bezogen war. Auf dem Couchtisch standen eine Vase mit bunten Blumen, eine Flasche edles Mineralwasser samt Glas und daneben eine Schale mit Obst und Schokolade. An einer Wand befanden sich ein riesiger Flatscreen-Fernseher und ein reich bestücktes Bücherregal. Durch eine halb offen stehende Tür neben dem Regal konnte ich in das angrenzende Badezimmer schauen. Viel weißer Marmor und glänzende Spiegel.

Ich kam mir vor wie im Hotel.

Zögernd trat ich an das Balkonfenster. Es ging nach vorne raus, sodass ich einen guten Blick auf den östlichen Flügel von *Sorrow* hatte. Das Herrenhaus thronte auf einer leichten Anhöhe, die Bäume ringsherum wirkten vom ständigen Wind zerzaust und geduckt und der leere Pool hatte etwas Einsames und Verlorenes an sich, das gut zu dem sonderbaren Namen des Hauses passte. Wenn man in den bleiernen Himmel schaute, war es fast unmöglich, sich vorzustellen, dass es auf dieser Insel warm genug werden konnte, um draußen zu baden.

Doch trotz der tief hängenden Wolken besaß der Himmel

die Weite und dieses sonderbare Strahlen, das er nur am Meer bekommt. Der Atlantik musste sich jenseits von *Sorrow* befinden, denn von meinem Fenster aus konnte ich ihn nicht sehen. Mir fiel ein, wie ich draußen auf dem Parkplatz das Rauschen der Brandung gehört hatte.

Meine Gedanken wanderten zu David. Genau wie Grace hatte er das Frösteln bemerkt, das mich in der Eingangshalle überkommen hatte. Er hatte so ausgesehen, als wüsste er sehr genau, was ich in diesem Moment empfunden hatte. Ob er in diesem Haus auch so sehr fror wie ich?

Ich musste schlucken. Um mich von meinen Gedanken abzulenken, trat ich vor das Bücherregal und begutachtete die Auswahl der Titel. Es waren hauptsächlich Krimis und Thriller amerikanischer Autoren. Die meisten stammten aus Jason Bells eigenem Verlag. Ich nahm eines der Bücher zur Hand, überflog den Rückseitentext und stellte es wieder weg. Danach öffnete ich meinen Koffer, holte meinen Laptop heraus und schaltete ihn ein. Ich hatte das dringende Bedürfnis nach einem ausgiebigen Chat mit Miley, meiner besten Freundin von der Highschool in Boston.

»Hey!«, schrieb ich sie an. Sie antwortete prompt.

»Selber hey. Gut angekommen?«

»Ja. Ziemlich schräg hier.«

Miley chattete meistens mit mehreren Leuten gleichzeitig. Daher konnte es passieren, dass man erst eine Viertelstunde warten musste, bis sie sich wieder meldete. Diesmal jedoch war sie schon nach ein paar Sekunden wieder da. »Echt? Erzähl!«

Ich nahm die Finger von der Tastatur und überlegte, was ich schreiben sollte. »Das Haus ist unheimlich«, tippte ich dann, und als Miley nicht sofort antwortete, fügte ich hinzu: »Ein bisschen wie in einem Gruselfilm.«

»Cool!«, kam es daraufhin prompt zurück. »Und dieser David? Ist er süß?«

Fand ich ihn süß? Tatsächlich war er ziemlich ätzend zu mir gewesen und ich ärgerte mich über sein Verhalten. Trotzdem hätte ich beinahe Ja geschrieben. »Er ist traurig«, tippte ich stattdessen.

»Kein Wunder, oder?« Ich hatte Miley von seiner Verlobten und deren plötzlichem Tod erzählt, als ich ihr gesagt hatte, dass ich nicht zu unserer geplanten Silvesterparty kommen konnte. »Hast du schon rausgekriegt, was genau passiert ist?«

»Ich bin gerade mal eine Stunde hier, Miley!«

Diesmal brauchte sie fast zehn Minuten, bevor sie sich wieder meldete. Ich verbrachte die Wartezeit damit, aus dem Fenster zu starren und zuzusehen, wie der Wind die Bäume zauste. Eine Möwe flog dicht an meiner Scheibe vorbei. Ich stellte mir vor, wie sie kreischte, denn die Fenster waren zu gut isoliert, um irgendetwas zu hören.

»Stimmt«, schrieb Miley endlich. »Aber halt mich auf dem Laufenden, ja?«

»Mache ich.« Ich überlegte noch, welches Thema ich als Nächstes anschneiden sollte, als Miley schrieb:

»Muss gleich weg. Verwandtenbesuch bei Tante!« Sie setzte ein Smiley dahinter, über dessen Kopf eine düstere Wolke schwebte.

»Du Arme!«, tippte ich. »Bis bald!«

Ich wartete noch auf einen Abschiedgruß von ihr, aber es kam keiner. Typisch Miley! Immer auf dem Sprung. Eine Weile lang surfte ich ziellos auf Facebook herum, und als ich mitbekam, wie sich ein paar Leute aus meiner Klasse zum Pizzaessen verabredeten, verfluchte ich mich selbst und meine Gutmütigkeit, die mich dazu gebracht hatte hierherzukommen. Ich mailte den anderen, dass ich leider nicht dabei sein konnte, und ging dann offline.

Mit einem Seufzen zog ich den Thriller von eben wieder aus dem Regal und beschloss, den Rest des Tages mit Lesen zu verbringen.

Nachdem ich den Thriller zu einem Drittel durchgelesen hatte, nahm ich eine Dusche und schlüpfte in meinen Schlafanzug, der mir in dieser eleganten Umgebung ziemlich billig vorkam. Dann öffnete ich das Fenster einen Spaltbreit, weil ich das Meer hören wollte. Die Gardinen ließ ich offen und eingehüllt in das gleichmäßige Rauschen der Brandung kuschelte ich mich in die seidenweichen Laken.

Eine Weile lang starrte ich in den wolkenverhangenen Himmel und beobachtete die Schatten dabei, wie sie über Möbel und Wände wanderten.

*Madeleine wird nicht dulden, dass Sie hier glücklich werden!*

Grace' Stimme erklang so klar und deutlich in meiner Erinnerung, dass ich beinahe zusammengezuckt wäre. Wer zum Teufel war Madeleine? Ich hatte keine Ahnung. So sehr ich mir auch den Kopf zerbrach, mir wollte einfach nicht einfallen, ob mein Vater auf der Herfahrt diesen Namen erwähnt hatte.

Ich murmelte einen genervten Fluch. Mit einem Seufzen schloss ich die Augen. Und sah auf der Stelle Davids blasses, unglückliches Gesicht vor mir.

*Sie sollten Ihren Vater bitten, Sie so schnell wie möglich wieder von dieser Insel wegzubringen!*

Wieder wisperte Grace' Stimme in meinem Hinterkopf. Ich riss die Augen auf.

Draußen vor dem Fenster schrien die Möwen.

»Schwachsinn!«, murmelte mein Verstand mit leiser Stimme.

Kurz vor Mitternacht hatte ich immer noch keine Sekunde geschlafen. Schließlich gab ich es auf. Ich kletterte aus dem Bett und trat ans Fenster. In dem eisigen Luftzug, der durch den Spalt hereindrang, sah ich zum Haupthaus hinüber. Im Obergeschoss brannte noch Licht, doch genau in diesem Moment wurde es gelöscht. Der Geruch von Salz und Tang erfüllte das Zimmer und ich fröstelte in meinem dünnen Schlafanzug. Trotzdem rührte ich mich nicht. Nur wenige Sterne leuchteten durch eine Wolkendecke, die aussah wie ein zerfetzter Vorhang. Das Rauschen des nahen Atlantiks klang wie der Soundtrack zu einem sehr traurigen Film. Ich mochte das Meer und auch das Fernweh, das mich jedes Mal überkam, wenn ich an einem Strand war und zum Horizont schaute. Jetzt stand ich frierend da, lauschte auf das gleichmäßige Geräusch, mit dem die Wellen sich an den Klippen brachen, und verspürte ein unruhiges Kribbeln in den Adern.

»Schwachsinn!«, murmelte ich diesmal laut. Gerade wollte ich das Fenster wieder schließen, als der Wind Fetzen einer Melodie heranwehte. Verwundert hielt ich inne, lauschte. Das Metall des Fensterriegels war eiskalt in meiner Hand. Wieder erhaschte ich eine kurze Tonfolge, irgendeinen Teil eines Klavierstückes, das sehr traurig und getragen klang. Und dann ließ der Wind nach und ich konnte die gesamte Melodie erkennen. In Deutschland hatte ich etliche Jahre lang Klavierunterricht gehabt, aus diesem Grund kannte ich mich ein wenig aus. Das Lied, das drüben im Haupthaus gespielt wurde, war Beethovens Mondscheinsonate, eines der schönsten Klavierstücke, das ich kannte.

Habe ich schon erwähnt, dass ich nah am Wasser gebaut bin? Ich kann anfangen zu heulen, einfach nur, weil ich Musik höre, die mir nahegeht. Und genau das tat ich jetzt. Ich lauschte den lang gezogenen, melancholischen Klängen und mir schoss Wasser in die Augen. Einige Minuten lang stand ich einfach nur regungslos da, während mir die Tränen über die Wangen liefen.

Dann, plötzlich, verstummte die Melodie mit einem hässlichen Misston, so als hätte jemand in einem Anfall von Zorn auf die Tasten geschlagen. Ich wartete darauf, dass weitergespielt wurde, aber das geschah nicht. Stattdessen setzte der Wind wieder ein. Das Rauschen der Brandung übernahm erneut die Regie und ein Möwenschrei wurde in Fetzen gerissen.

Ich wischte mir die Tränen vom Gesicht. Sorgfältig verschloss ich das Fenster und diesmal zog ich auch die Vorhänge zu.

Dann ging ich zu Bett. Und schlief endlich tief und traumlos ein.

Grace hatte mir erklärt, dass das Frühstück in demselben Raum serviert werden würden, in dem wir am Vortag Kaffee getrunken hatten. Da ich vermutete, dass mein Vater die halbe Nacht durchgeschrieben hatte und noch schlafen würde, verzichtete ich darauf, an seine Tür zu klopfen. Stattdessen marschierte ich gegen halb neun allein über den Rasen hinauf nach *Sorrow*. Ein eisiger Wind wehte vom Meer her und ich fiel in einen leichten Trab. Im Schatten des Herrenhauses bog ich um eine Ecke und knallte mit voller Wucht gegen einen riesenhaften Typen in schwarzem Ledermantel.

»Uff!« Er stolperte einen Schritt rückwärts. Dann packte er hastig zu und hielt mich fest, weil ich von seiner Masse zurückgeprallt war wie ein Gummiball von einer Mauer. Seine Hände waren riesig und warm. Fest schlossen sie sich um meine Oberarme. »Nicht so eilig!« Ein breites Grinsen erschien auf seinem Gesicht. Er hatte einen Dreitagebart, für den er eine Menge Zeit und Pflege aufzuwenden schien. Darüber funkelte belustigt ein Paar hellblaue Augen. Ihre Farbe wollte nicht so recht zu seinen langen schwarzen Haaren passen, die der Wind zerzauste.

Ich wand mich aus seinem Griff. »Entschuldigung!«, murmelte ich. Der Typ hatte etwas an sich, das ich als uramerikanisch empfand, eine schreiend selbstbewusste Art, die hauptsächlich daher zu kommen schien, dass er wusste, wie gut er aussah.

Er lachte und ähnelte dabei dem jungen John Travolta. »Nichts passiert! Du musst Juli sein.« Sein Blick war forschend.

Ich nickte. »Ja.«

Er streckte die Hand aus. »Henry Farrisson.«

Ich schlug ein. Auf der Fahrt hierher hatte mir mein Vater erzählt, dass David einen Freund namens Henry hatte, der in der Nachbarschaft wohnte, im Geld schwamm und es daher nicht nötig hatte zu arbeiten. Irgendwie hatte ich ihn mir wesentlich älter vorgestellt, mindestens Mitte, Ende zwanzig. Er schien jedoch ungefähr in Davids Alter zu sein. »Du bist Davids bester Freund«, sagte ich.

Er rollte mit den Augen und sah plötzlich noch mehr aus wie John Travolta. »Davids *einziger* Freund, würde ich sagen.« Er wies in Richtung Herrenhaus. »Lass uns reingehen. Sonst frieren wir uns noch wichtige Körperteile ab!«

Ich war froh, dem eisigen Wind zu entkommen. Die Haut in meinem Gesicht prickelte bereits von der Kälte und ich hasste es, mit roter Nase herumzulaufen. In einer galanten Geste hielt Henry mir die Tür auf. Als wir den mit Teppich ausgelegten Flur betraten, durch den auch Grace mich gestern Abend geführt hatte, fielen mir die bunten und sehr modernen Gemälde auf, die hier hingen. Mein Vater hatte erwähnt, dass Henry malte. Ich erkundigte mich jedoch nicht nach seinen Bildern, sondern fragte stattdessen: »Wie hast du das eben gemeint, das mit dem einzigen Freund?«

Er ging neben mir her den Gang entlang. Sein fast bodenlanger Ledermantel schwang ihm um die Knöchel. Darunter trug er Jeans und ein schwarzes T-Shirt. Im Gegensatz zu mir schien er gegen die Kälte immun zu sein. Mit einer Hand strich er sich die langen Haare zurück. Dann zuckte er die Achseln. »Sagen wir einfach, es gibt nicht viele Typen auf der Insel, die es längere Zeit mit ihm aushalten.« Von der Seite her betrachtete er mich. »Wirst du auch noch merken.«

Ich war mir ziemlich sicher, dass ich das bereits getan hatte. »Aber dich kann so schnell nichts in die Flucht schlagen?«, fragte ich mit gutmütigem Spott. Henry gefiel mir. Seine aufgekratzte, fröhliche Art wirkte auf die steife und traurige Atmosphäre von *Sorrow* wie ein Gegengift und vielleicht war das der Grund, warum ich an diesem Morgen nicht fröstelte, als wir die Eingangshalle erreichten und an der großen Freitreppe vorbeigingen.

Wieder zeigte Henry dieses Travolta-Grinsen. »Könnte sein, dass ich Masochist bin.«

»Henry, hör auf, kleine Mädchen anzubaggern!« Die leise Stimme, die plötzlich hinter uns ertönte, ließ mein Herz stolpern. Ich drehte mich um.

David stand auf der obersten Stufe der Treppe. Die Hand hatte er auf dem Geländer abgelegt, als müsse er sich Halt verschaffen. Er trug eine Jeans wie am Vortag, aber heute war es eine blaue. Dazu keinen Rollkragenpullover, sondern ein langärmliges weißes T-Shirt. Die Knopfleiste an seinem Hals war offen und gab seine Schlüsselbeine frei, die durch die blasse Haut aussahen wie Vogelknochen.

»Kleine Mädchen?«, grummelte ich. »Na danke! Sehr schmeichelhaft!«

Ganz kurz schaute David mich an, dann senkte er den Blick. Seine Augen waren etwas weniger rot als gestern, aber dafür lagen dunkle Schatten unter ihnen. Zu gern hätte ich ihn gefragt, ob er überhaupt geschlafen hatte. »Entschuldige.« Seine Stimme war ausdruckslos. »Ich wollte dich nicht beleidigen.« Er kam zu uns herunter. Ich hatte den Eindruck, er musste sich zusammenreißen, bevor er es wagte, das Geländer loszulassen.

Henry runzelte die dicken schwarzen Augenbrauen und ich wusste, dass auch er gesehen hatte, wie Davids Fingerknöchel weiß hervorgetreten waren. »Hey, Alter!«, grüßte er betont barsch. »Sag nicht, du hast wieder die halbe Nacht hindurch diesen alten Kasten gequält!«

*Kasten?* Die Frage musste mir am Gesicht abzulesen gewesen sein, denn Henry schob nach: »Ein Klavier. Er spielt öfter darauf, als gut für ihn ist.«

David war also derjenige gewesen, der letzte Nacht die Mondscheinsonate gespielt hatte!

»Ich wusste nicht, dass du Klavier spielen kannst«, sagte ich. Sein Spiel war gut gewesen, sehr ausdrucksvoll und sehr traurig. Was kein Wunder war, wenn man bedachte, was ihm kürzlich passiert war.

»Hast du oder hast du nicht?«, hakte Henry nach. »Gespielt, meine ich!« Da David ihm nicht antwortete, sah er mich forschend an. »Hat er oder hat er nicht?«

Ich war drauf und dran zu verneinen, doch dann siegte die Ehrlichkeit, die mich schon so oft in Teufels Küche gebracht hatte. Ich nickte.

Henry seufzte. »Was hast du gespielt?«, wandte er sich an David.

Der schwieg weiterhin. Für einige Sekunden maßen die beiden sich mit Blicken und ich hatte das Gefühl, dass sie eine Art stummen Kampf ausfochten.

Langsam schwang Henrys Kopf zu mir herum. Ich räusperte mich unbehaglich, schaffte es aber, die Klappe zu halten.

»Was, David?«, hakte Henry nach, ohne mich dabei aus den Augen zu lassen. »Beethoven?« Die letzte Frage war eindeutig an mich gerichtet.

Ich zuckte die Achseln, aber er nickte, als hätte ich seine Vermutung bestätigt. Mein Gesicht wurde heiß und ich verfluchte die Tatsache, dass man mir meine Gedanken wie immer direkt an der Nasenspitze ablesen konnte.

Henry schüttelte sachte den Kopf. »Du bist echt krank im Hirn, Alter!« Er klang gleichzeitig besorgt und gutmütig. Und mit diesen Worten marschierte er voraus in Richtung Esszimmer.

»Tut mir leid«, murmelte ich. Jemand hatte Zimmermannsnägel durch die Sohlen meiner Schuhe geschlagen und mich auf dem wertvollen Parkettfußboden festgenagelt.

David rührte sich noch immer nicht. »Hast du es wirklich gehört?« Er musterte mich und ich verspürte brennende Neugier zu erfahren, was er in diesem Moment wohl dachte.

Ich nickte. »Du spielst sehr gut.« Ich kannte nicht besonders viele Jungs, die Klavier spielten, und das machte ihn in meinen Augen gleich noch ein bisschen interessanter.

Er behielt für sich, ob ihn mein Kompliment freute. Als er vor mir her zum Speisezimmer ging, sah ich, dass sich der fliederfarbene Umschlag wieder in seiner Hosentasche befand, obwohl er eine andere Jeans trug als gestern.

# 4

Als ich das lichtdurchflutete Esszimmer betrat, war Henry gerade dabei, sich am Buffet den Teller vollzuschaufeln. Wie am Nachmittag zuvor gab es Kaffee und Waffeln, aber dazu kamen jetzt noch Eier und Speck, frische Brötchen und verschiedene Käsesorten. Schon wieder kam ich mir vor wie in einem Hotel. Grace stand in einer Ecke und wartete darauf, einen Auftrag zu erhalten. Als sie mich sah, schien sie erstaunt und beunruhigt zugleich, aber sie wich meinem forschenden Blick aus. Ob sie tatsächlich geglaubt hatte, ich würde ihre seltsame Warnung von gestern ernst nehmen?

David hatte sich nur einen Kaffee eingeschenkt und saß bereits an einem Ende des Tisches, der an diesem Tag mit fröhlichem hellgelbem Geschirr gedeckt war. Schweigend starrte er in seinen Becher, so als wollte er damit demonstrieren, dass er keine Lust auf eine Unterhaltung hatte.

Mit einem unterdrückten Seufzen trat ich neben Henry an das Buffet und sah zu, wie er dem Haufen Rührei auf seinem Teller mehrere Würstchen und ein paar Scheiben Speck hinzufügte. Als er bemerkte, dass ich ihn beobachtete, grinste er schon wieder. »Hatte heute Morgen noch nichts«, sagte er. Dann schob er sich eines der Würstchen ganz in den Mund.

»Warum bist du hier?«, fragte ich ihn.

Er antwortete mir mit vollem Mund. »Jason hat mir erlaubt, jederzeit herzukommen. Ab und zu übernachte ich auch hier.

Seinetwegen.« Er schluckte und warf einen vielsagenden Blick in Davids Richtung. »Ich dachte mir, dass es vielleicht ganz gut ist, wenn du in den ersten Tagen ein bisschen Unterstützung bekommst.«

Ich verbiss mir jede Bemerkung, nahm eine Schüssel und füllte sie mit Obstsalat und Joghurt.

»Gut so«, lobte Henry, nachdem er sich ein weiteres Würstchen in den Mund gestopft hatte. »Pass bloß auf, dass du nicht zunimmst! Du könntest sonst womöglich nicht mehr durch die Gullys passen.«

Ich streckte ihm die Zunge raus und ging mit meinem Frühstück zu David. Ohne ihn zu fragen, ob es ihm recht war, setzte ich mich neben ihn. Ganz kurz schaute er auf. Wenn er genervt war, so verbarg er es hinter einer ausdruckslosen Miene.

Ich atmete einmal tief durch. »Okay«, meinte ich und mir fiel auf, dass ich mit dem Löffel wie mit einer Waffe auf ihn zeigte. Rasch legte ich das Ding weg. »Wir beide wissen, dass es zwei Möglichkeiten gibt, das hier durchzustehen: auf die harte oder auf eine angenehmere Tour.« Ich hielt inne, um ihm Gelegenheit zu geben, etwas zu antworten, doch er schwieg. Also redete ich einfach weiter: »Ich bin auch nicht ganz freiwillig hier und das Letzte, was ich vorhabe, ist, dir auf die Nerven zu gehen. Aber ich habe meinem Vater – und auch deinem, nebenbei bemerkt – versprochen, dass ich dir Gesellschaft leiste. Ich habe inzwischen begriffen, dass dir nichts daran liegt, aber ich fürchte ...«

»Ich sagte gestern schon, dass wir das Ganze so elegant wie möglich über die Bühne bringen sollten«, fiel er mir mitten ins Wort.

Henry, der sich in der Zwischenzeit auf der anderen Seite neben David gesetzt hatte, lachte leise. Dann schaufelte er eine Gabel voll Rührei in seinen Rachen und begann, völlig unbekümmert zu kauen. David beachtete ihn nicht. Seine Hände lagen um den Kaffeebecher und es sah aus, als müsse er sich daran festhalten.

»Oh!« Ich war aus dem Konzept gekommen. »Gut.« Ich entschied mich, zum Gegenangriff überzugehen. Verdammt! Sonst war ich doch auch nicht auf den Mund gefallen. Warum nur kam ich mir schon wieder wie ein Volltrottel vor? »Was hat es mit diesem Lied auf sich?«, fragte ich.

Erneut lachte Henry. »Selbst schuld!«, hörte ich ihn murmeln. »Hättest wenigstens für eine Nacht auf den dramatischen Effekt verzichten können! Mondscheinsonate!« Er schnaubte verächtlich.

David funkelte ihn an. Seine Schultern waren plötzlich angespannt. An seiner Schläfe pochte eine einzelne Ader.

»Ich meine«, ergriff ich wieder das Wort, »ich habe das heute Morgen mal gegoogelt. Es heißt, dass Beethoven die Sonate an der Bahre eines verstorbenen Freundes improvisiert hat. Findest du nicht, dass es ziemlich schräg ist, wenn du sie Nacht für Nacht spielst?«

Zehn, fünfzehn Sekunden verstrichen. »Ja«, sagte David dann zu meiner Verblüffung. »Wahrscheinlich hast du recht.« Er hob seinen Becher an die Lippen und nahm einen Schluck.

Er trank seinen Kaffee schwarz.

»Warum tust du es dann?« Ich wartete eine Weile, und als David keine Anstalten machte, mir zu antworten, wandte ich mich an Henry. »Also?« Ich drohte ihm mit dem Löffel. »Und wehe, du wagst es, mir auch auszuweichen!«

Er hob beide Hände. »Nicht prügeln, Missy!«, jammerte er und imitierte den Tonfall einer Frau. Ich hoffte für ihn, dass seine Malerei besser war als seine Schauspielkünste, denn die

Vorstellung war ziemlich erbärmlich. Die ängstliche Südstaatensklavin nahm ich ihm keine Sekunde lang ab. Stattdessen hätte er locker die Rolle des Hagrid in einem Harry-Potter-Film übernehmen können.

Demonstrativ verschränkte ich die Arme vor der Brust und lehnte mich zurück.

Endlich stieß Henry einen Seufzer aus. »Tja«, sagte er. »Er behauptet, er hat seine Gründe.«

Ich wartete weiter, aber Henry schüttelte nur den Kopf und wies mit dem Kinn auf David, zum Zeichen, dass ich alles Weitere aus ihm herausquetschen sollte.

Herausfordernd wandte ich mich also wieder David zu. Es dauerte eine ganze Weile, bis er einsah, dass ich nicht lockerlassen würde.

Er schluckte schwer. »Wenn ich spiele ...«, setzte er an, verstummte dann aber wieder.

Ich ließ den Blick nicht von ihm.

Sein Kehlkopf ruckte. Unter seinem dünnen T-Shirt sahen seine Schultern verkrampft aus.

»... hört er ihr Flüstern nicht«, stieß Henry mit einem leisen Schnauben hervor.

David sah aus, als bereiteten ihm die Worte Schmerzen.

»Ihr Flüstern?« Ich fühlte ein Kribbeln im Nacken. »Von wem redet ihr?«

Aber David schien jetzt jede Bereitschaft, mit mir zu reden, endgültig verloren zu haben. Mit einer gleichzeitig zornigen und aufsässigen Bewegung schüttelte er den Kopf, sodass ihm seine dunklen Haare in die Augen fielen.

»Henry?«, fragte ich.

Henry wand sich, aber schließlich gab er nach. »Charlies«, sagte er sehr leise.

Ich konnte ein ungläubiges Lachen gerade noch unterdrücken. Dann fiel mein Blick auf Davids Gesicht. Tiefe Linien hatten sich in die Haut um seinen Mund gegraben und seine Stimme klang sehr leise und sehr kalt, als er sagte: »Hatten wir uns nicht darauf geeinigt, dass dieser Name hier nicht mehr fällt?«

Schlagartig sank die Temperatur im Raum um einige Grad. Henry jedoch schien das nicht zu bemerken. Er wandte unbekümmert die Handflächen nach oben. »Du hattest es verlangt!«, stellte er richtig. »Und ich habe gesagt, dass du mich am Arsch lecken kannst.« Er verzog das Gesicht. »Alles hier hat irgendwie mit Charlie zu tun. Wirst du noch merken.«

Diesmal schloss David die Augen, als der Name fiel.

Ratlos betrachtete ich ihn und überlegte noch, was ich als Nächstes sagen sollte, als die Tür des Esszimmers aufgestoßen wurde und eine Frau hereinkam. Sie mochte dreißig oder auch vierzig Jahre alt sein, das war schwer zu schätzen. Sie trug einen durchgeschwitzten Trainingsanzug und Turnschuhe, deren Sohlen auf dem Parkett feuchte Abdrücke hinterließen.

»Herrje!«, ächzte sie, als sie uns sah. »Ich wusste nicht, dass ihr schon auf seid. Ich glaube, ich sollte besser erst mal duschen ...« Sie war bereits auf dem Weg nach draußen, als David die Augen wieder öffnete.

»Schon gut, Taylor.« Er wies auf mich. »Das ist Juli, die Tochter von Bob Wagner. Juli, das ist Taylor, die persönliche Assistentin meines Vaters.«

Taylor trat näher und wir schüttelten uns die Hände. Alles an ihr wirkte kräftig, aber auf eine sportliche, hübsche Art. Die Muskeln ihrer Beine waren unter der eng anliegenden Jogginghose deutlich zu erkennen. »Willkommen, Juli«, sagte sie. »Jason hat mir erzählt, dass ihr uns besuchen würdet.« Für einen kurzen Augenblick musterte sie David. »Das ist gut«, fügte sie hinzu.

»Danke, Miss Taylor«, sagte ich und zwang mich, mir nicht die Finger zu reiben, nachdem sie sie losgelassen hatte. Sie hatte einen Händedruck wie ein Schraubstock.

»Oh! Einfach nur Taylor!« Sie lächelte mich an. Sie hatte die typischen schneeweißen und regelmäßigen Zähne der amerikanischen Oberschicht und irgendwie sah es so aus, als hätte sie mindestens fünfzig Stück davon im Mund. »Jeder hier nennt mich so.«

»Taylor.« Ich gab ihr Lächeln zurück.

Ihre dichten hellblonden Haare waren zu einem dicken Pferdeschwanz zusammengefasst und ihre Haut wirkte fast makellos glatt. Nur rund um die Augen konnte man ein paar winzigen Fältchen erkennen. Sie nahm sich ebenfalls etwas Obst und Joghurt. Dann setzte sie sich zu uns. »Und?«, fragte sie. »Gut geschlafen, die erste Nacht in einem fremden Bett?«

Ich bejahte, obwohl das ja genau genommen eine Lüge war. »Was macht eine persönliche Assistentin?« Die Frage war mir entschlüpft, und erst als Henry schon wieder anfing zu lachen, bemerkte ich, dass sie vielleicht etwas zu direkt war. Schlagartig schoss mir das Blut in die Wangen. »Ich ... äh, ich wollte nicht ...« Aber es war natürlich längst zu spät. Mit beiden Füßen mitten hinein ins Fettnäpfchen! Super! Mit hochroter Birne senkte ich den Blick auf meine Hände. »Tja«, sagte ich, um Fassung bemüht. »So viel zum Thema Taktgefühl und Höflichkeit.«

Taylor lachte. »Kein Grund rot zu werden! Meine Aufgaben hier im Haus sind nicht von der, hm ... Art, wie dieser Dummkopf hier dir weismachen will!« Sie schlug nach Henry. Er zog seinen Arm weg und grinste nur. »Ich bin Jasons Physiotherapeutin«, fügte Taylor hinzu. »Er leidet neuerdings unter Ischiasproblemen und darum hat er mich eingestellt. Aber im Moment ...« Sie warf einen Blick in Davids Richtung. »... kümmere ich mich eher um ihn. – Hast du deine Tabletten heute schon genommen, David?«

Ich dachte daran, wie Mr Bell gestern Nachmittag genau die gleiche Frage gestellt hatte, und fühlte mich genauso unwohl wie am Vortag. David war neunzehn. Trotzdem behandelten ihn alle wie ein kleines Kind. Plötzlich tat er mir leid.

Er zog es vor, nicht zu antworten.

»David?« Taylors Stimme war gleichzeitig sanft und energisch. Ich hatte keine Ahnung, wie sie das machte, aber es faszinierte mich.

David seufzte. »Ja«, sagte er, ohne den Blick zu heben. Ich fragte mich, ob er log. Im Gegensatz zu mir, der man jeden Gedanken sofort von der Nasenspitze ablesen konnte, hätte er problemlos Poker spielen können. Seine Miene war vollkommen undurchdringlich. Er hatte sich an diesem Morgen noch nicht rasiert, doch anders als Henrys Dreitagebart wirkte sein Bartschatten nicht gestylt.

»Gut.« Taylor lächelte breit. Sie hatte definitiv zu viele Zähne im Mund!

Ihre Frage hatte mich an etwas erinnert. Ich tastete in meiner Hosentasche nach einer kleinen Plastikdose, die ich immer bei mir trug. Sie enthielt kleine zweifarbige Kapseln, von denen ich jetzt eine nahm und sie mit Kaffee herunterspülte.

Taylor sah mich fragend an.

»Nur Magnesium«, erklärte ich ihr und hielt die Dose hoch. »Ich habe vom Joggen ab und zu Wadenkrämpfe gekriegt und die hat unser Hausarzt mir empfohlen.«

Taylor nickte verstehend. »Was habt ihr heute vor?«, fragte sie dann.

Ich antwortete nicht sofort. Ich war hier, um Zeit mit David zu verbringen, aber bisher hatte ich nicht die geringste Ahnung, wie unsere gemeinsamen Unternehmungen aussehen sollten.

»Ihr könntet nach Oak Bluffs fahren und euch ein wenig umsehen«, schlug Taylor vor. »Die Gingerbread Houses sind auch bei diesem Wetter nett anzuschauen. Und es gibt ein paar sehr hübsche kleine Läden dort, die auch zwischen den Feiertagen aufhaben.«

Statt mich zu fragen, ob ich Lust dazu hatte, schaute David mich nur an. Sein Blick war ausdruckslos und ich versuchte, mir vorzustellen, wie viel Kraft es ihn kosten musste, dieses Gespräch durchzustehen.

Ich zuckte die Achseln. »Ich würde einfach gern ein bisschen was von der Insel sehen.«

Er nickte. »Gut.« Dann trank er seinen Kaffee aus, stellte den Becher auf den Tisch und erhob sich.

»Willst du gar nichts essen?«, fragte Taylor, während David sich bereits der Tür zuwandte.

Er schüttelte den Kopf. Die Haare fielen ihm vor das Gesicht und verbargen seinen Gesichtsausdruck.

»Schau mich bitte an, wenn du mit mir redest«, sagte Taylor und ich sah, wie sich Davids Kiefer verkrampfte. Langsam hob er den Blick. In seinen Augen flackerte es. Ich konnte nicht erkennen, ob es Wut oder etwas anderes war. Mit einer müden Handbewegung strich er sich die Haare aus dem Gesicht.

»Dir wird schlecht werden, wenn du die Tabletten immer auf leeren Magen nimmst«, sagte Taylor.

Er hielt ihrem Blick stand. »Mir ist seit sechs Wochen andauernd schlecht«, gab er zurück. Dann wandte er sich an mich. »Können wir?«

Ich ging, um mir feste Schuhe anzuziehen und meinem Vater Bescheid zu sagen, dass ich mit David unterwegs war. Wie ich vermutet hatte, saß Dad an seinem Computer und war völlig in seinen Roman versunken. Immerhin ein kurzes, zerstreutes Lächeln schenkte er mir, bevor ich ihn wieder in Ruhe ließ. Als ich mit meiner warmen Jacke über dem Arm zum Haupthaus zurückkam, stand David mit dem Autoschlüssel in der Hand in der Eingangshalle. Er hatte sich eine schwarze Lederjacke übergezogen und ich hatte den Eindruck, dass er an diesem Ort genauso fröstelte wie ich. Ich schaute zum oberen Treppenabsatz, aber da war nichts, was mein Unbehagen hätte erklären können. David folgte meinem Blick und seine Lippen teilten sich, als wollte er etwas sagen. Dann jedoch presste er sie wieder fest zusammen und schwieg. Als wir nach draußen gingen, hielt er mir die Tür auf.

»Also?«, meinte er. »Wohin soll's gehen?«

Ich zuckte die Achseln. »Wenn ich ehrlich bin, habe ich keine Lust auf Shopping.«

Er stand regungslos und wartete. Der Autoschlüssel baumelte von seinen schlanken Fingern. *Klavierspielerhände,* dachte ich unwillkürlich.

»Wollen wir nicht einfach einen kleinen Spaziergang machen? Ich könnte ein bisschen frische Luft gebrauchen.« Ich schaute zum Himmel hinauf. Die Wolkendecke war ein wenig dünner als gestern, sodass man ab und zu ein kleines Stückchen eisiges Blau sehen konnte. Es roch heute auch nicht so stark nach Schnee. Der Wind blies jedoch genauso kräftig wie bei unserer Ankunft. Ich streifte mir die Jacke über, dann zog ich ein Tuch aus der Tasche und schlang es mir um den Hals. Schließlich raffte ich meine störrischen Haare zu einem Pferdeschwanz zusammen.

David steckte den Autoschlüssel weg. »Von mir aus.« Links vom Haupthaus, zwischen zwei Koniferen, die eine vom Wind leicht geneigte Form angenommen hatten, begann ein schmaler Pfad und verschwand ein Stück weiter zwischen dicht stehenden Wacholderbäumen. David zeigte darauf. »Der führt runter zum Strand und von dort dann um den ganzen Teil dieser Insel. Wenn du willst, gehen wir zum Leuchtturm.«

Ich willigte ein. »Aber nur unter einer Bedingung!«, sagte ich.

Er wartete.

»Du musst dich mit mir unterhalten! Noch so ein langes Schweigen wie gestern halte ich nicht aus. Wir können ja von mir aus irgendwelchen Small Talk m...«

»Ich war ziemlich unhöflich gestern, oder?« Der Wind zauste seine Haare.

Ich grinste, obwohl mir irgendwie nicht so recht danach zumute war. Immerhin war ich hier, um ihn aufzumuntern! »Könnte man so sagen, ja.«

Er nickte bedächtig und stieg dann die Stufen hinunter auf die gekieste Auffahrt. »Ich versuche, es heute besser zu machen.« Er überquerte die freie Fläche vor dem Haupthaus und steuerte auf den Pfad zu. »Ich bin mir allerdings nicht sicher, ob es mir gelingen wird.«

*Na wunderbar!* Ich beschloss, das Beste aus der Situation zu machen. »Vielleicht erzählst du mir einfach ein bisschen darüber, wo du das Klavierspielen gelernt hast.«

»Ich hatte eine Lehrerin.« Davids Antwort war zwar nicht besonders informativ, aber immerhin war es eine Antwort. Während wir den schmalen Pfad entlangmarschierten, überlegte ich mir meine nächste Frage.

»Was gefällt dir so an der Mondscheinsonate?«

Er warf mir nur einen langen, schweigenden Blick zu und beschleunigte seine Schritte. Es sah aus, als wolle er vor der Antwort davonlaufen.

Verblüfft starrte ich ihm hinterher. »Oookaaay!«, sagte ich und ärgerte mich schon wieder über sein Verhalten. Hatte er nicht eben versprochen, heute freundlicher zu mir zu sein? So viel also dazu! »Dann eben nicht!«, murmelte ich trotzig. Und stolperte ebenso wortlos hinter ihm her.

Die Landschaft erinnerte mich stark an Rügen. Es gab Dutzende Pfade, die sich kreuz und quer durch das Ginstergebüsch schlängelten, und Wacholderbäume, die mindestens hundert Jahre alt waren. Ab und an ragte ein hellgrauer Findling empor, was so aussah, als habe ein Riese ihn dort verloren. Über uns kreisten Möwen in der kalten Luft. Ihr Geschrei klang wie höhnisches Gelächter.

Nachdem ich ihn eingeholt hatte, gingen David und ich eine Weile lang schweigend nebeneinanderher. Ich hatte mir gerade überlegt, wie ich das Gespräch wieder in Gang bringen konnte, als direkt vor uns eine Gestalt aus dem Unterholz trat. Vor Schreck machte ich einen kleinen Satz zur Seite und stieß dabei gegen David.

Er fasste nach meinem Ellenbogen. »Dad!«, sagte er.

Vor uns stand sein Vater, der offenbar auf Jagd war. Er hatte ein Gewehr dabei.

Ich warf David einen kurzen Seitenblick zu, dann machte ich mich aus seinem Griff los. »Mr Bell!«, grüßte ich. Mir war unbehaglich zumute und das lag hauptsächlich daran, dass Davids Vater uns extrem finster musterte.

»Wo willst du hin?«, fragte er. Er sah aus, als müsse er sich beherrschen, um nicht zu schreien.

David begegnete ihm mit gleichgültiger Miene. »Juli möchte den Leuchtturm besuchen.«

Mr Bell legte das Gewehr in den anderen Arm. »Den *Leuchtturm,* David?« Er betonte das Wort auf eigenartige Weise. Sein Mund war verkniffen.

David erwiderte sein zorniges Starren und schwieg.

Mr Bell – Jason, dachte ich, er hatte mich ja gebeten, ihn Jason zu nennen – blinzelte als Erster. »Zieh sie da nicht mit rein, Sohn!«, drohte er.

David ballte die Fäuste. »Wenn ich mich richtig erinnere«, sagte er kalt, »dann wollte ich nicht, dass sie herkommt. Du hast sie trotzdem eingeladen, also gib mir nicht die Schuld, wenn sie irgendwo *reingezogen* wird!«

Ich starrte von einem zum anderen. Wovon zum Teufel sprachen sie? Ich spürte schon wieder Ärger in mir aufsteigen, diesmal, weil sie mich behandelten, als sei ich ein Möbelstück, das man von A nach B karrte, ohne es um seine Meinung fragen zu müssen. Zornig starrte ich David an. Ich wusste, dass er mich nicht hier haben wollte, und trotzdem taten seine kalten Worte mir weh. David erwiderte meinen Blick für ein paar kurze Sekunden, dann wich er mir aus.

»Seid unbesorgt!«, zischte ich giftig. »Ich lasse mich nicht in Sachen hineinziehen.« *Abgesehen von hirnrissigen Besuchen auf einer winterlichen Insel, um einem selbstmordgefährdeten Arschloch den Hals zu retten,* dachte ich bitter. Um den Schmerz zu unterdrücken, den Davids Worte mir bereitet hatten, wandte ich mich an seinen Vater. »Mr Bell ...«

»Jason«, verbesserte er automatisch.

»Jason!«, wiederholte ich. »Ich bin sicher, dass David nicht vorhat, heute irgendeine Dummheit zu machen.«

Jason sah nicht überzeugt aus.

»Sie haben mich gebeten, hierherzukommen und ein bisschen Zeit mit ihm zu verbringen«, fügte ich hinzu. »Jetzt sollten Sie mir auch vertrauen.«

Ich schaute David an. Er nickte seinem Vater zu. Und der machte uns zögernd Platz. Ich stiefelte an ihm vorbei, ohne ihn noch eines Blickes zu würdigen. David folgte mir. Vor uns führte der Pfad um eine kleine Gruppe von Wacholderbäumen, die im kalten Wind rauschten. Als wir sie umrundet hatten, war Jason hinter uns nicht mehr zu sehen.

Ein sehr leises Lachen aus Davids Kehle ließ mich erstaunt stehen bleiben. Fragend schaute ich ihn an.

»Du bist ganz schön selbstbewusst«, sagte er mit einem Anflug von Anerkennung in der Stimme. In diesem Moment konnte ich ahnen, wie gut er aussehen musste, wenn er glücklich war. »Normalerweise bieten die Leute meinem Vater nicht so die Stirn wie du.«

Ich strich mir eine Haarsträhne aus den Augen, die der Wind mit großer Hartnäckigkeit sofort an die alte Stelle zurückpustete. Plötzlich musste auch ich lachen. »Ich war einfach wütend.«

Übergangslos wurde Davids Gesicht wieder ernst. Es sah aus, als hätte jemand ein Licht hinter seinen Augen ausgeknipst. »Das war nicht zu übersehen.« Ich wartete darauf, dass er noch etwas sagte, aber er verfiel jetzt in sein altbekanntes, nervtötendes Schweigen.

»Du hast gesagt, du wolltest mich nicht hier haben«, wagte ich einen zaghaften Vorstoß.

Er nickte nur, machte aber keine Anstalten, sich zu erklären.

Ich lauschte dem Schmerz in meiner Brust nach und konnte ihn nicht so recht einordnen. Warum nur tat es so weh, seine Ablehnung zu spüren? »Der Pfad – führt er wirklich zum Leuchtturm?«, fragte ich, weil ich das Gefühl hatte, dem anderen Thema nicht gewachsen zu sein.

»Ja«, sagte David. Mehr nicht.

Ich unterdrückte ein Zähneknirschen. »Wenn du weiter so schweigsam bist, fange ich zum Ausgleich dafür an zu schreien!«, drohte ich.

Täuschte ich mich oder zuckten seine Mundwinkel bei diesen Worten ganz leicht nach oben? Wahrscheinlich täuschte ich mich!

Ohne mich anzusehen und mit ebenso ausdrucksloser und kühler Stimme wie zuvor, sagte David: »Der Pfad führt nicht *nur* zum Leuchtturm.«

»Sondern?« Meine Fingerspitzen begannen zu kribbeln.

»Zu den Klippen. Zu der Stelle, an der Charlie ... verunglückt ist.«

Mir war das kurze Zögern in Davids Worten nicht entgangen, aber ich achtete nicht weiter darauf, denn da war das erste Mal etwas gewesen. Ein Hinweis darauf, wie Charlie gestorben war. Die Klippen ...

Ich starrte ihn an. »Ich dachte, sie ist bei einem Autounfall ...«

Sehr tief atmete David durch. Dann schüttelte er den Kopf. »Sie ist von den Gay-Head-Klippen gestürzt.«

Ich fühlte mich, als hätte der eisige Wind plötzlich ausgesetzt und mich an einen Ort versetzt, an dem es weder Wärme noch Geräusche gab. Für ein paar Sekunden lang hörte ich nichts weiter als das Rauschen meines eigenen Blutes in den Ohren.

»Wolltest du mit mir dort hin?«, fragte ich leise.

Er schüttelte den Kopf. Ich wusste nicht, ob ich ihm glauben sollte.

»Danke«, sagte er. »Dafür, wie du meinem Vater eben die Stirn geboten hast.«

Ich runzelte genau diese Stirn und dachte an das, was er gesagt hatte.

Charlie war von den Gay-Head-Klippen in den Tod gestürzt.

»Hoffentlich war das kein Fehler!«, murmelte ich.

# 5

Wir durchquerten einen kleinen Wald, der mitten auf der Ebene stand wie ein Büschel Haare, das man vergessen hatte abzurasieren. Dahinter erstreckte sich die Landschaft mit niedrigem Gestrüpp und Heidekraut. Ein paar Kaninchen hoppelten vor uns über den Weg. Die Möwen hatten sich verzogen und so war, außer dem Rauschen der Brandung, kein einziges Geräusch zu hören.

»Es muss dich total ankotzen«, sagte ich nach einer Weile. So langsam bekam ich Routine darin, die Nervensäge zu spielen. Wenn man es nur lange genug tat, stellte ich fest, wurde es immer leichter. »Dass alle dich wie ein Kind behandeln, meine ich.«

Ich zählte die Schritte, die wir machten, bevor David mir antwortete. Es waren genau zwanzig.

»Vielleicht liegt es daran, dass ich mich kürzlich wie ein Kind benommen habe.«

Ich zögerte. Doch dann beschloss ich, den Stier bei den Hörnern zu packen. »Hast du tatsächlich versucht, dich ... umzubringen?«

Im Gehen hob er eine Augenbraue. »Das haben sie dir erzählt, oder?«

Ich nickte.

Wieder biss er die Zähne zusammen. »Sie haben mich von der Klippe geholt, von der sie ... gestürzt ist.« Ich stolperte über dieses sonderbare Zögern in seinen Worten.

Wir kamen an eine Weggabelung. Rechter Hand führte der Pfad in Schlangenlinien einen kleinen Hügel hinab. Links ging es leicht aufwärts. David hielt kurz inne, dann entschied er sich für den linken Weg. Ungefähr zehn Minuten gingen wir schweigend nebeneinanderher. Ich gab mir Mühe, die Stille zwischen uns auszuhalten, und lenkte mich damit ab, David von der Seite her zu betrachten.

Er war fast einen Kopf größer als ich. Sein Gesicht hatte etwas Spitzes, wie es wohl normal für jemanden war, der gerade ziemlich viel abgenommen hatte. Die Schatten unter seinen Augen waren jetzt weniger schwarz, aber man konnte sie noch deutlich erkennen.

»Wolltest du springen?«, fragte ich nach einer gefühlten Ewigkeit.

Er schüttelte den Kopf und irgendwie erleichterte mich das. »Die Wahrheit ist, dass ich hochgestiegen bin, um es zu tun.« Er erschauderte bei diesen Worten so tief, dass ich es sehen konnte. Spontan fragte ich mich, was für ein Gedanke ihm dabei wohl durch den Kopf ging. »Aber als ich dort oben stand ...« Er hob die Schultern. »Ich konnte es nicht.« Ein bitteres Lachen kam über seine Lippen. »Und weißt du, was mich verrückt macht?«

Ich verneinte.

Er brach einen Zweig von einem Busch ab und betrachtete ihn im Gehen. »Dass ich das Gefühl habe, mein Vater hält mich genau deshalb für einen Feigling.«

Ich blieb mit einem Ruck stehen. »Das darfst du nicht denken!«, rief ich aus, aber gleichzeitig fiel mir ein, wie Jason gestern über das Thema Depressionen geredet hatte.

David lachte erneut. Das Geräusch versetzte meinem Herzen einen Hieb und es fühlte sich schon wieder an, als wäre es aus Glas.

Er warf den Zweig fort und Seite an Seite gingen wir weiter. Ich überlegte, was ich über Charlie wusste, und stellte fest, dass es so gut wie nichts war. Sie war tot. Und sie war von den Klippen gestürzt. Das war es dann auch schon. Fieberhaft überlegte ich, was ich jetzt sagen sollte. Wie gewöhnlich, wenn ich nicht weiterwusste, entschied ich mich für schonungslose Offenheit.

»David«, sagte ich. »Ich habe keinen blassen Schimmer, wie man mit jemandem umgeht, der kürzlich seine Verlobte verloren hat, also musst du mir helfen, okay?«

David zog die Schultern hoch. Im ersten Moment wirkte er abweisend, aber dann erinnerte er sich offenbar daran, dass er mir versprochen hatte, an diesem Tag etwas netter zu sein. »Wie?«, fragte er.

Der Weg stieg jetzt steiler an und langsam geriet ich außer Atem. Heute frage ich mich manchmal, warum ich mir nicht bereits zu diesem Zeitpunkt Gedanken darüber machte, wohin wir unterwegs waren. Aber damals war ich so sehr auf David konzentriert, dass für mulmige Gefühle einfach kein Platz war.

Ich überlegte, wie ich es anpacken sollte. »Du hast Henry verboten, ihren Namen zu sagen ...«

»Charlie.« Er sagte es mit großem Schmerz in der Stimme. Genau in diesem Augenblick umrundeten wir einen dieser riesigen Findlinge.

Und standen am Rand der Klippen.

Das Meer lag mindestens sechzig, siebzig Meter unter uns. Voller Wut brandete es gegen den Sandstrand und brach sich in schäumenden Wellen.

Erschrocken fuhr ich zu David herum. Ich muss so entsetzt ausgesehen haben, dass er rasch beide Hände hob.

»Reg dich ab!«, sagte er. »Ich habe nicht vor, mich hier vor deinen Augen runterzustürzen.« Er heftete den Blick auf den Horizont. Seine Lippen waren weiß und sehr schmal. Eine Weile stand er da, so regungslos wie eine Statue. Dann wies er auf einen Punkt im Wasser, an dem es mehrere Nuancen dunkler war als sonst überall. »Dort draußen ist im 19. Jahrhundert mal ein Schiff auf ein Riff gelaufen und gekentert. Die *City of Columbus*. Ich dachte, das könnte dich vielleicht interessieren.«

Ich war völlig durcheinander. Ich konnte den Blick einfach nicht von der Kante der Klippe lassen. Wir standen ungefähr zwanzig Meter davon entfernt. Wenn David also nicht vorhatte loszusprinten, waren wir einigermaßen in Sicherheit. Ich schluckte. Ich glaube, in meinem ganzen Leben zuvor und auch seitdem habe ich mich niemals wieder so unter Strom gefühlt wie in diesem Augenblick. Ich forschte in Davids Miene, um herauszufinden, was er plante, aber es gelang mir nicht, ihn zu durchschauen.

Nur seine Augen waren jetzt wieder gerötet. Ich redete mir ein, dass es am Wind lag. »Erzähl mir von dem Schiff!«, forderte ich ihn auf.

»1884 im Januar ist es gesunken. Weil das Meerwasser die Dampfkessel geflutet hatte, konnte der Kapitän nicht um Hilfe pfeifen. Nachdem das Schiff das Riff gerammt hatte, kletterten die Menschen in die Aufbauten, um sich vor dem eisigen Wasser in Sicherheit zu bringen, aber es war Winter, Sturm und eiskalt. Nur die kräftigsten haben es geschafft und wurden gerettet. Alle Frauen und Kinder an Bord sind in den Fluten umgekommen.«

Endlich schaffte ich es, den Blick von der Kante der Klippe zu lösen und auf die beschriebene Stelle zu richten. Wie in einem Film liefen vor meinem geistigen Auge Bilder von dem ab, was David mir gerade erzählt hatte. Ich sah das Schiff in dem dunklen Wasser liegen, sah, wie die Menschen sich verzweifelt an seinen Aufbauten festklammerten. Der Wind heulte um uns herum und ich glaubte, die verzerrten Schreie der Ertrinkenden zu hören.

»Juli!« Davids Stimme drang nur undeutlich zu mir durch. Erst als er mich am Ellenbogen packte und festhielt, holte er mich aus meiner Versenkung. Ich wandte mich zu ihm um, schaute in seine erschrockene Miene. Und da erst begriff ich, dass ich wie in Trance mehrere Schritte gemacht hatte. Direkt auf den Abgrund zu.

Ich blinzelte. Meine Augen brannten jetzt ebenfalls. Ich schlug beide Hände vor den Mund.

David wirkte schuldbewusst. Ich sah seinen Kehlkopf rucken. »Es tut mir leid«, murmelte er. »Ich wollte dich nicht schocken mit dieser Geschichte, ich ...«

»Schon gut.« Langsam ließ ich die Arme sinken. »Erzähl zu Ende!«

Skeptisch sah er mich an. »Bist du sicher?«

Ich überlegte. Dann schüttelte ich den Kopf. »Nicht wirklich!«

Er sah, dass ich mir verstohlen über die Lider wischte, und stieß einen unterdrückten Fluch aus. »Es war idiotisch von mir hierherzukommen!«

Ich verwünschte meine eigene Rührseligkeit. Immerhin war ich hier, um David zu helfen, da nützte es wohl wenig, wenn ich selbst anfing zu heulen. »Das war es nicht!«, widersprach ich ihm. »Kommst du öfter hierher?«

Mir grauste bei der Vorstellung, dass er ganz allein hier oben stand und in die Tiefe starrte.

Er antwortete nicht. Stattdessen sah er mich unglücklich an. »Ich glaube, es ist besser, wir gehen jetzt.« Wir standen nur wenige Meter vom Rand der Klippe entfernt. Er trat einen Schritt vor.

Unwillkürlich packte ich ihn am Arm. »David!«

Er blieb stehen. Der Felsen unter unseren Füßen knisterte bedrohlich und wir wichen zurück. Die Kante zu unseren Füßen sah frisch aus – so, als sei sie vor Kurzem erst abgebrochen. Mein Blick wanderte zu der schäumenden Brandung in die Tiefe. Ich konnte nicht anders, ich musste es fragen. »Das hier ...« Ich räusperte mich. Vor lauter Angst krampfte sich mein Herz zusammen. Trotzdem sprach ich zu Ende. Ich musste es einfach wissen. »Das hier ist die Stelle, an der Charlie verunglückt ist, oder?«

Sanft entwandt er sich mir. Er antwortete lange Zeit nicht. Es war auch gar nicht nötig, denn ich wusste es längst. Ich hatte es in dem Augenblick gewusst, als die Klippen vor mir aufgetaucht waren.

Endlich, nach einer halben Ewigkeit, wandte David mir den Kopf zu. Seine Stimme war nur ein Hauch. »Sie ist nicht verunglückt.«

Ich wollte es nicht hören. »Sondern?«, flüsterte ich trotzdem.

»Sie hat sich umgebracht.«

Meine Lider schlossen sich von allein. Plötzlich schienen sie tonnenschwer zu sein.

In meinem Hinterkopf hörte ich Grace' gewisperte Warnung. *Madeleine wird nicht dulden, dass Sie hier glücklich werden.*

Mit Mühe nur schaffte ich es, die Lider wieder zu heben. Es war kaum möglich, Davids Blick standzuhalten.

»Komm«, sagte er. »Gehen wir lieber zurück. Mir ist kalt.«

# 6

Da seid ihr ja!« In seinen langen Mantel gehüllt saß Henry auf einer Bank an dem leeren Pool zwischen Haupt- und Gästehaus. Er schaute uns entgegen, als wir den Pfad entlangkamen, und er schien mir sofort anzusehen, dass etwas geschehen war. Rasch steckte er das Handy weg, auf dem er bis eben herumgetippt hatte, und musterte erst mich eindringlich, dann David. Ich konnte Sorge in seinen Augen lesen.

»Alles in Ordnung!«, behauptete ich eilig.

David warf mir einen überraschten Seitenblick zu.

»Dann ist es ja gut!«, sagte Henry. Er wollte noch etwas hinzufügen, aber David fauchte ihn völlig überraschend und sehr grob an: »Hört auf, mich zu bemuttern!«

Langsam stand Henry von der Bank auf. Ich glaubte schon, er würde jetzt auch wütend werden, doch seine Stimme war ganz sanft, als er meinte: »Ich will dir nur helfen, Kumpel!«

Da sackte David zusammen, als habe Henry ihm einen Hieb in die Magengrube verpasst. »Natürlich«, murmelte er. »Das weiß ich. Entschuldigt!« Auf einmal wirkte er erschöpft. Er blickte in Richtung Haupthaus. »Habt ihr was dagegen, wenn ich mich zurückziehe?« Er sah mich an.

Ich schüttelte den Kopf. »Natürlich nicht!«

David wandte sich Henry zu.

Der schürzte die Lippen. »Von mir aus ...« Als David davonging, starrte er ihm mit finsterer Miene hinterher. Irgendwie erschien Henry mir wie ein fürsorglicher großer Bruder.

Mir steckte noch immer das eben Erlebte in den Knochen. Ich hatte tausend Fragen, aber ich wusste nicht, welche davon ich zuerst stellen sollte. »Das muss unheimlich schwer sein«, rutschte es mir heraus. »Freundlich zu ihm zu bleiben, obwohl er so fies ist, meine ich.«

Henry reagierte nicht sofort, sondern wartete, bis David im Haus verschwunden war. Endlich zuckte er die Achseln. »Er würde dasselbe für mich tun, wenn es mir so schlecht ginge.« Gleich darauf grinste er traurig. »Und ich fürchte, er wäre weitaus besser darin, meine Launen auszuhalten als ich seine.«

Ich nickte, obwohl ich mir dazu eigentlich keine Meinung bilden konnte. »Klar.« Ich überlegte. »Wir waren eben auf den Klippen. Dort, wo Charlie verunglückt ist.«

Henry riss die Augen auf. »Echt? Scheiße! Ich wusste es!«

»Ich hatte nicht das Gefühl, dass er springen wollte.« Es stimmte nicht ganz, denn ich hatte ja genau davor Angst gehabt. Aber trotzdem: Wenn ich die ganze Szene jetzt Revue passieren ließ, war ich mir ziemlich sicher, dass David nicht gesprungen wäre. Nicht vor meinen Augen jedenfalls. Dazu war er einfach zu rücksichtsvoll.

Verwirrt runzelte Henry die Stirn. »Hoffen wir, dass du dich nicht irrst.«

Ich musste daran denken, wie ich meinen Vater gefragt hatte, ob ich schuld sein würde, wenn David sich umbrachte. Ein mulmiges Gefühl machte sich in meinem Magen breit. »Stimmt es, dass *sie* sich umgebracht hat?«

Henrys Stirnrunzeln verwandelte sich in einen Ausdruck von Ungläubigkeit. »Hat David dir das erzählt?«

Ich nickte. Warum war das so überraschend? »Mein Vater hat gesagt, dass ihr Tod ein Unfall war.«

»Es ist nur so ...« Henry rieb sich mit der flachen Hand über den Schädel. Seine langen schwarzen Haare knisterten leise. »Er spricht sonst nie darüber, was auf der Klippe passiert ist. Was hast du getan, dass er sich dir öffnet?« Er schien ehrlich an einer Antwort auf diese Frage interessiert zu sein.

Ich zuckte die Achseln. »Gar nichts.« Und das stimmte ja auch. Die ganze Zeit über hatte ich eher das Gefühl gehabt, dass ich mich ungeschickt benahm. Wenn David mir tatsächlich mehr erzählte als allen anderen, dann war das auf jeden Fall nicht mein Verdienst. »Sag mir, was genau passiert ist!«, bat ich Henry.

»Zuerst galt es offiziell als Unfall.« Er rümpfte die Nase. »Die Polizei hat das Ganze untersucht. Die Kante der Klippe ist abgebrochen, das hast du vielleicht gesehen. Man hat Charlies Leiche nie gefunden, aber man hat die Leute befragt, die sie kannten. Alle waren übereinstimmend der Meinung, dass sie sich auf keinen Fall umgebracht hätte. Alle, bis auf David.«

»Er hält es für Selbstmord. Wieso?«

»Vielleicht gibt es einen Abschiedsbrief.«

»Der fliederfarbene Umschlag in Davids Hosentasche!« Der Gedanke war mir ganz plötzlich gekommen.

Ein Lächeln glitt über Henrys Gesicht. »Du guckst genau hin, oder? Ja, ich glaube auch, dass das ein Abschiedsbrief ist.«

»David hat dir nicht erzählt, was drinsteht?«

»Nie. Er wird zum Tier, wenn man ihn nur darauf anspricht! Das übrigens als kleiner Rat für dich.«

»Danke.« Ich überlegte. »Du hast doch bestimmt eine Vermutung, was auf der Klippe passiert ist.«

»Ehrlich: Ich weiß auch nur wenig! Die beiden haben ihre

Verlobung bekannt gegeben. Mitte November war das, ich weiß das noch so genau, weil ...« Er unterbrach sich, rieb sich die Stirn mit dem Daumengelenk. »Egal! Also es gab eine Verlobungsfeier. Und dann, nur einen Tag später, ist es passiert. Niemand kann sich erklären, was genau.«

»David weiß es!« Ich war mir dessen irgendwie sicher.

»Wie kommst du darauf?«, fragte Henry, aber es war mehr eine rhetorische Frage, eine, die man jemandem stellte, wenn man mit ihm gemeinsam nach Antworten suchte.

»Er wirkt auf mich so sehr ...« Ich suchte nach dem richtigen Wort. »... selbstquälerisch.«

Henry nickte. »Oh ja!«, meinte er gedehnt. »Das ist er. Ich habe keine Ahnung, warum, aber aus irgendeinem Grund gibt er sich die Schuld an ihrem Tod.«

»Aber er hat mit dir nicht darüber gesprochen?«

»Er spricht mit niemandem darüber.«

»Bekommt er professionelle Hilfe?« Ich war kein Fan der amerikanischen Unsitte, jede Lebenskrise zu einem Fall für den Psychiater zu erklären, aber hier wäre es wahrscheinlich eine gute Idee gewesen, dachte ich. So wie David aussah, brauchte er dringend Hilfe.

»Nein. Sein Vater meint, dass Psychiater etwas für Frauen sind.« Henry verzog das Gesicht zu einer Grimasse. Ich dachte wieder daran, was Jason gestern über Depressionen gesagt hatte. Irgendwie passte es zu ihm, aus reinem Machogehabe heraus seinem Sohn medizinische Hilfe zu verweigern. Eine tief sitzende Wut auf ihn erfasste mich und quetschte meinen Magen zusammen.

»Immerhin hat er Taylor eingestellt«, startete Henry einen halbherzigen Versuch, Jason zu verteidigen. »Sie sorgt dafür, dass David Medikamente bekommt.«

»Sie ist Physiotherapeutin!« Meine Stimme wurde ganz flach vor Ärger. »Und er hat sie eigentlich für sich selbst eingestellt.«

»Stimmt. Aber sie ist auch Ärztin. Sie hat eine ganze Zeit in einem Krankenhaus in Nashville gearbeitet.«

Ich rief mir Davids Gestalt vor Augen. Die Art, wie er erstarrt war, als Taylor ihn nach seinen Tabletten gefragt hatte. »Er wird sich Taylor nie im Leben anvertrauen«, vermutete ich.

»Nope.« Henry schüttelte den Kopf, langsam, von rechts nach links und wieder zurück. Dann grinste er mich breit an. »Jason weiß das.«

Ich begriff, was er damit sagen wollte. »Und darum bin ich hier!«

»Yep!«

Das Unbehagen, das ich angesichts der Größe meiner Aufgabe schon die ganze Zeit gespürt hatte, verdoppelte sich. Ich unterdrückte ein Seufzen. »Erzähl mir ein bisschen was über diese Charlie!«

Henry überlegte kurz. »Okay! Wollen wir dafür auch einen kleinen Spaziergang machen?«

Ich blickte in den bewölkten Himmel. Es sah nach Regen aus. »Von mir aus!«

Henry schlug nicht den Pfad zu den Klippen ein, sondern führte mich die lange Auffahrt des Herrenhauses entlang und an deren Ende in einen kleinen Birkenwald. Unsere Schritte raschelten im Vorjahreslaub. Die Kälte war hier weitaus besser zu ertragen, denn ein Teil der Bäume hatte die braunen, trockenen Blätter nicht abgeworfen und das Laub hielt den Wind ab. Es rauschte leise in den Baumkronen.

»Was willst du wissen?«, fragte Henry mich.

Ich hatte die Fäuste in die Jackentaschen gestopft. »Keine Ahnung. Wie war sie so? David muss sie sehr geliebt haben.«

Bei meinem letzten Satz verzog Henry die Lippen zu einem wehmütigen Lächeln. »Jeder, der sie kannte, hat sie geliebt. Sie war einfach ...« Er blieb stehen und suchte nach dem richtigen Wort. »... umwerfend!« Er griff in seinen Mantel, zog seine Brieftasche aus der hinteren Jeanstasche, holte ein Foto hervor und gab es mir. Es zeigte ihn selbst in der Mitte von zwei Menschen. Der rechte war David, aber das erkannte ich erst beim zweiten Hinsehen. Auf dem Bild war er nicht so dünn wie im Moment. Und vor allem: Er lachte! Wie ich schon vermutet hatte, sah er umwerfend gut aus, wenn er lachte. Mit ausgestrecktem Arm hielt er eine Bierflasche in die Kamera. Einen Augenblick lang konnte ich den Blick nicht von seinem fröhlichen Gesicht wenden. Seine Haare hingen ihm in die Stirn, wie ich es schon von ihm kannte, und seine Jeans saß ihm ähnlich tief auf den Hüftknochen wie heute. Aber da war etwas in seinen dunklen Augen, ein vergnügtes, spöttisches Funkeln, das mir Herzklopfen verursachte. Ich ertappte mich dabei, dass ich mir wünschte, ich hätte ihn so kennengelernt.

Dann jedoch fiel mein Blick auf die dritte Person auf dem Foto. Und mir blieb im wahrsten Sinne des Wortes die Luft weg. Charlie war einfach unglaublich schön gewesen! Sie hatte sahneweiße Haut gehabt und lange pechschwarze Haare, dazu Augen, deren Wimpern unverschämt lang waren. Auf dem Bild trug sie Jeans, wie die beiden Jungs. Ihr knappes Top war bauchfrei und enthüllte mehr von ihrer üppigen Figur, als es verdeckte. Auch sie lachte aus vollem Halse und ich glaubte, die Energie förmlich spüren zu können, die sie zu Lebzeiten ausgestrahlt haben musste.

»Sie war sehr schön«, murmelte ich.

Henry lachte leise. Es klang traurig. »Oh ja, das war sie!«

Ich musste an David denken, daran, was sein Anblick mit meinem Herzen gemacht hatte. Jason Bell hatte die Hoffnung, dass ich ihn aus seiner Trauer holen konnte. Finster starrte ich das Foto an. Um zu ahnen, wie bescheuert diese Idee war, brauchte ich mir nur Charlies makelloses Gesicht anzusehen.

Henry stieß mich in die Seite und riss mich damit aus meinen missmutigen Gedanken. »Du bist neidisch!«, sagte er.

Ich schüttelte den Kopf und reichte ihm das Foto zurück. »Wieso sollte ich?«

»Jedes Mädchen ist neidisch auf sie gewesen. Glaub mir: Das ist ganz normal!«

Ich schnaubte. »Ich kannte sie nicht mal!«

Schwer ruhte Henrys Blick auf mir. »Stimmt«, sagte er. »Du kanntest sie nicht.«

Nach dieser Feststellung begann Henry, von Charlie zu schwärmen. Er erzählte mir, wie fantastisch, sozial engagiert und hochintelligent sie gewesen war. Je länger er sprach, umso durchschnittlicher fühlte ich mich, und ich war heilfroh, als er mit den Worten endete: »David hat sich bei den anderen Jungs der Insel ziemlich unbeliebt gemacht, als er sie sich geangelt hat.«

»Kann ich mir vorstellen«, murmelte ich lahm. Der Wind schien aufgefrischt zu haben, das trockene Laub an den Bäumen raschelte lauter und mir war jetzt auch hier im Wald sehr ungemütlich zumute. Fröstelnd stellte ich den Kragen meiner Jacke auf. Eine Frage lag mir auf der Zunge.

Wenn sie so toll war, wie er behauptete, wieso hatte sie sich dann umgebracht? Hatte sie sich überhaupt umgebracht oder war es doch nur ein Unfall gewesen?

Ich sog die Wange zwischen die Zähne und biss darauf, während ich überlegte.

Wie es aussah, lag der Schlüssel zu allem auf den Klippen von Gay Head. Ein heftiger Windstoß fuhr durch die Bäume und verwandelte das Rascheln des Laubes in ein leises Wispern. Es hörte sich unheimlich an. Unwillkürlich drehte ich mich um und zog den Kopf zwischen die Schultern.

Henry sah mich an. »Ich glaube, ich bringe dich lieber zurück. Du siehst aus, als könntest du einen heißen Tee gebrauchen.«

Kurz darauf marschierten wir über die Auffahrt zum Haupthaus hinauf. Mein Blick fiel auf die Fenster im Obergeschoss. Täuschte ich mich oder stand hinter einem von ihnen Grace? Ich musste blinzeln, weil der Wind mir Tränen in die Augen trieb, und als ich wieder klar sehen konnte, war die Gestalt hinter dem Fenster verschwunden. Vermutlich hatte ich mich wirklich getäuscht.

Henry hatte bemerkt, dass ich stehen geblieben war. »Was ist?«

Ich zögerte. Was von den unheimlichen Dingen, die gestern geschehen waren, konnte ich ihm anvertrauen, ohne dass er mich auslachte? »Grace«, murmelte ich.

Er hob nachdenklich eine Augenbraue. »Das Zimmermädchen?«

»Ja.« Ich zog die Unterlippe zwischen die Zähne und kaute darauf herum, während ich die nächsten Worte sorgfältig abwägte. »Sie hat gestern Abend etwas sehr Seltsames zu mir gesagt.«

Henry verschränkte die Arme vor der Brust und wartete.

»Sie hat von einer Madeleine gesprochen. *Sie wird kommen,* hat sie gesagt. Und: *Sie wird nicht dulden, dass Sie hier glück-*

*lich werden.«* Das Letzte schob ich eilig nach. Ausgesprochen wirkte es noch viel bescheuerter und ich beschloss zu verschweigen, dass Grace zuvor mein ängstliches Schaudern in der Halle bemerkt hatte.

Einige Sekunden lang reagierte Henry nicht. Er stand einfach da, die Arme fest miteinander verknotet. In seinem Gesicht arbeitete es und es sah aus, als ringe er mit sich. »Grace gehört zum Stamm der Wampanoag«, sagte er, als würde das irgendwas erklären.

»Und?«

Sein Blick wanderte zum Haupthaus. Dicke Wolkenberge türmten sich dahinter auf wie eine Armee, die sich zum Angriff bereit machte. »Cooler Himmel!«, murmelte Henry. Er löste seine Arme, formte mit beiden Händen einen Rahmen und blickte hindurch, als wolle er prüfen, ob sich die Szenerie für ein Gemälde eignete.

»Henry!«, mahnte ich. »Red schon!«

Durch das Rechteck, das seine Finger bildeten, schaute er mich an. Dann ließ er die Arme sinken. »Die Wampanoag sind Indianer. Sie gehören zur Familie der Algonquin.«

Ich wartete.

Über Henrys Miene glitt ein Ausdruck von Verzweiflung. »Du bist ganz schön hartnäckig, weißt du das?«

Demonstrativ verschränkte jetzt *ich* die Arme vor der Brust.

Da endlich gab er nach. Er zuckte die Achseln. »Grace ist besessen von Madeleines Fluch«, erklärte er. »Das ist Folklore, nichts weiter! Eine Geistergeschichte, mit der man hier auf der Insel kleine Kinder erschreckt.« Und mit diesen Worten wandte er sich ab und ließ mich einfach stehen.

Verblüfft stiefelte ich ihm hinterher.

Ein Fluch? Geister?

Grace' Warnung wisperte in meinem Hinterkopf.

*Sie sollten Ihren Vater bitten, Sie so schnell wie möglich wieder von dieser Insel wegzubringen!*

Als ich hinter Henry die große Halle des Herrenhauses betrat, kam Taylor gerade die Treppe herunter. Sie lächelte strahlend. »Oh! Das ist ja nett, dass ich euch treffe«, rief sie. »Habt ihr Hunger?«

Ihre Frage machte mir klar, dass es inzwischen weit nach Mittag sein musste. Mein Magen meldete sich mit einem leisen Knurren und ich legte die Hand auf den Bauch. »Und wie!« Vielleicht, dachte ich, ergab sich beim Essen eine Gelegenheit, mit Taylor über David und dabei auch über diesen geheimnisvollen Inselfluch zu reden.

Henry hingegen schüttelte den Kopf. »Ich muss los«, sagte er. »Ich habe heute Nachmittag einen Termin mit einem Galeristen in Haven. Vielleicht bekomme ich ihn dazu, meine Bilder auszustellen.«

»Ich dachte, du verkaufst deine Bilder bei Heather in Oak Bluffs?«, sagte Taylor.

Er verzog das Gesicht. »Heather hat einen Souvenirladen! Was ich brauche, ist eine echte Galerie!«

Da lachte Taylor. »Ich drücke dir die Daumen!«

»Spotte nur!«, knurrte er.

Taylor sah mich an. »Henrys Bilder sind, nun ja, sagen wir, ein wenig speziell!«, erklärte sie mir. »Wenn du sie siehst, wirst du verstehen, warum er Schwierigkeiten hat, sie an den Mann zu bringen.«

»Sie sind Kunst!« Henry machte ein verzweifeltes Gesicht, so, als habe er diesen Satz in seinem Leben schon millionenfach ausgesprochen und niemand ihn dabei ernst genommen.

Aber in seinen Augen glitzerte es ironisch. Ich wusste von Dad, dass er es eigentlich nicht nötig hatte, seine Bilder zu verkaufen. Jedenfalls finanziell gesehen nicht. Sein Vater war ein bekannter Schönheitschirurg gewesen und hatte ihm nach seinem frühen Tod ein Vermögen vererbt, das ihm bis zu seinem Ende ein Leben im Luxus erlauben würde.

»Große Kunst! Klar!« Mit einem gutmütigen Lachen und einer vertraulichen Geste hakte sich Taylor bei mir unter. »Komm mit, Juli! Grace hat uns das Essen warm gehalten.« Und während Henry das Gebäude wieder verließ, wollte sie mich zum Speisezimmer ziehen.

Ich hielt sie zurück. »Ich gehe mir nur etwas anderes anziehen«, sagte ich und wies an mir hinunter. Meine robusten Schuhe hatten auf dem kostbaren Parkett unschöne Flecken hinterlassen und auch die Jeans, die ich trug, erschienen mir für das elegante Esszimmer eher *underdressed*. Konnte ja nicht schaden, sich ein bisschen mehr dem Stil des Hauses anzupassen, dachte ich.

Taylor, die eine Art Businesskostüm trug, wollte widersprechen, aber dann nickte sie doch. »Du hast recht.« Sie wies die geschwungene Treppe hinauf. »Davids Zimmer ist dort oben links. Wenn du zurückkommst, fragst du ihn vielleicht, ob er Lust hat, sich uns anzuschließen, was meinst du?«

Ich zögerte. War es eine gute Idee, David schon wieder aus seinem Mauseloch hervorzuziehen? »Mache ich«, willigte ich trotz dieser Überlegung ein.

»Gut. Ich warte auf euch.« Mit diesen Worten verschwand Taylor in Richtung Speisezimmer.

Ich blieb noch einen Moment allein vor der Treppe stehen und dachte nach. Es war vollkommen still im Haus und die drückende Stimmung überfiel mich von einem Moment auf den anderen. Mein Nacken begann zu kribbeln, und bevor ich es richtig realisierte, verspürte ich schon wieder dieses seltsame Frösteln. Wie ein eisiger Hauch zog es hinter meinem Rücken entlang und verursachte mir eine Gänsehaut. Schlagartig begann mein Herz, wild zu klopfen.

*Madeleine. Eine Geistergeschichte. Inselfolklore,* hörte ich Henry sagen. *Geister? Juli, du spinnst wirklich total!* Die Gedanken stolperten wie von selbst durch meinen Kopf.

Ich schüttelte mich und machte, dass ich in mein Zimmer kam. Jeans und Stiefel waren rasch gegen Ballerinas und einen geblümten Rock ausgetauscht, der für die Jahreszeit eigentlich viel zu dünn war, aber den ich einfach zu gern trug, um auf Nebensächlichkeiten wie Temperaturen Rücksicht zu nehmen. Ich kombinierte ihn mit blickdichten Strümpfen in Lila, dann löste ich mein Haarband, fuhr mir mit der Bürste ein paar Mal durch die vom Wind zerzausten Strähnen und band mir den Pferdeschwanz neu.

»Angemessen!«, sagte ich zu meinem Spiegelbild, bevor ich mich auf den Rückweg zum Speisezimmer machte.

Im Haupthaus zögerte ich an der Treppe ins Obergeschoss. Plötzlich hätte ich mich lieber einer Wurzelbehandlung unterzogen, als dorthinauf zu gehen. Ich legte eine Hand auf das geschwungene Treppengeländer. Dann gab ich mir einen Ruck. *Sei nicht albern!,* ermahnte ich mich selbst. Und mit energischen Schritten nahm ich die ersten Stufen.

Vom oberen Treppenabsatz aus ging rechts und links ein breiter Flur ab. Er war mit dicken Teppichen ausgelegt. Fünf Türen gab es in jedem Gang und am Ende jeweils ein Buntglasfenster, auf dem ein Pelikan abgebildet war. Das trübe Winterlicht warf ein paar bunte Flecken durch das farbige Glas auf den knöcheltiefen Teppichboden.

Die vierte Tür im linken Gang wurde von zwei zierlichen Tischchen mit geschwungenen Beinen flankiert, je ein Strauß weißer Lilien stand darauf. *Friedhofsblumen.* An der Wand, den Tischchen gegenüber, hing ein antiker Spiegel mit schwerem goldenem Rahmen. In ihm sahen die Arrangements aus wie ein Gemälde, das eine morbide Atmosphäre zu verbreiten schien.

Ich biss mir auf die Lippe. *Hör auf rumzuspinnen, Juliane!*, ermahnte ich mich. Gerade überlegte ich, wie ich herausfinden sollte, welche der Türen zu Davids Zimmer führte, als sich eine davon öffnete und Grace herauskam. Sie bemerkte mich nicht sofort, weil sie damit beschäftigt war, einen Wäschewagen hinter sich her auf den Flur zu ziehen. Durch den Spalt in der Tür konnte ich ein Stück eines altmodischen Himmelbettes und einen winzigen Tisch erkennen.

Um Grace nicht zu erschrecken, räusperte ich mich leise.

Sie zuckte trotzdem zusammen und fuhr zu mir herum. »Miss Wagner!« Ihr Atem hatte sich ein wenig beschleunigt und ich hätte schwören können, dass sie blass geworden war.

»Entschuldigen Sie, ich wollte Sie nicht erschrecken. Ich bin auf der Suche nach Davids Zimmer.« Fragend wies ich auf zwei der anderen Türen.

Ihr Blick huschte zu jener zwischen den Liliensträußen, aber bevor sie etwas sagen konnte, öffnete sich auch diese Tür. Jason kam heraus.

»Hoppla!«, sagte er. Er klang überrascht, als hätte er nicht erwartet, gleich zwei Menschen hier auf dem Gang anzutreffen. Dann schenkte er mir ein freundliches Lächeln, während er Grace völlig ignorierte. »Du wolltest vermutlich zu David?« Ihm wurde bewusst, dass die Tür, durch die er soeben gekommen war, noch offen stand. Rasch griff er nach der Klinke und zog die Tür ins Schloss.

Ich hatte einen kurzen Blick in das Lilienzimmer erhaschen können. Viel hatte ich nicht gesehen, nur einen riesigen, leeren Kamin und ein paar Möbel, die mit weißen Tüchern abgedeckt gewesen waren. Aber eines war mir sehr deutlich aufgefallen: Zusammen mit Jason war ein ganzer Schwall eisig kalte Luft nach draußen gedrungen. Offenbar standen in dem Zimmer alle Fenster sperrangelweit offen.

# 7

Grace hatte in der Zwischenzeit den Wäschewagen auf dem Flur gewendet, was mühsam zu sein schien, denn die kleinen Metallräder versanken fast vollständig in dem knöcheltiefen Teppich. Erst als sie eine Entschuldigung in Jasons Richtung murmelte, weil sie mit dem Wagen vorbeimusste, schien er sie richtig zu bemerken. Er machte ihr Platz.

»Sie haben aber nicht wieder angefangen, unsere Gäste mit Ihren Schauergeschichten zu ängstigen, Grace?«, fragte er, halb im Scherz und halb ernsthaft.

Grace' Blick huschte erschrocken zu mir, ihre Augen weiteten sich. »Nein, Mr Bell. Natürlich nicht.« Und ich glaubte förmlich, ihr stummes Flehen zu hören: *Verraten Sie mich nicht!*

Jason ließ sich nicht so leicht hinters Licht führen.

»Hat sie, Juli?«, wandte er sich an mich.

»Was für Schauergeschichten?«, gelang es mir, so unschuldig wie möglich zu fragen.

Da lachte er. Laut und dröhnend. Irgendwie klang es erleichtert. »Schon gut! Unsere liebe Grace hat indianische Vorfahren, musst du wissen. Sie neigt dazu, überall Madeleines Geist zu sehen.«

*Madeleines Geist.*

»Geister.« Ich lächelte und hoffte, dass Jason mir meine gespielte Skepsis abnehmen würde. Meine Gänsehaut jedenfalls konnte er nicht sehen, schließlich trug ich lange Ärmel.

Grace' Blick ruhte noch immer auf meinem Gesicht. Sie war jetzt eindeutig blass, daran gab es keinen Zweifel. »Ich habe zu tun«, sagte sie leise und schob ihren Wagen an Jason vorbei.

»Wolltest du jetzt zu David oder nicht?«, fragte der mich.

Ich wollte nur noch fort von hier. »Wenn ich es recht überlege ...«, murmelte ich. »Er war vorhin ziemlich erschöpft. Vielleicht schläft er ja.«

Jasons gute Laune erlosch. »Möglich.« Es war ihm deutlich anzusehen, dass ihm dieser Gedanke nicht besonders gut gefiel. Wahrscheinlich war ein Nickerchen am Tag in seinen Augen genauso weibisch, wie Depressionen zu haben. Ich musste wieder daran denken, was Henry mir vorhin erzählt hatte. Dass Jason sich weigerte, David zu einem professionellen Psychiater gehen zu lassen, weil er das für unmännlich hielt.

Ich unterdrückte den erneuten Anflug von Ärger und schaute in Richtung Treppe. »Ich glaube, ich gehe dann mal lieber.«

»Nein!«, sagte Jason. Mit einem schnellen Griff hinter sich vergewisserte er sich, dass die Tür des Lilienzimmers geschlossen war. »Ich sehe mal für dich nach, okay?«

»Ich habe keinen Hunger!«

Davids Stimme erklang so unvermittelt, dass ich herumfuhr. Er stand an den Türrahmen gelehnt da, hatte die Arme vor der Brust verschränkt und wirkte unendlich abweisend. Ein Funkeln lag in seinen Augen, das ich nicht deuten konnte. Ich fragte mich, wie lange er wohl schon da stand.

Jason schnaubte missbilligend.

»Schon in Ordnung!«, versicherte ich rasch. Inzwischen war mir hier oben auf dem Flur mit den teuren Tapeten und dem dicken Teppich, den Friedhofsblumen und dem ganzen Gerede von Geistern so unbehaglich zumute, dass ich am liebsten sofort davongerannt wäre. »Ich gehe allein wieder runter, David. Du musst nicht …«

»David, du solltest nicht so unhöflich sein!«, rügte Jason seinen Sohn. »Kümmere dich gefälligst um deinen Gast!«

»Ich habe dir schon einmal gesagt, dass du Juli eingeladen hast, Dad, nicht ich!« David ließ den Blick nicht von meinem Gesicht, während er sprach. Er schien sich über irgendwas zu amüsieren. Darüber, dass seine Worte mich schmerzten? »Genau genommen ist sie also dein Gast.« Das Funkeln in seinen Augen erlosch und plötzlich wirkte er einfach nur müde. Ich bemerkte, dass er das weiße T-Shirt wieder gegen den schwarzen Rollkragenpullover getauscht hatte. Die Ärmel ragten ihm bis zur Mitte der Handflächen, was ihn furchtbar schutzbedürftig aussehen ließ.

Ich biss die Zähne zusammen. »Schon gut.« Ich machte ein paar Schritte auf die Treppe zu. Dabei musste ich dicht an David vorbeigehen. Er rührte sich nicht – auch nicht, als ich meinen Blick herausfordernd in seinen bohrte. Als ich aber den Fuß auf die oberste Stufe setzte, war er bereits wieder in seinem Zimmer verschwunden und hatte die Tür lautlos hinter sich ins Schloss gezogen.

Nach diesen ganzen seltsamen Erlebnissen hatte ich keinen Appetit mehr, dafür aber das dringende Bedürfnis, mit jemandem zu reden, der wenigstens ein bisschen normal war. Die einzige Person, die mir dazu einfiel, war mein Vater – obwohl die Bezeichnung *normal* für ihn ebenso unpassend schien wie für David und Jason.

Ich informierte also Taylor, dass sie doch allein essen musste, dann ging ich ins Gästehaus zu Dads Appartement, wo er an seinem Schreibtisch hockte und aus dem bodentiefen

Fenster hinaus in die winterliche Landschaft starrte. Einen Moment blieb ich in der Tür stehen, weil ich wusste, dass es nicht besonders klug war, ihn in seinen Grübeleien zu stören. Er konnte dann sehr ungehalten reagieren.

Als ich mich leise räusperte, seufzte er tief.

»Dieser Ausblick ist nicht gut«, brummte er. »Er lenkt viel zu sehr ab!« Zu Hause hatte er seinen Schreibtisch mit voller Absicht so gestellt, dass er gegen eine Wand schaute. »Wusstest du, dass kurz vor Sonnenaufgang ein paar Iltisse hier auf dem Rasen spielen?«

»Nein.« Ich trat näher und versuchte, einen Blick auf seinen Bildschirm zu erhaschen. Doch er klappte den Laptop zu, bevor ich mehr als die Worte »sagte er« gelesen hatte. »Kommst du voran?«, fragte ich.

»Geht so.« Erneut seufzte er. Dann lehnte er sich auf seinem Stuhl so weit zurück, dass er fast in eine liegende Position kam. »Ist eine schwierige Geburt, diesmal.«

»Unser Besuch hier auch«, murmelte ich.

Er musterte mich von der Seite her. »Du siehst nicht besonders glücklich aus!«

Ich zuckte die Achseln.

»He!« Mit einem Ruck kippte er den Stuhl wieder nach vorne. »Was ist los, Süße?«

Plötzlich kamen mir meine Probleme mit David irgendwie albern vor. Was war schon passiert? Er war abweisend gewesen und hatte mich nicht besonders freundlich behandelt, was, zugegebenermaßen, nicht angenehm gewesen war. Und wir hatten auf der Klippe schwermütige Gespräche geführt, doch ich hatte die ganze Zeit über nicht wirklich das Gefühl gehabt, dass David sich in Gefahr befand.

*Im Gegensatz zu mir selbst ...*

Der Gedanke war da, ohne dass ich etwas dagegen tun konnte. Ich dachte an Grace' sonderbare Warnung und an das Frösteln, das mich immer wieder in der Eingangshalle überkam. So fest ich konnte, biss ich die Zähne zusammen. Was war es eigentlich, das mich so ... so dünnhäutig machte? Nein, nicht dünnhäutig, dachte ich, zerbrechlich, gläsern. Flüche und Geister waren etwas für altmodische Schauerromane. Verdammt, wir lebten im 21. Jahrhundert!

Ich rieb mir die Augen. »Ehrlich gesagt, weiß ich das nicht so genau.«

»Es geht um David, nicht wahr?« Ernst sah er mich an. »Haben wir dir doch ein bisschen zu viel zugemutet?«

»Er ist nicht besonders freundlich zu mir.« Das war das Einzige, was ich mich zu sagen traute, und ich hörte selbst, wie kindisch und selbstbezogen es klang. Ich verzog den Mund zu einem schiefen Grinsen.

»Er trauert«, sagte Dad.

»Schon klar. Das weiß ich auch. Aber da ist etwas ...« Ich zögerte. Ich wusste nicht, wie ich es ausdrücken sollte.

Doch! Eigentlich wusste ich es sehr genau.

»Ich fühle mich so ... zerbrechlich. Als ich ihn gesehen habe, hat sich mein Herz irgendwie in Glas verwandelt«, murmelte ich. Und in diesem Moment erst begriff ich: Das war der Grund für meine sonderbaren Anwandlungen! Davids Anblick hatte mich so sehr angegriffen, dass ich mich plötzlich benahm wie eine dieser Personen aus den Schnulzenromanen meines Vaters.

Dad hob erstaunt die Augenbrauen. Er war es zwar gewohnt von mir, dass ich ab und an die blumigen Ausdrücke benutzte, die er für seine Romane erfand. Aber ich benutzte sie immer ironisch. Doch was ich jetzt gerade gesagt hatte, war mein voller Ernst gewesen. Das schien sogar meinem verpeilten Dad aufgefallen zu sein. Hilflos grinste ich ihn an.

»Ein gläsernes Herz?« Er lauschte den Worten nach. »Herz aus Glas. Das klingt nach einem guten Titel!« Rasch machte er sich eine Notiz auf einem Schmierzettel.

Ich seufzte. »Ich glaube, ich lasse dich besser arbeiten!«

Er war drauf und dran zu nicken, das konnte ich ihm ansehen. Doch dann besann er sich – zu seinem eigenen Glück, dachte ich grimmig. »Wie kann ich dir helfen?«, fragte er.

»Ich würde gern nach Hause fahren!« Der Satz war raus, bevor ich mir im Klaren darüber war, was ich gesagt hatte. *Ist das dein Ernst, Juli? Rückzug, bevor das Gefecht überhaupt richtig begonnen hat?* Das war sonst überhaupt nicht meine Art.

Erstaunt starrte mein Vater mich an. »Ist das ...« Er holte Luft. »... dein Ernst?«, fügte er hinzu und sprach damit genau das aus, was ich eben selbst noch gedacht hatte. Dann betrachtete er mich einen Moment lang und nickte. »Ist es offenbar.« Er stand auf, stellte sich vor mich hin. »So schlimm? Jason hatte mich gewarnt, dass David ein ziemliches Arschloch sein kann. Ich hätte aber nicht gedacht, dass er ...«

»Er ist kein Arschloch!« Wieder rutschten mir die Worte raus, bevor ich mir auf die Zunge beißen konnte.

Dads Verwirrung war jetzt mit Händen greifbar. »Was dann?« Er legte den Kopf von einer Seite auf die andere, während er versuchte rauszubekommen, was ich eigentlich von ihm wollte.

Hilflos zuckte ich die Achseln. Ich wusste es ja schließlich selbst nicht! »Ach was!«, sagte ich. »Es war idiotisch von mir, dich zu stören. Entschuldige! Ich komme schon klar!«

Er wirkte erleichtert über diesen Rückzug und gleichzeitig schien er mir meine Worte nicht zu glauben. Sein Blick huschte zwischen seinem Laptop und mir hin und her und nicht zum ersten Mal hatte ich das Gefühl, dass er sich fragte, was eigentlich sein wahres Leben war: die Figuren aus seinen Romanen oder aber ich, seine Tochter aus Fleisch und Blut. »Wirklich?«, fragte er unsicher.

Ich nickte. »Natürlich. Du kennst mich doch!«

Da grinste er befreit. »Stimmt! Meine starke, wunderbare Juli!«

Ich verzog das Gesicht. »Rede nicht immer wie die Typen aus deinen Büchern!«, mahnte ich und ging darüber hinweg, dass ich genau das eben selbst getan hatte.

Aber er lachte nur. Während ich mich schwermütig und aufgewühlt zugleich fühlte, klang er einfach nur erleichtert. Ich beneidete ihn um die Fähigkeit, alles Schwere einfach von sich abstreifen zu können. Ich wies auf seinen Laptop. »Geh wieder an die Arbeit. Und entschuldige noch mal, dass ich dich gestört habe!«

Er besaß zumindest so viel Anstand, mit dem Hinsetzen zu warten, bis ich auf halbem Weg zur Tür war. Als ich die Klinke herunterdrückte, warf ich einen Blick über die Schulter zurück.

Dad saß bereits wieder vor seinem Bildschirm.

Ich unterdrückte ein weiteres Seufzen. Dann ging ich.

»War doch klar!«, sagte Miley. Nachdem ich meinen Vater seinen Romanfiguren überlassen hatte, hatte ich nachgesehen, ob meine beste Freundin in Boston online war, und dafür den Laptop hochgefahren.

Zu meiner Erleichterung war Miley tatsächlich erreichbar gewesen, und anstatt zu chatten, hatten wir beschlossen, lieber per Skype zu telefonieren. Ich hatte Miley alles berichtet, was Henry mir über Charlie und ihren Tod erzählt hatte, und ihr danach mein Leid über meinen verantwortungslosen, unsensiblen Herrn Vater geklagt.

»Ich meine«, sagte Miley jetzt, »dein Dad war noch nie zu besonders viel zu gebrauchen. Im normalen Leben, meine ich.« Sie grinste. Sie saß offenbar auf ihrem Bett und hatte ihren Laptop auf dem Schoß. Hinter ihr konnte ich ein Stück eines Posters erkennen, das an ihrer Wand hing. Im Moment stand sie auf den Leadsänger einer neuen Boygroup, die in einer Castingshow zusammengevotet worden war.

Ich grinste zurück, auch wenn mir nicht so recht danach zumute war. »Hast ja recht! Aber er verdient ganz gut. Immerhin als Ernährer taugt er also!«

Sie lachte. »Stimmt. Wenn er so weitermacht, könnt ihr euch da unten auch bald so ein Haus leisten!«

»Hier auf Vineyard?« Ich tat so, als würde ich plötzlich frieren. »Weißt du, wie kalt es hier ist?«

Miley zwirbelte eine ihrer Haarsträhnen um den Zeigefinger. Aktuell war sie hennarot gefärbt, aber das stand ihr nicht, fand ich. Sie war eher ein südländischer Typ und ihre Haut viel zu dunkel für eine echte Rothaarige. Ich wusste, dass sie versuchte, mir ein wenig ähnlicher zu sehen. Meine wirren Locken hatten einen roten Schimmer, wenn die Sonne darauffiel, und Miley sagte mir mindestens einmal die Woche, wie sehr sie mich um diese Haarfarbe beneidete.

»Du bist gerade mal knapp hundert Meilen von Boston entfernt, Süße!«, erinnerte sie mich jetzt. »Hier ist es genauso kalt wie bei euch, glaub mir!«

Ich nickte. Aus irgendeinem Grund fühlte es sich an, als lägen Tausende von Kilometern zwischen mir und zu Hause, aber ich beschloss, das für mich zu behalten.

»Aber jetzt mal zu den wichtigen Sachen!«, sagte sie. »Wie kommst du mit David voran?« Sie stellte diese Frage so begierig, dass ich lachen musste.

»Das klingt ja, als sei er ein Projekt!«, schmunzelte ich.

»Ist er das nicht?« Sie ließ ihre Haare in Ruhe und hielt die Hand vor die Kamera. An den Fingern zählte sie ab: »Auswählen, Anlauf nehmen, klarmachen. Die Auswahl hat zwar diesmal jemand anderes für dich getroffen, aber der Rest passt schon!«

»Ich bin gerade mal einen Tag hier und David ist wirklich nicht so ein Typ.« Meine Stimme klang etwas lahm, weil mir die Art, wie sie über David sprach, aus irgendeinem Grund nicht behagte.

Neugierig sah Miley mich an. Die Übertragung war nicht besonders gut und ihr Bild ruckelte ziemlich stark, aber trotzdem konnte ich sehen, dass sie mich zu analysieren versuchte. »He!«, sagte sie. »Ist da etwa jemand ein bisschen empfindlich?«

Ich wehrte ab. »Natürlich nicht!« Aber während ich das sagte, dachte ich daran, wie ich gerade eben bei meinem Vater mein Herz als gläsern bezeichnet hatte. Den Teufel würde ich tun, das gegenüber meiner Freundin zu wiederholen. Ihr Spott wäre mir bis ans Ende meiner Tage sicher gewesen. »Es ist nur so«, fuhr ich fort, »dass ich nicht weiß, was ich mit ihm machen soll. David meine ich.«

»Süße, mir ist klar, dass wir von nichts anderem reden als von deinem David!« Übergangslos wurde Mileys Miene ernst. »Meinst du, dass die Aufgabe, die du übernommen hast, zu heftig für dich ist?«

*Die Aufgabe, die ich übernommen hatte ...*

»Du meinst, ihn davon abzubringen, von der Klippe zu springen?«

Miley schüttelte sich wie ein Hund, der unvermittelt in eiskaltes Wasser geworfen worden war. »Hu!«, machte sie. »Das klingt so melodramatisch!«

*Wenn du wüsstest!,* dachte ich und biss die Zähne zusammen. Davids Gestalt tauchte vor meinem inneren Auge auf. Sein schmales blasses Gesicht, der Rollkragen. Die Mondscheinsonate. Selbstmordgefährdung. Ja, melodramatisch war definitiv der richtige Ausdruck! Ich hasste alles, was melodramatisch war, vermutlich, weil mein Vater genau damit seine Kohle verdiente. Und trotzdem verspürte ich keinerlei Abwehr gegen David. Als wir aus Boston losgefahren waren, hatte ich noch gedacht, dass meine Hauptaufgabe hier auf der Insel darin bestehen würde, die Launen eines verwöhnten Upperclass-Teenagers auszuhalten und mich nicht zu sehr über die verpasste Silvesterparty mit meinen Freunden zu ärgern. Aber diese Vorstellung war in dem Moment zerbröselt, als ich zum allerersten Mal in Davids rote Augen gesehen hatte. In seinem Blick war keine Spur von übertriebenem Weltschmerz gewesen, sondern echte Qual. Die Reserviertheit, die ich vorsorglich wie eine eiserne Rüstung angelegt hatte, war innerhalb eines Sekundenbruchteils pulverisiert.

»Er spielt nachts Klavier«, murmelte ich. »Beethovens Mondscheinsonate.«

Miley griff wieder nach ihren Haaren. Sie bekam auch Klavierstunden, darum kannte sie das Stück. »Krass! Bist du sicher, dass er nicht springen wird?«

»Ehrlich? Ich habe keine Ahnung! Er hat mich bis jetzt nicht an sich rangelassen.« Genau genommen stimmte das nicht, dachte ich. Henry hatte behauptet, dass David sich bisher noch nie jemandem geöffnet und von den Minuten auf der Klippe erzählt hatte. Bei mir war das jedoch anders gewesen. War das ein gutes Zeichen? Ein Anfang?

Ich ertappte mich dabei, dass ich mir genau das wünschte.

»Du siehst verliebt aus!«, stellte Miley fest.

Ich schnaubte. »Schwachsinn!«

»Glaub mir, Süße! Ich kenne dich! Wenn du so schaust, dann bist du entweder gerade dabei, dich zu verlieben, oder aber schon rettungslos verloren! Das letzte Mal hast du so geguckt, als du diesen Surfertypen ... wie hieß er noch?« Sie klimperte mit den Lidern, um mir zu zeigen, von wem sie sprach.

»Lukas«, antwortete ich lahm. Ich hatte Lukas im Urlaub auf Barbados kennengelernt, wo Miley und ich gemeinsam gewesen waren. Er hatte die dumme Angewohnheit gehabt, jeden seiner Sätze mit einem albernen Augenaufschlag zu begleiten, weil er dachte, das sähe sexy aus. »Aber David ist nicht ...« Ich unterbrach mich, weil Miley breit grinste.

»Lukas!«, sagte sie nur. »Schon klar! Was willst du jetzt tun?«

»Ich weiß es nicht. Eigentlich habe ich dich deswegen ja angeskypt, weil ich gehofft habe, dass du das weißt!«

Sie lehnte den Kopf gegen die Wand hinter ihrem Rücken. Das Poster von ihrem Idol bekam einen Knick, aber das schien sie nicht zu stören. Vermutlich war es nur noch eine Frage der Zeit, bis das Ding im Altpapier landen würde. »Wenn du mich fragst, dann hängt alles damit zusammen, was auf den Klippen passiert ist. Wenn du das rausfindest, kommst du vielleicht an David ran.«

Ich nickte nachdenklich. »Vielleicht hast du recht«, sagte ich.

Miley schnaubte. »Ich habe immer recht, Herzchen!«

# 8

Alter, jetzt mach bloß nicht so ein Gesicht!«, stöhnte Henry nach einem Blick in den Rückspiegel. Es war gegen zwanzig Uhr. Nachdem Miley und ich unser Gespräch beendet hatten, war ich für den Rest des Nachmittags in meinem Zimmer geblieben und hatte gelesen. Ziemlich schlecht gelaunt war ich anschließend zum Abendbrot in das Speisezimmer gegangen, aber die Tatsache, dass außer mir, Jason und David auch Henry und sogar mein Vater anwesend waren, hatte meine Laune ein wenig gebessert. Mein Vater hatte den anderen erzählt, dass ich eine seit Langem geplante Silvesterparty mit meinen Freunden hatte sausen lassen, um auf die Insel kommen zu können. Und Henry hatte daraufhin gemeint, dass ein ehemaliger Schulkamerad von David an diesem Abend eine spontane Poolparty veranstaltete. Er hatte vorgeschlagen hinzugehen, als Ausgleich sozusagen. David hatte zunächst nicht besonders begeistert ausgesehen, aber nachdem Jason ihm einen mahnenden Blick zugeworfen hatte, hatte er mich gefragt, ob ich gern hingehen würde. Und in einem Anflug von geistiger Umnachtung hatte ich Ja gesagt.

Nun saßen wir zu dritt in Henrys zitronengelbem Sportwagen und fuhren die lange gewundene Auffahrt von *Sorrow* entlang. Bei Henrys halsbrecherischer Fahrweise war ich die meiste Zeit über damit beschäftigt, mich am Türgriff festzuklammern. Um mich von den Bildern abzulenken, die mir mein Gehirn vorgaukelte – wir alle mit zerquetschen Gliedern an einem Baum –, klappte ich die Sonnenblende herunter und stellte sie so ein, dass ich in dem kleinen Spiegel Davids Gesicht sehen konnte. Er hockte auf der winzigen Rückbank des Wagens und wirkte genervt. Seine Nasenflügel blähten sich, wenn er Luft holte, und seine Hände lagen zu Fäusten geballt auf seinen Oberschenkeln.

Ich hätte mich ohrfeigen können. Warum nur hatte ich behauptet, zu dieser Party zu wollen? Wenn ich das nicht getan hätte, hätten wir alle jetzt gemütlich auf *Sorrow* sitzen und so tun können, als sei alles gut. Stattdessen rasten wir auf den schmalen Straßen von Martha's Vineyard zu einer Schickimicki-Veranstaltung, zu der von uns dreien wahrscheinlich nur Henry wirklich Lust hatte.

Hätte ich in diesem Moment schon geahnt, in was für einer Katastrophe das Ganze ausarten würde, hätte ich mir auf dieser Fahrt nicht nur auf die Zunge gebissen, sondern wahrscheinlich vor Nervosität sämtliche Nägel abgekaut.

Henrys Haus lag in der Nachbarschaft – was auf Vineyard bedeutete, dass man von ihm aus zu Fuß über kleine Trampelpfade in einer Minute auf *Sorrow* war, mit dem Auto wegen der lang gezogenen Auffahrten und der Landstraße dazwischen jedoch knapp eine Viertelstunde brauchte. Da Henry sich noch für die Party umziehen wollte, bekam ich Gelegenheit, mir anzusehen, wie er wohnte. Sein Haus schien früher eine Scheune gewesen zu sein – das Erdgeschoss bestand aus einem einzigen, riesigen Raum, dessen Fußboden mit teuer aussehenden Terrakottafliesen ausgelegt war und an dessen weiß gekalkten Wänden Dutzende von Aquarellen hingen.

»Wow!«, entfuhr es mir, kaum, dass ich durch die Eingangstür getreten war. Ich kam mir vor wie in einem Museum.

Henry grinste mich an. »Sieh dich ruhig um!«, schlug er vor. »Ich komme sofort wieder.« Er wandte sich an David. »Du weißt ja, wo alles ist. Fühlt euch wie zu Hause.« Er steuerte auf eine Holztreppe zu, die ins obere Stockwerk führte, und verschwand oben hinter einer Tür.

Etwas befangen von der Atmosphäre dieses loftartigen Hauses stand ich da. Eine Wand war bedeckt mit großformatigen Aquarellen in verschiedensten Blau- und Grüntönen. Das Bild, das genau auf meiner Augenhöhe hing, zeigte ein aufgewühltes Meer mit Wellen, die sich schäumend an scharfkantigen grauen Felsen brachen. In Boston gab es eine ganze Reihe von Läden und Galerien, die Ostküstenmalerei verkauften, und ich kannte die üblichen Motive – Schiffe, Leuchttürme und Strandgut – zur Genüge. Doch dieses Bild war anders: Es besaß nichts Harmonisches, Kitschiges, ganz im Gegenteil. Es strahlte eine düstere Bedrohung aus, die ich mir auf den ersten Blick nicht erklären konnte. Erst bei genauerem Hinsehen erkannte ich den Grund: die Schaumkronen auf den Wellen! Sie sahen aus wie gefletschte Zähne. Ich rümpfte die Nase und wandte mich lieber dem nächsten Bild zu.

Ein Stück Treibholz und ein paar Muscheln. Eigentlich völlig harmlose Gegenstände, aber auch hier verspürte ich ein unterschwelliges Unbehagen. Es war, als ging von dem Bild eine dumpfe Mahnung aus. Ein kleines Messingschildchen war direkt darunter angebracht und nannte den Namen des Bildes.

*Memento moriendum esse – Bedenke, dass du sterblich bist.*

Ein sonderbarer Name für ein Strandbild.

»Gefallen sie dir?«

David hatte die ganze Zeit so ruhig dagestanden, dass ich ihn fast vergessen hatte. Jetzt drehte ich mich zu ihm um.

»Ich weiß nicht so genau«, gab ich zu.

Sein linker Mundwinkel hob sich zu einem Lächeln und ich stellte wieder fest, wie attraktiv er damit aussah. Vielleicht würde dieser Abend ja doch noch ganz passabel werden!

Er kam ein Stückchen näher. »Ja, diese Wirkung haben sie auf viele Menschen.« Sein Blick ruhte auf dem Treibholz-Bild. Auch er hatte sich für die Party zurechtgemacht. Seine Haare waren vom Duschen noch ein wenig nass und das Duschgel, das er benutzt hatte, roch gleichzeitig frisch und herb.

Ich hatte Mühe, mich wieder auf das Gemälde zu konzentrieren. »Woher kommt das?«, fragte ich. Meine Blicke tasteten das Motiv ab. Ich fand nichts Ungewöhnliches oder Gruseliges daran. Nur ein Stück Holz und ein paar Muscheln. Eine kleine Krabbe entdeckte ich bei genauerem Hinsehen noch. Und trotzdem ... Irgendwie erleichterte es mich, dass David gesagt hatte, auch anderen Betrachtern ginge es wie mir.

Er legte den Kopf schief. »Du musst es so machen und die Augen leicht zusammenkneifen, dann siehst du es.«

Ich kam mir ziemlich albern vor, aber ich tat, was er mir geraten hatte. Im nächsten Moment zuckte ich zusammen und hätte fast einen Satz rückwärts gemacht. »Himmel!« Auf diese Weise betrachtet, mit schief gelegtem Kopf und unscharf gestelltem Blick, starrte mich aus der Leinwand heraus ein grinsender Totenschädel an. Die beiden Muscheln bildeten die Augenhöhlen, das Treibholz die Zahnreihen. Nur die Krabbe war nichts weiter als eine Krabbe. Sie saß auf dem Unterkiefer des Schädels und schien Algen von dem bleichen Knochen abzunagen.

»Kein Wunder, dass niemand sie kaufen will!«, entfuhr es mir.

David streckte die Hand aus, als wollte er die eine Muschel auf dem Gemälde berühren. Ganz dicht davor hielt er inne. Ich sah, dass seine Hand zitterte, und biss mir auf die Lippe. »Sie sind ziemlich gut gemalt, findest du nicht?«, fragte er.

Ich folgte seinem ausgestreckten Arm mit dem Blick. Die Muschel war perfekt gelungen. Man konnte meinen, das hauchdünne cremeweiße Kalkgehäuse wäre auf die Leinwand geklebt. Und dann kippte die Wahrnehmung, die gewölbte Oberfläche beulte sich nach hinten und wurde zu der Augenhöhle des Schädels. »Ich weiß nicht«, antwortete ich. »Ich finde sie einfach nur gruselig!«

David reagierte nicht darauf, sondern starrte das surrealistische Motiv schweigend an. Sein Adamsapfel hob sich, als er schwer schluckte. Schließlich, nach einer gefühlten Ewigkeit, sagte er: »Ja. Ich auch.« Und endlich riss er sich von dem Anblick los und wandte sich mir zu. »Willst du was trinken? Henry hat eine gute Hausbar!«

Ich schüttelte den Kopf. Die Tatsache, dass ich innerhalb der nächsten Stunde auf einer amerikanischen Poolparty eintrudeln würde, erfüllte mich mit Unruhe. Zwar hatte Taylor mir einen ihrer Badeanzüge geliehen, denn natürlich hatte ich meinen eigenen nicht eingepackt. Wer denkt als normaler Mensch auch schon daran, dass es auf einer Insel wie Martha's Vineyard nicht nur das Meer zum Baden gibt, sondern wahrscheinlich mehr beheizte Indoorpools als in ganz Boston? Taylors Badeanzug war ein teuer aussehendes Teil, das mir wahrscheinlich sogar ziemlich gut stehen würde. Trotzdem war ich nervös. Ich war kein Partygirl – vor allem nicht dann, wenn ich die meisten Leute nicht kannte. Und genau genommen traf das auf jeden Einzelnen zu, mit dem ich diesen Abend verbringen würde. David und Henry eingeschlossen.

David besonders.

Ich warf ihm einen Seitenblick zu. Er hatte nach dem Duschen wieder einen schwarzen Rollkragenpullover angezogen. Ich musste eingestehen, dass ihm diese Farbe am besten stand, auch wenn sie die Schatten unter seinen Augen dunkler wirken ließ. Sie gab seiner Gestalt etwas Theatralisches, das mir plötzlich überaus anziehend vorkam.

»Was denkst du?«, fragte er unvermittelt.

Ich zuckte zusammen. »Was? Ich ...«

»Du schaust mich an, als würdest du über irgendwas Weltbewegendes nachdenken.«

Mir war gar nicht bewusst gewesen, dass ich ihn angestarrt hatte. »Entschuldige, ich ...«

*Verdammt!*

»Was hast du eben gedacht?« Sein Blick traf meinen und es fühlte sich genauso an wie bei unserem ersten Zusammentreffen gestern auf den Stufen von *Sorrow*. Ich kam mir durchschaubar vor, durchsichtig. Wie aus Glas.

»Nichts!«

Langsam schüttelte er den Kopf. »Du lügst!«

Mir stieg das Blut in die Wangen. »Ich habe mich gefragt, warum du die Bilder so lange anstarrst.«

Er trat einen Schritt zurück. »Du musst mich für ziemlich schräg halten.«

*Du ahnst gar nicht, wie sehr!*

Ich zuckte nur die Achseln. Einige Sekunden verstrichen mit unangenehmem Schweigen. »Also?«, hakte ich nach.

Er streckte erneut die Hand nach der Muschel auf dem Bild aus. »Charlie hat Henrys Malerei geliebt«, flüsterte er.

Jetzt schluckte *ich* schwer.

»Hab ich es nicht gesagt?« Henrys Stimme kam vom oberen

Treppenabsatz. »Wenn du dich mit David abgibst, meine Liebe, steht Charlies Geist jederzeit zwischen euch.«

Ich runzelte die Stirn, als ich sah, wie sich Davids Gesichtsausdruck verfinsterte. »Es wäre mir sehr recht, Henry«, sagte David steif, »wenn du wenigstens das Wort *Geist* vermeiden würdest.«

Der Gastgeber, der die Poolparty veranstaltete, war ein Junge namens Zac. Sein Zuhause lag am Ende einer Auffahrt, die noch ein bisschen länger war als die von *Sorrow*. Aber anders als das Haus von Davids Vater wirkte das, vor dem Henry jetzt seinen Sportwagen parkte, nicht altehrwürdig, sondern ziemlich modern. Viel Glas und Beton, davor eine Veranda aus silberfarbenem Holz. Als wir die Stufen zum hell erleuchteten Eingang hochgingen, schwang bereits die Haustür auf und ein echter Butler begrüßte uns mit steifem Nicken.

»Guten Abend, Master Bell! Mr Farrisson!« Der Blick seiner grauen Augen streifte mich, als gehöre ich nicht so recht zu den beiden dazu. »Miss!«

Henry grinste breit. Ich verzog das Gesicht. »Warum habe ich das Gefühl, dass er mich beinahe *Missy* genannt hätte?«, flüsterte ich ihm zu.

Henrys Lachen wurde zu einem leisen Glucksen. »Ach! Raleigh ist schon in Ordnung. Wenn man mal von dem Stock in seinem Arsch absieht.«

*»Master* Bell?« Ich unterdrückte ein Lachen. War ich hier in einem Roman von Charlotte Brontë gelandet oder was? Nicht nur, dass Grace diese vollkommen veraltete Anrede für David benutzte, was ich noch irgendwie hingenommen hatte. Immerhin war das Verhalten des Zimmermädchens im Ganzen

ziemlich schräg. Aber jetzt auch noch dieser Butler! Dieses Getue kam mir dann doch ziemlich albern vor.

David zuckte die Achseln. Seine Schlüsselbeine zeichneten sich deutlich unter seinem schwarzen Pullover ab. »Für Raleigh ist Mr Bell mein Vater.« Er sagte es, als könne man nichts daran ändern.

»Master Gonterman erwartet Sie unten im Spa-Bereich«, sagte Raleigh mit ausdruckslos kühler Stimme und wies auf eine Tür, die rechter Hand von der riesigen Halle abging. Ein kleines Messingschild in Form eines Delfins war daran angebracht, das genauso aussah wie das auf *Sorrow*. Ich fragte mich, ob sich hinter der betreffenden Tür in dem alten Herrenhaus auch eine Poollandschaft befand.

»Danke, Raleigh.« David nickte dem Butler mit solcher Selbstverständlichkeit zu, dass mir bewusst wurde, in welch ungewohnten Kreisen ich mich plötzlich bewegte. Meine Aufregung wuchs und sie steigerte sich noch weiter, als ich bemerkte, dass auch David plötzlich angespannt wirkte. Hatte er bis eben einfach nur genervt ausgesehen, so benahm er sich jetzt wie jemand, der urplötzlich auf feindliches Terrain geraten war.

Henry öffnete die Tür mit dem Delfin und laute Rockmusik schallte zu uns empor – vermischt mit Gelächter und dem schwachen Geruch von Chlor. Mein Herz begann zu galoppieren. Ich folgte Henry und David eine geflieste Treppe hinunter und stand im nächsten Moment im Grünen.

»Hey Leute!«, trompetete uns eine laute Stimme entgegen. Ich staunte. Wo war der Transmitter, der uns von der amerikanischen Ostküste mitten in den Dschungel gebeamt hatte? Dutzende von Palmen in großen Terrakotta-Kübeln standen herum und Hängepflanzen rankten sich von der Decke. Sogar einen riesigen blauen Ara sah ich. Er hockte auf einer Stange, die an zwei Ketten schaukelte, und beäugte mich, als wollte er sagen: *Was hast du denn, bitte schön, hier zu suchen?*

Ein junger Mann kam uns entgegen, der außer einer schwarzen Badehose nichts weiter anhatte. Auf seinem Oberarm prangte ein Totenkopftattoo. In der einen Hand hielt er eine halb leere Bierflasche, in der anderen eine mit einem Haufen Lachs belegte Brotscheibe. Er entdeckte David, stockte kurz. Ein dunkler Schatten glitt über sein Gesicht, aber gleich darauf hatte er sich wieder in der Gewalt und biss von seiner Lachsschnitte ab.

»Henry!«, nuschelte er um den Bissen herum.

Offenbar war das Zac, unser Gastgeber. Henry hatte ihm per Handy angekündigt, dass er kommen würde – und zwei Freunde mitbrächte. Er hatte Davids und meinen Namen nicht genannt und Zacs Reaktion nach zu urteilen war er über Davids Anwesenheit ziemlich überrascht. Überrascht und auch ein bisschen sauer. Mit einer energischen Geste stopfte er sich den Rest des Canapés in den Mund, wischte sich die Finger an der Badehose ab und gab Henry die Hand. »Schön, dass du da bist.« Er hielt inne, überlegte. Dann fügte er mit leiserer Stimme hinzu: »Ich bin nicht sicher, ob es eine gute Idee ist, dass er ...« Sein Blick wanderte zu David und er ließ den Rest des Satzes in der Luft hängen.

»Das ist schon okay, Zac«, behauptete Henry. Ich konnte ihm ansehen, dass auch er die ganze Sache hier plötzlich nicht mehr für eine so gute Idee hielt.

Zac sah skeptisch aus, nickte aber. Wahrscheinlich war er zu gut erzogen, um David einfach wieder rauszuschmeißen.

Henry lachte verhalten. »Er wird keinen Ärger machen«, erklärte er und sah David herausfordernd an.

David reagierte nicht und tat so, als redeten sie über jemand anderen als ihn. Ich versuchte, seinen Blick einzufangen, aber er schaute stur geradeaus. An seiner Schläfe pochte eine einzelne Ader, seine Lippen waren schmal und blass.

Schließlich fiel der Blick unseres Gastgebers auf mich. »Und du bist?«

Bevor ich die Frage beantworten konnte, übernahm Henry die Vorstellung. »Zac, das ist Juli Wagner. Juli, Zac Gonterman.«

Zac reichte nun auch mir die Hand. »Willkommen in meiner bescheidenen Hütte, Schönste!«, grinste er. Er war einen halben Kopf kleiner als David und um einiges kräftiger. Seine Bauchmuskeln zeichneten sich deutlich sichtbar ab und auch seine Oberarme hatten einen beträchtlichen Umfang. Seine Haut besaß die typische Bräune von jemandem, der regelmäßig ins Solarium ging, und seine Haare waren sorgsam mit Gel in die Höhe gezwirbelt.

Ich versuchte, ihn anzulächeln, aber es misslang gründlich. Die Art, wie er mich taxierte, war mir einfach nur unangenehm, und ich musste mich beherrschen, ihm nicht die Zunge rauszustrecken.

David trat vor, sodass er jetzt halb vor mir stand. »Bleib in Henrys Nähe, nicht in meiner«, sagte er so leise, dass nur ich ihn hören konnte.

*Wie bitte?*

Ich wollte etwas erwidern, kam aber nicht dazu, denn nun griff Henry nach meinem Arm und zog mich tiefer in das Dschungelgrün hinein.

Zac ging voraus und David folgte uns.

Der Pool, den wir erreichten, nachdem wir uns durch halb Venezuela geschlagen hatten, war ungefähr doppelt so groß wie die Grundfläche unseres Hauses in Boston. Er war mit dunkelgrünen Fliesen ausgelegt, was ihm etwas von einer tropischen Lagune gab. Teure Liegen aus schmalen Bambushölzern standen herum und ungefähr ein Dutzend Leute hatte sich darauf oder am Beckenrand niedergelassen. Zwei junge Männer wurden auf uns aufmerksam und beide bekamen große Augen, als sie David entdeckten. Der eine öffnete den Mund, um etwas zu sagen, klappte ihn dann aber wieder zu.

»Was macht der denn hier?«, hörte ich ihn zischen, nachdem wir an ihnen vorbeigegangen waren.

Ich wandte mich an Henry. »Was geht hier vor?«, wisperte ich ihm zu.

Er zuckte die Achseln. »Ich habe dir doch heute Nachmittag gesagt, dass sie David nicht besonders gut leiden können.« Er sagte das mit so einer gelassenen Selbstverständlichkeit, dass ich ihn am liebsten gepackt und geschüttelt hätte.

»Ich habe das für eine Floskel gehalten«, flüsterte ich.

Er schüttelte langsam den Kopf. »Ist es nicht. Sie hassen ihn wirklich.«

»Und das sagst du mir erst jetzt?«

Er grinste mich an. »Hätte sowieso nichts genützt.«

»Was soll das schon wieder heißen?«

Henry tätschelte meinen Arm. »Wirst du schon noch sehen!« Mit diesen Worten ließ er mich einfach stehen, um Zac zu einer Gruppe von sechs oder sieben Leuten zu folgen, die an der Bar standen.

# 9

Ich überlegte, was ich nun tun sollte, und entschied mich, zu David zu gehen. Er stand etwas abseits, neben einer riesigen Topfpalme, deren Wedel ihm halb vor das Gesicht hingen. Trotzdem wirkte er nicht, als wollte er sich vor irgendetwas verstecken, was mich ein bisschen wunderte bei der spürbaren Ablehnung, die ihm aus fast jedem Gesicht entgegenschlug. Er kam mir vor, als habe er die Reaktionen der anderen nicht nur vorhergesehen, sondern sogar ersehnt.

Als ich den großen Raum durchquerte und auf David zuhielt, erkannte ich, dass es nur die männlichen Gäste waren, die David zornig oder kalt musterten. Die Mädchen hingegen wirkten eher entzückt, dass er da war. Mehr als einmal registrierte ich glühende Blicke, die sie ihm zuwarfen.

»Die Mädchen jedenfalls freuen sich, dich zu sehen«, sagte ich mit einem Anflug von galligem Humor.

David rührte sich nicht. »Ich hatte dir gesagt, dass du bei Henry bleiben sollst.«

Ich glaubte, mich verhört zu haben. Für einige Sekunden lang war ich einfach nur sprachlos, dann gab ich zurück: »Und ich frage mich, wie du auf die Idee kommst, mir Vorschriften machen zu können!«

Er sah mich an, als hätte ich ihm eine Ohrfeige angedroht. »Ich habe nicht vor, dir Vorschriften zu machen. Ich will nur nicht, dass dir was passiert.«

Ich schnaubte. »Was soll schon passieren?«

Wie auf gefühlt neunundneunzig Prozent meiner Fragen gab er mir auch darauf keine Antwort. Ich zuckte die Achseln und blieb, wo ich war. *Irgendwie,* dachte ich, *hat seine sonderbare Besorgnis um mich etwas Ritterliches, das gut zu ihm und seiner düsteren Schweigsamkeit passt.* Aber gleichzeitig löste sie bei mir auch eine Art Abwehr aus, die ich mir nicht so recht erklären konnte. Ich kam mir vor wie eine Katze, die man gegen den Strich streichelte und die nicht wusste, ob sie das genießen sollte oder nicht.

Ein leises Ächzen kam über Davids Lippen und riss mich aus meinen Gedanken. Als ich ihn ansah, deutete er mit einem kaum wahrnehmbaren Kopfnicken auf die Gruppe von Leuten, bei der Henry stand.

Einer der jungen Männer, ein kräftiger Kerl mit langen blonden Locken, hatte David die ganze Zeit schon finstere Blicke zugeworfen. In diesem Moment löste er sich aus dem Kreis der anderen und kam direkt auf uns zu.

David versteifte sich.

»Du hast ganz schön Nerven, hier einfach so aufzutauchen!«, war das Erste, was der Lockenkopf zu ihm sagte.

»Lass ihn in Ruhe, Mike!«, rief Zac von seinem Platz hinter der Bar. Er war dabei, Drinks für seine Gäste zu mixen. Jetzt stellte er den Shaker mit einem Ruck auf dem Tresen ab. »David ist Gast in meinem Haus, genau wie du. Ich verlange, dass ihr euch beide entsprechend verhaltet!«

Mike hatte offenbar etwas an den Ohren, denn er reagierte nicht auf Zacs Warnung. Mit herausfordernd vorgeschobenem Kinn und locker neben den Oberschenkeln herabhängenden Händen baute er sich vor David auf. »Ich rede mit dir, Arschloch!«

Hinter seiner Bar tauschte Zac einen längeren, besorgten Blick mit Henry.

»Wie es aussieht, rede ich aber nicht mit dir.« Davids Stimme war ruhig, aber ziemlich flach.

Ich konnte sehen, wie an Mikes Schläfen eine Ader zu pochen begann. Ohne zu überlegen, ob es klug war, schob ich mich kurzerhand zwischen ihn und David.

»Er hat dir nichts getan«, sagte ich. »Warum lässt du ihn nicht einfach in Ruhe?«

Mike schien mich erst in diesem Moment wahrzunehmen. Verblüfft sah er mir ins Gesicht. Er brauchte einige Sekunden, bevor ihm einfiel, was er sagen konnte. »Verpiss dich, Fotze!«

Geschockt von seinen derben Worten wich ich zurück, aber gleich darauf hatte ich mich wieder in der Gewalt. »Oh«, gab ich kühl zurück. »Du bist ja ein wahrer Poet!«

Mikes Augen traten hervor, aber bevor er eine neue geistreiche Erwiderung ausspucken konnte, schob David sich ein Stück nach vorn und deckte mich damit vor Mikes Wut. Ich war gleichzeitig dankbar und verärgert darüber und dieses Gefühlschaos verunsicherte mich.

Zac hatte inzwischen die Bar umrundet. Gemeinsam mit Henry steuerte er auf uns zu. Die Gespräche der anderen Partygäste waren längst verstummt. Jemand schaltete die Musik aus und plötzlich erfüllte eine unangenehm angespannte Stille die Halle. Das einzige Geräusch, das zu hören war, war das gelegentliche höhnische Krächzen des Aras.

»Lass Juli da raus«, sagte David ruhig. Sein Blick fiel auf Mikes Hände, die sich langsam zu Fäusten ballten.

Ich fühlte mich wie unerwartet in einen Gewittersturm geraten. Die Luft zwischen Mike und David schien von einem Moment auf den anderen mit Elektrizität aufgeladen und ich wusste, dass ein Funke – ein falsches Wort, eine unbedachte Bewegung – ausreichen würde, um die Situation eskalieren zu lassen.

Zac und Henry hatten uns mittlerweile erreicht. Zac baute sich neben Mike auf, Henry neben David.

»Du gibst jetzt auf der Stelle Ruhe, Mike«, sagte Zac energisch. »Sonst lasse ich Raleigh dafür sorgen, dass du diese Party verlässt. Ist das klar?«

Mike hielt den Blick starr in Davids Augen gebohrt, aber er nickte. Sein Gesicht war krebsrot angelaufen. Nach einer gefühlten Ewigkeit endlich entspannte er sich. Und wandte sich ab.

Er war schon ein paar Schritte in Richtung Pool davongegangen, als er mit vor Ekel triefender Stimme sagte: »Charlie ist gerade mal sechs Wochen tot! Stört das außer mir hier niemanden?«

Er wartete darauf, dass jemand ihm beipflichtete, aber alle Umstehenden wirkten einfach nur betroffen.

»Ihr wisst genau, dass sie sich seinetwegen umgebracht hat!« Mike schrie jetzt fast. Das Weiße seiner Augen leuchtete in seinem noch immer roten Gesicht.

David schluckte bei seinen Worten. Er war sehr blass und geradezu unheimlich ruhig.

»Es ist doch gar nicht sicher, dass sie sich umgebracht hat«, sagte eine schüchtern klingende weibliche Stimme.

Davids Blick suchte die Urheberin dieser Worte, eine zierliche Blondine in einem goldfarbenen Badeanzug, die ein wenig aussah wie eine Elfe. Seine Lippen teilten sich langsam. »Doch, Hope«, sagte er ruhig. »Das ist es.«

Mike stieß einen lang gezogenen hässlichen Fluch aus. Er warf David einen letzten hasserfüllten Blick zu, bevor er in Richtung Ausgang davonstiefelte.

Als die Tür hinter ihm ins Schloss gefallen war, atmete die gesamte Partygesellschaft hörbar auf.

»Was für ein Idiot!«, murmelte jemand und ich fragte mich, ob Mike gemeint war oder doch eher David.

Als David sicher sein konnte, dass das Gewitter an uns vorbeigezogen war, ließ er mich neben Henry stehen und ging einfach davon.

Sprachlos starrte ich hinter ihm her. »Was sollte das jetzt wieder?«, presste ich hervor.

Henrys Nasenflügel blähten sich. »Ich hab's ja gesagt!«

»Was meinst du? Sag nicht, du hast das eben kommen sehen?« Ich sprach schnell und mit genervter Stimme, weil ich meiner Wut Luft machen und irgendjemandem die Schuld für dieses ganze Chaos geben musste.

»Nicht nur ich«, nickte er. »David auch.«

Ich dachte an Davids Gesichtsausdruck, als Mike von Charlies Tod gesprochen hatte. Wie geprügelt hatte er ausgesehen und gleichzeitig auch sonderbar zufrieden. »Ich kapiere das nicht!«, murmelte ich. »Warum ist er hergekommen, wenn er befürchten musste, dass so eine Situation entstehen würde?«

Da flog ein düsterer Ausdruck über Henrys Gesicht. »Muss ich dir das wirklich noch erklären?« Er sah sich um und sein Blick fiel auf David, der am Poolrand stand und in das türkisfarbene Wasser starrte. Henry wartete nicht, dass ich auf seine Frage eine Antwort gab. »Wir sind hier, weil er glaubt, dass er die Reaktionen der anderen verdient hat«, sagte er.

Nach Mikes Abgang hatte Zac ein erleichtertes Lachen ausgestoßen und die anderen mit weit ausholender Geste zurück an Pool und Bar gescheucht. »Party, Leute!«, hatte er trompetet und die Musik wieder eingeschaltet. »Ihr sollt euch amüsieren und hier nicht auf Drama machen!«

Jetzt kam er zu Henry und mir und schlug vor, dass wir uns doch erst einmal umziehen sollten. Ohne weiter auf die betretene Stimmung zu achten, zerrte er uns zu den Umkleidekabinen und wachte darüber, dass wir sie auch tatsächlich betraten.

Ich hatte jetzt noch weniger Lust als zuvor, mich in Taylors Badeanzug zu werfen. Am liebsten hätte ich David genommen und wäre auf der Stelle von hier verschwunden, aber so wie es aussah, saßen wir fürs Erste fest. Also konnte ich genauso gut das Beste aus der Situation machen.

Seufzend sah ich mich in meiner Kabine um. Helle Holzbänke standen auf den teuren Terrakottafliesen. Es roch intensiv nach Zimt, ein Geruch, den ich an dieser Stelle nie im Leben erwartet hätte, der jedoch verblüffend angenehm war. Eine Blumenschale mit lachsfarbenen Rosen ruhte auf einem schmiedeeisernen Ständer und auf einem Vorsprung flackerten mehrere ebenfalls lachsfarbene Kerzen sanft vor sich hin.

Die Musik von draußen drang nur gedämpft durch die Tür, sodass ich mir für den Augenblick vorkam wie in einem schützenden Kokon. Seufzend ließ ich mich auf der hölzernen Sitzbank nieder. Ich ärgerte mich noch immer über David und über den gesamten Rest der Welt gleich mit.

Da ich nicht ewig in dieser Umkleidekabine bleiben konnte, gab ich mir schließlich einen Ruck, holte Taylors Badeanzug aus der mitgebrachten Tasche und hielt ihn vor meinem Gesicht in die Höhe. Er war dunkelblau und ziemlich extravagant geschnitten. Wenig begeistert zog ich mich aus und streifte ihn über. Der Stoff schimmerte leicht und saß perfekt, wie eine zweite Haut. Noch immer zweifelnd warf ich einen

Blick in den Ganzkörperspiegel auf der Rückseite der Kabinentür.

Und staunte.

Ich erkannte mich selbst kaum wieder. Das Blau des Badeanzugs harmonierte wunderbar mit der Farbe meiner Augen. Und meine Haut, die sonst eher blass und langweilig wirkte, schien auf einmal wie aus Porzellan zu sein.

»Wow!«, machte ich. Und wünschte mir, genug Geld zu haben, um mir so ein Teil leisten zu können. Ich holte eine Haarspange aus der Tasche, drehte meine störrischen Locken zu einem dicken Strang und klammerte sie am Hinterkopf zusammen. Zwei Strähnen ringelten sich überaus vorteilhaft um meine Schläfen und Wangen. So gerüstet fühlte ich mich jetzt schon ein wenig mehr in der Lage, dem, was heute noch auf mich zukommen würde, die Stirn zu bieten.

Von außen klopfte jemand an die Kabinentür. »Kommst du klar?«, fragte eine leicht undeutliche Mädchenstimme.

»Komm ruhig rein!«, rief ich. »Ich bin gerade fertig.«

Die Tür öffnete sich und herein kam ein zartgliedriges platinblondes Mädchen mit durchscheinendem Teint und Augen in der Farbe von Aquamarinen. Sie war eines der wenigen weiblichen Wesen auf dieser Party, das David keine schmachtenden Blicke zugeworfen hatte, darum war sie mir vorhin schon einmal kurz aufgefallen. Als sie mich sah, weiteten sich ihre Augen. »Hammer!«, entfuhr es ihr.

Ich unterdrückte ein Lächeln und stellte mich ihr vor.

In einer dieser freundlich überschwänglichen Gesten, die so typisch amerikanisch waren, gab sie mir die Hand. »Ich bin Crystal.« Der Name passte zu ihr. Sie wirkte, als würde ihr irgendetwas auf der Seele brennen.

»Ist was?«, fragte ich.

Sie sah mir nicht in die Augen. »Darf ich dich was fragen?«

Etwas erstaunt nickte ich. »Klar.«

»Die Leute sagen, dass Davids Vater dich auf die Insel geholt hat, als Gesellschaft für David. Stimmt das?«

Ich nickte.

»Warum das denn?«

Was sollte ich darauf antworten? *Weil sein Dad glaubt, dass David lieber heute als morgen von den Klippen springen würde?*

»Ich glaube, er will ihm helfen, über Charlie hinwegzukommen«, sagte ich vorsichtig.

Bei der Erwähnung von Charlies Namen hatten sich auf Crystals makelloser Stirn kleine Falten gebildet. Sie schürzte die Lippen in einer Weise, die sehr grazil aussah. »Kanntest du Charlie?«

»Woher? Ich bin erst seit zwei Tagen hier.«

»Sie war ein wunderbares Mädchen!« In Crystals Stimme lag ein vielsagender Unterton, den ich schon zu oft gehört hatte, um auf ihn hereinzufallen. Er bedeutete: Ich sage dir das hier und tue dabei so, als seien wir allerbeste Freundinnen, aber ich meine damit genau das Gegenteil. In diesem Fall war es ziemlich leicht zu erraten, was der wahre Inhalt von Crystals vergifteten Worten war.

*Du kannst Charlie nicht im Geringsten das Wasser reichen!*

»Weiß ich längst«, sagte ich betont lässig, um ihr zu zeigen, dass ich sie genau verstanden hatte und ihre Spielchen mich kaltließen. Ich beherrschte diesen amerikanischen Cheerleaderkram inzwischen selbst ganz gut.

»Ich meine ja nur!« Sie betrachtete ihre rosafarbenen Fingernägel. »Ich dachte, ich warne dich lieber, bevor er ...« Sie unterbrach sich gezielt und hoffte wohl, dass ich nachhaken würde. Aber den Gefallen tat ich ihr nicht.

Sie wirkte enttäuscht. »Er hat schon ganz anderen Mädchen als dir das Herz gebrochen«, stieß sie hervor. »Ich meine es nur gut mit dir, glaub mir!«

Ganz anderen Mädchen als mir? Na, vielen Dank! Ich schaffte es nicht ganz, meinen Ärger über diese neue Spitze zu verbergen. »Danke für die Warnung«, sagte ich schmallippig.

Bevor ich mir überlegt hatte, wie ich jetzt weiter vorgehen sollte, wischte sie das Thema einfach fort. »Ist ja auch egal! Wollen wir zu den anderen gehen?«, fragte sie honigsüß. Sie hakte sich bei mir unter, sodass mir nichts anderes übrig blieb, als meine Klamotten liegen zu lassen, wo ich sie ausgezogen hatte, und Crystal zu begleiten.

»Hallo Crystal«, sagte David, als wir gemeinsam aus der Umkleidekabine kamen. Dann fiel sein Blick auf mich und auf seinem Gesicht erschien ein ungläubiges Staunen. Sonderbarerweise ärgerte ich mich auch darüber. Hatte er etwa nicht erwartet, dass ich in der Lage war, hübsch auszusehen?

Ich machte mich aus Crystals Umarmung los. »Ich lasse euch am besten allein«, murmelte ich, aber insgeheim dachte ich: *Glotz nicht so!* Ich wollte mich gerade an ihm vorbeidrängen, da hielt er mich am Handgelenk fest.

»Du siehst klasse aus«, sagte er leise und senkte den Blick auf seine Füße. Das Gleiche konnte man von ihm allerdings auch behaupten. Er hatte sich ebenfalls umgezogen und trug jetzt eine schwarze Badehose. Seine Rippen zeichneten sich sichtbar unter seiner Haut ab, doch an Schultern und Bauch waren noch Reste der Muskeln zu sehen, die er früher einmal gehabt haben musste. Das Auffälligste an ihm war jedoch ein Tattoo mit Sanskrit-Schriftzeichen, wie ich es noch nie zuvor gesehen hatte. Auf der linken Seite seines Brustkorbs lief es in einer Linie vom Bund seiner Badehose hinauf bis fast auf die Höhe seiner Brustwarze.

»Danke«, sagte ich und deutete auf das Tattoo. »Das sieht cool aus. Was bedeutet es?«

Er antwortete mir nicht. »Willst du schwimmen gehen?«, fragte er stattdessen. Ich war nicht sicher, ob er den wütenden Blick bemerkte, den Crystal mir zuwarf.

»Warum nicht?« Der Anblick des Tattoos hatte mein Herz zum Flattern gebracht und ich musste mich anstrengen, um so leichthin wie möglich zu klingen.

Während ich neben David her zum Pool ging, musterte ich ihn so unauffällig wie möglich. All die Dinge, die ich bisher über ihn erfahren hatte, tanzten durch meinen Kopf. *Er hat nicht einmal geweint, seit Charlie gestorben ist,* hörte ich meinen Vater sagen und Henrys Stimme fügte hinzu: *Er spricht nie darüber, was auf den Klippen passiert ist.*

*Er hat schon ganz anderen Mädchen als dir das Herz gebrochen,* hatte Crystal behauptet. Wenn ich ihn mir jetzt so ansah, dann fiel es mir nicht allzu schwer, zumindest Letzteres zu glauben.

Hatte er Charlies Herz auch gebrochen? War sie deswegen gesprungen? Aber sie waren doch verlobt gewesen ...

Am Rand des Pools angekommen, blieben wir stehen.

»Was ist?«, fragte David, ohne den Blick von der Wasseroberfläche zu lassen, die ganz ruhig und spiegelglatt dalag. Alle anderen Partygäste hatten das Wasser verlassen und lungerten an der Bar herum, hinter der Henry Zac abgelöst hatte und gut gelaunt bunte Drinks mixte.

Ich biss mir auf die Lippe. Warum nur hatte ich das Bedürfnis, David die ganze Zeit anzustarren? Schon bei Henry zu Hause war das so gewesen. »Nichts«, versicherte ich eilig.

Da richtete er den Blick auf mich und ich war irgendwie froh, dass er nicht weiter auf die Wasseroberfläche starrte. »Was hat Crystal dir über mich erzählt?«, wollte er wissen.

»Nichts!« Schon in dem Moment, als mir dies über die Lippen kam, wusste ich, dass er die Lüge erkennen würde. Ich täuschte mich nicht.

Er legte nur den Kopf schief und wartete.

Ich stieß einen Seufzer aus. »Bin ich so leicht zu durchschauen?«

Er zuckte die Achseln.

»Sie hat mich vor dir gewarnt«, verriet ich.

Da lachte er. Es war ein so unerwartetes Geräusch, dass ich zusammenzuckte. »Ja«, meinte er und klang dabei tatsächlich amüsiert. »Das dachte ich mir fast. Was hat sie behauptet?« Sein Blick schien mich zu durchleuchten und ich hatte Mühe, ihm standzuhalten.

Plötzlich war ich unfähig zu atmen.

»Was?«, hakte er nach. »Dass ich Charlie auf dem Gewissen habe?« Mit einem Mal war alle Leichtigkeit aus seiner Stimme verschwunden.

Ich schnappte nach Luft. »Natürlich nicht!«, rief ich aus. Quer durch die Halle warf Henry uns einen stirnrunzelnden Blick zu, kümmerte sich dann aber weiter um seine Drinks. Gerade gab er dem Mädchen, das sich vorhin in den Streit zwischen Mike und David eingemischt hatte, ein schlankes Glas mit einer Flüssigkeit, die verblüffend gut zu dem Gold ihres Badeanzugs passte.

»Sondern?« Davids Blick fühlte sich an wie ein Schlag ins Gesicht. Auf einmal war da eine Härte in seinen Augen, die ich zuvor noch nicht bemerkt hatte.

»Sie …« Ich musste Mut sammeln. »Sie sagte, du hättest

schon eine Menge Mädchenherzen gebrochen.« Angespannt wartete ich darauf, wie er reagieren würde.

Sein Kopf lag noch immer auf der Seite. Die Härte in seinem Blick verschwand wieder und mit etwas, das beinahe ein versonnenes Lächeln hätte sein können, schaute er in weite Ferne. »Ja«, meinte er endlich leise. »Das sieht ihr ähnlich.«

Ich fühlte mich wie auf einer rasanten Schlittenfahrt, die direkt auf einen Abgrund zuführte. »Und?«, fragte ich, bevor ich mir auf die Zunge beißen konnte.

Er gab sich einen Ruck. »Was, und?« Sein Blick wanderte zu der regungslosen Wasseroberfläche zurück und feine Linien zeichneten sich um seine Mundwinkel ab. Ich rätselte, was er in diesem Moment wohl vor seinem inneren Auge sah.

»Hat Crystal recht?«, erklärte ich, was ich gemeint hatte. *Juli, du Idiot, warum hältst du nicht deine verdammte Klappe?* Ängstlich wartete ich, wie David reagieren würde.

Er zuckte die Achseln. »Möglich.«

Ich schluckte. Das Tattoo auf seinen Rippen sah geheimnisvoll aus. Zu gern hätte ich gewusst, was es bedeutete. Sanskrit war die Sprache des Hinduismus, das wusste ich, mehr allerdings auch nicht.

Crystal beobachtete uns von der Bar aus. Ihre Miene wirkte verschlossen.

Ich deutete auf sie. »Hast du ihr mal das Herz gebrochen?«, fragte ich. Es war mir spontan eingefallen, dass das der Grund für Crystals zickiges Verhalten sein könnte.

Doch David schüttelte den Kopf. »Sie ist so, weil ...« Er verstummte abrupt, biss die Zähne zusammen. »Sie war Charlies beste Freundin.«

»Hast du Charlies Herz auch gebrochen?«, rutschte es mir heraus.

Die Luft um uns schien sich von einer Sekunde auf die nächste in Eis zu verwandeln. Ganz langsam drehte David mir den Kopf zu. In seinen Augen stand ein Ausdruck, der mir durch Mark und Bein ging. Er war zornig, das war überdeutlich, aber gleichzeitig lauerte hinter dem Zorn auch noch etwas anderes. Er wirkte verletzt. Seine Lippen teilten sich, doch dann presste er sie so fest aufeinander, dass sie ganz blass wurden.

Mit einem eleganten Hechtsprung glitt er in das blaugrüne Wasser des Pools.

# 10

Gott, was hast du denn zu ihm gesagt?« Henry trat zu mir. Er hatte auch eine Badehose angezogen, trug aber noch immer das kurzärmlige schwarze T-Shirt, mit dem er gekommen war. In blutroten Buchstaben stand auf seiner Brust: *This T is as black as my soul.* Er reichte mir ein Glas mit einer Flüssigkeit, die wie Orangensaft aussah. Ich nahm es und roch daran. Rum, vermutete ich und beschloss, vorsichtig zu sein.

»Nichts«, log ich.

David zog Bahnen in dem Swimmingpool, als sei er nicht zum Vergnügen hier, sondern trainiere für die Olympiade. *Super, Juli,* dachte ich grimmig. *Jetzt hast du ihn mal so richtig wütend gemacht!*

Warum konnte ich auch nie meine Klappe halten?

Henry lachte und deutete auf David, der eben eine gekonnte Wende hinlegte. »Klar! So ist er ja sonst auch immer!« Er musterte mich und bedeutete mir, den Drink zu probieren.

Ich trank einen Schluck. »Lecker!«, lobte ich. Und es stimmte. Das Zeug schmeckte wirklich gut.

»Ich mache die besten Cocktails von Martha's Vineyard!«, behauptete er. »Jetzt verrat schon, was hast du zu David gesagt?«

Ich schluckte. »Ich habe ihn gefragt, ob er Charlie das Herz gebrochen hat«, murmelte ich und kam mir vor wie ein Idiot.

Henry jedoch reagierte völlig unerwartet. »Echt?«, fragte er. Und dann nickte er und fügte hinzu: »Gut!«

*Gut?*

Stirnrunzelnd betrachtete ich ihn von der Seite, doch es dauerte eine Weile, bis er erklärend hinzufügte: »Alle weichen diesem Thema immer nur aus. David vergräbt es in sich und dort fault es vor sich hin wie eine eiternde Wunde. Es wird Zeit, dass endlich jemand kommt und diese Wunde aufpikt.«

Ich ging darüber hinweg, dass das Bild mich ekelte.

Eine Weile standen wir schweigend nebeneinander am Beckenrand und schauten David zu, wie er seine Bahnen zog. Die anderen Partygäste hatten sich zwischen die Kübelpflanzen zurückgezogen, wo offenbar ein kaltes Buffet aufgebaut war. Ich konnte sie lachen und über das Essen schwärmen hören. Die Musik war von Rock zu melodiöserem, aber nichtssagendem Pop übergegangen. Ab und an hörte ich den Papagei krächzen.

Direkt vor unseren Füßen vollführte David eine weitere Wende. Ganz kurz blitzte sein Tattoo über der Wasseroberfläche auf. Mit dem Glas in der Hand wies ich darauf und fragte Henry: »Weißt du, was das bedeutet?«

Er nickte. »Klar.« Dann schwieg er und ließ mich zappeln. »Das ist Sanskrit für: *I am my beloved's and my beloved is mine.«* Er übersetzte es mit zusammengebissenen Zähnen und ich vermutete, dass das noch nicht alles gewesen war.

»Charlie hat es ihm verpasst«, fügte er hinzu.

Irgendwie hatte ich es geahnt.

»Du bist also die Kleine, die Mr Bell für seinen Sohn hat einfliegen lassen!«

Vor mir stand einer von Zacs Gästen, der mir bisher noch nicht vorgestellt worden war. Nachdem Henry hinter seine Bar zurückgekehrt war, hatte ich mir einen Liegestuhl gesucht und mich auf meinen Drink konzentriert. Wenn ich mich stark genug daran festhielt, dachte ich, würden die anderen vielleicht denken, dass ich gern hier war. Jetzt hob ich den Blick und schaute zu dem Typen auf, der mich angesprochen hatte.

»Dafür, dass du gerade mal so groß wie Frodo bist, ist die Bezeichnung *Kleine* ganz schön gewagt«, konterte ich und es gelang mir nicht, den eisigen Tonfall aus meiner Stimme zu nehmen.

»Hu!« Er schauderte demonstrativ. »Haben wir aber schlechte Laune! Kein Wunder, wenn du mit dem Bell-Arschloch hier bist.« Er war wirklich etwas klein gewachsen, gerade mal eins sechzig, schätzte ich. Trotzdem schien er entschlossen, was ihm an Körpergröße fehlte, durch sein übergroßes Ego wettzumachen. Mit einem breiten schneeweißen Grinsen sah er mich an. Er hatte rotblonde Haare und eine Menge Sommersprossen.

»Haben in diesem Land eigentlich alle Leute gebleichte Zähne?«, machte ich einen zweiten Versuch, ihn abzuwimmeln. Auf der anderen Seite des Pools stemmte sich David aus dem Wasser und ließ sich auf dem Beckenrand nieder. Mit beiden Händen strich er sich die nassen Haare aus dem Gesicht.

Der Typ neben mir lachte, dann setzte er sich einfach unaufgefordert auf die Nachbarliege und streckte mir die Hand hin. »Ich bin Chris.«

»Juli.« Ich erwiderte seine Begrüßung. Irgendwie war ich beeindruckt von seiner Hartnäckigkeit.

»Bist du nun die Kleine, die Mr Bell für David hat einfliegen lassen?«, fragte er ein weiteres Mal.

Ich verzog das Gesicht. »Das klingt, als würdest du von einem Escort-Service reden«, beschwerte ich mich.

Er bekam tatsächlich rote Ohren, obwohl ich eine sehr amerikanische Umschreibung des Wortes *Prostituierte* gewählt hatte. Wie schon sehr oft seit meinem Umzug von Deutschland hierher amüsierte ich mich im Stillen darüber, wie prüde die Amerikaner waren.

Über den Pool hinweg begegnete ich Davids Blick.

»Tut mir leid«, meinte Chris und holte meine Aufmerksamkeit wieder zu sich zurück. »So war das natürlich nicht gemeint.«

Ich lachte. »Schon gut! Ich bin tatsächlich von Mr Bell gebeten worden, mich um David zu kümmern.«

Nun schaute auch Chris zum anderen Ende der Halle. »Und?«

Ich zuckte die Achseln. »Ich habe keine Ahnung, was du meinst.«

David stand vom Beckenrand auf, trat zur Bar und lehnte sich mit dem Rücken dagegen, sodass er Chris und mich weiter beobachten konnte. Dann ließ er sich von Henry einen Drink geben, der aussah wie reiner Whiskey.

»Hat er Charlie tatsächlich den Laufpass gegeben?«, fragte Chris.

*Den Laufpass?*

»Sie waren verlobt«, erinnerte ich ihn. »Sie wollten heiraten.«

Chris nickte, aber er sah nicht aus, als sei er einer Meinung mit mir. »Unter den Jungs geht das Gerücht, dass er sie sitzen gelassen hat und sie deswegen gesprungen ist.«

Diese Vermutung lag so dicht an dem, was ich selbst eben noch gedacht hatte, dass ich nicht wusste, was ich antworten sollte. Mein Blick begegnete erneut dem von David.

Mit einem einzigen Schluck kippte er den Whiskey hinunter, stellte das Glas auf den Tresen zurück und sagte etwas zu Henry. Henry runzelte die Stirn, aber er füllte das Glas auf.

Auch den zweiten Drink trank David auf ex. Über den Rand des Glases hinweg ließ er mich nicht aus den Augen.

Demonstrativ drehte ich mich so, dass ich ihm den Rücken zuwandte. »Nach allem, was man über Charlie hört, wäre er ein ziemlicher Trottel gewesen, wenn er sie verlassen hätte«, sagte ich zu Chris.

Er nickte so wissend, als hätte ich ihm gerade die Weltformel verraten. »Stimmt auch wieder.« Seine Ohren waren noch immer rot. Als er über meine Schulter hinwegblickte, weiteten sich seine Augen.

Ich drehte mich um. David hatte sich von der Bar gelöst und kam auf uns zu. Er war noch nass vom Schwimmen, und als er uns erreicht hatte, konnte ich die Wassertropfen sehen, die über seine Brust und das Tattoo auf seinen Rippen rannen.

»David«, begrüßte Chris ihn und stand auf.

David nickte ihm zu. Was hatte er nur plötzlich? Er benahm sich wie ein aufgeblasener Gockel, so, als würde er Ansprüche auf mich erheben. Ich spürte, wie ich bei diesem Gedanken wütend wurde.

»Wir haben uns nur ein bisschen unterhalten«, erklärte Chris ihm und wies zu den anderen hinüber. »Ich glaube, ich gehe dann mal besser ...«

David nickte zum zweiten Mal.

Und Chris ging.

»Was, bitte schön, sollte das denn jetzt wieder?«, fragte ich verärgert.

David stand vor mir, blickte auf mich nieder und schwieg.

»Falls du meinst, hier der Platzhirsch zu sein«, zischte ich, »darf ich dich darauf hinweisen, dass ich nicht deine Hirschkuh bin!«

»Du bist keine Kuh«, sagte er ruhig und setzte sich auf die Liege, auf der gerade noch Chris gesessen hatte. Er lehnte sich an, streckte die langen Beine von sich und starrte auf das Wasser des Pools.

In meinem Magen ballten sich Wut und Unverständnis zu einem schmerzhaften Knoten. »Weißt du was, du Arschloch?«, sagte ich kühl und sprang mit einem Satz auf die Füße. »Wenn du den Gorilla wieder verstaut hast, in den du dich eben verwandelt hast, können wir gern weiterreden!«

Und mit diesen Worten ließ ich ihn einfach sitzen.

Ich ging zu den anderen und eine ganze Weile lang amüsierte ich mich mit grimmiger Entschlossenheit. Ricky, eine hochgewachsene Rothaarige, die offenbar Crystals Freundin war, behandelte mich mit einer sonderbaren Mischung aus Vertraulichkeit und Kälte. Von der Highschool kannte ich solche Mädchen, bei denen man nie so richtig wusste, woran man war und welches Spiel sie eigentlich gerade spielten. Nach einem zweiten Drink hatte ich meine Zunge wiedergefunden und beantwortete ihre fiesen kleinen Attacken mit einigen gezielten Gegenangriffen, sodass sie es schließlich aufgab und mich in Ruhe ließ. Hope, das Mädchen in dem goldenen Badeanzug, erwies sich dagegen als recht nette Gesellschaft, auch wenn sie sich hauptsächlich über Klamotten und Musik unterhielt.

Irgendwann verlagerte sich die Party von der Bar am Poolrand in einen Wintergarten, der sich an die Halle anschloss. Das Essen, das Zac aufgefahren hatte, war wirklich erste Klasse, und als er dann zu einem Mischpult ging und begann, Platten aufzulegen, fingen die Leute auch an zu tanzen. Bald war die Stimmung recht ausgelassen.

Bis Henry, mit dem ich ein paar Mal tanzte, plötzlich innehielt und fragte: »Sagt mal, wo ist eigentlich David?«

Fast im gleichen Moment erklang vom Pool her ein schriller Entsetzensschrei. Henry wurde blass.

»Scheiße!« Er warf sich herum und rannte los. Ich folgte

ihm, im Magen einen eisigen Klumpen aus Angst. Und dann, als wir am Beckenrand ankamen, wo Crystal stand und mit zitternder Hand auf das Wasser zeigte, setzte mein Herz einen Schlag lang aus.

Die Wasseroberfläche lag ruhig und spiegelglatt da. Und mitten auf ihr trieb – das Gesicht nach unten – David.

»Scheiße!«, stieß Henry ein zweites Mal hervor, sehr leise diesmal. Dann sprang er. Mit zwei kräftigen, verzweifelten Schwimmzügen war er bei David, packte ihn, wollte ihn an sich zerren, ihn herumdrehen.

Aber in dieser Sekunde erhob sich David. Das Wasser war an dieser Stelle nicht besonders tief und so konnte er ohne Probleme stehen. Mit einem Lachen, das mir durch Mark und Bein ging, drehte er sich zu Henry um.

Der wich einen Schritt zurück. »Was zum Teufel ...«, flüsterte er.

David lachte. Sein Gesicht war verzerrt zu einer Maske aus Schmerz und wildem Humor.

»Hast du sie noch alle?«, brüllte Henry ihn an.

David lachte noch lauter. Dann jedoch kippte das Lachen, verstummte.

Mir war schlecht.

Henry ballte die Faust. Sein Gesicht war so rot, dass es aussah, als würde ihm gleich eine Ader platzen. »Du verdammtes Arschloch! Du bist ja besessen!« Mit voller Wucht rammte er die Faust David in die Rippen.

David klappte zusammen wie ein Taschenmesser. Henry riss ihn wieder hoch, dann, als er sah, dass er nicht bewusstlos war und allein stehen konnte, stieß er ihn von sich, warf sich herum und marschierte aus dem Pool.

David blieb, wo er war. Das Wasser lief ihm aus den Haaren

und über das Gesicht »Besessen, Henry?«, sagte er so leise, dass ich ihn kaum verstehen konnte. »Besessen von was? Von Madeleines Geist? Oder vielleicht von dem von Charlie?«

Die Tropfen auf seinen Wangen sahen aus, als hätte er endlich angefangen zu weinen.

»Wer ist Madeleine?«

Meine Stimme klang in der Stille von Henrys Auto brüchig. Nachdem auch David den Pool verlassen hatte, war uns allen dreien die Lust am Feiern gründlich vergangen. Wir hatten uns schweigend umgezogen, dann hatte sich Henry bei Zac entschuldigt und jetzt waren wir auf dem Weg nach Hause. Henry fuhr noch schneller als auf der Hinfahrt, aber ich war in Gedanken viel zu sehr mit Davids Auftritt von eben beschäftigt, um darauf zu achten.

»Wer ist Madeleine?«, wiederholte ich meine Frage.

*Madeleine wird kommen,* spukten Grace' sonderbare Warnung und Henrys Geistergeschichte in meinem Kopf herum.

*Madeleines Geist.* Jetzt hatte David also auch noch damit angefangen.

Ich wartete auf eine Antwort, aber keiner von beiden tat mir den Gefallen. Unruhig rutschte ich auf dem Beifahrersitz hin und her. In dem Spiegel an der Sonnenblende versuchte ich, Davids Blick einzufangen, doch er wich mir aus. Seine Haare waren noch immer nass, aber sie tropften jetzt nicht mehr.

»Wer ist Madeleine?« Inzwischen musste ich die Worte hervorwürgen. »David?«

Da endlich begegnete er mir im Spiegel. In seinen Augen lag ein Ausdruck, der mir Angst machte. Etliche Sekunden lang starrten wir uns nur schweigend an.

Dann beugte David sich ein wenig vor. »Fahr langsamer, Henry«, sagte er. »Du bringst uns sonst noch um.«

Der Rest der Fahrt verging in bedrückendem Schweigen. Ich war froh, als wir *Sorrow* endlich erreichten und Henry vor dem wuchtigen Herrenhaus anhielt.

Ich quälte mich aus dem Wagen und langte nach dem Griff, mit dem man den Beifahrersitz nach vorne klappen konnte. David schob sich an mir vorbei. Als er Anstalten machte, in Richtung Haupthaus zu verschwinden, stellte ich mich ihm in den Weg. »Ich lasse dich nicht eher weg, bis du mir erzählt hast, wer diese Madeleine ist!«, fauchte ich. Ich fühlte mich so überreizt, dass ich einfach nicht mehr in der Lage war, freundlich und ruhig zu bleiben.

Er blieb stehen. Schwieg.

Vom Meer her wehte ein eisiger Wind und trieb Wolkenfetzen vor den Mond, sodass das Licht wie in einem alten Schwarz-Weiß-Film wirkte. Die Laternen der Auffahrt sahen in der Finsternis aus wie Sterne, die auf die Erde gefallen waren.

»Ich habe dir doch von der Insellegende erzählt«, antwortete Henry an Davids Stelle. Auch er war ausgestiegen, stand neben der geöffneten Fahrertür und hatte die Arme auf der Dachreling abgestützt. »Madeleine ist ein Geist. Man erzählt sich, dass sie bei dem Schiffsunglück gestorben ist, das im 19. Jahrhundert dort draußen vor Vineyard passiert ist. Es heißt, kurz vor ihrem Tod hat sie die Insel verflucht und spukt seither auf den Klippen von Gay Head.«

»Du hast ein paar wichtige Details vergessen«, sagte David leise.

Henry schnaubte nur höhnisch.

In meinem Brustkorb verwandelte sich die Anspannung in einen haarfeinen Schmerz, wie man ihn verspürt, wenn man mit bloßen Füßen über Glasscherben tastet. *Nur einen Schritt und es wird richtig wehtun,* sagt einem dieser Schmerz.

»Dieses Schiffunglück«, meinte ich vorsichtig. »Es war die *City of Columbus,* oder? Das Schiff, das dort draußen auf den Klippen aufgelaufen ist und von dem du mir neulich schon erzählt hast, stimmt's, David?«

Er nickte.

Henry stieß sich von seinem Autodach ab. »Also ich weiß nicht, wie es euch geht, Leute, aber ich bin hundemüde. Wenn ihr also meine Gesellschaft nicht mehr braucht, würde ich dann jetzt nach Hause fahren ...«

»Klar«, sagte David. »Fahr ruhig.« Er wartete ab, bis Henry in den Wagen gestiegen war und gewendet hatte. Als der gelbe Sportflitzer mit durchdrehenden Reifen die gewundene Auffahrt davonschoss, wandte David sich an mich. »Kommst du alleine klar?«

In meinem Magen grummelte es zornig. Wer war hier derjenige, der Probleme hatte – er oder ich? Ich konnte den Blick nicht von den nassen Spitzen seiner dunklen Haare abwenden. Wie kleine Speere sahen sie aus, die auf seine Augen zielten. Bei dem Anblick sah ich ihn wieder im Wasser des Pools stehen, gekrümmt, weil Henry ihn geschlagen hatte.

Er blinzelte nicht.

»Natürlich komme ich allein klar«, murmelte ich und hätte ihn am liebsten angeschrien.

Da nickte er knapp. »Dann werde ich mich jetzt zurückziehen.«

Ich lachte bitter. »Was ist mit all den Dingen, die heute Abend passiert sind?«

Er sah mich nur an.

»Die Art, wie die anderen Jungs dich behandelt haben. Fangen wir doch damit an. Dieser Hass, der dir entgegengeschlagen ist. Du hast damit gerechnet, oder?«

Er zuckte die Achseln. Langsam ging er mir echt auf die Nerven. »Verdammt noch mal!«, schrie ich ihn an. »Rede endlich mit mir, du Arschloch!« Es tat verblüffend gut, auf diese Weise Dampf abzulassen. Der feine Schmerz in meiner Brust ließ ein bisschen nach.

Der Mond kam kurz hinter den zerrissenen Wolken hervor und warf schimmernde Reflexe auf Davids blasse Haut.

»Es ist kalt«, sagte er. »Du solltest reingehen, damit du dir keine Erkältung holst.« Er selbst trug nur seinen Rollkragenpullover und mir wurde bewusst, dass er seine Jacke bei Zac oder in Henrys Wagen vergessen haben musste.

»Was ist mit dir?«

»Ich komme klar.« Er wies mit dem Kopf auf das Gästehaus.

Ich ignorierte diese Aufforderung. »Ich weiß, dass du mit zu Zac gekommen bist, weil du meinst, dich für Charlies Tod bestrafen zu müssen ... Lass mich ausreden!« Er hatte mir ins Wort fallen wollen, aber ich hob eine Hand und brachte ihn so zum Schweigen.

Er richtete den Blick in die Ferne, dorthin, wo das Meer war.

Der Wind riss an meinen Haaren und peitschte sie mir ins Gesicht. »Ich weiß, dass du sie schrecklich vermisst, und ich glaube, dass du dir selbst die Schuld an ihrem Tod gibst, aus welchem Grund auch immer. Dein Vater hat mich gebeten, dir zu helfen, aber das kann ich nur, wenn du mit mir redest, David!«

Da endlich löste sich sein Blick von der Ferne und kehrte zu mir zurück. Das Mondlicht glänzte auf seinen Wangen. »Du hast keine Ahnung«, sagte er.

Ich unterdrückte die neue Welle von Ärger, die mich überkommen wollte. »Dann rede mit mir! Erzähl mir, wie es dir geht. Das soll helfen, habe ich irgendwo gehört.« Es gelang mir nicht, den Sarkasmus zu unterdrücken.

David rührte sich nicht. Ich fragte mich, warum er mich nicht einfach stehen ließ, schließlich musste ich in seinen Augen der Inbegriff einer Nervensäge sein. Aber vermutlich war er dazu einfach zu höflich und vor allem zu gut erzogen.

Ich nahm meinen ganzen Mut zusammen, trat vor ihn hin und berührte ihn am Oberarm. Er wich nicht zurück, aber er wirkte so steif, als sei er aus Holz. »David!«, bat ich.

Einen Augenblick lang standen wir sehr dicht beieinander. Sein Atem roch nach dem Whiskey, den er getrunken hatte. Durch den dünnen Stoff seines Pullovers konnte ich spüren, wie kalt seine Haut war. Ich ließ seinen Arm los und meine Hand wanderte zu seinen Rippen. Dorthin, wo sich sein Tattoo befand. Nur ganz leicht legte ich die Fingerspitzen darauf und trotzdem zuckte David zurück. Ich wusste, dies war die Stelle, an der Henrys Boxhieb ihn getroffen hatte.

»Tut es sehr weh?«, fragte ich leise.

Mein Herz klopfte so heftig, dass mir fast schlecht davon wurde.

David schüttelte den Kopf. »Nur, wenn ich atme«, sagte er. Dann wandte er sich von mir ab. Und verschwand im Haupthaus.

# 11

Nach so vielen katastrophalen Ereignissen an nur einem Abend fühlte ich mich zu durcheinander, um alleine sein zu können. Ich ging zu meinem Vater in sein Appartement und fand ihn zu meiner Überraschung nicht an seinem Computer, sondern auf dem Bett. Er schlief so tief und fest, dass ich seufzend beschloss, ihn nicht zu stören. Vermutlich hatte er keinen richtigen Schlaf bekommen, seit wir auf der Insel angekommen waren, und ich würde mit meinen Teenagerproblemen sowieso besser ohne ihn zurechtkommen. Also schlich ich mich so leise wie möglich aus dem Raum und schloss die Tür hinter mir.

Kurz darauf stand ich in meinem Appartement am Fenster und fragte mich zum wahrscheinlich hundertsten Mal an diesem Tag, welcher Teufel mich eigentlich geritten hatte, auf diese Insel zu kommen. Ich fühlte mich dünnhäutig, elend und gläsern, so als müsse man mich nur antippen und ich würde in tausend Scherben zerspringen. Wenn ich an David dachte, verspürte ich eine Mischung aus unterschiedlichsten Gefühlen. Da waren zum einen natürlich Wut und Verständnislosigkeit dafür, wie er sich auf der Poolparty verhalten hatte. Was hatte ihn nur zu diesem makabren Scherz getrieben? Ihm musste doch klar sein, dass Henry, sein bester Freund, vor Sorge um ihn fast einen Herzschlag bekommen hätte. Ich schloss die Augen und sah Davids regungslosen Körper auf der Wasseroberfläche treiben. Was hatte ich in diesem Moment gefühlt? Ich wusste es nicht mehr, aber ich erinnerte mich sehr genau daran, wie sich mein Herz zusammengezogen hatte, als David sich hingestellt hatte. Vor Erleichterung waren mir sogar Tränen in die Augen geschossen. Jetzt, wo ich hier in meinem Zimmer stand und in den wolkenverhangenen Nachthimmel starrte, kamen die Emotionen und auch die Erleichterung noch einmal hoch. Mein Herzschlag beschleunigte sich und ich musste tief durchatmen, weil ich das Gefühl hatte zu ersticken.

»Juli Wagner«, sagte ich zu meinem Spiegelbild in der Fensterscheibe. »Du bist so eine dumme Kuh!«

Dann öffnete ich das Fenster einen Spaltbreit und sog tief die eisige Luft ein.

Der Wind wehte die Mondscheinsonate über den Rasen zu mir heran.

In dieser Nacht brauchte ich lange, bis ich einschlafen konnte. Als es mir doch endlich gelang, träumte ich davon, wie ich im Meer trieb und langsam in den Fluten versank, die dieselbe türkis leuchtende Färbung hatten wie der Swimmingpool in Zacs Haus.

Am anderen Morgen erwachte ich mit Kopfschmerzen. Ich quälte mich aus dem Bett, duschte und zog mich an. Zu meiner Erleichterung war außer meinem Vater niemand da, als ich das Frühstückszimmer betrat.

»Oh!«, sagte er und schenkte mir ein Lächeln. »Ich dachte, ich treffe dich heute frühestens beim Mittagessen. Wie war die Party gestern Abend?«

*Eine Vollkatastrophe.*

Ich schluckte die Antwort herunter, die mir auf der Zunge lag, und meinte stattdessen: »Sonderbar.«

»Inwiefern?« Mein Vater hatte sein Frühstück bereits beendet und ich konnte ihm ansehen, dass er auf dem Sprung zurück an die Arbeit war. Trotzdem blieb er sitzen und sah mich jetzt mit einem Ausdruck völliger Konzentration an.

Ich war so angespannt, dass mir sogar diese Kleinigkeit beinahe die Tränen in die Augen trieb. Ich stand noch immer an der Tür des Frühstücksraums, aber jetzt ging ich zum Esstisch und setzte mich neben Dad.

»Es ist kompliziert«, begann ich mit der üblichen Floskel, die ich sonst eigentlich nur benutzte, wenn ich ihm nicht wirklich etwas erzählen wollte.

Mein Vater verstand es entsprechend falsch. »Nun dann.« Er wollte noch etwas hinzufügen, aber in diesem Moment kam Jason herein, energiegeladen und laut wie immer.

Er begrüßte mich abwesend, dann wandte er sich gleich an meinen Vater. »Bist du fertig?«

Unglücklich sah Dad mich an. »Ich muss aufs Festland, ein paar Recherchen für meinen Roman machen. Jason meint, dass sich möglicherweise ein Sturm nähert, und ich will wieder zurück sein, bevor das der Fall ist.«

Ich lächelte so tapfer, wie ich konnte. »Geh ruhig! Ich komme klar!«

Er schien nicht überzeugt, aber Jason war kurz davor, ihn zu packen und aus dem Raum zu schleifen, also stand er seufzend auf. »Ich komme«, sagte er leise.

Als die beiden fort waren, nahm ich mir Obst und einen Becher Kaffee und setzte mich so, dass ich aus dem Fenster hinaus auf den Rasen vorm Haus blicken konnte. Es war noch früh, nicht einmal acht Uhr, aber obwohl ich weniger geschlafen hatte als sonst, war ich nicht besonders müde.

Ich spülte meine Magnesiumtablette mit einen Schluck

Kaffee hinunter, dann begann ich, eine Kiwi zu schälen. Der Geruch der reifen Frucht kitzelte mir in der Nase, sodass ich niesen musste.

»Gesundheit!« Taylor betrat in genau diesem Moment den Raum. Sie war offenbar bereits joggen gewesen, denn ihr Gesicht glühte noch, obwohl sie frisch geduscht war.

Ich nickte ihr zu und verbarg meine Enttäuschung darüber, dass ich nicht mehr allein war.

»Darf ich mich zu dir setzen?«, fragte sie.

»Klar.« Ich schnitt die Kiwi auf meinem Teller in Scheiben und nahm mir einen Apfel vor.

Mit einer Schale Joghurt in der Hand setzte Taylor sich zu mir. »Gut geschlafen?«

Ich zuckte die Achseln. »Geht so.«

Taylor deutete auf die Anrichte, wo neben einer silbernen Kaffeekanne auch ein Samowar stand, der in diesem Augenblick anfing, leise vor sich hin zu köcheln. »Es gibt hier einen sehr guten Kräutertee«, sagte sie. »Mir hilft der immer ganz gut, wenn ich nicht einschlafen kann.«

Ich überlegte, ob ich ihr verraten sollte, dass ich gestern Abend etwas Stärkeres als Tee getrunken hatte. Allein bei dem Gedanken daran schmeckte ich noch das Aroma des Cocktails, den Henry mir gemixt hatte.

Grace kam herein, prüfte, ob von allen Gerichten noch genügend da war. Ich wartete, dass sie den Raum wieder verlassen würde, aber sie baute sich in einer Ecke auf wie eine Statue. Mit ausdruckslosem Blick, aber jederzeit bereit, eine Anweisung entgegenzunehmen.

Ich unterdrückte ein Seufzen. »Zu Hause mache ich mir manchmal eine heiße Milch, wenn ich nicht einschlafen kann.«

»Warum bittest du Grace nicht, sie dir auch hier zu bringen?«, fragte Taylor.

Auf diese Idee war ich natürlich noch nicht gekommen. »Mach ich vielleicht heute Abend«, murmelte ich.

Taylor nickte. »Warum konntest du nicht schlafen?«

Ich musterte sie und begriff, dass sie versuchte, mich zu analysieren.

»War etwas auf dieser Party?«, hakte Taylor nach, als ich nicht sofort antwortete.

Ich schluckte. *Durchschaut!,* dachte ich und rettete mich wieder mal in meine altbewährte Ehrlichkeit. »David hat ... sich ziemlich schräg benommen.«

Taylor lachte. Es war ein irgendwie sonderbares Lachen – ein bisschen zu laut und explosiv. »Er benimmt sich schon seit Wochen schräg.«

Ich wartete darauf, dass sie Charlies Tod ansprechen würde, aber sie tat es nicht. Ich war erleichtert darüber. »Kein Wunder«, murmelte ich und beendete meine Apfel-Schälaktion. Das Messer klirrte leise, als ich es auf dem Tellerrand ablegte.

»Was genau hat er getan?«, fragte Taylor.

Ich überlegte kurz und begann bei den fiesen Reaktionen der anderen Jungs und der Art, wie David diese über sich hatte ergehen lassen. Dann erzählte ich Taylor von unserem kleinen Streit und wie David am Ende in den Pool gehechtet war. Ich zögerte einen kleinen Moment und beschrieb ihr auch noch seine kleine Todeseinlage.

»Er hat was?« Ihr fielen fast die Augen aus dem Kopf.

»Er hat so getan, als sei er tot. Hat mit dem Gesicht im Wasser getrieben, bis Henry zu ihm in den Pool gesprungen ist.« Es auszusprechen, machte die ganze Sache noch ein wenig schockierender, fand ich.

»Tja.« Taylor überlegte. »Ich könnte mir vorstellen, dass er gern wissen würde, wie es sich anfühlt, wenn man ertrinkt.«

»Das ist Quatsch, Taylor, und das weißt du genauso gut wie ich!« Davids Stimme erklang wieder einmal so unvermittelt, dass mir vor Schreck mein Stück Kiwi aus der Hand fiel. Ich hatte ihn nicht reinkommen hören, und Taylors Reaktion nach zu urteilen, sie ebenso wenig.

Mit einem Ruck drehte sie sich zu ihm um. »Ach ja, David?« Ihre Stimme war ganz liebenswürdig, aber ich konnte ihr ansehen, dass sie wütend war.

David trat an die Anrichte und nahm sich eine Tasse Kaffee. Mit ihr in der Hand verließ er das Speisezimmer ohne ein weiteres Wort. Die Tür fiel leise hinter ihm ins Schloss. Mich hatte er keines einzigen Blickes gewürdigt.

Ich atmete einmal tief durch.

»Gib ihm Zeit!«, bat Taylor.

Ich nickte. »Das versuche ich ja die ganze Zeit.«

Zu meiner Überraschung legte sie mir eine Hand auf den Unterarm. Ihre Finger waren sehr warm. »Er fühlt sich schuldig an Charlies Tod.«

Wie oft hatte ich das jetzt schon gehört? »Aber warum? Sie wollten heiraten. Charlie hatte keinen Grund, sich umzubringen.«

»Ich glaube, es ist irgendwas passiert. Auf der Klippe, meine ich. Kurz bevor Charlie gesprungen ist. Vielleicht haben sie sich gestritten, das würde jedenfalls erklären, warum er sich so sonderbar benimmt.«

Ich war nicht bereit, diese Version der Geschichte zu glauben. Meine Gedanken wanderten zu der Abbruchkante der Klippe, auf der ich schon selbst gestanden hatte. »Was, wenn es wirklich einfach nur ein Unfall war?«, flüsterte ich.

»Dann würde David sich nicht so benehmen.« Die Worte kamen völlig ruhig und selbstverständlich aus Taylors Mund und mir wurde klar, dass sie recht hatte. Es musste einen Grund für Davids sonderbares, selbstquälerisches Verhalten geben. Selbst meine Freundin Miley, die David überhaupt nicht kannte, hatte das ja schon vermutet.

Nachdenklich nickte ich.

»Du magst ihn, nicht wahr?« Taylors Worte waren weniger eine Frage als eine Feststellung und ich musste mir eingestehen, dass sie vermutlich recht hatte.

Mochte ich David wirklich? Er tat mir leid, ja. Aber darüber hinaus war da noch mehr, oder? Ich wehrte mich gegen diesen Gedanken, weil er die ganze Situation nur noch komplizierter machte. »Ja«, gab ich trotzdem leise zu.

In ihrer Ecke richtete Grace den Blick auf mich, aber natürlich mischte sie sich nicht ein.

»Erzählst du mir, was du von Charlie gehalten hast?«, fragte ich Taylor.

Sie zuckte die Achseln. Ihr Joghurt war inzwischen leer und sie stand auf, um sich eine Scheibe Toast und ein Stück Käse zu holen. Als sie wieder auf ihrem Platz saß, sagte sie: »Ich habe sie nur zweimal kurz getroffen, aber sie war jemand, der die Menschen auf Anhieb verzaubern konnte.« Sie senkte den Blick auf ihren Teller und kurz hatte ich den Eindruck, dass sie ihre Lippen fest aufeinanderpresste. Gleich darauf wechselte sie das Thema.

»Weißt du, dass heute Abend ein Dinner geplant ist?«, fragte sie mich.

Ich schüttelte den Kopf.

»Jason hat zwei Lektorinnen aus seinem Verlag eingeladen, die deinen Vater noch nicht kennen. Und es kommen zwei seiner Bestsellerautoren. Jason hat mich gebeten, dir zu sagen, dass Abendgarderobe erwünscht ist.«

Ich rümpfte die Nase. »Abendgarderobe?« *Na klasse!* Und das, wo das mit Abstand Eleganteste, was ich dabeihatte, mein geblümter Rock war. Wo zum Teufel sollte ich jetzt so schnell ein Cocktailkleid herbekommen?

Taylor erkannte mein Problem auf den ersten Blick. »Keine Sorge!«, beruhigte sie mich. »Mein Badeanzug hat dir gepasst. Unter meinen Kleidern finden wir bestimmt auch was, das dir gefällt.«

Ich wollte schon widersprechen und sagen, dass ich ihre Gutmütigkeit nicht ausnutzen wollte, aber in diesem Moment klingelte Taylors Handy und sie ging ran. Sie lauschte einen Moment, dann nickte sie. »Ich komme!«, sagte sie hastig. Sie legte wieder auf und jetzt schien sie es auf einmal sehr eilig zu haben. »Das war Jason. Ich muss zu ihm. Wir treffen uns am besten heute nach dem Mittag, okay? Mein Zimmer ist oben links, das letzte ganz am Ende des Ganges.«

Ich machte erneut den Mund auf, um etwas zu erwidern, aber Taylor war schon aus dem Raum geeilt, ohne mich weiter zu beachten. Ratlos starrte ich auf die Tür, durch die sie verschwunden war.

»Das letzte ganz am Ende des Ganges«, murmelte ich und schrak zusammen, als eine Stimme sagte: »Das ist direkt neben Mrs Bells Zimmer, Sie wissen schon, das, wo die Lilien stehen.« Grace stand noch immer in ihrer Ecke neben der Anrichte. Ich hatte sie völlig vergessen.

Jetzt nickte ich ihr zu.

»Sie hätten auf meine Warnung hören sollen.« Ganz leise waren Grace' Worte, doch trotzdem spürte ich die Dringlichkeit darin. »Sie hätten die Insel verlassen sollen, als noch Zeit dafür war.«

Ich war unsicher, wie ich reagieren sollte.

»Der Fluch der Madeleine Bower.« Grace machte eine bedeutungsvolle Pause. »Er ist bereits dabei, Ihr Leben zu zerstören, Miss Wagner. Sie merken nur noch nichts davon!«

Ich hatte keine Lust, mir Grace' geheimnisvolle Warnungen noch länger anzuhören, und verließ deshalb kurz darauf das Speisezimmer. In der großen Halle blieb ich stehen und lauschte, aber im ersten Moment hörte ich nur das Ticken der großen Standuhr und ab und zu ein Klappern, wenn der Wind einen der Fensterläden erfasste und gegen die Wand schlug. Doch dann war da noch etwas anderes.

»Ich warne dich, David.« Das war Jasons Stimme. Sie kam aus dem ersten Stock, sie klang sehr zornig und gleichzeitig auch erschrocken. Ich wunderte mich ein wenig, dass Jason noch da war. Irgendwie hatte ich gedacht, dass er Dad bei seinem Ausflug aufs Festland begleiten würde, aber offensichtlich war das nicht der Fall. Im Obergeschoss fing jemand an, die Mondscheinsonate zu spielen. Die Melodie war klar und laut, sodass ich vermutete, dass Davids Zimmertür offen stand.

Wie in der Nacht, als ich das Stück zum ersten Mal gehört hatte, erfasste mich sofort diese merkwürdig traurige Stimmung. Mir wurde schwindelig und ich griff Halt suchend nach dem Treppengeländer. Dann stellte ich einen Fuß auf die unterste Stufe, hielt inne.

»Hör sofort auf!« Jasons Stimme, gepresst, atemlos.

David unterbrach sein Spiel nicht. Die Töne kamen kurz ein wenig abgehackter als zuvor, aber dann hatte David sich wieder gefangen und spielte ungerührt weiter. »Was, Dad?«, fragte er ruhig. »Schlägst du mir sonst den Schädel ein?«

»Leute ...«, hörte ich Taylor sagen. Hierher war sie also geeilt, nachdem sie das Frühstückszimmer verlassen hatte. Es ging um David. *Irgendwie,* dachte ich, *geht hier alles immer nur um David.*

Im selben Moment wurde die Melodie übertönt von einem schrillen Misston. Jemand schien auf die Tasten geschlagen zu haben.

»Ich sagte: Hör auf!«, wiederholte Jason.

Immer noch ohne sein Spiel zu unterbrechen, sagte David: »Wag es nicht!«

»Und ob ich das wage!«, knurrte sein Vater. Die Neugier hatte mich inzwischen die Treppe so weit hinaufgetrieben, dass ich in den Flur vor Davids Zimmer sehen konnte. Möglichst leise ging ich weiter und hatte schließlich freien Blick durch die Zimmertür. Jason stand mitten im Raum, das Gesicht blass und fleckig vor Wut. Neben seinem Bein baumelte eine große Axt, deren Schneide mir verdammt scharf vorkam. Ich schluckte erschrocken. David konnte ich von meinem Standort aus nicht sehen.

Jason bemerkte mich, gab sich jedoch keine Mühe, seine Stimme meinetwegen zu dämpfen. »Du reißt dich jetzt endlich zusammen oder ich sorge dafür, dass du es tust!«

»Was willst du tun?«, fragte David eisig und hörte endlich auf zu spielen. »Mich in eine Zwangsjacke stecken und einweisen lassen? Ich dachte, du schlägst mir lieber den Schädel ein.« Ich versuchte, mir Davids Gesicht vorzustellen. Zeigte er jetzt wohl endlich einmal ein paar Emotionen?

»Bring mich nicht auf Ideen!«, drohte Jason und ich wusste nicht, ob er von der Zwangsjacke oder von dem eingeschlagenen Schädel sprach. Er stapfte quer durch den Raum, bis ich ihn nicht mehr sehen konnte.

»Jason! David!« In Taylors Stimme schwang jetzt leichte Panik mit. »Ihr solltet euch beide beruhigen!«

»Geh mir aus dem Weg!«, hörte ich Jason unvermittelt brüllen. »Das hört hier und jetzt auf!«

»Jason, nicht!«, rief Taylor entsetzt, aber sie schien sich kein Gehör verschaffen zu können.

»Nein!«, gellte Davids Stimme. Ein Geräusch ertönte, als würde Holz splittern.

»Dad!« Davids Stimme war zornig und angstvoll zugleich.

Es wurde totenstill in dem Zimmer. Dann krachte es erneut. Diesmal barsten Klaviersaiten mit einem Kreischen.

Ich überwand meine Starre und machte einen Schritt in Davids Zimmer, sodass ich überblicken konnte, was geschehen war.

Jason stand schwer atmend mitten im Raum. Die Axt in seiner Hand war hoch erhoben. Das Gesicht hatte er zu einer Fratze verzerrt und ich fürchtete, er würde gleich einen Herzinfarkt bekommen. Ich stellte mir vor, wie er das scharf geschliffene Werkzeug aus irgendeinem Schuppen geholt hatte und mit ihm hierherauf in das Zimmer seines Sohnes gekommen war. Hatten in diesem Haus eigentlich alle einen Knall? Das Klavier, auf dem David gespielt hatte, war in der Mitte geborsten. Zwei weiße Tasten lagen auf dem Teppich und erinnerten mich fatal an ausgeschlagene Zähne.

»Das hättest du nicht tun dürfen«, flüsterte David.

Mehrere Minuten lang war es sehr still. Ich kam mir vor wie eine Spannerin, aber ich war auch nicht in der Lage, mich einfach davonzuschleichen. Alles, was ich hörte, war Jasons Keuchen. »Gib. Mir. Den. Brief!« Er rang um jedes einzelne Wort. Die Axt in seiner Hand war zu Boden gerichtet, aber sie bewegte sich bei seinem schweren Atem wie ein schreckliches Pendel hin und her. Ich konnte den Blick nicht von der scharf geschliffenen Schneide lassen. Ein Stück Klavierholz hatte sich daran festgekeilt. Es war eine der schwarzen Tasten.

»Nein!« David hielt dem flammenden Blick seines Vaters stand.

»Ich sagte: Gib mir den Brief!« Jetzt brüllte Jason. Seine Worte hallten durch das gesamte Haus und er hob die Axt ein wenig an.

David blickte das Ding an. »Nein!«, sagte er nur. Seine Lippen waren sehr bleich.

Jason erstarrte. Für ein paar lange Sekunden glotzte er nur. Mein Blick flog zu Taylor, die dastand und die Augen weit aufgerissen hatte. Dann, endlich, senkte Jason die Axt endgültig.

Es sah aus wie eine Kapitulation. »Du spielst ständig dieses Stück, weil *sie* es gemocht hat«, presste er hervor. »Du liest Bücher, die *sie* dir geschenkt hat, läufst herum wie ein Zombie. Das muss endlich ein Ende haben!« In seiner Stimme schwang Entsetzen mit.

Ich bemerkte, dass ich eiskalte Hände bekommen hatte. Seit meiner Ankunft auf *Sorrow* hatte ich schon viel gefroren, aber mir war noch zu keiner Sekunde so kalt gewesen wie in diesem Augenblick. Die Axt rutschte aus Jasons Händen. Mit einem dumpfen Poltern landete sie auf dem Teppich.

Taylor hechtete nach vorn und brachte sie an sich.

Wieder erfüllte Stille den Raum. Der Wind rüttelte an den Läden vor dem Fenster.

»Ich weiß, wie sehr du sie geliebt hast«, flüsterte Jason endlich. Sein Gesicht war grau und er sah um Jahre gealtert aus. »Aber sie ist tot, David. Tot! Hast du mich gehört? Sie ist tot!«

Bevor er es noch ein weiteres Mal sagen konnte, fiel Taylor ihm mit strenger Stimme ins Wort.

»Es ist genug jetzt!«

Jason stieß einen Laut aus, der wie ein verzweifeltes Keuchen klang, dann warf er sich herum und stürzte aus dem Zimmer. Ich konnte ihn auf der Treppe hören, dann unten in der Halle. Die Haustür wurde aufgerissen, gleich darauf fiel sie ins Schloss. Zurück blieben das Geräusch des Windes und das Ticken der Standuhr.

Taylor packte die Axt etwas fester und verbarg sie hinter ihrem Rücken. »Er macht sich doch nur Sorgen um dich«, sagte sie leise. Ihre Augen schimmerten hell.

»Du hast keine Ahnung!« David stand vor den Trümmern seines Klaviers und starrte darauf. Dann wandte er sich ab, ging zu seiner Balkontür, öffnete sie und trat hinaus. Ich fragte mich, warum Taylor in diesem Moment keine Angst hatte, dass er sprang. Direkt unter seinem Fenster befanden sich die Marmorfliesen einer Terrasse.

Er sah so aus, als überlege er es sich.

Ängstlich räusperte ich mich. Taylor warf mir einen überraschten Blick zu, der mir zeigte, dass sie mich erst in diesem Moment registrierte. Sie schien erleichtert, dass ich da war. Mit einer stummen Geste bedeutete sie mir, zu David zu gehen.

Ich zögerte, aber dann durchquerte ich das Zimmer und trat neben ihn auf den Balkon hinaus. Der Wind griff nach meinen Haaren und zerrte daran. Ich wagte einen Blick über die Ballustrade nach unten und musste schlucken, weil mir schwindelig wurde. Die Tiefe schien mich magisch anzuziehen. Ich griff nach dem Geländer.

David warf mir einen Seitenblick zu und starrte dann weiter

nach unten. »Er glaubt, dass er mich dadurch vom Springen abhält«, flüsterte er mit rauer Stimme.

Meine Kehle wurde eng vor Angst. Ich unterdrückte den Wunsch, ihn am Arm zu fassen und von der Brüstung fortzuziehen. Fieberhaft suchte ich nach den passenden Worten, aber er kam mir zuvor.

»Ich habe Angst«, murmelte er.

Ich schluckte schwer. »Wovor?«

»Angst davor, dass Madeleine am Ende siegt.«

Ein eisiger Schauer kroch mir über den Rücken. Ich suchte Taylors Blick, aber sie zuckte nur mit den Achseln. Ihre Augen glitzerten verräterisch.

»David!« Ganz leise sagte ich seinen Namen.

Seine Schultern versteiften sich. »Lasst mich doch einfach alle in Ruhe!«, murmelte er und er klang dabei so verloren, dass nun auch mir die Tränen kamen.

# 12

Eisig schlug mir der Wind ins Gesicht, versuchte, mich am Luftholen zu hindern und sich mir in den Weg zu stemmen. Doch ich gab nicht auf. Meine Beine bewegten sich wie von selbst, in einem schnellen Rhythmus trommelten meine Füße auf den gefrorenen Boden und mein Atem kam stoßweise, vermischt mit gelegentlichen Schluchzern, die ich nicht unterdrücken konnte.

Ich rannte.

Nachdem Taylor mich kurz zuvor aus Davids Zimmer geführt und leise die Tür hinter uns geschlossen hatte, war ich so voller Anspannung gewesen, dass ich mir meine Sportklamotten angezogen hatte und losgelaufen war. Jetzt befand ich mich auf einem Rundkurs um den Menemsha Pond, eine Art Lagune, von denen es auf der Insel Dutzende gab. Ich kam an mehreren Ferienhäusern vorbei, die zu dieser Jahreszeit jedoch alle unbewohnt waren. Das Wasser zu meiner Linken sah grau aus, ein paar Möwen schwammen darauf und schaukelten leicht auf den kleinen Wellen, die der Wind verursachte. Ein einsames Boot lag als schneeweißer Fleck unter dem trüben Himmel und sein Segel knatterte hörbar. Doch all das bemerkte ich nur am Rande, weil meine Gedanken um David kreisten.

Irgendwann erreichte ich einen kleinen Ort namens Chilmark, der nur aus wenigen Häusern bestand. Am Ende der

Straße befand sich eine kleine Buchhandlung und vor ihrem mit den aktuellen Bestsellern vollgestopften Schaufenster blieb ich stehen.

Ob sie hier Bücher über die Insel hatten? Bücher, aus denen ich mehr über diese Madeleine Bower und ihren bescheuerten Fluch erfahren konnte? Bestimmt, denn es war ganz offensichtlich eine Touristenbuchhandlung und in denen gab es eigentlich immer ein Regal mit Werken zur lokalen Geschichte. Gerade als ich mich fragte, wann der Laden wohl öffnete, trat von innen eine dickliche Frau an die Tür und schloss sie auf.

»Oh«, sagte sie. »Ich habe gar nicht gesehen, dass Sie schon hier draußen warten! Mein Name ist Rachel. Kommen Sie ruhig herein und schauen Sie sich schon mal um. Ich räume unterdessen die Auslagen raus.« Sie machte mir Platz, um mich in den kleinen Laden zu lassen. Ein langer dunkelgrüner Rock schwang um ihre Knöchel und darüber trug sie eine weit fallende weinrote Tunika, die ihre Körperfülle eher betonte als verbarg. An ihren Fingern steckten mehrere dicke Silberringe, Indianerschmuck, wie er hier in der Gegend verkauft wurde. Als ich mich an ihr vorbei durch die Tür zwängte, roch ich ihr Parfüm. Irgendwas Schweres mit viel Patschuli. Unauffällig rieb ich mir die Nase, um nicht niesen zu müssen.

»Haben Sie Bücher über die Geschichte der Insel?«, fragte ich.

»Natürlich!« Sie schien begeistert, dass sie mir helfen konnte. Mit ausgestrecktem Arm wies sie auf ein Regal links von der Eingangstür, in dem Bücher der verschiedensten Größen und Preisklassen standen. An ihrem Handgelenk baumelte ebenfalls Silberschmuck, der bei jeder Bewegung leise klirrte.

Ich bedankte mich und trat vor das Regal. Während Rachel ihre Auslageware nach draußen räumte, nahm ich mehrere

Titel in die Hand und suchte nach Informationen über die *City of Columbus*. In zwei verschiedenen Büchern fand ich etwas, aber alles, was ich aus den eher allgemein gehaltenen Texten erfuhr, wusste ich längst: dass das Schiff 1884 vor der Insel auf ein Riff gelaufen und gesunken war. Dass nur Männer überlebt hatten, während alle Frauen und Kinder an Bord entweder ertrunken oder in den eisigen Fluten erfroren waren. Dass eine dieser Frauen Madeleine Bower gewesen war. Immerhin erfuhr ich aus einem der beiden Bücher, dass Madeleine offenbar auf dem Weg nach Savannah gewesen war, um zu heiraten.

Der Sage von Madeleines Geist und dem Fluch, den sie kurz vor ihrem Tod ausgesprochen haben soll, widmete nur eines der beiden Bücher ein paar kurze Zeilen. Demnach sollte Madeleine in stürmischen Nächten in dem roten Kleid, in dem sie ertrunken war, auf den Gay-Head-Klippen herumspuken. Sie sollte diesen Teil der Insel verflucht haben, sodass hier niemals mehr ein Paar Glück in der Liebe finden würde.

Na toll!

Das erklärte wenigstens Grace' Spruch, demzufolge Madeleine nicht dulden würde, dass ich hier glücklich wurde. Das Zimmermädchen schien offenbar ziemlich fest daran zu glauben, dass an dieser Sage etwas Wahres dran war.

Albern!

Etwas frustriert stellte ich alle Bücher zurück ins Regal.

»Nichts dabei?« Von ihrem Platz hinter der Kasse aus hatte Rachel mich die ganze Zeit lang beobachtet und dabei Prospekte in einen Ständer sortiert.

Ich schüttelte den Kopf. »Eigentlich suche ich ein paar mehr Informationen über die *City of Columbus* und Madeleine Bower.«

»Oh! Der Inselfluch!« Sie kicherte. Das glockenhelle Geräusch passte auf den ersten Blick so gar nicht zu ihrer ausladenden Gestalt und vor allem nicht zu ihrer eher dunklen Stimme. »Interessiert Sie das, ja?«

Ich zuckte die Achseln. »Ich habe davon gehört und würde gern ein bisschen mehr darüber erfahren. Aber fast alles, was in Ihren Büchern steht, weiß ich leider schon.«

»Hm.« Sie legte einen fleischigen Zeigefinger an ihre Nase und dachte nach. »Dann haben Sie eigentlich nur eine einzige Möglichkeit, fürchte ich.« Sie begann, in ihrem Prospektständer zu wühlen.

Ich wartete, bis sie gefunden hatte, was sie suchte. Sie reichte mir einen schmalen Flyer. Es war Werbung für ein kleines inselhistorisches Museum hier ganz in der Nähe. Auf dem Logo, das den Flyer zierte, war ein Schiff abgebildet, das in stürmischen Fluten versank.

Die Ladenbesitzerin tippte auf das Papier in meiner Hand. »Dort kennen sie sich mit der Geschichte der *City of Columbus* aus. Wenn Sie an historischen Details interessiert sind, dann sind Sie da an der richtigen Adresse.«

Ich überflog den Werbetext des Prospektes, bis ich die Öffnungszeiten gefunden hatte. Heute war Montag und natürlich hatte das Museum ausgerechnet heute geschlossen.

»War ja klar!«, seufzte ich.

Rachel kichert wieder. »Sie sind zu ungeduldig, Kind! Sagen Sie sich immer: Wer weiß schon, wofür die Hindernisse gut sind, die die Götter Ihnen in den Weg legen! Vielleicht entschließen Sie sich, heute Nachmittag in eine der kleinen Bars hier im Ort zu gehen, die sind nämlich ganz reizend! Und wer kann schon sagen, ob Sie dort dann nicht dem Mann Ihres Lebens begegnen?« Sie lachte jetzt und das brachte ihre gesamten Fettpolster zum Schwingen. Anders als ihr Kichern war ihr Lachen tief und rauchig. Ich fragte mich, wie das ging.

»Danke für den Rat«, sagte ich, und bevor sie mir weitere esoterische Tipps geben konnte, beschloss ich, mir draußen lieber noch ein wenig die Auslagen anzusehen. Mir war es immer ein bisschen unangenehm, in solch kleine Läden wie diesen zu gehen, mich beraten zu lassen und am Ende gar nichts zu kaufen.

*Den Mann fürs Leben!*, dachte ich kopfschüttelnd, als ich begann, die erste Kiste mit zerlesenen Taschenbüchern durchzuschauen. Warum kam mir dabei David in den Sinn? Ich durchforstete zwei weitere Kisten. Alle Bücher darin waren secondhand und das meiste kannte ich entweder schon oder aber es interessierte mich nicht die Bohne. An einem Buch allerdings blieb mein Blick hängen, ich hätte nicht sagen können, woran es lag. Vielleicht an der Abbildung auf dem Cover. Ein düster aussehendes Herrenhaus unter einem zerrissenen Himmel. Flammen schlugen aus den Fenstern des Hauses. Ich musste spontan an *Sorrow* denken. Ich zog das Buch aus der Kiste und sah es mir genauer an.

Es war eine alte Ausgabe des Klassikers *Rebecca* von Daphne du Maurier. Ich hatte es vor Jahren einmal aus dem Regal meines Vaters gezogen, aber nicht gelesen, weil ich es damals schnarchlangweilig gefunden hatte. Jetzt drehte ich es um und las den Text auf der Rückseite, um mich an den Inhalt zu erinnern. Eine große Liebe und eine todbringende Verschwörung. Viel schlauer machte mich das auch nicht. Ich warf einen weiteren Blick auf das Cover mit dem brennenden Herrenhaus und hätte das Buch schon fast wieder zurück in die Kiste gestellt, als ich es, einer inneren Eingebung folgend, doch noch aufschlug.

Und beinahe fallen gelassen hätte.

Auf der allerersten Seite, dort, wo in fetten Buchstaben Titel und Autorin noch einmal wiederholt wurden, stand in fliederfarbener Tinte und in einer etwas schludrigen Mädchenhandschrift ein Name.

Charlie Sandhurst.

Ein Blick auf den mit Bleistift in den hinteren Deckel geschriebenen Preis sagte mir, dass Rachel 1,50 Dollar für das Buch haben wollte. Ich tastete in die Tasche meiner Laufhose. Zur Sicherheit nahm ich zum Joggen neben meinem Handy immer auch einen Zwanzigdollarschein mit – für den Fall, dass ich ein Taxi rufen musste oder sonst etwas Unvorhergesehenes passierte. Jetzt zog ich den Schein hervor und kehrte mit dem Buch in der Hand zurück in den Laden.

»Doch noch etwas gefunden?« Rachel freute sich unbändig. Sie warf einen Blick auf den Titel in meiner Hand. »Oh, das!« Ein Schatten flog über ihr Gesicht. »Das ist eine traurige Geschichte. Das Mädchen, dem dieses Buch vorher gehört hat, hat sich erst kürzlich umgebracht.«

»Charlie«, sagte ich. »Ich weiß. Kannten Sie sie?« Leichte Erregung ließ meine Haut kribbeln. Vielleicht würde ich hier etwas mehr über Charlie erfahren? Ich wagte es inzwischen allerdings kaum noch zu hoffen und zu meiner Enttäuschung schüttelte Rachel dann auch bedauernd den Kopf.

»Nicht besonders gut, fürchte ich. Das haben die Götter wohl verhindert. Charlie brachte mir aber öfter Bücher, die sie ausgelesen hatte und nicht behalten wollte.« Sie tippte auf das Exemplar in meiner Hand. »Das hier hat sie mir verkauft, einen Tag, bevor sie verunglückt ist.« Rachel schien diese Tatsache erst in diesem Augenblick bewusst zu werden. Ihre

Augen wurden kugelrund und sie hob ihre beringte Hand an den Mund. »Wie schrecklich!« Sie verzog das Gesicht. »Wenn ich es recht überlege ... Ach nein, das ist doch zu weit hergeholt!«

Das Kribbeln auf meiner Haut verstärkte sich noch einmal. »Was meinen Sie?«

Sie schüttelte den Kopf, aber dann siegte ihr Mitteilungsbedürfnis. »Es ist wahrscheinlich überhaupt nichts! Aber an dem Tag, an dem Charlie mir dieses Buch gebracht hat, wirkte sie sonderbar bedrückt.«

Ich krampfte die Hände um das Buch und spürte, wie sie vor Aufregung feucht wurden. »Wie meinen Sie das?«

»Gewöhnlich war sie bestens gelaunt und immer sehr freundlich. Aber an dem Tag ... hm. Sie wirkte irgendwie traurig. Ich habe sie noch gefragt, was los ist, aber sie hat mir nicht geantwortet. Es ging mich ja auch nichts an, also habe ich nicht weiter nachgebohrt.« Ihr kam ein Gedanke, bei dem sie erneut die Hand vor den Mund schlug. »Oh ihr Götter! Meinen Sie, das Buch hat etwas damit zu tun, dass sie ...«

»Ich glaube nicht«, behauptete ich und war froh darüber, dass Rachel zu sehr mit sich selbst beschäftigt war und mir die Lüge nicht von der Nasenspitze ablesen konnte.

Erleichtert lächelte sie. »Ah! Gut! Ich erinnere mich noch, dass ich sie gefragt habe, warum sie an dem Tag nur mit einem einzigen Buch kam. Sonst hat sie nämlich immer gewartet, bis sie eine ganze Kiste voll hatte. Sie sagte etwas wie: ›Das Ding möchte ich einfach nur loswerden!‹« Rachel musterte mich. »Das sagt Ihnen was, oder?«

Ich löste eine Hand von dem Buch und wischte sie mir an der Hose ab. Konnte es sein, dass der Zufall mir einen Hinweis darauf in die Hände gespielt hatte, was mit Charlie geschehen war? Wenn es stimmte, was Rachel sagte, dann war Charlie nur einen Tag, nachdem sie dieses Buch hatte loswerden wollen, gestorben. Abgestürzt.

Oder gesprungen.

Ich starrte auf das Bild des brennenden Herrenhauses auf dem Cover. Konnte es sein, dass *Rebecca* mir verraten würde, was wirklich geschehen war?

Vor lauter Aufregung war mir jetzt fast übel. Ich gab Rachel das Buch, bezahlte es und sah zu, wie sie es in eine kleine Papiertüte steckte.

»Bitte sehr!«, sagte sie feierlich. »Werden *Sie* wenigstens glücklich damit!«

Ich nahm es wieder an mich. In meinen Händen fühlte es sich fast ein wenig an wie ein Schatz.

Ein Schatz, auf den ich völlig unerwartet gestoßen war.

Wenn ich heute darüber nachdenke, wie es passieren konnte, dass ich in der kleinen Buchhandlung ausgerechnet über Charlies Ausgabe von *Rebecca* stolperte, dann frage ich mich manchmal, ob nicht doch die Götter, die Rachel mehrfach angerufen hatte, ihre Hände im Spiel gehabt haben. In stillen Nächten aber, wenn ich wach liege und über alles nachgrübele, ist es einfach zu glauben, dass Madeleine selbst mich zu dem Buch geführt hat. Vielleicht wollte sie tatsächlich, dass ich ihren Fluch breche ...

Als ich aus Rachels Laden ins Freie kam und den Heimweg antreten wollte, hörte ich eine freudige Stimme meinen Namen rufen.

»Juli! Huhu!«

Ich drehte mich um und sah Crystal, Charlies beste Freundin, auf der anderen Straßenseite aus der Einfahrt eines zweistöckigen Wohnhauses treten. Sie winkte heftig, damit ich auch ja nicht übersah, dass sie mich meinte.

Ich warf einen bedauernden Blick auf die Papiertüte in meiner Hand. Eigentlich hatte ich vorgehabt, so schnell wie möglich nach *Sorrow* zurückzukehren, aber wie es aussah, würde daraus fürs Erste nichts werden. Crystal vergewisserte sich mit zwei raschen Blicken nach rechts und links, dass kein Auto kam, dann rannte sie über die Straße auf mich zu. Sie strahlte mich an, als seien wir uralte Freundinnen, die sich seit einer halben Ewigkeit nicht mehr gesehen hatten. Vielleicht konnte sie ja ganz nett sein, wenn man mit ihr alleine war, dachte ich.

Oder aber sie hatte vor, mich auszuhorchen.

Ich beschloss, auf der Hut zu sein. Als sie mich erreichte, erwiderte ich ihre rechts und links von meinen Wangen in die Luft gehauchten Küsschen mit einem Lächeln.

»Schön, dich zu treffen«, log ich.

Ihr Blick wanderte einmal an mir hoch und wieder runter und sie kommentierte meine Laufklamotten mit einem Stirnrunzeln. »Joggst du etwa?«, fragte sie. »Bei der Schweinekälte?« Sie selbst trug enge Jeans und hohe Winterstiefel und darüber eine teuer aussehende Daunenjacke, die mit Sicherheit auch in Aspen nicht besonders aufgefallen wäre. Ihre platinblonden Haare lagen in perfekten Wellen um ihr geschickt geschminktes Gesicht, in dem die Augen riesengroß wirkten.

Gegen sie kam ich mir unscheinbar und provinziell vor – besonders in meinem aktuellen Look.

»Ja«, antwortete ich. »Es gibt nur ein Wetter, das sich nicht zum Laufen eignet, und das ist ein Eissturm!« Mein Vater sagte das gern. Er war früher ein fast ebenso fanatischer Läufer gewesen wie ich, hatte vor anderthalb Jahren allerdings kürzertreten müssen, weil seine Kniesehnen nicht mehr mitgespielt hatten.

»Eissturm?« Crystal sah etwas sorgenvoll zum Himmel. »Es ist tatsächlich ein Eissturm angesagt, hast du das schon gehört?« Ich dachte daran, was mein Vater beim Frühstück gesagt hatte, aber Crystal gab mir keine Zeit zu antworten, sondern hakte sich bei mir ein. Ihr war eine Idee gekommen. »Hey! Hast du Lust auf einen Caffè Latte? Hier ganz in der Nähe ist ein süßes kleines Lokal, in das wir gehen und ein bisschen quatschen könnten.«

Ich schaute zweifelnd an mir herunter. Meine Schuhe und auch meine Hosenbeine waren schmutzig. Der Schweiß in meinen Klamotten war inzwischen zwar getrocknet, aber ich war alles andere als richtig angezogen für einen Cafébesuch.

Crystal deutete meinen Blick richtig. »Macht nichts!«, behauptete sie fröhlich. »Es ist noch früh, um die Zeit sind wir da die Einzigen. Du störst also niemanden in deinem Aufzug. Und wenn doch: Der Betreiber ist ein Cousin von mir, der schmeißt uns schon nicht raus!« Sie zwinkerte mir verschwörerisch zu. Mir war es unangenehm, wie vertraut sie tat.

Trotzdem zwang ich mich zu einem Grinsen, das hoffentlich begeisterter aussah, als ich mich fühlte. »Okay. Warum nicht?« Es konnte schließlich nicht schaden, sich auf der Insel ein paar Verbündete zu schaffen. Wenn David mich nicht hier haben wollte und alle anderen zu sehr mit sich beschäftigt waren, um sich um mich zu kümmern, würde ich eben selbst für Abwechslung sorgen.

Das Café war ein typisches Ostküstenlokal: eine mit weißem Holz verschalte Fassade, eine Veranda davor und in den Fenstern maritimes Kunsthandwerk. Beim Anblick der aus Muscheln und Strandgut gefertigten kleinen Skulpturen musste ich an Henrys gruseliges Bild mit dem Totenschädel denken.

Crystal betrat das Lokal so, wie Napoleon wahrscheinlich seine Schlachtfelder betreten hatte – laut, gut gelaunt und selbstbewusst. »Hey, Robin!«, begrüßte sie einen jungen, etwas pickelig aussehenden Mann, der hinter einem Tresen voller Kuchentabletts stand und sich zu langweilen schien.

Er lächelte sie strahlend an. »Hallo Crystal! Schön, dass du uns mal wieder besuchen kommst!« Sein Blick wanderte an ihr vorbei und fiel auf mich. Wenn er sich über meinen Aufzug wunderte, so hatte er sich gut im Griff. Ich sah kein einziges Anzeichen von Missbilligung in seinen Zügen. Ebenso freundlich wie zuvor Crystal lächelte er auch mich an.

»Guten Tag«, grüßte ich und tat so, als sei es das Natürlichste der Welt, bei knapp über null Grad in Laufklamotten in ein schickes Inselcafé zu marschieren.

Das Mobiliar bestand wie die Hausfassade aus weißem Holz und war im klassischen Shaker-Stil gehalten. Ich ließ mich auf einen der Stühle fallen, die erstaunlich bequem waren. Und zu meiner Erleichterung war der Raum auch ziemlich gut geheizt. Ich hatte schon in der Buchhandlung in meiner Joggingkluft angefangen zu frösteln und inzwischen fror ich ganz ordentlich.

Robin kam an unseren Tisch und Crystal bestellte zwei Latte macchiato mit Karamell-Topping. Ich unterdrückte meinen Ärger darüber, dass sie einfach für mich mitentschied.

»Natürlich!« Seine Begeisterung, uns etwas bringen zu dürfen, ähnelte der, die Rachel, die Buchhändlerin, an den Tag gelegt hatte.

»Ist das dein Cousin?«, fragte ich Crystal, als Robin wieder hinter seinem Tresen verschwunden war und sich an einer riesigen, futuristisch aussehenden Kaffeemaschine daranmachte, unsere Kaffees zuzubereiten.

Crystal hängte ihre Daunenjacke über ihre Stuhllehne, bevor sie mir antwortete. »Robin?« Sie setzte sich mir gegenüber und schlug in einer eleganten Geste die Beine übereinander. »Nein. Er ist hier angestellt. Willie, das ist mein Cousin, kommt nur ab und zu rein, um nach dem Rechten zu sehen.«

Wahrscheinlich betrieb dieser Willie das Café nur als Hobby und war von Beruf eigentlich Börsenmakler oder so. Ich überlegte, ob ich meine Beine ebenfalls übereinanderschlagen sollte, aber dann streckte ich sie unter dem Tisch zur Seite und versuchte, mich ein wenig zu entspannen. Charlies Buch, das ich in seiner Papiertüte neben mir auf einen der Stühle gelegt hatte, zog meine Blicke immer wieder magisch an.

»Hast du was gekauft?«, fragte Crystal. »Bei Rachel, meine ich.«

Ich griff nach der Tüte und holte das Buch hervor. »Nur ein altes Paperback.«

»Rebecca?« Sie rümpfte die Nase. »Das hab ich nie gelesen.«

Ich fragte mich, ob sie überhaupt jemals las. Sie machte nicht den Eindruck, aber ich beschloss, nicht unfair zu sein. Ich kannte sie überhaupt nicht, da konnte ich mir ein solches Urteil eigentlich nicht erlauben.

»Ich auch nicht«, gab ich zu. »Obwohl mein Vater es in seiner Bibliothek stehen hat.«

Neugierig zog sie eine Augenbraue hoch. Jede ihrer Bewegungen wirkte perfekt einstudiert und irgendwie machte sie auf mich den Eindruck einer Schauspielerin, die die reiche Ostküstentochter nur spielte. »Warum hast du es dann gekauft? Wenn ihr es schon habt, meine ich.«

Ich nahm ihr das Buch aus der Hand, drehte es so, dass ich

das Bild des brennenden Herrenhauses darauf richtig herum ansehen konnte. »Wenn ich ehrlich bin, dann deswegen«, sagte ich. Ich klappte den vorderen Deckel auf und zeigte Crystal Charlies Namen.

Ihre Augen weiteten sich. »Es hat *Charlie* gehört?« Der Name kam als kleines Keuchen aus ihrem Mund. Sie wollte etwas hinzufügen, aber in diesem Moment brachte Robin uns unseren Kaffee. Als er wieder weg war, murmelte Crystal: »Hätte ich an deiner Stelle auch gemacht, glaube ich. Das Buch kaufen, meine ich.«

Ganz plötzlich war mir der Gedanke unangenehm, mit ihr über Charlie zu reden. Mit Sicherheit hätte uns das über kurz oder lang auf David gebracht und ausgerechnet mit Crystal wollte ich nun wirklich nicht über ihn sprechen. Ihre laute, ziemlich oberflächliche Art und seine stille Traurigkeit – beides erschien mir plötzlich so gegensätzlich, dass ich mich ganz zerrissen fühlte. Ich sah Davids leere Augen vor mir und ein überraschend heftiger Schmerz zuckte durch mein Herz.

»Eigentlich bin ich bei Rachel reingegangen«, schnitt ich rasch ein anderes Thema an, »weil ich Bücher über die Geschichte der Insel gesucht habe.«

»Geschichte?« Sie sagte es, als sei es etwas Unanständiges.

Ich musste lachen. Dann trank ich einen ersten Schluck von meinem Latte macchiato und hätte beinahe das Gesicht verzogen. Er schmeckte ekelhaft süß. »Ja«, gab ich zurück. »Geschichte. Genauer gesagt, der Untergang der *City of Columbus*. Hast du davon schon mal gehört?«

Sie zuckte ratlos die Achseln.

»Dieses Schiff, das im 19. Jahrhundert vor der Küste der Insel aufgelaufen und gesunken ist. Eine gewisse Madeleine Bower soll an Bord gewesen sein.«

Da endlich hellte sich Crystals Miene auf. »Du redest von dem Inselfluch!«

Ich nickte und legte beide Hände um mein Kaffeeglas, um sie zu wärmen.

»Den kennt hier jeder!« Sie trank ebenfalls und wischte sich den Milchschaum mit einer gezierten Geste von der Oberlippe. »Aber das sind doch nur Schauermärchen, die man den Kindern erzählt, wenn sie nicht brav sein wollen.« Sie beugte sich vor und tat verschwörerisch. *»Wenn du jetzt nicht schläfst, kommt Madeleines Geist und holt dich!«* Grinsend lehnte sie sich wieder zurück. »Hat mein Großvater immer zu mir gesagt.«

»Es scheint aber eine Menge Leute zu geben, die glauben, es sei was dran«, murmelte ich.

Crystal musterte mich. »Sag nicht, du glaubst an diesen Schwachsinn?« Wieder trank sie einen Schluck. Über den Rand ihres Glases hinweg ließ sie mich nicht aus den Augen. Dann, als sie ihren Kaffee wieder hinstellte, begriff sie. »Du glaubst nicht daran. Du beschäftigst dich wegen David damit!«

Jetzt war es an mir, fragend zu schauen.

»Na, ich meine, wegen Charlie! Sie war fasziniert von dieser alten Sage! Du willst es ihr nachmachen, damit er anfängt, sich für dich zu interessieren!«

Es ärgerte mich, dass sie so ein Bild von mir hatte. Glaubte sie etwa, dass ich es nötig hatte, zu solch leicht durchschaubaren Mitteln zu greifen, damit David mich überhaupt wahrnahm? Wahrscheinlich schon, gab ich mir selbst die Antwort. Crystal glaubte es und jetzt, wo ich hier saß und sie mir ansah – sie und dieses mondäne Café auf dieser überteuerten Insel –, da hätte ich es fast selbst geglaubt. Ich schob jeden Gedanken an David so weit wie möglich von mir – was mir genau zweieinhalb Sekunden lang gelang. Schon blitzte sein trauriges Gesicht wieder vor meinem inneren Auge auf.

So gleichmütig wie möglich zuckte ich die Achseln. »Er hat vor sechs Wochen seine Verlobte verloren. Ich bin nicht blöd, Crystal! Ich weiß, dass er sich niemals im Leben für mich interessieren wird.« Wieder war da dieser heftige Schmerz in meiner Brust.

Sie schien drauf und dran, bestätigend zu nicken, aber dann wurde ihr bewusst, wie gehässig das wirken musste. Mit einem bedauernden Ausdruck lächelte sie mich an, und das war fast noch schlimmer, als wenn sie genickt hätte. *Herzlichen Dank!*, dachte ich grimmig. Ihr war überhaupt nicht klar, wie herablassend ihr Mitleid auf mich wirkte. Fieberhaft suchte ich nach einem anderen Thema, aber Crystal kam mir zuvor.

»Sag mal«, begann sie völlig unvermittelt. »Hast du eigentlich an Silvester schon was vor?«

Silvester war übermorgen. Ich dachte an die Party, die meine Freunde in Boston organisiert hatten. Vielleicht sollte ich meinen Vater überreden, an diesem Abend wieder zu Hause zu sein. Diese ganze Sache mit David hatte begonnen, mir ziemlich über den Kopf zu wachsen. »Eigentlich nicht«, antwortete ich vorsichtig auf Crystals Frage. »Wieso?«

»Oh. Nur so. Ein paar Leute und ich planen eine kleine Party unten am Strand von Lilly Pond. Ab zweiundzwanzig Uhr wollen wir uns dort treffen und feiern. Die Jungs haben Alkohol organisiert.«

»Am Strand?« Ich zog skeptisch die Augenbrauen zusammen und warf einen Blick aus dem Fenster in einen bleigrauen Himmel. »Es sind kaum null Grad!«

Sie nickte begeistert. »Wir machen große Feuer an. Glaub mir, das ist großartig und überhaupt nicht kalt! Wenn du Lust hast, komm doch auch. Ich meine, so prickelnd wird die Silvesterfeier auf *Sorrow* ja wohl nicht werden, oder?«

Da immerhin musste ich ihr recht geben. Die Vorstellung, den Silvesterabend in diesem düsteren, unheimlichen und so unendlich von Schwermut erfüllten Haus zu verbringen, schnürte mir jetzt schon die Luft ab. Ich dachte an meine Freundin Miley und die anderen von meiner Clique. Doch als ich mein Kaffeeglas hob und einen weiteren Schluck von dem ekelhaft süßen Zeug in mich hineinzwängte, drängte sich ein anderes Gesicht vor das meiner Freunde.

Davids Gesicht.

Ich hörte seine leise, verzweifelte Stimme, die sagte: »Lasst mich doch einfach alle in Ruhe!«

Energischer als beabsichtigt stellte ich das Glas zurück auf den Tisch. »Gut«, sagte ich. »Ich komme. Aber nur, wenn ich David mitbringen darf!«

# 13

Wir unterhielten uns noch eine Weile über Belanglosigkeiten, bis ich behauptete, ich müsse zurück, weil sie sich auf *Sorrow* sonst Sorgen um mich machen würden. »Sie wissen, dass ich gerne und lange jogge, aber ich bin jetzt schon stundenlang weg!«, erklärte ich. Ich bestand darauf, meinen Latte macchiato selbst zu bezahlen, was ein beträchtliches Loch in meine Barschaft riss. Dann verließen wir das Café gemeinsam. Draußen auf der Straße verabschiedete ich mich von Crystal. Ich entging den obligatorischen Wangenküsschen nur, indem ich so tat, als müsse ich mich wirklich beeilen.

»Bis übermorgen!«, sagte ich und fiel sofort in einen leichten Laufschritt.

»Unten am Strand, bei Lilly Pond!«, rief sie mir noch hinterher, dann hatte ich sie erfolgreich abgehängt.

Als ich auf *Sorrow* ankam, war ich eigentlich fest entschlossen, eine Dusche zu nehmen und mich aufs Bett zu werfen, um Charlies Taschenbuch zu lesen. Aber so weit kam es nicht, denn schon in der Eingangshalle trat mir Taylor entgegen.

»Da bist du ja!«

Sie wirkte ein bisschen erleichtert und das zeigte mir, dass ich wirklich viel länger weg gewesen war, als ich geplant hatte. Ein Blick auf die große Standuhr in der Halle zeigte mir, dass es bereits weit nach Mittag war.

»Entschuldige«, murmelte ich. »Ich habe Crystal getroffen,

wir sind zusammen einen Kaffee trinken gegangen. Da muss ich die Zeit vergessen haben.«

Sie nickte und wies auf die Papiertüte in meiner Hand. »Du warst bei Rachel!«

Ich hob die Tüte in die Höhe. »Ja. Hab mir ein Taschenbuch gekauft.« Ich hoffte, sie würde mich nicht drauf hinweisen, dass die ganze Bibliothek und auch das Bücherregal in meinem Appartement vollgestopft waren mit Büchern. Und noch mehr hoffte ich, dass sie sich meinen Einkauf nicht zeigen lassen wollte. Sie schien sich jedoch nicht für mein Buch zu interessieren, sondern sagte: »Wir müssen uns ein bisschen beeilen, wenn wir rechtzeitig vor dem Abendessen ein passendes Kleid für dich gefunden haben wollen.«

Die Cocktailparty heute Abend! Die hatte ich völlig vergessen. Ich unterdrückte ein Stöhnen. »Ich muss erst duschen, so kann ich keine Kleider anprobieren.«

Sie musterte mich und nickte. »Stimmt wohl. Wir treffen uns in einer Viertelstunde in meinem Zimmer. Du weißt noch, wo das ist?«

Ich warf einen Blick die Freitreppe hinauf. »Klar«, sagte ich und hoffte, dass es nicht so genervt klang, wie ich mich fühlte.

Eine Viertelstunde fürs Duschen, Abtrocknen und Wiederanziehen war selbst für meine Verhältnisse knapp, obwohl ich sonst eher wenig Zeit im Bad verbrachte. Ich musste mich also ziemlich beeilen, um Taylor nicht allzu lange warten zu lassen. Als ich mit nassen Haaren aus dem Bad kam, fiel mein Blick auf den *Rebecca*-Roman, den ich auf mein Bett geworfen hatte. Zu gern hätte ich das Buch jetzt gelesen, aber stattdessen musste ich Anziehpüppchen spielen.

Frustriert warf ich das Handtuch aufs Bett und schlüpfte in

Jeans und Sweater. Dann fuhr ich mir mit einem Kamm ein paar Mal durch meine wirren Haare und warf einen prüfenden Blick in den großen Spiegel an der Badezimmertür. Nicht der Burner, aber ganz okay. Meine Wangen waren vom Laufen im eisigen Wind noch immer leicht gerötet, sodass es aussah, als hätte ich Rouge aufgetragen. Mit einem letzten bedauernden Blick auf *Rebecca* verließ ich mein Appartement und eilte hinüber ins Haupthaus.

Dort war es sehr still. Ich eilte die Treppe hinauf und blieb in dem Flur stehen. Vor dem verschlossenen Zimmer standen noch immer Vasen mit Lilien, doch die Blumen schienen ausgetauscht worden zu sein, jedenfalls rochen diese Exemplare weitaus stärker als die von neulich. Der süßlich-schwere Duft kitzelte mir in der Nase. Ich unterdrückte ein Niesen. Plötzlich überkam mich der drängende Wunsch, einen Blick in das Lilienzimmer zu werfen.

Ich zögerte, aber schließlich gab ich dem Impuls nach. Ich warf einen Blick über die Schulter, um zu prüfen, ob jemand mich beobachtete, dann streckte ich die Hand nach der Türklinke aus. Das Metall war kalt. Lautlos drückte ich die Klinke hinunter und schob die Tür einen Spalt weit auf. Eisige Luft strömte mir entgegen. Verdammt, machten die denn hier eigentlich nie die Fenster zu?

Ich öffnete die Tür so weit, dass ich hindurchschlüpfen konnte, und um nicht doch noch entdeckt zu werden, schloss ich sie hinter mir wieder.

Die Fenster standen tatsächlich allesamt auf. In dem eisigen Luftzug, der hereinwehte, bewegten sich die dunkelroten Vorhänge sachte hin und her. Ich blieb mitten im Raum stehen. Neugierig sah ich mich um.

Sämtliche Möbel, jeder Sessel, jeder Stuhl, die Tische,

Schränke, sogar die Lampen und bis auf ein einziges auch alle Bilder waren mit weißen Tüchern verhüllt. Die Wände waren weiß getüncht. Ich kam mir vor wie in einer Schneelandschaft. Fast erwartete ich, meinen eigenen Atem als eisige Wolke zu sehen.

Ich schlang mir die Arme um den Leib und wandte mich dem einen Bild zu, das nicht verhängt war. Es hing über dem großen, leeren Kamin. Es war ein Ölgemälde einer ungefähr dreißigjährigen Frau mit dunklen, zu einer eleganten Hochsteckfrisur aufgetürmten Haaren und ebenso dunklen Augen, bei denen ein schmaler goldener Ring den Übergang zwischen Pupille und Iris markierte. Die Frau trug ein langes, weit ausgeschnittenes schwarzes Kleid und eine Perlenkette. In den Händen hielt sie eine weiße Lilie, Symbol dafür, dass sie tot war.

Ihr Blick schien auf mir zu liegen und er besaß die gleiche Intensität wie der von David. Unwillkürlich wich ich einen Schritt zurück.

»Puh!«, machte ich und mir fiel wieder ein, was Grace mir verraten hatte. Dies hier war ursprünglich das Zimmer von Amanda Bell, Davids Mutter, gewesen. Wie lange war sie schon tot?, überlegte ich.

Sie war gestorben, als David noch ein kleiner Junge gewesen war, das hatte mir Dad irgendwann mal erzählt. Das Zimmer hier war also seit Jahren unbenutzt und verwaist. Schlagartig erinnerte es mich an ein Mausoleum.

Ich schnaubte. Das war vermutlich noch schräger als alles andere, was ich bisher auf *Sorrow* gesehen hatte. Die Leute hier hatten definitiv einen Knall.

Ich verließ das Zimmer wieder und schloss sorgfältig die Tür hinter mir, damit niemand mein unbefugtes Eindringen bemerken würde. Kurz blieb mein Blick an Davids Zimmertür hängen. Für einen Moment wünschte ich mir, bei ihm zu sein, ignorierte aber diese dumme Anwandlung, trat stattdessen vor Taylors Tür und klopfte.

»Komm ruhig rein!«, rief Taylors gedämpfte Stimme von drinnen.

»Ich habe schon mal angefangen«, sagte sie, als ich den Raum betrat und die Tür hinter mir ins Schloss schob. Das hatte sie tatsächlich. Eine Schrankwand war geöffnet und drei verschiedene Kleider lagen auf dem Bett ausgebreitet – ein dunkelblaues, ein gelbes und ein schwarzes Etuikleid, das sehr streng wirkte. Taylor steckte noch mit dem halben Oberkörper im Schrank und wühlte in einem Stapel Blusen herum.

Ich räusperte mich, um das Unbehagen loszuwerden, das mich in dem Lilienzimmer überfallen hatte. Taylor kroch aus dem Schrank hervor und drehte sich zu mir um. Sie bemerkte sofort, dass etwas nicht stimmte. »Ist was?«, fragte sie noch im Knien.

Ich lockerte die verkrampften Schultern. »Das Zimmer nebenan«, murmelte ich.

Taylor richtete sich auf. Ihre Haare waren in Unordnung geraten und sie strich sie hinter die Ohren. »Amandas meinst du?«

»Das mit den Lilien.«

Sie nickte. »Amandas.«

»Ihre Augen ähneln Davids sehr«, sagte ich, wohl wissend, dass ich damit meinen Ausflug in das kalte Zimmer verriet.

Taylor zog die Augenbrauen nach oben. »Du hast ihr Bild gesehen.«

Ich nickte und redete mir ein, dass ich ja nichts Verbotenes getan hatte. Das Zimmer war schließlich nicht abgeschlossen und mir hatte auch niemand gesagt, dass ich es nicht betreten durfte. Trotzdem hatte es sich sonderbar angefühlt, dort drinnen zu sein, so als würde ich in alten Geheimnissen wühlen. »Entschuldige«, meinte ich. »Ich war einfach neugierig.«

Taylor atmete einmal tief durch. »Ja.« Sie nahm eine ihrer Blusen aus dem Schrank und legte sie zu den Kleidern auf das Bett. »Das ist wohl verständlich.«

»Sie ist tot«, murmelte ich. Ich dachte an die Lilien vor der Tür und an die auf dem Bild.

»Sie ist schon vor vielen Jahren gestorben«, nickte Taylor. »David ist noch sehr klein gewesen.«

»Weißt du, wie sie gestorben ist?« Ich trat näher an das Bett und warf einen Blick auf die drei Kleider. Ich war nicht im Geringsten in der Stimmung für eine Anprobe. Die melancholische Atmosphäre des Hauses hatte mich mal wieder völlig im Griff.

Taylor antwortete mir nicht, ich vermutete, dass sie mich nicht gehört hatte. Erneut kramte sie in ihrem Schrank herum.

»Warum sind alle Möbel verhüllt?«, fragte ich.

Sie wandte sich zu mir um. »Jason hat nach ihrem Tod entschieden, dass in dem Zimmer nichts verändert werden darf.« Wieder fiel ihr eine Strähne ins Gesicht, sie blies dagegen. »Na ja, irgendwann hat jemand die Möbel abgedeckt, um sie gegen den Staub zu schützen.«

Ich beugte mich vor und griff nach dem erstbesten der Kleider. Es war das dunkelblaue. Der Stoff fühlte sich zwischen meinen Fingern glatt und seidig an und schimmerte in einem Farbton, der dem von Taylors Badeanzug ähnelte.

Plötzlich hatte ich das Gefühl, es unbedingt wissen zu müssen. »Wie ist sie gestorben?«, stieß ich erneut hervor, ohne Taylor dabei anzusehen.

Taylor schwieg lange. »Man sagt, sie ist von den Klippen gesprungen«, murmelte sie dann.

Die Worte hingen unheilvoll in der Luft.

»Von den Klippen«, wiederholte ich. Eine leichte Übelkeit kroch mir die Kehle empor. »Wie ...« Ich sprach es nicht aus, aber wir beide wussten, was ich hatte sagen wollen.

Wie Charlie.

Taylor stieß ein zorniges Lachen aus. »Wie Charlie. Genau! Fast könnte man meinen, dass an diesem Fluch von Madeleine Bower tatsächlich etwas dran ist, oder?«

»Es ist eine Sage!«, behauptete ich lahm. »Es gibt keine Geister.«

Sie nickte. Sehr ernsthaft sah sie aus. »Das stimmt. Wohl aber gibt es einen psychologischen Effekt, der sich Massenpsychose nennt. Wenn die Bedingungen stimmen, stecken sich Menschen mit den absurdesten Ideen und Gedanken gegenseitig an.«

»Du glaubst, dass das der Grund ist, warum Charlie und Amanda Bell gesprungen sind? Weil Amandas Selbstmord Charlie in ihrem Glauben an den Geist bestärkt hat?« Ich ließ mich auf die Kante von Taylors Bett sinken, weil ich das Gefühl hatte, meine Knie würden zittern.

»Nicht nur die beiden. Im Laufe der vergangenen Jahrhunderte sind immer wieder Frauen von der Klippe gesprungen.« Sie schluckte an dieser Stelle. »Ich weiß keine Einzelheiten, aber ich weiß, dass es auf der Insel Menschen gibt, die an den Fluch von Madeleine glauben.«

*Grace*, dachte ich, sprach es aber nicht aus. Stattdessen musterte ich Taylor. Das Gespräch schien sie ziemlich traurig gemacht zu haben, jedenfalls hatten sich tiefe Linien um ihre Mundwinkel gegraben, die allerdings verschwanden, als sie sich zu einem Lächeln zwang. »Wollen wir doch mal sehen, was dir so steht!«, sagte sie, zerrte mich auf die Füße und hielt mir das schwarze Etuikleid vor den Leib. »Zieh das mal an!«

Ich gehorchte und sie musterte mich mit kritischem Blick. »Unmöglich! Du siehst darin aus, als wolltest du zu einer Beerdigung.«

Sie erstarrte kurz, bis wir beide in verlegenes Lachen ausbrachen. Ich zerrte mir das Kleid wieder über den Kopf. Aber statt eines der anderen vom Bett zu nehmen, wandte Taylor sich ihrem Schrank zu, zog ein hellgrünes, weit schwingendes Cocktailkleid vom Bügel und hielt es vor mich hin. »Falsche Farbe. Damit siehst du aus, als wäre dir schlecht.«

Mit derselben Begründung verwarf sie auch das gelbe von ihrem Bett. Achtlos schob sie es zur Seite und nahm stattdessen das dunkelblaue. »Das sieht doch nicht schlecht aus. Probier es an!«

Aber ich hatte in der Zwischenzeit ganz in der Ecke des Kleiderschrankes etwas anderes entdeckt. Ich ging hin und nahm ein Kleid aus roter Seide hervor, hochgeschlossen und mit langen Ärmeln. »Das sieht toll aus!«, rief ich und drehte mich damit zu Taylor um.

Sie schüttelte energisch den Kopf. »Lieber nicht!« Plötzlich war sie ein bisschen blass um die Nase.

»Warum nicht?« Ich hielt das Kleid vor mich und betrachtete mich im Spiegel. Die Farbe harmonierte ähnlich gut mit meinem Teint wie das Blau des Cocktailkleides. »Willst du es nicht verleihen?« Ich konnte es verstehen. Das Kleid sah ziemlich kostbar aus.

Taylor schüttelte noch immer den Kopf. »Das ist es nicht.« Sie wirkte fast ein bisschen nervös.

»Was dann? Ich ...« Weiter kam ich nicht, denn in diesem

Moment öffnete sich die Tür und David trat ein. Erschrocken bedeckte ich mich mit dem roten Kleid, denn ich stand nur in Höschen und BH da. Davids Blick fiel jedoch zuerst auf Taylor. Mitten auf der Schwelle erstarrte er.

»Entschuldigt, ich wusste nicht, dass du ...« Dann erst bemerkte er mich. Und das rote Kleid. Er wurde bleich.

»Leg das weg«, flüsterte er.

Er kam einen Schritt näher. Taumelte er? Es sah fast so aus.

»David!«, flüsterte ich. »Was ist ...«

Mit einer heftigen Handbewegung schnitt er mir das Wort ab. Ich zuckte vor seiner Bewegung zurück, glaubte schon, er würde mich anbrüllen oder mir eine scheuern, aber er tat nichts davon. Was er tat, war weitaus schlimmer. Er senkte einfach nur den Blick auf den Boden zwischen uns, sodass ihm die Haare in die Stirn fielen. Jetzt schwankte er tatsächlich.

»Bitte leg dieses Kleid weg«, wiederholte er mit erstickter Stimme.

Vor Scham und Schrecken über seine Reaktion schossen mir Tränen in die Augen.

»Das wird sie«, versicherte Taylor ihm. »Sobald du draußen bist.«

Sein Blick wanderte zu ihr, er nickte, dann drehte er sich um und ging in Richtung Tür. Als er sie erreicht hatte, blieb er stehen, suchte Halt am Rahmen und es zerriss mir beinahe das Herz, ihn so zu sehen.

»Entschuldige«, sagte er mit neutraler Stimme und ich musste mich zusammenreißen, um nicht anzufangen zu schreien. »Es war unangemessen, ohne anzuklopfen einfach hier hereinzuplatzen.« Dann ging er. Die Tür ließ er offen.

Taylor neben mir stieß einen unterdrückten Fluch aus.

»Was war das denn?«, hauchte ich.

»Charlie.« Taylors Stimme war nur ein Krächzen. »Sie liebte rote Kleider.«

»Scheiße!« Ich ließ das Kleid fallen, warf einen Blick in Taylors Gesicht und wusste, dass sie das Gleiche dachte wie ich. Wir beide hatten den Ausdruck in Davids Gesicht gesehen. Das rote Kleid war der eine Tropfen gewesen, der das Fass zum Überlaufen brachte. *David! Er würde* ... Meine Gedanken stolperten. Ich bekam keine Luft mehr. Taylor hatte sich schneller wieder im Griff als ich. Sie rannte aus dem Raum und eilte hinter David her. Ich jedoch blieb, wo ich war.

»Scheiße!«, rutschte es mir erneut heraus. Wie betäubt ließ ich mich auf das Bett fallen.

# 14

Juli! Du siehst ganz und gar bezaubernd aus!«

In der großen Eingangshalle trat Jason Bell mir entgegen und streckte beide Hände aus, um die meinen zu ergreifen. Ein breites Lächeln lag auf seinen Lippen, als er mich von Kopf bis Fuß musterte.

Ich lächelte verlegen zurück. »Taylor hat sich ganz schön Mühe gegeben«, murmelte ich zu meinen Füßen hin. Und das stimmte. Nachdem sie David in sein Zimmer gefolgt war und versucht hatte herauszufinden, wie es ihm ging, hatte sie Henry angerufen und ihn gebeten zu kommen. Er hatte sich auf der Stelle auf den Weg gemacht, und als er wenige Minuten später angerannt gekommen war, war Taylor zu mir zurückgekehrt. Ich hockte noch immer einigermaßen ratlos und voller Schuldgefühle auf ihrem Bett und starrte vor mich hin. Nur einmal war ich zwischenzeitlich aufgestanden und hatte das rote Kleid wieder in der hintersten Ecke des Schrankes verstaut.

Ich wollte Taylor fragen, wie es David ging, aber sie würgte jeden Versuch ab, über das Geschehene zu sprechen. Stattdessen tat sie betont gelassen und empfahl mir das dunkelblaue Cocktailkleid. Ich war zu betäubt, um zu widersprechen. Wie eine Puppe ließ ich mich hineinstecken, dann sah ich im Spiegel zu, wie sie mir die Haare zu einer losen Frisur hochsteckte. Am Schluss hatte sie das ganze Outfit mit schwarzen Seidenstrümpfen, hochhackigen blauen Schuhen und einer Perlenkette, die ich im ersten Moment fürchterlich spießig fand, perfektioniert. Genau so stand ich jetzt vor Jason.

»Sie musste sich ja nicht allzu viel Mühe geben!« Er lachte lauthals.

Ich wusste, dass das ein Kompliment sein sollte, aber ich konnte mich nicht darüber freuen. Noch immer schwirrte mir Davids Gesichtsausdruck im Kopf herum, seine Fassungslosigkeit, als er das rote Kleid gesehen hatte ...

»Danke«, sagte ich mechanisch. Zu meiner Erleichterung waren weitere Floskeln nicht nötig, weil es in diesem Moment an der Tür klingelte.

Grace eilte aus dem Speisezimmer herbei, aber sie war nicht schnell genug, denn Jason öffnete bereits selbst.

»Suzie! Roman! Wie schön, dass ihr kommen konntet!« Seine Stimme füllte die gesamte Halle. Er komplimentierte ein Paar ins Haus, das Mitte dreißig oder auch Mitte vierzig sein mochte. Beide wirkten sie aufgekratzt und extrem reich. Die Frau trug unter einem kurzen Pelzmantel ein silbrig glänzendes Nichts von Kleid, der Mann steckte in Dinnerjacket und Fliege. Seine Hose hatte so scharfe Bügelfalten, dass man damit Butter hätte schneiden können. Ich wusste, dass er einer von Jasons Bestsellerautoren war, sein Name war Roman Milow. Er hatte mit seinen Thrillern Millionenauflagen erzielt. So wie Suzie aussah, hatte er einige seiner Reichtümer in ihre Figur und ihr Gesicht investiert.

Ich biss mir auf die Wange bei diesen gehässigen Gedanken und schaltete mein Gesicht auf freundlich, als Jason Suzie und Roman zu mir führte und uns miteinander bekannt machte.

»Das ist Juli, Bob Wagners Tochter. Sie hat ihn über die

Feiertage zu uns begleitet, um sich ein bisschen um David und seine ... nun ja, sich um ihn zu kümmern.«

Über Romans sorgsam solariumgebräuntes Gesicht glitt ein wohlkalkulierter Ausdruck von Betroffenheit, als Davids Name fiel. »Oh. Ja. Eine gute Sache, Mädchen!«

Ich verschluckte mich fast vor Ärger. Wie konnte Jason diesen beiden Upperclass-Zombies gegenüber nur so herablassend von David sprechen? Brav schüttelte ich den beiden die Hand. »Freut mich!«, sagte ich durch zusammengebissene Zähne.

Jason blickte suchend umher, bis er Grace entdeckte, die am Fuße der Freitreppe stand. »Grace, wären Sie bitte so freundlich und würden meinen Sohn holen?« Er wedelte in Richtung Treppe und Grace neigte den Kopf.

»Natürlich, Mr Bell.« Mit schnellen, fast lautlosen Schritten eilte sie nach oben, während Jason einen Arm um Suzies und einen um meine Schultern legte und uns plappernd in Richtung Speisezimmer bugsierte.

»Es gibt ein leichtes Abendessen, dann, dachte ich, die Bibliothek ist ein angemessener Ort, um die Drinks zu sich zu nehmen. Bob kommt auch gleich. Er war heute auf dem Festland und hat ein bisschen für seinen neuen Roman recherchiert. Er freut sich schon sehr darauf, dich kennenzulernen, Roman. Und später dann stoßen noch Kimmi und zwei Lektorinnen aus dem Verlag zu uns.«

Ich hatte keine Ahnung, wer Kimmi war, aber dass die Angestellten nicht zum Essen eingeladen waren, war in meinen Augen bezeichnend. Bei Jasons Behauptung, dass mein Vater sich auf diesen Abend freute, hatte ich grimmig lächeln müssen. Wie ich Dad kannte, tigerte er im Augenblick durch sein Appartement und überlegte sich eine Ausrede nach der nächsten, die es ihm ermöglichen würde, diese Veranstaltung hier zu schwänzen und stattdessen an seinem Roman weiterzuschreiben. Wahrscheinlich war er inzwischen bei der unvorhergesehenen Landung eines Ufos auf dem Rasenvorplatz angekommen.

Wir erreichten das Speisezimmer, das heute Abend ausnahmsweise einmal verblüffend gut geheizt worden war. Der Tisch war in Weiß und Silber eingedeckt und ein üppiger Strauß ebenfalls weißer, stark duftender Blumen thronte in der Mitte. Es waren keine Lilien, aber bei der sonderbar morbiden Stimmung hier im Haus hätte mich auch das nicht mehr gewundert.

Jason führte uns zu einem kleinen Barwagen, auf dem eine ganze Batterie Karaffen mit verschiedenfarbigen Flüssigkeiten stand. »Solange die anderen noch nicht da sind, sollten wir es uns gut gehen lassen, was meint ihr? Was möchtest du trinken, Suzie?«

Suzie bestellte einen Cosmopolitan und Jason mixte ihn ihr eigenhändig und sehr gekonnt. Roman bekam Bourbon on the rocks und ich bat um ein Sodawasser. Ich war noch lange keine einundzwanzig – das Alter, in dem man in den USA offiziell Alkohol trinken durfte.

Als ich gerade Suzie zuprostete, öffnete sich die Speisezimmertür und David und Henry kamen herein.

Mein Herz zog sich bei Davids Anblick schmerzhaft zusammen.

Er hatte sich ebenfalls in ein Dinnerjacket geworfen. Das Weiß des Stoffes war kaum heller als sein blasses Gesicht. Die Ärmel des Jacketts ragten ihm ein bisschen zu weit über die Hände hinunter, so als sei er kürzlich ein Stück geschrumpft. Er hielt das Kinn sorgfältig erhoben und an der Art, wie er sich bewegte, konnte ich sehen, wie viel Mühe es ihn kostete, den nächsten Schritt zu tun.

Henry, in schwarzer Hose und dunkelblauem Blazer mit einem Seidentuch im Ausschnitt, hielt sich in seiner Nähe, als müsse er ihn vor dem Zusammenbrechen bewahren.

»Suzie«, sagte David ausgesucht höflich, aber mit lebloser Stimme. »Roman.«

Suzie gab ihm die obligatorischen Küsschen auf die Wange. »Oh David! Das mit Charlie tut mir so unendlich leid! Wenn ich irgendwas für dich tun kann ...« Sie ließ den Satz bedeutungsschwer in der Luft hängen.

Davids Kehlkopf ruckte. »Danke Suzie, mir geht es gut.«

Henry hinter ihm verdrehte ganz kurz die Augen, aber ich glaube, außer mir bemerkte das niemand. Er warf mir einen Blick zu, der gleichzeitig genervt und hilflos aussah.

*Ja,* dachte ich. *Ich würde ihn am liebsten auch hier rausschaffen!*

David erwiderte Romans Händedruck und ertrug seinen gönnerhaften Klaps auf die Schulter. Quer durch den Raum hindurch begegneten sich unsere Blicke und ich hoffte, dass er nicht nur aus Henrys, sondern auch aus meiner Anwesenheit ein bisschen Kraft ziehen konnte.

Jedenfalls nickte er mir dankbar zu.

Die Speisezimmertür öffnete sich ein weiteres Mal, Grace führte meinen Vater herein. Dad trug ein ganz normales, klein kariertes Tweed-Sakko, das in dieser mondänen Umgebung ziemlich *underdressed* wirkte. Als er mich bemerkte, fielen ihm fast die Augen aus dem Kopf.

»Tja«, murmelte er verlegen und blickte an sich herunter, »sieht so aus, als wäre ich derjenige, der hier den Elegantheitsquotienten etwas nach unten zieht.«

»Als Ehrengast darf man das!« Jason lachte, dann trat er neben meinen Vater und legte ihm einen Arm um die Schultern. »Das ist er, unser derzeit hellster Stern am Bestsellerhimmel: Bob Wagner!« Er nötigte Dad vorzutreten, sodass Roman und Suzie ihn begrüßen konnten. Sie taten es mit den üblichen Hallos und Küsschen und dem ganzen typisch amerikanischen Heiteitei.

»Ich freue mich sehr«, behauptete mein Vater. Er hätte nicht erschrockener aussehen können, wenn man ihn vor ein Erschießungskommando gestellt hätte. Fast tat er mir ein bisschen leid.

Jason befahl Grace, das Essen aufzutragen, und wies jedem von uns einen Platz zu. Mein Vater als Ehrengast dieser Veranstaltung musste zu seiner Rechten sitzen, David zu seiner Linken. Ich wurde direkt neben David platziert.

Als wir uns setzten, versuchte ich zu ergründen, ob er wegen des Kleides vorhin noch immer böse auf mich war. Aber er wich mir aus. Er rückte mir den Stuhl zurecht, sodass ich mich – leider wegen der ungewohnt hohen Absätze ein bisschen unelegant – darauf niederlassen konnte. Dann setzte er sich selbst, mit steifem, geradem Rücken und ausdrucksloser Miene.

»Also, Bob«, riss Roman sogleich das Gespräch an sich. »Erzählen Sie! Woran arbeiten Sie gerade?«

Wenn er über seine Bücher sprechen durfte, taute Dad schnell auf und so plätscherte das Gespräch bald über David, Henry und mich hinweg. Eine Weile saßen wir drei einfach schweigend nebeneinander, hörten zu und hielten uns an unserem Besteck und unseren Gläsern fest. Zum Essen wurde ein leichter Weißwein serviert und Jason entschied, dass wir davon ein

Glas abbekommen sollten. Als ich ein paar Schlucke getrunken hatte und seine Wirkung in Magen und Kopf spürte, dachte ich daran, wie David bei der Poolparty in schneller Folge zwei Whiskeys gekippt hatte. Ob sein Vater davon etwas ahnte?

Ich war erleichtert, als Henry sich endlich entschied, uns in ein Gespräch zu verwickeln, und dadurch das unangenehme Schweigen an unserem Teil der Tafel unterbrach.

»Woher hast du das Kleid, Juli?«, fragte er mich.

Ich erzählte es ihm.

Er nickte zustimmend. »Sieht klasse aus! Nicht wahr, David? Ich habe schon die ganze Zeit gedacht, dass in unserer Juli eine richtig hübsche Maus steckt!« Er sagte es in so einem neckenden Tonfall, dass ich beschloss, darauf einzugehen. Zumindest konnten wir ja so *tun,* als sei das hier alles ein riesengroßes Vergnügen.

»Na, vielen Dank!«, gab ich also ebenso betont fröhlich zurück, auch wenn es mir in Davids Gegenwart fast unmöglich war, mich unbeschwert zu geben. »Und was bist du? Der Casanova des 21. Jahrhunderts oder was?«

Er deutete über seinem Teller eine kleine Verbeugung an. »Jederzeit zu Diensten, schöne Frau! Jetzt sag doch mal, David! Findest du nicht auch, dass Juli in dem blauen Kleid umwerfend aussieht?«

David antwortete nicht sofort. Er hatte den Kopf gesenkt, sodass ihm die Haare in die Stirn fielen und ich seine Augen nicht sehen konnte. Sehr konzentriert nahm er einen Bissen von dem Serrano-Schinken, der als erster Gang gereicht worden war. Die Knöchel seiner Finger traten weiß hervor, so sehr krampfte er die Hände um Messer und Gabel.

»Besser als das rote«, sagte er, nachdem er gekaut und geschluckt hatte.

Ich zuckte zusammen. Sofort erfüllte mich wieder die Scham, die ich schon gespürt hatte, als ich mit dem elenden Kleid vor ihm gestanden hatte. Es fühlte sich an, als würde ich von innen heraus verbrennen.

Henry stieß einen überraschten Laut aus. »Seit wann so ungalant?«

David zuckte nur die Achseln. Sein Blick war fest auf den Tisch gerichtet.

Henry verdrehte die Augen, dann wandte er sich an mich. »Was meint er?«

»Hat Taylor dir nicht erzählt, wie ich halb nackt mit einem roten Kleid vor ihm gestanden habe?«

»Echt?« In einer überzogenen Geste weitete Henry die Augen. »Halb nackt?«

Ich schlug nach ihm, aber er lachte nur. Seine Stirn allerdings lag in tiefen Falten und an der Art, wie der David musterte, erkannte ich, dass er sich noch immer Sorgen um ihn machte. »Doch. Hat sie natürlich«, sagte er ernst.

David hob den Blick und bohrte ihn in meinen. Ich hatte keine Ahnung, was gerade hinter seiner Stirn vorging, aber mir kam es so vor, als würde er mich bis auf den Grund meiner Seele durchleuchten. Was für ein fieses Gefühl!

Ich wich ihm aus. Mein Herz klopfte. *Sag was!,* bat ich ihn im Stillen. *Von mir aus, schrei mich an, nenn mich eine dämliche Kuh, aber hör auf, mich so anzusehen!*

Sein Schweigen war unerträglich.

Ich griff nach meinem Weinglas, damit er nicht sah, wie meine Hände zitterten.

»Entschuldige«, sagte er, genau in dem Moment, als es mir gelungen war, das Glas unfallfrei an die Lippen zu führen.

Ich verschluckte mich an meinem Wein. Hustend stellte ich

das Glas wieder ab und tastete nach der Serviette, die auf meinem Schoß lag.

*Na toll!* Jetzt benahm ich mich auch noch daneben.

Suzies Blick lag abschätzig auf mir, aber zu meinem Glück verkniff sie sich eine Bemerkung.

Henry jedoch stieß ein Lachen aus, das sehr unsicher klang. »Du hast echt eine Vollmacke, Kumpel, weißt du das?«

Zum Glück war das Essen irgendwann vorbei. Jason hob die Tafel auf und bat uns alle hinüber in die Bibliothek, wo die Drinks serviert werden sollten. Wir waren kaum dort angekommen, als Henry mich zur Seite nahm und leise sagte: »Du konntest es nicht wissen! Mach dir bloß nicht seinetwegen jetzt auch noch Vorwürfe!«

Ich dachte daran, wie David auf das Kleid reagiert hatte, und in diesem Moment kam mir ein schrecklicher Gedanke. Wenn er schon auf Taylors Kleid so heftig reagierte, was würde er dann erst sagen, wenn er erfuhr, dass ich Charlies Buch gekauft hatte?

»Was ist?«, fragte Henry mich. »Dir ist irgendwas eingefallen, oder?«

Ich rieb mir über den Nasenrücken. Meine Augen juckten und ich musste mich zusammenreißen, um sie nicht zu reiben, weil das mein gesamtes kunstvolles Make-up ruiniert hätte. Sollte ich Henry von dem Buch erzählen? Im ersten Moment hielt ich das für keine gute Idee, aber dann wurde mir bewusst, dass er vermutlich mein einziger wirklicher Verbündeter hier war. Er war der Einzige, der ohne Wenn und Aber auf Davids Seite stand.

Also erzählte ich ihm kurz, wie ich das Buch in Rachels Buchhandlung gefunden und gekauft hatte.

»Und es steht ihr Name drin?« Er sah nicht aus, als überrasche ihn diese Geschichte besonders.

Ich nickte.

»Sie hat öfter Bücher zu Rachel gebracht«, sagte er. *»Rebecca,* sagtest du?«

»Ja. Von Daphne du Maurier.« Ich fuhr mir mit der Zungenspitze über die Lippen. Auf meiner Zunge lag der säuerliche Geschmack des Weißweins. »Rachel hat mir erzählt, dass Charlie ihr das Buch genau am Tag vor ihrem Tod gebracht hat. Und dass sie sehr bedrückt gewirkt hat.«

»Rebecca«, murmelte Henry. Dann fuhr er mit der Hand durch die Luft, als wolle er das Thema fortwischen. »Hat wahrscheinlich nichts zu bedeuten. Das Buch, meine ich. Was sollte da schon drinstehen, das sie dazu gebracht hätte ...« Sein Blick huschte durch den Raum, um sicherzugehen, dass uns niemand zuhörte. David stand bei Jason und Suzie. Roman und mein Vater hatten sich in die Sitzecke zurückgezogen und fachsimpelten über irgendein Problem beim Schreiben. Niemand schien uns zu beachten, dennoch senkte Henry die Stimme noch ein bisschen mehr, als er ergänzte: »... von der Klippe zu springen.«

Ich überlegte. Rachel hatte behauptet, dass Charlie das Buch loswerden wollte, aber ich kam nicht dazu, das auch noch zu erwähnen, denn in diesem Moment erschien Grace in der Tür und kündigte weiteren Besuch an.

»Mr Bell, Miss Primrose und die beiden Lektorinnen sind jetzt da.« Sie trat beiseite, damit die Neuankömmlinge eintreten konnten.

»Besser, du verschweigst David, dass du das Buch hast!«, raunte Henry mir noch zu, dann kam auch schon eine fast zwei Meter große Frau hereingesegelt, die in ein weites, wallendes und schreiend bunt gefärbtes Gewand gehüllt war. Sie war deutlich über fünfzig und trug noch mehr dicken Silberschmuck als Rachel heute Morgen. Sie begrüßte jeden im Raum mit einem entzückten Ausruf, der so albern klang, dass ich trotz meiner Anspannung ein wenig schmunzeln musste. Ich kannte die Frau schon von einer Lesung, die ich einmal besucht hatte. Sie hieß Kimberley Primrose und war eine weitere von Jasons Bestsellerautorinnen. Warum sie jetzt erst kam und nicht zum Essen eingeladen worden war, war mir schleierhaft. Sie jedoch schien es nicht im Mindesten zu stören. Sie begrüßte zuerst Jason, indem sie ihn an ihren ausladenden Busen zog, dann Roman und schließlich meinen Vater. Dad quittierte die innige Berührung mit einem so verzweifelten Gesichtsausdruck, dass er mir schon wieder leidtat. Suzie und mir reichte Kimberley mit einer eher kühlen Geste die Hand, dann wandte sie sich Henry und David zu.

»Na, ihr beiden Hübschen!« Ihre Stimme sackte von einem Augenblick auf den anderen um eine ganze Oktave nach unten.

Henry schob sich vor wie ein Footballspieler, der seinen Quarterback decken will, und ich hatte den Eindruck, er versuchte, David davor zu bewahren, von Kimberleys Energie zermalmt zu werden. Mit seiner Körpergröße war er vermutlich der Einzige im Raum, dem das gelingen würde.

»Hallo Miss Primrose«, sagte er mit einer Stimme, die auf einmal übertrieben samtweich klang. Ich fragte mich, ob er Kimberley auf den Arm nahm, aber ihr schien dieser Gedanke nicht zu kommen.

»Kimmi!«, rief sie. »Ich habe dir schon hundertmal gesagt, dass du mich Kimmi nennen sollst!«

»Kimmi«, wiederholte Henry mit einer kleinen Verbeugung.

Unter seinen Haaren hervor blinzelte er mir spöttisch zu und da wusste ich sicher, dass er Kimmi veralberte.

Ihr jedenfalls schien sein Verhalten zu gefallen. Sie kicherte kleinmädchenhaft.

Nachdem sie ihren großen Auftritt gehabt hatte, fiel mein Blick nun auf die beiden anderen Frauen, die mit ihr zusammen angekommen waren. Beide waren sie wesentlich jünger als Kimmi, vermutlich eher in den Zwanzigern als in den Dreißigern. Und beide trugen sie das, was ich gern als Lektorinnenuniform bezeichnete: schmale dunkle Etuikleider und kniehohe Stiefel. Intellektueller Businesslook. Beerdigungslook, wenn man Taylors Meinung teilte.

Jason stellte sich zwischen die beiden. »Kimmi muss ich ja wohl kaum vorstellen«, sagte er und strahlte die Bestsellerautorin an. »Aber das hier sind Miranda und Emma. Zwei Lektorinnen aus dem Bells Verlag, die, glaube ich, noch keiner von euch kennt.« Er schob die beiden in die Mitte des Raumes und sie begrüßten sowohl meinen Vater als auch Roman mit großer Professionalität. Als das erledigt war, begannen sie sogleich, über Bücher zu reden.

»David, nicht wahr?« Kimmi klinkte sich nach wenigen Minuten aus dem Gespräch aus und baute sich vor David auf. Henry, der von Jason darum gebeten worden war, sich um die Drinks für die Gäste zu kümmern, war zu weit entfernt, um sich noch einmal schützend vor ihn zu stellen.

»Ja, Miss Primrose.« David sprach durch schmale Lippen, aber er schaffte es, gerade so mürrisch und verloren auszusehen, dass er für Kimmi erst interessant zu wirken schien.

Ich sah, wie ihre Augen zu glitzern begannen. In ihren Romanen wimmelte es von gebrochenen Helden, die sich mit unendlichen Schuldgefühlen herumplagten. Vermutlich sah sie in David ein geeignetes Studienobjekt für ihre Recherchen. »Warum so spröde?«, fragte sie und ich hätte zu gern gewusst, ob sie über die Sache mit Charlie informiert war.

David antwortete nicht sofort, sondern presste die Lippen noch fester aufeinander. »Entschuldigen Sie«, sagte er dann. »Ich wollte natürlich nicht unhöflich sein!«

Kimmi lachte auf. »Nein. Das wolltest du sicher nicht. Wärest du so nett und würdest uns was zu trinken besorgen? Was Richtiges, was für Männer, meine ich.«

»Natürlich.« David warf mir einen hilflosen Blick zu, ging dann aber zu dem Wagen mit den Karaffen, den Grace aus dem Speisezimmer hergeschafft hatte. Ich folgte ihm.

Henry empfing David mit einem mitleidigen Grinsen. »Die hat dich zum Abschuss freigegeben!«

David zuckte nur die Achseln, aber ich erkundigte mich, was Henry damit meinte.

Er goss Whiskey in ein Highballglas und gab es David. »Für Miss Promiskuitiv.«

Ich riss die Augen auf und starrte ihn erschrocken an, doch er lachte nur.

»Was denn? Ist doch allgemein bekannt, dass Kimberley Primrose auf jüngere Männer steht und sie in ihr Bett zu kriegen versucht!« Er schenkte David einen Blick, der wohl schmachtend aussehen sollte, dann wandte er sich wieder mir zu. »Sehr viel jüngere Männer, wenn du verstehst, was ich meine, Süße!«

Und da begriff ich, was er gemeint hatte, als er sagte, Kimmi hätte David zum Abschuss freigegeben. Ich musste schlucken. Mit wachsendem Unbehagen sah ich, wie Kimmi David zuwinkte.

Er straffte die Schultern.

Am liebsten hätte ich ihn an die Hand genommen und wäre mit ihm auf der Stelle von hier verschwunden.

»Ich komme schon damit klar«, sagte er leise. Kurz begegneten sich unsere Blicke. Ein Lächeln glitt über seine Lippen! Für ein paar Sekunden, die mir wie Ewigkeiten vorkamen, vergaß ich alles andere ringsherum.

»Hey!«, holte Henrys spöttische Stimme mich aus meiner Trance. Ich blinzelte und ich sah, dass David das Gleiche tat. Beide schauten wir erst zu Boden und dann Henry an. »Miss Primrose beobachtet euch!«, sagte er. »Ihr solltet nicht ganz so offensichtlich sein.«

# 15

Nachdem er von Henry noch einen weiteren Drink erhalten hatte, kehrte David zu Kimmi zurück. Jason bemerkte, dass sein Sohn etwas Härteres trank als Wein. Er runzelte missbilligend die Stirn, sagte jedoch nichts dazu. David stieß mit Kimmi an, dann hob er sein Glas und prostete seinem Vater herausfordernd zu.

Ich fragte mich, ob sich der harte Alkohol mit seinen Tabletten vertrug. Kimmi fing an, David mit ihren beringten Händen zu betatschen, und er ließ es über sich ergehen. Ich biss die Zähne zusammen.

»Stell dich dazu!«, riet Henry mir. »Und tu so, als hättest du Besitzansprüche auf ihn. Dann lässt sie meistens die Finger weg.«

Ungläubig sah ich ihn an. Langsam fühlte ich mich, als sei ich in einem von Dads Romanen gelandet, ohne es bemerkt zu haben. Der Wein, den ich zum Abendessen getrunken hatte, brachte meinen Kopf zum Kreisen. Ich bat Henry um ein Glas Limonade. Als ich es in den Händen hielt, klammerte ich mich daran fest, atmete einmal tief durch und ging zu David und Kimmi hinüber.

Ich stellte mich dicht neben ihn, sodass es für sie aussehen musste, als sei ich mehr als nur eine gute Freundin.

Kimmi hielt mitten in einem langatmigen Vortrag inne und warf mir einen missmutigen, stirnrunzelnden Blick zu.

David hingegen sah mich dankbar an.

Ich schob meine Hand unter seinen Arm und hakte mich mit aller Selbstverständlichkeit und Lässigkeit, die ich aufbringen konnte, bei ihm ein. Allein diese Berührung beschleunigte meinen Herzschlag deutlich. Seine Muskeln waren verspannt, das spürte ich.

»Miss Primrose«, brachte ich das Gespräch an mich, »stimmt es, dass Sie gerade an einem Buch über die Insel schreiben?« Mein Vater hatte mir irgendwann kürzlich davon erzählt.

Sie wirkte genervt von meiner Unterbrechung, war aber höflich genug, die Frage zu beantworten. »Ja. Es soll eine große Romanze werden, die in der Gesellschaft der Vierzigerjahre des vergangenen Jahrhunderts spielt.«

*Große Romanze* hieß bei ihr, für amerikanische Verhältnisse verblüffend viel nackte Haut und beschlagene Fenster.

»Ach, schade!«, rief ich aus. »Nicht im 19. Jahrhundert? Das interessiert mich nämlich sehr. Haben Sie schon mal was von der *City of Columbus* gehört?«

Kimmi nickte und leerte ihr Glas mit einem Zug. »Natürlich«, quetschte sie hervor. »Aber ich bin nicht so lebensmüde, mich damit zu befassen.« Sie zwinkerte zweimal, dann hatte sie endlich in ihre Rolle der feurigen Liebhaberin zurückgefunden. Sie warf David einen glühenden Blick zu. »Es weiß doch jeder, dass Frauen, die sich hier auf *Sorrow* verlieben, nicht lange leben.«

Die Worte purzelten aus ihrem Mund und schlagartig war es totenstill im Raum. So still, dass sogar ihr selbst auffiel, dass sie voll ins Fettnäpfchen getreten war. »Was?«, fragte sie aufsässig in die Runde und wandte sich dann demonstrativ wieder an mich. »Wenn du an Informationen über die Inselgeschichte des 19. Jahrhunderts interessiert bist«, sagte sie kühl, »dann solltest du dich an Adam wenden.«

»Adam?«, wiederholte ich. Aus dem Augenwinkel sah ich, dass sich Davids Augen bei diesem Namen geweitet hatten. Ich schaute ihn an. Ganz sachte, kaum merklich, schüttelte er den Kopf.

»Er hat in Chilmark ein kleines Museum«, erklärte Kimberley mir.

Ich dachte an den Prospekt, den Rachel mir am Morgen gegeben hatte. »Davon habe ich schon gehört.«

»Adam ist Spezialist für das 19. Jahrhundert, er kann dir bestimmt mehr über dieses Schiff erzählen.«

Während Kimmi begann, wieder über sich selbst und ihre Bücher zu sprechen, sah ich David an. In seinen Augen stand plötzlich ein eigenartig flehender Ausdruck.

»Was?«, flüsterte ich ihm zu.

»Geh nicht zu Adam!«, bat er, aber als ich mit hochgezogenen Augenbrauen eine Erklärung einforderte, zog er sich wieder in sein inzwischen wohlbekanntes Schweigen zurück.

David hielt die Situation noch mehr als anderthalb Stunden lang aus. Er sprach mit Roman und mit den beiden Lektorinnen, während ich von Suzie in Beschlag genommen wurde. Aber ich bemerkte, wie er immer öfter zur Tür blickte, und wusste, er sehnte sich danach, hier endlich rauszukommen.

»Wenn wir nichts tun«, flüsterte Henry mir zu, als er mir ein neues Glas mit Limonade gab, »dann bricht er bald zusammen.«

Aber bevor wir eine Idee hatten, mit welchem Vorwand man David entschuldigen konnte, schaffte er selbst Tatsachen. Gegen zehn Uhr abends stellte er sein Glas mit einem Ruck auf dem Tablettwagen ab, dann stürzte er nach draußen, als sei ihm plötzlich schlecht geworden.

Alarmiert blickte Jason von seinem Gespräch mit meinem Vater und einer der Lektorinnen auf. Ich konnte erkennen, dass er ehrlich besorgt war. Mein Blick flog zwischen ihm und Henry hin und her. Taylor hatte heute Abend frei. Gleich nach meiner Ausstaffierung hatte sie das Haus verlassen und war nach Oak Bluffs gefahren, um eine Freundin zu besuchen.

»Ich gehe ihm nach«, murmelte ich und Jason wirkte erleichtert. Ohne weitere Umschweife wandte er sich wieder seinem Gespräch zu.

Ich drückte Henry mein Glas in die Hand.

»Viel Glück!«, flüsterte er mir zu.

Ich dankte ihm und eilte hinter David her.

Weit war er nicht gekommen. Ich fand ihn in der großen Halle, auf die Lehne eines Sessels gestützt und mit hängenden Schultern stand er da.

Zögernd trat ich hinter ihn.

Er hatte mich bemerkt. Über seine Schulter hinweg warf er mir einen Blick zu, dann riss er sich zusammen, richtete sich auf, drehte sich aber nicht zu mir um.

Ich schluckte. »Ich würde dir so gern helfen, David!«, sagte ich leise.

Wie stets dauerte es, bis er etwas erwiderte. »Du kannst mir nicht helfen.«

Ich wartete.

»Du machst alles nur noch schlimmer!«, fügte er hinzu.

Seine Worte schmerzten, aber ich hatte versprochen, mich um ihn zu kümmern, und das würde ich, verdammt noch mal, jetzt auch tun. Egal, wie es mir selbst dabei ging. »Warum?« Es kostete mich Überwindung, aber ich trat noch näher an ihn heran. Ganz vorsichtig legte ich eine Hand auf seinen Arm. Er zitterte, das konnte ich deutlich spüren. Ich zwang ihn, sich zu mir umzudrehen, und er ließ es geschehen. Seine Bewegungen waren langsam und schwerfällig.

Einige Sekunden lang standen wir uns schweigend gegenüber. Wieder beschleunigte sich mein Herzschlag unter seinem durchdringenden Blick. Seine Hand hob sich, näherte sich meiner Wange. Aber er berührte mich nicht. Ganz dicht vor meinem Gesicht hielt er inne. Am liebsten hätte ich gleichzeitig geheult und gelacht. Ich musste mich räuspern, um sprechen zu können. »Ich weiß, ich kann sie dir niemals ersetzen, aber ich kann versuchen, dir eine Freundin zu sein. Lass jemanden versuchen, dir zu helfen, lass es *mich* versuchen!«

Er schien diesen Worten nachzulauschen. Endlich nickte er. »Ja, das würde dir ähnlich sehen.« Seine Augen waren rot und trocken.

Ich war nicht sicher, wie er das meinte, aber es war auch egal. Langsam ließ ich seinen Arm los, doch dann gab ich mir einen Ruck. Ich trat vor und zog David in meine Arme.

Sofort versteifte er sich. Er erwiderte meine Umarmung nicht, aber er entwand sich mir auch nicht. Mehrere Minuten vergingen und ich hatte das Gefühl, eine Statue in den Armen zu halten. Dann, endlich, zog David mich an sich. Er klammerte sich an mir fest wie ein Ertrinkender. Alle Kraft schien von einem Moment auf den anderen aus ihm gewichen zu sein. Er suchte Halt, an mir, zumindest für einen Augenblick.

Tief sog ich seinen Geruch ein, er hatte irgendein teures Aftershave aufgelegt. Eine eigenartige bittersüße Melancholie hüllte mich ein. David hielt mich im Arm! Egal, ob er dabei an Charlie dachte oder nicht, er war in diesem Moment hier bei mir. Mehr würde ich niemals bekommen. Die Erkenntnis traf mich wie ein Hammerschlag.

Ich weiß nicht mehr, wie lange wir so dastanden. Irgendwann kam Henry aus der Bibliothek, um nach dem Rechten zu sehen. Über Davids Schulter hinweg sah ich ihn an.

Erstaunt, uns so zu sehen, hob er die Augenbrauen, aber er sagte nichts. Ich schüttelte stumm den Kopf und lautlos zog er sich zurück und signalisierte mir mit erhobenem Daumen seine Zufriedenheit.

David hatte ihn nicht bemerkt.

»Juli ...«, murmelte er in mein Haar. »Das hier ...« Er holte seufzend Luft, dann machte er sich von mir los. Am liebsten hätte ich ihn wieder an mich gezogen, aber es schien ihm jetzt ein wenig besser zu gehen. Er stand aufrechter da. »Es geht nicht«, beendete er, was er hatte sagen wollen.

Ich nickte und war froh, dass mir nicht die Tränen kamen. Auf keinen Fall sollte er sehen, wie sehr mich seine Worte trafen.

»Ich bin ...«, setzte David unglücklich an.

Ich legte ihm einen Finger auf die Lippen. Auch bei dieser Berührung durchfuhr es mich wie ein Stromschlag. »Scht!«, machte ich. »Ich weiß! Ich will dir nur helfen.«

Er hob den Kopf, unsere Blicke trafen sich und ich kämpfte nun selbst gegen das Gefühl an zu schwanken.

Kaum merklich nickte er. Seine Lippen teilten sich, als wolle er noch etwas sagen, aber dann wandte er sich ab. Mit schweren Schritten stieg er die Treppe nach oben und verschwand in seinem Zimmer.

Der Empfang endete gegen Mitternacht, als die Autoren sich verabschiedeten. Die Lektorinnen waren schon eine Stunde eher gegangen und auch Kimmi schien nach Davids Verschwinden die Lust an dieser Veranstaltung verloren zu haben. Henry gab sich zwar alle Mühe, sie aufzumuntern, aber sie wirkte mürrisch und enttäuscht und schien froh, als Roman und Suzie endlich zum Aufbruch bliesen und sie mitnahmen.

Als alle weg waren und auch Jason mir gedankt und sich zurückgezogen hatte, wechselte mein Vater noch ein paar Worte mit mir. Seinen glühenden Wangen konnte ich ansehen, dass die Lektorin, die mit ihm den aktuellen Roman durchgesprochen hatte, ihn auf neue Ideen gebracht hatte. Er wirkte fahrig und begierig, an seinen Schreibtisch zu kommen, und so wehrte ich alle Fragen danach, wie mir der Abend gefallen hatte, ab und schickte ihn zurück an seine Arbeit.

Henry verabschiedete sich als Letzter von mir. »David kann froh sein, dass du da bist«, sagte er draußen auf der gekiesten Auffahrt. Er hatte seinen Hausschlüssel schon in der Hand.

Da war ich mir allerdings nicht so sicher. Ich wusste, wie leicht ich zu durchschauen war, und meine größte Sorge bestand darin, dass David erkennen würde, wie sehr ich mich in ihn verliebt hatte – und dass ich damit seinen zahlreichen Problemen ein weiteres hinzufügen würde. So wie ich ihn in den letzten Tagen kennengelernt hatte, bestand durchaus die Gefahr, dass er sich selbst die Schuld an meinem Zustand geben würde. Er durfte es also auf keinen Fall merken! Blöd nur, dass ich keine Ahnung hatte, wie ich es vor ihm verbergen konnte. Es sei denn, ich verließ die Insel so schnell wie möglich ...

All das schoss mir durch den Kopf, während ich nach einer passenden Erwiderung auf Henrys Worte suchte. Er wartete und beobachtete mich dabei und ich fragte mich, ob er nicht meine Gedanken ohnehin längst erraten hatte.

Ein leises Lachen kam über seine Lippen. »Glaub mir!«, sagte er. »Manchmal wirken die Dinge auf den zweiten Blick ganz anders als auf den ersten.«

Ich wischte mir über die Nase. Ich hatte keine Jacke angezogen und dementsprechend kalt war mir. »Was soll das heißen?«

Er streckte die Arme aus und zog mich an sich. Seine Umarmung war eher lässig. Kameradschaftlich. Nicht zu vergleichen mit der von David. Ein dicker Kloß saß mir im Hals und ich schluckte dagegen an.

»Das wird schon!«, murmelte Henry in meine Haare.

Als er weg war, ging ich in mein Appartement und schlüpfte erleichtert aus den High Heels. Dann zog ich die Zudecke vom Bett, schlang sie mir um die Schultern. Auf Strümpfen tapste ich ans Fenster, öffnete es und trat auf den Balkon hinaus. Die Fliesen waren eiskalt, aber das war mir egal. Das Meer klang zornig, als würde es mir Vorwürfe machen. *Besser, du verlässt die Insel!*

Ich zog die Decke unter dem Kinn zusammen und starrte in die Dunkelheit hinaus. Der Himmel war wolkenlos. Es war kein Mond zu sehen und die Sterne funkelten kühl und emotionslos über mir.

Ich schaute zum Herrenhaus hinüber und suchte nach Davids Fenster. In seinem Zimmer war es dunkel, vermutlich lag er längst im Bett. Ich hoffte für ihn, dass er schlafen konnte, aber gleichzeitig wünschte ich mir, dass er anfangen würde, die Mondscheinsonate zu spielen. Sie hätte meine wehmütige Stimmung wunderbar untermalt und den Kokon aus Melancholie, in den mich der Abend verbannt hatte, noch ein wenig enger geschnürt.

Erst nach einigen Minuten fiel mir ein, dass das Klavier ja zerstört war.

Ein leises Klopfen an meiner Appartementtür ließ mich aufhorchen.

»Es ist offen!«, rief ich, ohne mich zu rühren.

Grace kam herein, in den Händen ein kleines Silbertablett, auf dem ein großes Glas mit Milch stand. In der offenen Balkontür blieb sie stehen und musterte mich mit leichter Missbilligung.

*Ja,* dachte ich aufsässig. *Sie haben recht behalten. Madeleine sorgt dafür, dass ich hier nicht glücklich werde!*

Ich war überzeugt davon, dass sie genau das im nächsten Augenblick zu mir sagen würde, aber sie seufzte nur leise und hob das Tablett ein wenig in die Höhe. »Miss Taylor hat mich gebeten, Ihnen das hier zu bringen. Sie meint, Sie könnten dann besser schlafen!«

Die Milch in dem Glas fing einen Lichtstrahl der Deckenbeleuchtung ein und schimmerte bläulich.

»Danke«, murmelte ich. »Bitte stellen Sie es auf meinen Nachtschrank.«

»Sehr wohl!« Grace ging zum Bett hinüber. »Kann ich sonst noch etwas für Sie tun, Miss Wagner?«

*Ja,* dachte ich. *Sagen Sie Madeleine, dass sie mich mal gernhaben kann!*

Laut sagte ich: »Nein danke, Grace!«

»Gute Nacht, Miss Wagner!« So leise, wie sie gekommen war, zog Grace sich wieder zurück.

Ich wandte mich erneut der Dunkelheit vor meiner Balkonbrüstung zu.

Mit dem Handrücken wischte ich mir über die Nase. Die Tränen, die mir schon den ganzen Abend über die Kehle verstopft hatten, wollten und wollten nicht fließen. Ich kam mir vor wie ausgehöhlt und meine Lider fühlten sich an, als seien sie aus Sandpapier.

*Wunderbar, Juliane!,* schimpfte ich mit mir selbst. *Jetzt fängst du schon genauso an wie David.*

David!

Egal, woran ich dachte, am Ende landete ich wieder und wieder bei ihm. Ich lauschte auf den Schmerz in meiner Brust, versuchte, ihn zu analysieren. *Er hatte ihr, ohne es zu wissen, das Herz herausgerissen.* Diesen Satz hatte ich schon oft in Dads Schnulzen gelesen. Ich lachte bitter, weil es so albern und kitschig klang, aber irgendwie traf es den Sachverhalt verblüffend gut. Es war, als wäre dort, wo mein Herz gewesen war, plötzlich ein faustgroßes Loch.

»Scheiße, Juli!«, flüsterte ich ins Dunkel hinein. »Du bist echt eine dumme Nuss!«

Ich ging nach drinnen, starrte ein oder zwei Sekunden lang auf die Milch im Glas. Sie dampfte leicht und ich fror inzwischen trotz der dicken Decke ziemlich erbärmlich. Ich raffte die Decke unter meinem Kinn zusammen, nahm das Glas und trank es zu einem Drittel aus. Angewidert verzog ich das Gesicht. Die Milch war ziemlich stark mit Honig gesüßt und der Geschmack erinnerte mich an früher, als ich kleiner gewesen war und meine Mutter mir eine heiße Milch gemacht hatte, wenn ich krank oder traurig gewesen war. Es war genau dieser Gedanke, der meine Augen endlich zum Überlaufen brachte. Ziemlich lange stand ich einfach nur da und tat nichts, außer zu heulen.

Und dann erstarrte ich.

Der Wind hatte Fetzen von Worten herangeweht.

Angestrengt lauschte ich, aber für eine ganze Weile blieb es still. Wahrscheinlich hatte ich mich getäuscht, dachte ich und war drauf und dran, die Balkontür zu schließen. Aber da hörte ich es erneut.

Eine leise Frauenstimme. Ich hätte nicht sagen können, von woher sie kam, dazu zerriss der Wind sie zu stark. Aber ich verstand jetzt einzelne Worte. »I once had a true love and I loved her so well«, hörte ich, bevor der Wind wieder einsetzte. Wenn mir nicht ohnehin schon eiskalt gewesen wäre, hätte ich mit Sicherheit Gänsehaut bekommen, so verloren und unheimlich klang die leise Stimme.

Mein eigenes Blut rauschte in meinen Ohren und es dauerte einige Sekunden, bevor ich wieder etwas hören konnte.

»It will not be long 'til our wedding day«, wisperte die Stimme.

Mir wurde vor Grauen ganz elend zumute. Einen Moment lang konnte ich mich nicht rühren, doch dann riss ich mich zusammen. Mit einer energischen Geste schlug ich die Balkontür zu und verriegelte sie. Zitternd kroch ich danach ins Bett und zog mir die Decke über den Kopf.

# 16

Der nächste Morgen dämmerte mit Nebel herauf. Ich erwachte aus einem seltsamen Traum, in dem David und ich auf den Klippen von Gay Head getanzt hatten, während unter uns das Meer gefroren war. Kopfschüttelnd setzte ich mich hin und warf einen Blick aus dem Fenster, dessen Vorhänge ich in der Nacht vergessen hatte zuzuziehen.

Trübes, wattiges Grau lag über dem Rasen zwischen Haupt- und Gästehaus, wand sich um die Bäume und Büsche und wogte hin und her, als sei es lebendig. Hatte ich dieses unheimliche Gewisper gestern Nacht tatsächlich gehört? Jetzt, im grauen Licht des Morgen, kam es mir albern vor, das auch nur zu denken.

Ich seufzte und schwang die Beine aus dem Bett. Meine Zunge fühlte sich in meinem Mund dick und pelzig an. Um den ekeligen Geschmack zu vertreiben, trank ich einen Schluck von der kalten Milch, doch das machte es nur noch schlimmer. Angewidert verzog ich das Gesicht. Besser, ich ging mir die Zähne putzen.

Als ich aus dem Bad zurückkam, prasselten ein paar Regentropfen gegen die Fensterscheibe. *Wunderbar!* Genau das Wetter, das ich bei meiner ohnehin schon trüben Stimmung gebrauchen konnte.

Meine Gedanken wanderten zu David und zu den langen Minuten, die wir eng umschlungen in der Halle gestanden hatten.

*Es hat nicht das Geringste zu bedeuten!*, redete ich mir ein. *Er hat den Halt gebraucht, den du ihm gegeben hast. Er will nichts von dir! Nichts, nichts, nichts!*

»Überhaupt nichts!«, sagte ich laut und knirschte mit den Zähnen. Warum nur hoffen wir umso verzweifelter, je auswegloser die Situation ist?

Mein Blick fiel auf *Rebecca*, das ich vom Bett genommen und auf meinen Nachtschrank gelegt hatte. Lag in diesem Buch der Schlüssel zu Charlies Tod? Sachte strich ich mit den Fingerspitzen über die Abbildung des brennenden Herrenhauses.

*Besser, du verschweigst David, dass du das Buch hast!*, hatte Henry mir geraten.

Vermutlich hatte er recht. Auf der einen Seite drängte es mich, das Buch zu lesen, aber gleichzeitig hatte ich auch Angst davor. Vielleicht wollte ich gar nicht wissen, was es mir möglicherweise verraten würde. Energisch zerrte ich die Schublade meines Nachtschrankes auf und warf das Buch hinein. Dann schmetterte ich die Schublade wieder zu und begann, mich anzuziehen.

Als ich mein Appartement verließ, hörte ich nebenan meinen Vater vor sich hin murmeln. Wahrscheinlich hatte er schon wieder die ganze Nacht durchgearbeitet. Ich überlegte, zu ihm zu gehen und ihn um Rat zu fragen, aber gleich darauf verwarf ich diese Idee wieder. Er war in Liebesdingen extrem autistisch, was auch der Grund gewesen war, warum meine Mutter ihn verlassen hatte. Eigentlich erstaunlich, wenn man bedenkt, dass er über die große Liebe schrieb und damit auch nicht schlecht verdiente! In seinen Büchern schilderte er unerwiderte Gefühle und Liebeskummer ziemlich plastisch, aber mit ihm darüber sprechen zu wollen, endete eigentlich immer in einer mittleren Katastrophe.

Dad konnte mir also in dieser Situation nicht helfen. Ich öffnete die Tür des Gästehauses und sofort schlugen mir eiskalte Regentropfen ins Gesicht. Mit hochgezogenen Schultern rannte ich los. Nur aus dem Augenwinkel heraus glitt mein Blick zu Davids Fenster empor und kurz glaubte ich, ihn hinter der Scheibe stehen und zu mir hinabblicken zu sehen. Als ich allerdings genauer hinsah, war der Fensterrahmen leer.

*Wahrscheinlich Wunschdenken,* dachte ich und erreichte den Eingang des Herrenhauses. Mit einem Windstoß zusammen stolperte ich ins Warme.

Ich frühstückte wie immer, aber diesmal ohne dass jemand hereinkam und mir Gesellschaft leistete. Viel Appetit hatte ich nicht. Mein Magen fühlte sich sonderbar hohl an und ab und an verspürte ich einen Anflug von Übelkeit, dem ich jedoch keine weitere Beachtung schenkte. Als ich fertig war, kehrte ich in mein Appartement zurück und chattete Miley an.

»Bist du schon online?«

Ihre Antwort kam prompt. »Was glaubst du denn? Du hast ja lange nichts von dir hören lassen!«

Ich biss mir auf die Unterlippe. »War ziemlich viel los.«

»Erzähl!« Miley machte eine kleine Pause, dann fügte sie hinzu: »Ich verzeihe dir nur, wenn David der Grund für deine Sendepause war!«

Meine Lippe schmerzte und ich musste mich zwingen, die Zähne auseinanderzunehmen. »War er«, schrieb ich. »Aber leider anders, als du denkst.«

Und dann lieferte ich ihr eine Kurzzusammenfassung der Dinge, die seit unserem Skype-Telefonat vor zwei Tagen passiert waren. Ich schrieb ihr von der Poolparty und Davids Ausraster, von Jasons Wutausbruch, bei dem er das Klavier zertrümmert hatte, und von dem missglückten Empfang gestern Abend mit den Bestsellerautoren, auf dem David beinahe zusammengebrochen war.

»Willst du nicht lieber reden?«, war Mileys erste Reaktion.

Ich zögerte. All diese Dinge in die Tastatur zu hämmern, hatte ein bisschen Distanz zwischen mich und die Erlebnisse bringen können. Auf der einen Seite tat das einfach nur gut. Auf der anderen Seite wusste ich auch, dass ich sofort anfangen würde zu heulen, wenn ich Mileys mitfühlende Stimme hören würde. »Lieber nicht«, tippte ich. »Fühle mich gerade ein bisschen sonderbar.«

»Kein Wunder!!!!!«, schrieb sie und tippte fünf Ausrufezeichen dahinter. »Wenn man hört, was bei euch so abgeht ...« Wieder machte sie eine kleine Pause. »Sind die alle krank im Kopf oder wie?«

Ich musste lachen. Es war ein unterdrücktes, etwas feuchtes Geräusch. Meine Augen brannten.

»Du hast nicht vor, nach Hause zu kommen, oder?«, fragte Miley.

Diesmal brauchte ich, bis ich wusste, was ich schreiben sollte. »Ich bin nicht sicher. Ich würde ihm so gern helfen.«

»Bist du verknallt?«

Als ich die Frage las, sprang ich auf und musste erst ein paar Mal im Zimmer hin und her laufen, bevor ich es schaffte, mich wieder hinzusetzen und die Finger auf die Tastatur zu legen. »Ja«, tippte ich, aber ich zögerte, die Nachricht abzusenden. Mit zwei Anschlägen löschte ich sie wieder.

»Nein«, schrieb ich stattdessen.

»Gut. Was willst du jetzt tun?«

Wenn ich das bloß gewusst hätte!

Ich stützte den Kopf in beide Hände und starrte so lange,

ohne zu blinzeln, auf meinen Monitor, bis der blinkende Cursor vor meinen Augen verschwamm.

»Irgendwie habe ich noch immer das Gefühl, dass ich rausfinden sollte, was auf dieser Klippe passiert ist«, schrieb ich dann.

»Weißt du jemanden, der dir dabei helfen kann?«

Ich dachte an den Prospekt von dem Inselmuseum, den Rachel mir gegeben hatte. Wie hatte Kimmi den Fachmann für die *City of Columbus* dort genannt? Adam.

»Vielleicht«, tippte ich. Und dann: »Muss jetzt los!«

»Okay.« Miley endete mit einer Reihe Smileys, die aufmunternd einen riesigen Daumen in die Luft hoben.

Eine Weile starrte ich sie an, dann klappte ich den Laptop zu.

Das Inselmuseum lag in Chilmark, wo ich gestern schon einmal zu Fuß gewesen war. Ich warf einen missmutigen Blick aus dem Fenster. Der Nebel war in der letzten halben Stunde noch dichter geworden und ich konnte gerade mal die Fassade des Haupthauses erkennen. Aber es hatte jetzt wenigstens aufgehört zu regnen.

Ich schlang mir zum Schutz gegen den Wind ein Tuch um den Hals. Dann schlüpfte ich in meine Jacke, nahm Geldbörse, Museumsprospekt und Appartementschlüssel und machte mich auf den Weg. Als ich das Grundstück der Bells verließ, fiel mir wieder ein, dass David mich gestern Abend gebeten hatte, nicht zu diesem Adam zu gehen. Ich überlegte, was wohl der Grund dafür gewesen sein mochte, aber natürlich kam ich zu keinem Schluss.

»Selbst schuld, mein Lieber!«, murmelte ich und fügte hinzu: »Jetzt erst recht!«

Obwohl ich den Weg nach Chilmark ja von gestern bereits kannte, kam es mir heute so vor, als sei ich in eine ganz andere Welt geraten. Der Nebel lag so dicht über der Insel, dass ich keine fünfzig Meter weit sehen konnte, und das ergab – zusammen mit dem Geräusch der Brandung und dem heute eher gedämpften Geschrei der Möwen – eine sonderbar drückende Stimmung.

Einmal näherte sich mir von hinten ein Auto und sein gelbliches Scheinwerferlicht warf meinen eigenen Schatten übergroß vor mir auf die Nebelwand. Als der Wagen vorbei war, wurde das Motorengeräusch rasch von den tief hängenden Wolken verschluckt. Danach kam mir die Stille ringsumher noch undurchdringlicher vor. Irgendwann, kurz bevor ich den Menemsha Pond erreichte, glaubte ich, Schritte hinter mir zu hören. Ich drehte mich um, aber da war niemand.

Ein Schatten sprang vor mir aus den Büschen und huschte quer über die Straße. Beinahe hätte ich vor Schreck einen Schrei ausgestoßen, doch dann erkannte ich, dass es nur ein Fuchs gewesen war. Kurz bevor er das Unterholz auf der anderen Straßenseite erreichte, blieb er stehen und warf mir einen langen Blick zu. Er sah ein bisschen mitleidig aus, fand ich, fast so, als wollte er sagen: *Was machst du denn hier draußen, bei dem Mistwetter?*

Dann verschwand er.

Kurz darauf glaubte ich erneut, Schritte zu hören. Ich blieb stehen und lauschte mit klopfendem Herzen. Ein Steinchen rollte mit einem Klickern davon. Mir richteten sich die Haare im Genick auf und ich ging schnell weiter. Mit so großen Schritten, dass ich beinahe rannte. Ich war heilfroh, als ich endlich Chilmark erreichte.

An Rachels Buchhandlung bog ich links ab und stand gleich

darauf vor einem hellblau gestrichenen Haus mit grauen Dachziegeln. An einem Schild über der Tür prangte das Logo mit dem versinkenden Schiff, das ich schon von dem Prospekt kannte. Ein Schriftzug darüber verkündete, dass dies hier das *Vineyard Historical Museum* war.

In den mit weißen Sprossen versehenen Fenstern baumelte ganz ähnliches Kunsthandwerk wie in Crystals Café. Ich warf einen Blick auf eine kleine Tafel an dem rechten Verandapfosten. Der Beschriftung nach zu urteilen, war das Museum um diese Zeit geöffnet.

Ich fasste mir ein Herz, erklomm die Veranda und trat ein.

Eine kleine über der Tür angebrachte Messingglocke verkündete meinen Besuch.

»Ich komme gleich!«, rief eine Männerstimme von irgendwo aus dem hinteren Teil des Hauses. »Sehen Sie sich ruhig schon mal um!«

Das Museum war ziemlich klein, aber es hatte etwas Gemütliches an sich. Ein Feuer brannte in einem Kamin mit einem schmiedeeisernen Gitter davor. Es war so warm hier drinnen, dass ich meine Jacke ausziehen musste. Ich legte sie mir über den Arm und tat dann, worum man mich gebeten hatte. Ich sah mich genauer um. Von der Decke baumelte ein Fischernetz, das mit Muscheln und Seesternen verziert war. Alte Schiffslampen hingen an den Wänden, zusammen mit Dutzenden von Bildern. Ich sah alte Ölgemälde von Schiffen, Pastellkreidezeichnungen des Gay-Head-Leuchtturms und vergilbte Fotos von Menschen aus den vergangenen beiden Jahrhunderten. In mehreren Vitrinen lagen dicke, ledergebundene Bücher und Briefe auf dickem, handgeschöpftem Papier und in altmodischer Schrift. Bei ihrem Anblick fiel mir plötzlich wieder der fliederfarbene Umschlag in Davids Hosentasche ein. Wie lange hatte ich nicht an das Ding gedacht? Nicht einmal, als Jason Davids Klavier zertrümmert hatte, hatte ich mehr als einen kurzen Gedanken an den Umschlag verschwendet, und das, obwohl Jason ganz deutlich die Herausgabe des Briefes gefordert hatte. Das alles wurde mir jedoch erst in diesem Moment bewusst, als ich in dem kleinen Museum stand und die altmodischen Briefe anstarrte.

Ich beschloss, mich auf etwas anderes zu konzentrieren.

Eine Ecke des Museums war dem Untergang der *City of Columbus* gewidmet. Ein Stück verrostetes und verbogenes Eisen hing an der Wand und daneben ein uralter Rettungsring mit dem Namen des Schiffes. In einer Vitrine darunter befanden sich Seekarten und weitere Briefe, außerdem mehrere Schmuckstücke, eine aufgequollene und vom Salzwasser völlig zerstörte Bibel und ein Stück Flechtwerk, das aussah wie ein halber Weidenkorb, dessen Sinn und Zweck sich mir aber nicht auf Anhieb erschloss. Bevor ich dazu kam, die Tafel neben der Vitrine zu lesen, wurde hinter mir ein Vorhang zur Seite gezogen und ein Mann betrat den Ausstellungsraum.

»Willkommen in Vineyard Historical Museum!«, sagte er freundlich und trocknete sich dabei die Hände an einem karierten Tuch ab. »Bitte entschuldigen Sie, ich war gerade beim Abwaschen.«

Er hatte ziemlich dunkle Haut und an den Schläfen ergraute Haare. Ein wenig erinnerte mich sein Aussehen an das von Grace und ich vermutete, dass er unter seinen Vorfahren ebenfalls Angehörige der Wampanoag hatte.

Er steckte das Tuch unter seinen Gürtel, dann reichte er mir die Hand. »Hallo, ich bin Adam.«

Das also war der Mann, von dem David nicht wollte, dass ich ihn besuchte. Ich nannte ihm meinen Namen.

»Freut mich sehr«, sagte er. »Möchten Sie eine Führung oder wollen Sie sich lieber allein umsehen?«

Ich deutete auf die Ecke mit den Überresten der *City of Columbus*. »Wenn ich ehrlich bin, interessiere ich mich hauptsächlich für den Untergang dieses Schiffes.«

Er folgte meinem Fingerzeig mit dem Blick und nickte lächelnd. »Da sind Sie bei mir an der richtigen Adresse. Ich will nicht unbescheiden sein, aber ich gelte auf der Insel als Fachmann für die Geschichte dieses Schiffes.« Er trat vor die Vitrine und wartete, bis ich meine Jacke über eine Stuhllehne gehängt und mich neben ihn gestellt hatte. Dann begann er, mir einen Vortrag zu halten.

»Die *City of Columbus* war ein 1878 in Dienst gestelltes Passagierschiff, das bis 1884 für die Beförderung von Passagieren, Post und Fracht zwischen Boston und Savannah eingesetzt wurde. Sie sank am 18. Januar 1884 vor der Insel, weil sie bei stürmischem Wetter auf einen Unterwasserfelsen aufgelaufen war. Hundertdrei Menschen ertranken oder erfroren im eiskalten Wasser, darunter alle Frauen und Kinder an Bord.« Adam wies auf die Gegenstände in der Vitrine. »Das sind einige Überreste, die man aus den Fluten geborgen hat. Bei dem korbähnlichen Ding handelt es sich übrigens um ein Stück von einem Reifrock.« Er machte ein betroffenes Gesicht. »Stellen Sie sich vor, wie die ausladenden Röcke der damaligen Zeit die Frauen nach unten gezogen haben müssen. Kein Wunder, dass keine von ihnen lebend entkommen konnte.«

»Ich bin erst ein paar Tage hier auf der Insel«, erklärte ich. »Aber ich habe jetzt schon mehrmals von einer Frau namens

Madeleine gehört, die bei dem Unglück umgekommen sein soll.«

Zwischen Adams Augenbrauen erschien eine kleine Falte und ich fragte mich, ob er den leichten Grusel wahrgenommen hatte, der inzwischen immer dann in meiner Stimme mitschwang, wenn ich Madeleines Namen aussprach. »Der Inselfluch«, murmelte er und machte dabei ganz den Eindruck, als wäre er von dieser alten Sage genervt. »Ja, das ist eine der großen Geschichten dieser Tragödie. Man erzählt sie sich gern auf diesem Teil der Insel.«

»Wissen Sie mehr darüber?«

Adam verschränkte die Arme vor der Brust. »Selbstverständlich. Aber ich weise Sie vorsorglich darauf hin, dass alles, was ich Ihnen jetzt erzähle, nicht historisch belegt ist. Bis auf die Tatsache natürlich, dass Madeleine Bower an Bord war und starb. Ihre Geschichte ist im Laufe der Zeit immer mehr ausgeschmückt worden und hat inzwischen, nun, sagen wir, legendenhafte Züge angenommen.«

Er war definitiv kein Fan dieser Geschichte, dachte ich. Seine Miene verfinsterte sich von Sekunde zu Sekunde mehr, während er weitersprach.

»Man erzählt sich, dass Madeleine Bower auf dem Weg nach Savannah war, um dort zu heiraten. Wahrscheinlich hat sie, wie viele der anderen Passagiere auch, versucht, sich in der Takelage des gekenterten Schiffes festzuhalten. Aber ihre Kraft reichte nicht aus, um durchzuhalten, bis Rettung kam. Mit ihrem letzten Atem soll sie die Gay-Head-Klippen verflucht haben. Niemals mehr sollte auf diesem Teil der Insel ein Paar in der Liebe glücklich werden.« Als Adam sah, wie meine Augen sich verengten, zuckte er mit einem bedauernden Lächeln die Achseln. »So ist die Legende. Ich kann es leider nicht ändern!«

Ich erkannte, dass er meinen Gesichtsausdruck falsch gedeutet hatte. Er glaubte offenbar, ich mache mich über diese Geschichte lustig. Sicherheitshalber setzte ich den aufmerksamsten Ausdruck auf, den ich draufhatte, und er sprach weiter.

»Eine Zeit lang nach dem Unglück war all das nur eine Geschichte, die man sich abends am Kaminfeuer erzählte.« Er strich jetzt geistesabwesend über die Glasplatte der Vitrine. »Aber irgendwann begann diese unselige Geschichte unglücklicherweise, ein Eigenleben zu entwickeln.«

»Was meinen Sie?«, fragte ich. Mein Blick hing an einem Perlenarmband in der Vitrine. Es war eher unwahrscheinlich, dass es Madeleine Bower gehört hatte, aber trotzdem wirkte es auf einmal so verloren und traurig auf mich, dass mir die Kehle eng wurde.

»Jason Bells Vorfahre George Bell baute sein Anwesen *Sorrow* auf genau jenen Klippen und nur wenige Jahr später brannte es ab. Es heißt, George Bell habe den Verstand verloren und es selbst angezündet. Ungefähr zu diesem Zeitpunkt ging es los. Immer wieder springen seitdem Frauen von den Klippen in den Tod.« Seine Lippen pressten sich aufeinander.

»*Sorrow* brannte ab«, wiederholte ich.

Adam nickte. »Man hat es kurz danach wieder aufgebaut.«

»Und es waren immer Frauen aus der Familie Bell, die sprangen?«

Frauen wie Amanda Bell.

Und Charlie.

»Nicht immer, aber oft.« Wieder nickte Adam. »Worüber denken Sie nach?« Seine Frage riss mich aus meinen Grübeleien und ich erkannte, dass ich mehrere Minuten lang schweigend vor mich hin gestarrt hatte. »Wissen Sie, wie viele Frauen von den Klippen schon in den Tod gesprungen sind?«, fragte ich mit rauer Stimme.

Adams Kehlkopf ruckte. »Es gibt darüber natürlich keine Statistiken. Die Inselchronik spricht von einem Dutzend seit dem Untergang der *City of Columbus*. Die meisten kamen aus der Familie Bell. In den Vierzigern des letzten Jahrhunderts gab es einmal eine kleine Häufung, als kurz nacheinander drei Frauen und auch ein Mann in die Fluten sprangen. Ich persönlich denke, dass eher der Zweite Weltkrieg der Grund war und weniger diese Legende.« Er hielt inne und verzog das Gesicht zu einer Grimasse. »Nun ja. Meine Großmutter hat intensiv über diese drei Frauen geforscht. Wenn es Sie interessiert ...« Er wandte sich ab und ging zu einem Regal, das neben dem Kamin stand. Kurz ließ er seinen Finger über die Reihen der in Leder gebundenen Bücher gleiten, dann zog er eines davon heraus. »Das hier ist ihr Tagebuch. Wenn Sie möchten, können Sie es gerne lesen, solange Sie auf der Insel sind.«

Ich bedankte mich für dieses freundliche Angebot. »Ich komme darauf zurück«, versprach ich ihm und er stellte das Buch wieder weg. »Dann war also in den Vierzigerjahren die letzte Welle von Selbstmorden?«

Sein Gesicht verfinsterte sich. »Ich fürchte Nein. Vor knapp zwanzig Jahren gab es noch einmal eine. Eine junge Frau von der Insel verschwand, nachdem sie zuletzt auf dem Weg zu den Klippen gesehen worden war. Sie gehörte übrigens nicht zur Familie Bell. Den Gerüchten nach war sie schwanger und der Vater des Kindes hatte sie sitzen lassen. Na ja, und dann war da auch noch Amanda.«

»Amanda Bell«, sagte ich.

»Davids Mutter. Sie wissen bereits von ihr?«

Ich nickte. »Ich bin zu Gast auf *Sorrow*«, verriet ich Adam.

Sein Gesichtsausdruck wandelte sich von freundlicher Professionalität in reservierte Aufmerksamkeit. »So.«

»Sie haben bisher nur von Madeleines Fluch gesprochen«, sagte ich schnell, bevor mich der Mut verließ. »Ich habe in einem Buch gelesen, dass ihr Geist auf den Klippen spuken soll – in einem roten Kleid.«

Das rote Kleid von Taylor fiel mir wieder ein und mein Magen verkrampfte sich.

Adam verschränkte die Arme vor der Brust. »Das ist nicht Teil der ursprünglichen Legende, aber es gibt ja auch mehrere Versionen davon. In einer ist tatsächlich die Rede von einem Geist im roten Kleid, der in kalten oder nebligen Nächten auf den Klippen spukt.«

»Spricht dieser Geist?« Die Frage war mir rausgerutscht, bevor ich mir auf die Zunge beißen konnte.

»Spricht?«, wiederholte er überrascht.

Ich überlegte. Ich hatte das Bedürfnis, ihm von dem Gewisper zu erzählen, das ich in der Nacht gehört hatte, aber dann kam mir das doch zu albern vor. »Ach«, winkte ich ab. »Nichts. Schon gut!« Eine unangenehme Pause entstand. Er musterte mich von der Seite. *»Eine* junge Frau haben Sie aber nicht erwähnt«, meinte ich vorsichtig.

Misstrauisch sah er mich an. »Was genau führt Sie hierher?«, flüsterte er. An seinem Hals waren hektische Flecken entstanden. »Sind Sie etwa von irgendeiner Zeitung?«

»Nein, ich ...« Ich wich zurück. Er setzte nach, sah jetzt sehr wütend aus. Das Bimmeln der kleinen Glocke über der Eingangstür zeigte an, dass jemand hereinkam, aber ich hatte keine Zeit nachzuschauen, wer es war.

»Was geht Sie dann Charlie etwas an?« Adam hob eine Hand. Seine Zähne waren entblößt und plötzlich wirkte er geradezu furchterregend. Totenblass war sein Gesicht. Mit schmerzhaft festem Griff packte er mich am Oberarm.

Ich versuchte, mich freizumachen. Vergeblich. »Adam, bitte, ich ...«

»Lass sie in Ruhe, Adam!«, ertönte Davids Stimme von der Tür.

Adam fuhr herum. »David!« Seine Stimme war nur noch ein Hauch.

»Sie kann nichts dafür. Lass sie los!« Mit wenigen Schritten war David neben mir. Vor lauter Erleichterung wurde mir ganz flau im Magen.

Adam warf mir einen letzten finsteren Blick zu, dann ließ er mich tatsächlich los. »Verschwinden Sie!«, zischte er mich an und wandte sich dann an David. »Und du auch!« Während er mich nur zornig angesehen hatte, schlug David aus seinen Augen blanker Hass entgegen.

David rührte sich nicht. Für einige Sekunden starrten die beiden sich schweigend an und die Luft schien vor Anspannung zu knistern.

»Verschwindet! Alle beide!«, wiederholte Adam.

Nichts lieber als das! Ich griff mir meine Jacke und eilte aus dem Haus. David folgte mir. Leise schloss er die Tür des Museums hinter sich, dann trat er zu mir auf die Straße.

# 17

Spinnt der oder was?« Das Herz schlug mir bis zum Hals. Ich deutete auf den Museumseingang und meine Stimme war viel zu laut. Die Stelle an meinem Oberarm, wo Adam mich gepackt hatte, schmerzte noch immer. Vermutlich würde es einen blauen Fleck geben, aber das war mir im Moment egal.

David warf einen Blick zu einem der Fenster des Hauses. Er trug eine schwarze Windjacke und ebenfalls schwarze Jeans. Der Wind zauste seine dunklen Haare. »Ich hatte dich gebeten, nicht hierherzukommen«, sagte er ruhig.

Ich fragte mich, ob er den Umschlag wieder in der hinteren Tasche trug.

»Und ich habe nicht auf dich gehört!« Der Schrecken saß mir noch so tief in den Gliedern, dass ich nicht anders konnte, als David anzufauchen.

Er schüttelte den Kopf. Mein Ärger schien ihn völlig kaltzulassen. »Nein. Das hast du nicht.« Er wirkte nicht sauer, sondern einfach nur enttäuscht.

»Weil mir niemand Antworten gibt!«, begehrte ich auf. »Alle benehmen sich, als sei das hier ein melodramatischer Film, und ich ...« Mir wurde bewusst, dass ich keifte, und ich klappte den Mund zu. »Entschuldige«, murmelte ich. Müde rieb ich mir mit beiden Händen über das Gesicht. »Warum benimmt er sich so sonderbar?«, fragte ich in versöhnlicherem Ton.

Über Davids Gesicht glitt ein finsterer Ausdruck. Seine

Stimme war sarkastisch, als er sagte: »Tja. Sieht wohl ganz so aus, als würdest du der Reihe nach alle Menschen auf dieser Insel kennenlernen, die mich hassen.« Und damit ging er einfach los und ließ mich stehen.

Ich eilte ihm nach. »Warum hasst er dich?«

David antwortete nicht. Er schritt weit aus, sodass ich schon nach kurzer Zeit außer Atem geriet. Vielleicht zehn, fünfzehn Minuten hastete ich neben ihm her und warf immer wieder fragende Blicke in sein verschlossenes Gesicht. Dann hatte ich genug. Ich packte ihn am Arm und zwang ihn, stehen zu bleiben.

»Warum hasst ... Adam dich?«, wiederholte ich meine Frage. Ich musste tief Luft holen, um sie zu Ende zu bringen.

Davids Nasenflügel bebten. Ich glaubte schon, er würde sich einfach losreißen und weiterlaufen. Doch zu meiner Überraschung gab er mir diesmal eine Antwort. »Charlie«, sagte er. »Sie war seine Tochter.«

Mit offenem Mund blieb ich stehen, während David sich aus meinem Griff losmachte und weiterging. Erst als er in dem noch immer ziemlich dichten Nebel außer Sichtweite war, überwand ich meine Starre und lief ihm nach.

Wir waren bereits über die Brücke am Stonewall Pond, ehe ich es wagte, erneut den Mund aufzumachen. »Es tut mir leid«, murmelte ich.

David zuckte nur die Achseln. Warum eigentlich hatte er mir nicht gestern Abend schon gesagt, dass Adam Charlies Vater war? Warum taten alle hier immer so geheimnisvoll? Er hatte mich damit voll ins offene Messer laufen lassen. Ich spürte, wie Wut in mir aufstieg. Wie so oft unterdrückte ich sie. David jetzt mit diesen Vorwürfen zu konfrontieren, wäre vermutlich die nächste bescheuerte Idee gewesen, die ich heute hatte, also biss ich mir auf die Zunge. »Danke«, sagte ich.

Er würdigte mich keines Blickes. Der Nebel umgab uns wie eine Wand. »Wofür?«

»Dafür, dass du mir eben geholfen hast.«

Er zuckte schon wieder die Achseln und ich spürte, wie es in mir brodelte. Langsam ging mir diese Angewohnheit von ihm wirklich auf den Geist! Außerdem tat es weh, wie er mich behandelte, auch wenn ich es vermutlich nicht besser verdient hatte. »Warum bist du mir nachgegangen?«, fragte ich.

Er antwortete nicht.

*Verdammt noch mal!*

»Du hast ausgesehen, als hättest du dir Sorgen um mich gemacht.«

»Das hat nur so ausgesehen«, behauptete er.

Da kapierte ich, dass ich für den Rest des Weges besser die Klappe hielt. Der Rückweg kam mir doppelt so lang vor wie der Hinweg, aber schließlich erreichten wir das Herrenhaus. David wandte sich endlich zu mir um. Unter dem Blick, mit dem er mich musterte, wurde mir heiß und kalt zugleich. »Du findest vermutlich allein in dein Appartement«, sagte er kühl, und ohne meine Antwort abzuwarten, stiefelte er davon.

Als ich sah, dass er in Richtung Pfad ging, der zu den Klippen führte, lief ich ihm nach. »David!«

Mit einem Ruck blieb er stehen. »Hör endlich auf, mich zu verfolgen!«, knurrte er wütend. Ich prallte zurück, als sei ich gegen ein Hindernis gerannt.

Aber jetzt reichte es mir. Scham, Anspannung und Ärger bildeten in meinem Magen einen festen, schmerzhaften Knoten und ich konnte nicht mehr anders, ich musste Dampf ablassen. »Zum Museum hast *du* ja wohl *mich* verfolgt, oder?«, schrie ich David an.

Seine Augen weiteten sich vor Überraschung über die Heftigkeit meines Ausbruchs. »Entschuldige«, sagte er kühl. »Das war wohl ein Fehler.«

Und diese Worte waren der letzte Tropfen, der das Fass zum Überlaufen brachte. Meine Geduld war am Ende. »Du bist so ein Arsch!«, zischte ich. Irgendwie war ich auch erschrocken über mich selbst. Warum nur machte er mich so schrecklich wütend?

»Ja«, sagte er. »Das habe ich irgendwo schon mal gehört.«

Weil er keine Anstalten machte, seinen Weg fortzusetzen, und ich es nicht mehr aushielt, ihn anzusehen, drehte ich mich einfach um und lief zum Haus zurück.

»Madeleines Geist quält ihn!«, erklang Grace' Stimme, als ich wutschnaubend an der Terrasse des Gästehauses vorbeistapfte. Ich fuhr herum. Sie stand dort und schien unseren Streit mit angehört zu haben.

Ich warf ihr einen abfälligen Blick zu. Für heute hatte ich mehr als genug von Madeleine, von Flüchen und diesem ganzen Zirkus mit toten Frauen und Mädchen.

»Er wird niemals Frieden finden!« Ernst und auch ein bisschen traurig sah Grace zu, wie David den Pfad zu den Klippen einschlug. Kurz überlegte ich, ob ich ihm besser folgen sollte, aber Grace hielt mich davon ab, indem sie herankam und mir eine Hand auf den Unterarm legte. »Und Sie auch nicht!«

Ich riss meinen Arm weg. »Keine Sorge!«, schnappte ich. »Ich habe nicht vor, mich von der Klippe zu stürzen!«

»Das ist nicht Ihre Entscheidung, fürchte ich.« Grace hatte

einen Eimer mit Putzwasser in der Hand, das sie jetzt auf den Rasen neben der Terrasse kippte.

»So ein Unsinn!« Ich raufte mir die Haare. »Es gibt keine Geister, und falls Sie es vergessen haben: Wir leben im 21. Jahrhundert! Flüche haben vielleicht im Mittelalter einmal eine Wirkung gehabt.«

Mit einer resignierenden Geste stellte Grace den Eimer ab. »Kommen Sie mit!«, forderte sie mich auf. Es schien ihr gar nicht aufzufallen, dass sie einen regelrechten Befehlston angeschlagen hatte.

Überrascht von ihrer plötzlichen Zielstrebigkeit warf ich einen letzten Blick in Richtung Pfad. David schien es sich anders überlegt zu haben. Er war umgekehrt und nun auf dem Weg zurück nach *Sorrow*. Erleichtert folgte ich Grace. Sie führte mich zum Haupthaus. In dem Gang zum Speisezimmer öffnete sie eine verborgene Tapetentür, die mir bis jetzt nicht aufgefallen war. Über eine schmale Treppe stiegen wir in das Stockwerk direkt unter dem Dach. Hier lagen die Zimmer, die dem Dienstpersonal vorbehalten waren. Die Teppiche waren hier weitaus billiger, die Tapeten schlicht und aus Papier gefertigt statt aus Seide wie unten. Es sah fast aus wie im vorletzten Jahrhundert – und es roch auch ein wenig so, staubig und nach Bohnerwachs.

Grace führte mich in eines der Zimmer. Ein schmales Bett mit eisernem Rahmen stand unter der Dachschräge, dazu gab es ein einzelnes Regalbrett mit Büchern, einen Schrank, einen Schreibtisch und einen Stuhl davor. Das war die ganze Einrichtung. Eine Wand war vollgehängt mit gerahmten Bildern und die Patchworkdecke, die zusammengefaltet am Fußende des Bettes lag, schien handgearbeitet zu sein.

»Hier!« Grace ging zu dem Regalbrett und zog einen alten

Bildband heraus, den sie auf ihren Schreibtisch legte. »Schauen Sie!« Sie blätterte die großen, schon ziemlich vergilbten Seiten durch, bis sie gefunden hatte, was sie suchte. Mit dem Zeigefinger tippte sie auf ein Bild, das ungefähr postkartengroß rechts oben in der Ecke der Seite prangte. Ich beugte mich über das Buch. Das Bild zeigte eine junge Frau in einem ausladenden Kleid mit Reifrock und Mieder. Hinter ihr war ein Stück eines Schiffes mit eiserner Bordwand und einer Gangway zu sehen. Ganz offensichtlich war das Foto gegen Ende des 19. Jahrhunderts entstanden, das konnte man an der Art erkennen, wie die Frau dastand und in die Kamera blickte. Das Bild hatte eine bräunliche Farbe, nur die Gestalt der jungen Frau war nachträglich koloriert worden, so, wie man es gern getan hatte, bevor die Farbfotografie erfunden worden war.

Das Kleid der Frau war blutrot.

»Lesen Sie!«, forderte Grace mich auf, aber das war gar nicht mehr nötig. Ich hatte längst erkannt, dass der Name des Schiffes, vor dem die Frau stand, *City of Columbus* lautete, und ich hatte auch die Bildunterschrift überflogen. Sie informierte mich darüber, dass diese junge Frau mit den hochgesteckten Haaren und dem wachen Blick Madeleine Bower war.

»Das Kleid«, sagte Grace, für den Fall, dass ich immer noch nicht verstanden hatte.

»Es ist rot«, nickte ich. Ich versuchte, aufsässig zu klingen, aber es gelang mir nicht so recht. Zwar wusste ich noch nicht, worauf sie hinauswollte, aber ihr Verhalten war mir unheimlich. Wenn ich nicht fest davon überzeugt gewesen wäre, dass es sich bei Madeleines Geschichte um eine Sage handelte, hätte ich an dieser Stelle ein ziemlich mulmiges Gefühl gehabt. Um ehrlich zu sein: Ich war mir langsam nicht mehr so sicher, ob an dieser verflixten Sage nicht doch mehr dran war.

»Rot. Wussten Sie, dass Miss Charlie mit Vorliebe rote Kleider getragen hat?«, fragte das Dienstmädchen.

Ich nickte nachdenklich. Wenn Taylor mir das nicht gesagt hätte, hätte ich allein aus Davids Reaktion drauf schließen können.

»Und wussten Sie auch, dass Charlie ihre Vorliebe für rote Kleider erst entdeckt hat, als sie sich näher mit Madeleine Bowers Geschichte beschäftigt hat?«, fuhr Grace fort.

Das Foto zog meinen Blick magisch an. Fast glaubte ich, die Geräusche des Bostoner Hafens zu hören, das Knarren der Planken, das Dröhnen der Schiffshörner und das Gelächter und die anzüglichen Sprüche der Seeleute. »Nein«, flüsterte ich. »Das wusste ich nicht.«

Plötzlich fühlte ich mich flau, so als stünde ich auf dem schwankenden Deck eines Schiffes und nicht auf festem Boden.

»Haben Sie sich noch gar nicht gefragt, warum Ihnen Miss Taylors rotes Kleid überhaupt in die Hände gefallen ist?«

Das hatte ich in der Tat nicht, weil ich es für einen dummen Zufall gehalten hatte. Ich stutzte. Woher wusste Grace überhaupt von dem Zwischenfall mit dem Kleid? Hatte Taylor ihr davon erzählt? Oder Henry? Vermutlich aber hatte Grace ihre Augen und Ohren einfach nur überall.

»Wissen Sie, was ich glaube, Miss Wagner?« Grace lächelte milde und sogar dieses winzige Heben ihrer Mundwinkel verursachte mir einen Schauder. »Ich glaube daran, dass Madeleines Geist einen Dinge *finden* lassen kann. Sie kann einen damit in den Wahnsinn treiben, und das tut sie bei Ihnen gerade.«

*Dinge finden* ... hallte es in meinem Kopf wider. Der Boden unter mir schwankte stärker. *Dinge, wie* ...

»Haben Sie in der letzten Zeit noch etwas anderes gefunden, außer dem roten Kleid, Miss Wagner? Etwas, das mit Miss Charlie zusammenhängt?«

*Das Buch!*

Als mein Kopf zu Grace herumruckte, kam die Welt nicht sofort hinterher. Es war ein fieses Gefühl, das mir leichte Übelkeit verursachte.

*Woher weiß sie von dem Buch?*

Ich brauchte einige Sekunden, bis mir einfiel, dass sie ja mein Appartement putzte. Mit Sicherheit hatte sie *Rebecca* dabei gefunden und einen Blick hineingeworfen. Sie musste Charlies Namen auf der ersten Seite gesehen und ihre Schlüsse gezogen haben. Sagt man nicht, dass das Personal besser über die Vorgänge in einem Haushalt Bescheid weiß als die Bewohner selbst? »Sie glauben doch nicht im Ernst, dass Madeleines Geist dafür gesorgt hat!«, wisperte ich.

Grace antwortete nicht, aber ich sah in ihren Augen, dass sie genau das dachte. Ich schluckte. Was hatte sie gestern zu mir gesagt?

*Der Fluch ist bereits dabei, Ihr Leben zu zerstören.*

»Das ist doch alles Schwachsinn!« Ich strich mir eine Haarsträhne aus der Stirn, aber sie fiel sofort an die alte Stelle zurück.

Grace trat neben mich und schaute auf das Foto. »Ich habe Sie gesehen, Miss Juli. Als Sie zum ersten Mal die Halle von *Sorrow* betreten haben. Sie haben es gespürt! Diese Präsenz von etwas Unerklärlichem, das in diesem Haus lebt ...«

Von der Seite her schaute ich in ihr Gesicht. Tiefe Linien lagen um ihre Augen und um den Mund. Sie wirkte besorgt, aber gleichzeitig auch triumphierend. So wie jemand, der sich ganz sicher ist, dass er am Ende recht behalten wird.

Sie wartete, und als ich nichts erwiderte, meinte sie: »Sie haben es gespürt! Vom ersten Augenblick an standen Sie unter Madeleines Bann. Ich habe Sie gewarnt, aber Sie wollten nicht hören! Jetzt ist es wahrscheinlich längst zu spät!« Sie wandte sich wieder dem Bild zu, strich zärtlich darüber, mit der Oberseite ihres Fingers, wie man über die Wange eines Säuglings streicht. Dann begann sie plötzlich, leise vor sich hin zu summen.

Es war eine Melodie, die ich schon einmal gehört hatte. Sie summte ein paar Takte, dann sang sie den Text dazu. »It will not be long 'til our wedding day.«

Mir rieselte es eiskalt den Rücken hinunter. Ich wollte etwas sagen, aber plötzlich war meine Kehle so trocken, dass ich nur ein tonloses Krächzen herausbrachte. »Sie ...« Ich brach ab, setzte neu an.

Grace registrierte meinen Schrecken sehr genau. »Sie haben es gehört. Letzte Nacht, nicht wahr?« Sie schien keinen Zweifel zu haben, dass es so war.

Ich wich einen Schritt zurück. Auf einmal war zu wenig Luft in diesem kleinen Raum.

»Sie *haben* es gehört!«, triumphierte Grace.

»Ja, weil *Sie* es geflüstert haben!« Langsam nur gewann mein Verstand wieder die Oberhand und mir wurde bewusst, wie sehr ich mich manipulieren ließ. Wut keimte in meinem Magen auf und ich klammerte mich daran fest, weil sie leichter auszuhalten war als dieses gruselige Unbehagen, das ich schon die ganze Zeit empfand.

Grace schüttelte sanft den Kopf. »Ich habe nicht geflüstert, das war Madeleine.«

»Klar!«, höhnte ich.

Mit einer wohlinszenierten Geste klappte Grace das Buch zu

und hob es vor die Brust. Ebenso zärtlich wie eben über das Foto strich sie nun über den Einband.

Ich hatte die Nase voll. »Wissen Sie, was?«, fauchte ich sie an. »Erzählen Sie Ihre Ammenmärchen einem anderen Idioten!«

Nach diesem Ausbruch ließ ich Grace einfach stehen und stürmte die Dienstbotentreppe hinunter und zurück in den offiziellen Teil des Hauses. Dabei wäre ich beinahe gegen Taylor geprallt, die gerade mit einem Stapel Handtücher auf dem Arm auf dem Weg durch die Halle war.

»Hoppla!«, lachte sie. »Warum so in Eile?«

Ich hatte mein Unbehagen in der Zwischenzeit vollständig überwunden und war eigentlich nur noch sauer. Taylor brauchte nur einen einzigen Blick in mein Gesicht, um das zu erkennen.

»Oh! Schlechte Laune? Hat David ...«

»David kann nichts dafür!« Ich fauchte noch immer, aber dann wurde mir bewusst, dass auch Taylor nichts für meine Wut konnte. Ich riss mich zusammen. »Entschuldige. Ich wollte dich ... Es ist nur ... ach, egal!«

»Er ist eben hochgegangen auf sein Zimmer.« Sie stützte den Stapel Handtücher auf ihrer Hüfte ab. »Keine Ahnung, was los ist, aber du siehst aus, als würde es dir guttun, ein bisschen Dampf abzulassen. Ich bringe nur noch dieses Zeug hier runter in den Fitnessraum und gehe danach eine Runde joggen. Willst du nicht mitkommen?«

Im ersten Moment war ich drauf und dran, Nein zu sagen, aber dann nickte ich doch. »Gute Idee! Gib mir fünf Minuten, um Laufklamotten anzuziehen.«

»Zehn«, sagte sie. »Ich muss mich auch noch umziehen. Wir treffen uns in zehn Minuten draußen auf dem Parkplatz!«

Kurz darauf standen wir vorm Haus und der Wind zerrte an unseren Haaren. Taylor schlug vor, zum Strand runterzulaufen. Locker trabten wir los und ich war dankbar dafür, dass sie mich mit keinem Wort mehr auf den Grund für meine schlechte Laune ansprach. Mit jedem Schritt, der mich von *Sorrow* forttrug, kam mir mein Unbehagen von eben dümmer und belangloser vor. Wir unterhielten uns eine Weile über die Feier gestern Abend. Ich machte einen ironischen Scherz über Roman und Suzie und einen gemeinen über Kimmi. Sie lachte über beide, aber bei dem gemeinen funkelten ihre Augen vergnügt. Dann erzählte sie mir, was ihr gestern Abend auf dem Weg zu ihrer Freundin Dummes passiert war.

»Ich musste tanken.« Sie kicherte schon, bevor ihre Geschichte richtig angefangen hatte. »Stell dir vor: Ich fahre an die Zapfsäule, steige aus, nehme den Zapfhahn. Und merke, dass der Tank auf der anderen Seite ist!« Sie warf mir einen kurzen Seitenblick zu, um zu prüfen, ob mich das Ganze überhaupt interessierte.

»Und?«, fragte ich.

»Gut. Also: Ich ziehe an diesem blöden Zapfdingsbums, um es bis zum Tank zu kriegen, aber das Teil ist zu kurz. So ein Typ an der Kasse in der Tankstelle beobachtet mich durch die Scheibe, aber er kommt nicht auf die Idee, rauszukommen und mir zu helfen. Mir bleibt also nichts anderes übrig, als den Hahn wieder einzuhängen. Ich steige ein, fahre zur nächsten Säule, was gar nicht so einfach ist. Ich glaube, dieses Monster, das Jason seinen Wagen nennt, hat einen Wendekreis von einer halben Meile.« Ihre Wangen hatten sich inzwischen gerötet, aber obwohl sie ohne Punkt und Komma redete und dabei gleichzeitig das Tempo etwas anzog, war sie nicht ein bisschen außer Atem.

Ich folgte ihr. Die Haut zwischen meinen Schulterblättern begann zu prickeln, wie sie es immer tut, wenn ich beim Laufen Stress abbaue.

»Ich steige wieder aus, nur um festzustellen, dass es an der nächsten Säule nur Diesel gibt. Ist es zu fassen! Der Typ an der Kasse grinst inzwischen, als sei Weihnachten.« Sie hüpfte über einen im Weg liegenden Ast, den der starke Wind der letzten Tage heruntergerissen hatte. Unser Weg ging in leichten Schlangenlinien durch Heidekraut und Ginsterbüsche und führte dann abwärts in einen schmalen Hohlweg. Die Böschungen ragten rechts und links von uns auf und es war zu eng, um nebeneinanderher zu laufen. Ich drosselte das Tempo ein wenig, um Taylor vorzulassen. Sie redete trotzdem weiter. »Ich also zur nächsten Säule, diesmal ist alles richtig. Ich glaube, mein Kopf war so rot wie eine Tomate!« Sie lachte laut und das Geräusch hallte von den Böschungen wider.

Wir ließen den Hohlweg hinter uns und befanden uns am Strand. Taylor joggte locker durch den tiefen Sand und wandte sich an der Wasserkante nach rechts. »Außer dem Typen an der Kasse beobachteten mich inzwischen auch ein paar Jugendliche und ich hätte ihnen ihre feixenden Gesichter polieren können, glaub mir! Ich steige also noch mal aus. Diesmal passt alles, aber, was soll ich sagen? Ich hatte vergessen, die Automatik auf Parken zu stellen, und der Wagen fängt an, hinter mir wegzurollen. So schnell bin ich noch nie in ein Auto gehechtet, das kannst du mir glauben!«

Sie verdrehte die Augen und rang die Hände dabei in einer so verzweifelt aussehenden Geste, dass ich lachen musste. »Du liebe Zeit! Die Jungs müssen geglaubt haben, dass du betrunken bist.«

»War ich nicht. Nur nicht so ein Monsterauto gewöhnt wie

das von Jason. Da, wo ich gelebt habe, fahren wir Minis oder höchstens mal einen GM.«

In dem feuchten Sand direkt an der Wasserkante ließ es sich angenehm laufen. Die Dünung war heute nur flach, die Wellen plätscherten in kleinen weißen Schaumkronen auf dem Sand aus. Muscheln und Kies knirschten unter unseren Schuhen. Eine Weile lang liefen Taylor und ich schweigend nebeneinanderher und genossen einfach die Weite, die uns umgab.

Die salzige Luft kribbelte auf meinem Gesicht. »Wo du herkommst, hast du gesagt«, brachte ich das Gespräch irgendwann wieder in Gang. »Wo ist das?«

»Ich bin aus Brunswick in Tennessee. Aber ich bin da nicht geboren, ich habe dort nur achtzehn Jahre lang gelebt.«

»Wo bist du geboren?« Eine Möwe entdeckte uns und stieß auf uns nieder, um zu prüfen, ob wir etwas Fressbares für sie hatten. Einen Augenblick lang stand sie flügelschlagend über uns, dann begriff sie, dass wir kein lohnendes Ziel waren, und drehte ab.

»Hier auf der Insel. Ich habe die ersten Jahre meines Lebens hier verbracht.«

Das überraschte mich, ich wusste selbst nicht, warum. Sie machte nicht den Eindruck, eine Inselbewohnerin zu sein, auch wenn ich nicht so recht hätte sagen können, wieso ich dieser Meinung war. Vielleicht schien sie zu normal, vor allem aber viel zu fröhlich dafür. Die meisten Inselbewohner, die ich bisher kennengelernt hatte, hatten etwas Trübseliges oder Schwermütiges an sich.

»Warum bist du weg?«

»Sagen wir, mir war es hier zu langweilig.«

Ich nickte. Das konnte ich mir durchaus vorstellen. Martha's

Vineyard war toll, um hier Urlaub zu machen, aber hier zu leben, noch dazu, wenn man jung war und voller Abenteuerlust? Schwer vorstellbar!

»Und warum bist du wieder hergekommen?« Ich hatte die Frage noch nicht ganz ausgesprochen, als Taylor auf einen Felsen wies, der in ungefähr einer Meile Entfernung aus dem Meer ragte. »Wer zuerst dort ist!«, rief sie und rannte los.

Ich war so überrascht von ihrem Vorschlag, dass sie schon mehrere Meter Vorsprung hatte, bevor ich reagieren konnte. Aber so leicht kriegte sie mich nicht! Ich beschleunigte ebenfalls und nach zwei, drei Schritten gab ich richtig Gas.

Zweimal holte ich sie fast ein, aber jedes Mal bemerkte sie, dass ich herankam, und zog wieder an. Das Ganze hatte ein bisschen was vom Wettlauf zwischen Hase und Igel, aber jetzt war mein Ehrgeiz geweckt. Ich holte das Letzte aus mir raus, sodass es mir tatsächlich gelang, an ihre Seite zu kommen. Nebeneinanderher flogen wir über den nassen Sand. Und erreichten den Felsen fast gleichzeitig. Ich hatte eine Nasenspitze Vorsprung, aber nur, weil ich mich in die letzten Schritte warf und durch das Ziel stolperte. Mit beiden Händen voraus landete ich im Sand.

»Revanche!«, quietschte Taylor. »Du mogelst!«

»Gar nicht!« Keuchend wälzte ich mich auf den Rücken. Der Himmel über mir war sehr weit und sehr blau – geradezu verblüffend blau, wenn man daran dachte, wie nebelig es am Morgen noch gewesen war.

Auch Taylor sank in den Sand, ich setzte mich auf und wir beide drehten uns so, dass wir auf den Atlantik hinausschauen konnten.

Ganz hinten am Horizont, dort, wo ein riesiger Tanker seine Bahn durch das graue Wasser zog, türmten sich ein paar

Wolken, die von der Sonne angestrahlt wurden und aussahen wie Wattebäusche.

Taylor zeigte darauf. »Schlechtwetterwolken«, sagte sie.

Skeptisch sah ich sie an. Auf mich wirkten die Wolken geradezu harmlos.

Aber sie war anderer Meinung. »Das sind typische Anzeichen, dass es einen Sturm geben wird!« Sie sagte das mit der Autorität eines Menschen, der auf Vineyard geboren worden war. Erst in diesem Moment fiel mir auf, dass sie meine Frage, warum sie zurück auf die Insel gekommen war, nicht beantwortet hatte. Ich machte sie darauf aufmerksam.

Sie lächelte schwach. Es sah traurig aus. »Eigentlich aus einem Anflug von Melancholie«, sagte sie. »Ich wollte ursprünglich nur ein paar Tage bleiben.«

»Warum bist du dann noch hier?«

Taylor blinzelte. »Weil ich auf eine Nachricht warte.«

# 18

Der Lauf und vor allem das Gespräch mit Taylor hatten dafür gesorgt, dass ich Grace, Madeleine und sogar David für eine Weile vergessen hatte. Ich hatte Taylor gefragt, auf was für eine Nachricht sie wartete, aber sie hatte nicht darüber sprechen wollen. Ich war nicht weiter in sie gedrungen und hatte es zugelassen, dass sie in eine fröhliche Plauderei verfiel, während wir gemächlich zurückliefen. Als *Sorrow* vor uns auftauchte, fühlte ich die Anspannung mit jedem Schritt wieder stärker werden. Es war, als hätte der alte Kasten mit seiner sonderbaren Stimmung mich inzwischen tatsächlich schon fest im Griff.

Taylor warf mir mitleidige Blicke zu. »Danke«, sagte sie. Anders als bis eben wirkte sie jetzt nicht mehr fröhlich, sondern ernst und ihre Stimmung fast ein bisschen düster. Aus diesem Grund war mir klar, dass sie nicht die gemeinsame Joggingrunde meinte.

Fragend schaute ich sie an.

»Für das, was du für David zu tun versuchst«, erklärte sie. »Es ist nicht leicht für dich, oder?«

Ich atmete einmal tief durch, bevor ich den Kopf schüttelte.

»Er kann froh sein, dass du da bist. Er hat sonst nicht so viele Menschen, denen etwas an ihm liegt.«

Diese Aussage verwunderte mich allerdings etwas. »Henry liegt etwas an ihm.« Er war der Erste, der mir einfiel. »Und dir.«

Sie wiegte den Kopf auf eine Weise, dass ich mich fragte, was sie in diesem Moment wohl dachte. Die Düsternis in ihrer Miene nahm noch ein wenig zu. Dabei hatte ich sie eben noch für zu fröhlich gehalten, um von dieser Insel zu stammen.

»Und sein Vater?« Das kam als Frage aus meinem Mund. Mir fiel wieder ein, wie Jason das Klavier zertrümmert hatte. Die Aggression, die in seiner Haltung gelegen hatte, als er David mit dieser Axt gegenübergestanden hatte – nein, sein Vater gehörte definitiv nicht zu den Menschen, denen etwas an David lag! Ich fragte mich, wieso das so war.

Taylor zwang sich zu einem knappen Lächeln. »Das ist kein Thema für ein Gespräch im Stehen. Wir sollten besser duschen gehen.«

Ich blickte an mir herunter. Meine Beine waren mit trocknendem Schlick bespritzt und dem Kribbeln in meinem Gesicht nach zu urteilen waren es meine Wangen und die Stirn auch. Ich rieb mir die vom Laufen noch erhitzte Haut. »Wahrscheinlich hast du recht.«

»Ich sorge dafür, dass Grace uns anschließend etwas vom Mittagessen warm macht. Treffen wir uns im Speisezimmer?«

Ich hatte nicht wirklich Appetit, aber ich versprach ihr, in einer halben Stunde da zu sein.

Es gab Braten und frisches Brot mit Kräuterbutter, die so lecker schmeckte, dass ich meine Appetitlosigkeit vergaß und ordentlich zulangte. Als ich Taylor noch einmal auf Jason ansprach, legte sie ihr Besteck weg und tupfte sich erst den Mund mit ihrer Serviette ab, bevor sie mir antwortete.

»Die beiden haben sich noch nie besonders gut verstanden, fürchte ich. Ich glaube, Jason hält David für einen Schwächling.«

Ich dachte an mein allererstes Zusammentreffen mit Jason Bell am Tag meiner Ankunft, an die Art, wie er den Schmerz seines Sohnes kleingeredet hatte. Und daran, wie er über seine Depressionen hergezogen war. »Das kommt mir auch so vor«, murmelte ich. »Er sieht nicht ein, dass David durch Charlies Tod ...«

»Oh, ich glaube, es liegt nicht an Charlies Tod!«, fiel Taylor mir ins Wort. »Ich bin ja schon etwas länger hier. Die beiden hatten auch vor Charlies ... Unfall kein besonders gutes Verhältnis. Jason hat David auch schon vorher für zu weich gehalten.«

Ich aß den letzten Bissen von meinem Kräuterbrot. Sorgsam kaute ich und schluckte, bevor ich fragte: »Wie hat sich das geäußert?«

»Hauptsächlich in kleinen Pfeilen, die Jason ständig gegen David abgeschossen hat. Kleine Spitzen darüber, was ein Mann zu tun und zu lassen und wie er sich zu verhalten hat.« Sie nahm einen Schluck aus ihrem Wasserglas. »Ich glaube, es passte Jason nicht, dass David sich von Charlie so viele Vorschriften machen ließ.«

»Vorschriften?« Ich zog die Augenbrauen zusammen. David erschien mir nicht im Geringsten wie jemand, der sich von irgendjemandem Vorschriften machen ließ.

»Jason ist ein durch und durch altmodischer Macho«, lächelte Taylor. »Das ganze Programm: Die Frau ist dem Manne untertan, ein ganzer Kerl heult nicht und so weiter und so weiter. Er hat nie begriffen, dass die Zeit der Cowboys schon lange vorbei ist.«

Ich war ein bisschen verwundert. »Wie alt ist er denn?« Er kam mir noch gar nicht so alt vor.

»Knapp fünfzig.« Sie entblößte ihre schneeweißen, begradigten Zähne. »Aber im Kopf ist er wohl zweihundert. Den Eindruck habe ich zumindest manchmal.« Sie sah auf ihre Armbanduhr. »Schon so spät? Ich muss runter. Der Herr Verleger hat gleich seine Krankengymnastik-Stunde.« Schon halb im Stehen trank sie ihr Glas leer. »Was hast du jetzt vor?«

Ich nahm die Serviette von meinem Schoß. »Ich weiß es noch nicht«, gestand ich.

Als Taylor weg war, ging ich in mein Appartement, um mich ein wenig auszuruhen.

Ich schlief eine gute Stunde, aber ich träumte so wirres Zeug, dass ich völlig orientierungslos aufwachte und eine Weile brauchte, bis ich wieder wusste, wo ich mich befand. Noch etwas benommen stopfte ich mir das Kissen in den Rücken, sodass ich aufrecht sitzen konnte. Dann beugte ich mich zur Seite, zog die Schublade meines Nachtschränkchens auf und nahm *Rebecca* heraus. Ich schlug es auf und starrte auf Charlies in fliederfarbener Tinte geschriebenen Namen. Dann begann ich zu lesen.

Der Roman war ziemlich langatmig. Auf den ersten Seiten passierte nicht viel, außer dass geredet wurde. Aber trotzdem hatte die Geschichte auch etwas Faszinierendes. Die Art, wie die namenlose Erzählerin Maxim de Winter kennenlernte, sich in ihn verliebte und sich für seiner völlig unwürdig hielt, berührte mich, obwohl sie sehr altmodisch erzählt war. Als ich dann aber erfuhr, dass de Winter nicht über den Tod seiner verstorbenen Frau hinwegkam, ließ ich das Buch verblüfft sinken.

Was hatte Grace gesagt?

Madeleine sorgte dafür, dass ich Dinge fand ... Ich klappte das Buch zu und starrte nachdenklich vor mich hin.

Wenn ich heute zurückdenke, schaudert es mich ein bisschen bei dem Gedanken, wie nah ich an diesem Nachmittag bereits der Lösung von Charlies Rätsel war. Hätte ich das Buch an diesem Tag bis zum Ende gelesen, hätte ich möglicherweise erkannt, wie sehr meine Situation auf *Sorrow* jener der namenlosen Erzählerin des Buches ähnelte. Aber ich las an diesem Nachmittag nur bis zum dritten Kapitel, dann siegte die Langeweile über die Faszination. Bevor ich das Buch wieder in die Schublade legte, blätterte ich die Seiten einmal schnell über meinen Daumen. An einer Seite blieb mein Blick hängen.

Waren das Unterstreichungen gewesen?

Ich blätterte zurück. Tatsächlich! Auf einer Seite, ziemlich weit hinten, hatte jemand einige Zeilen unterstrichen. Die Linien waren krakelig und wirkten etwas schludrig. Und sie waren mit fliederfarbener Tinte gemalt.

Unwillkürlich legte ich eine Hand an meine Kehle, weil mir das Atmen plötzlich schwerfiel. Dann überflog ich die gesamte Seite. Bei den unterstrichenen Zeilen schien es sich um ein Gespräch zwischen der Erzählerin und ihrem geliebten Maxim zu handeln.

*Du dachtest, ich liebe Rebecca?* Diesen Satz hatte Charlie unterstrichen. Und dann ein Stück weiter unten: *Ich hasste sie, will ich dir sagen. Unsere Ehe war von Anfang an nur eine Farce.*

Und noch ein Stück weiter unten: *Rebecca war unfähig zu lieben. Zärtlichkeit und Anstand waren ihr fremd.*

Und schließlich, ganz am Ende der Seite: *Niemand, der sie kannte, hätte jemals etwas anderes gedacht, als dass sie eine große Dame und die Liebenswürdigkeit und Güte in Person sei.*

Die fliederfarbenen Unterstreichungen flimmerten vor meinen Augen. Rachels Worte fielen mir ein: Charlie hatte das Buch loswerden wollen. Und sie hatte bedrückt gewirkt, als sie es ihr verkauft hatte. Lag der Grund für diese beiden Dinge in dem, was sie hier unterstrichen hatte? Ich starrte nachdenklich gegen die Wand am Fußende meines Bettes, dann blätterte ich das Buch noch einmal sorgfältiger durch. Es gab keine weiteren Markierungen.

Ich las die Sätze erneut, aber das machte mich nicht schlauer als vorher. Die eine Frage blieb bestehen: Warum waren diese Sätze Charlie so wichtig gewesen, dass sie sie unterstrichen hatte?

»Und, Juli? Was hast du heute so gemacht?« Die Frage, die Jason mir beim Abendessen stellte, klang unschuldig und ohne Hintergedanken, aber der Blick, den er seinem Sohn zuwarf, beinhaltete einen stummen Vorwurf. Jason war der Meinung, dass David sich zu wenig um mich kümmerte, und ließ ihn das so oft wie möglich spüren.

Ich sah erst in die Runde, bevor ich antwortete. Mein Vater saß mir gegenüber. Er wirkte erschöpft. Er arbeitete definitiv zu viel, das hatte ich ihm kurz vor dem Essen auch gesagt. Aber er hatte nur gemeint, er komme jetzt richtig gut voran und alles sei gut.

Wie schön für ihn!

Ich warf ihm einen genervten Blick zu und hoffte, dass er ihn richtig deutete. Er wirkte allerdings nur verwirrt.

Warum versuchte ich eigentlich immer wieder, etwas anderes als einen Höhlenmenschen aus ihm zu machen?

Taylor hingegen, die mich vorhin mit meiner schlechten Laune erlebt hatte, wusste, dass mein Tag erst mal zumindest nicht allzu glatt gelaufen war. Neugierig wartete sie, was ich auf Jasons Frage antworten würde, denn ich hatte ja auch ihr den Grund für meine miese Stimmung noch nicht verraten.

David saß da wie immer, mit einer stummen Konzentration, die mich spüren ließ, dass er sich zu jeder Bewegung zwingen musste. Er schob sich ein Stück Gurke in den Mund und kaute darauf herum, während auch er darauf wartete, was ich sagen würde.

Ich fuhr mit der Zunge an der Kante meiner oberen Schneidezähne entlang. Zwischen ihnen saß ein Stück Fleisch, aber das ließ sich jetzt nicht ändern. »Ich war in dem kleinen historischen Museum in Chilmark«, erklärte ich.

Jason schien nicht zu wissen, wovon ich sprach.

»Das Museum, das Adam gehört«, erklärte David.

Es überraschte uns alle mehr oder weniger, dass er sich in das Gespräch einmischte, nur Jason schien es als selbstverständlich anzusehen. Taylor hingegen rutschte vor Verwunderung die Gabel aus der Hand. Mit einem lauten Klirren landete sie auf dem Tellerrand.

Jason achtete nicht auf Taylor. »Ah!«, machte er. »Adam. Stimmt. Und? Wie war dein Besuch dort, Juli?«

»Schräg!«, rutschte es mir heraus. »Ich fürchte, ich habe Adam ziemlich verärgert, auch wenn ich nicht ganz sicher bin, womit.« Ich deutete auf David. »Er musste mich retten.« Ich sagte es mit einem Lächeln, das Jason zeigen sollte, dass ich mit Davids Verhalten durchaus zufrieden war.

Er jedoch runzelte nur die Stirn. »Retten?«

»Sie hat versucht, ausgerechnet bei ihm etwas über Charlie rauszukriegen.« David sprach genauso leise wie eben.

»Was gibt es da rauszukriegen?«, wunderte mein Vater sich.

*Klasse, Dad! Du hast in den letzten Tagen echt gar nichts mitgekriegt, oder?*

»Ich wollte nur ein bisschen mehr darüber erfahren, wie sie so war«, verteidigte ich mich und starrte dabei David an. Wenn er mich wirklich so gut durchschauen konnte, wie ich oft dachte, dann wusste er, was ich ihm mit diesem Blick sagen wollte.

*Wenn du mit mir reden würdest, wäre es nicht nötig, Detektiv zu spielen.* Oder anders: *Wenn du mir verraten würdest, was auf der Klippe passiert ist ...*

»... dann könnte ich besser helfen«, fügte ich fast im Flüsterton hinzu.

Taylors Miene wurde sehr weich. »Du hilfst doch! Nicht wahr, David?«

David zuckte zusammen. Mehrere Sekunden lang sah er mir in die Augen, bevor er endlich nickte. »Es ist gut, dass du da bist.«

Ich glaubte, meinen Ohren nicht zu trauen. Hatte er das eben wirklich gesagt? Wahrscheinlich nur, weil er wusste, dass sein Vater und Taylor das hören wollten, redete ich mir ein, aber trotzdem suchte ich in seinen Augen nach etwas, auf das ich meine geheimsten Hoffnungen stützen konnte.

Ich glaubte, hinter der Düsternis noch etwas anderes zu sehen, etwas, das ich nicht so recht zu deuten wusste. Wenn es nicht so absurd gewesen wäre, hätte ich geglaubt, dass David mich plötzlich mit anderen Augen ansah.

*Bilde dir nichts ein, Juliane!* Die leise Stimme in meinem Hinterkopf gab sich keine Mühe, freundlich zu klingen. *Auch wenn du dich für die Tussi aus* Rebecca *hältst: Du hast ungefähr so viele Chancen auf David wie ein Nilpferd auf einen Rundflug über Afrika!*

»Wie ging es Adam?«, fragte Taylor. »Nachdem du ihn auf Charlie angesprochen hast, meine ich?«

Ich verspürte Schuldgefühle, als sie so direkt ansprach, was offensichtlich ein Fehler gewesen war. »Ich wusste nicht, dass sie seine Tochter war.« *Und genau genommen,* fügte ich im Stillen und ein wenig trotzig hinzu, *habe ich ihn gar nicht auf Charlie angesprochen.*

»Oh.« Jason griff nach der Karaffe, die vor ihm auf dem Tisch stand, und goss erst Bob, dann sich ein wenig Wein nach.

»Nicht so viel, Jason!«, wehrte mein Vater ab. »Ich will noch weiterarbeiten!«

Jason ignorierte ihn. »Eigentlich war Charlie gar nicht seine Tochter«, sagte er.

»Nicht?« Verwundert schaute ich zwischen ihm und seinem Sohn hin und her. »David hat aber etwas anderes behauptet.«

Jason schob das Kinn vor. Es sah auffordernd aus und so war es wohl auch gemeint: *Rede du!*

David senkte kurz den Kopf, bevor er mich wieder ansah. »Charlie war seine Adoptivtochter«, erklärte er.

An diesem Abend brachte Grace mir erneut ein Glas Milch.

Ich bedankte mich und war froh, dass sie nicht wieder irgendwelche ominösen Warnungen ausstieß, sondern sofort wieder ging und die Tür leise hinter sich schloss. Ich versuchte, noch ein paar Seiten von *Rebecca* zu lesen, aber ich war zu geschafft. Meine Waden schmerzten von dem ungewohnten Lauf im Sand. Die körperliche Anstrengung hatte mich ausreichend erschöpft, sodass ich das Gefühl hatte, auch ohne meinen Schlummertrunk auskommen zu können. Trotzdem war es schade um das Zeug. Ich seufzte. Und leerte das Glas in einem langen Zug.

Als ich mich schließlich schlafen legte, kamen die Träume übergangslos. Ich ging am Strand entlang, barfuß. Zwischen meinen Zehen knirschte der Sand und immer wieder musste ich scharfkantigen Muscheln ausweichen, die denen auf Henrys unheimlichem Bild zum Verwechseln ähnlich sahen. Rechts von mir befanden sich die Klippen von Gay Head. Ich ließ meine Blicke über die Kanten wandern, über die der Wind Nebelfetzen trieb.

In der Ferne entdeckte ich einen Körper, der in der Brandung lag, und langsam schlenderte ich darauf zu. Ich hatte es nicht eilig, und obwohl ich ahnte, wer es war, verspürte ich kein Grauen. Ich näherte mich dem Körper. Es war David. Sein schwarzer Rollkragenpullover war an der Hüfte ein wenig hochgerutscht, sodass ich einen Teil seines Tattoos sehen konnte. Seine schwarze Jeans hatte sich mit Wasser vollgesogen, seine mit Tang durchzogenen Haare trieben in der sanften Brandung.

Seine Augen standen offen. Blicklos starrte er in den Himmel. Tropfen rannen über seine Wangen und sahen aus wie Tränen.

Ich stand vor ihm, sah auf ihn hinab und in dem Augenblick, in dem ich mich wunderte, dass ich überhaupt nichts empfand, überfiel mich der Schmerz mit solcher Wucht, dass ich neben ihm in die Knie ging. Ich nahm seine kalte Hand. Ich wollte weinen, aber es ging nicht. Meine Augen blieben trocken und sie brannten so sehr, dass ich davon fast verrückt wurde.

»David!«, flüsterte ich wieder und wieder. »David!«

Er rührte sich nicht, stattdessen wisperte eine Stimme: »Juli!«

Ich schaute auf und zuckte zusammen.

Auf den Klippen stand eine Frau in einem blutroten Kleid –

ich wusste nicht, ob es Madeleine oder Charlie war, denn der Nebel hüllte sie fast vollständig ein.

»Lass ihn gehen!«, flüsterte die Frau ...

Und mit einem Schrei wachte ich auf. Mein Kopfkissen war patschnass. Ich setzte mich hin, wischte mir über das Gesicht. Mein Herz klopfte. Das Zimmer um mich herum schwankte heftig, als befände ich mich auf hoher See. Ich holte Luft, aber ein eiserner Ring lag um meine Brust.

Mühsam quälte ich mich aus dem Bett und auf die Füße. Meine Knie waren wie aus Gummi und ich musste mich an der Wand festhalten, um stehen zu können. Warum war der Raum voller Nebel? Ich fühlte mich wie in Watte eingehüllt.

»Scheiße!«, murmelte ich. Meine Zunge lag in meinem Mund wie ein totes, pelziges Tier. Was war nur los mit mir?

Ich sog so viel Luft in meine Lungen, wie ich nur konnte. Viel war es nicht. Ich musste zum Fenster, es öffnen. Taumelig, wie ich war, schwankte ich quer durch den nebeligen Raum, verlor fast den Halt und fing mich gerade noch, indem ich mich mit beiden Händen am Griff der Balkontür festklammerte. Ich brauchte mehrere Anläufe, bis es mir gelang, die Tür zu öffnen. Eiskalte Luft strömte herein, biss mir schmerzhaft in die Haut von Gesicht und Körper. Ich atmete tief durch. Ein wenig ließ der Schwindel nach. Mit ihm verschwand auch der Nebel und ich begriff, dass es an meinen Augen gelegen haben musste.

Die Einzelheiten meines Traumes kamen mir in den Sinn und bei der Erinnerung an Davids leeren Blick drehte sich mir noch im Nachhinein der Magen um.

*Reiß dich zusammen!*, ermahnte ich mich. *Dein Unterbewusstsein hat aus all den schrägen Dingen, die du in der letzten Zeit erlebt hast, einen Albtraum gebastelt.*

Probehalber versuchte ich, die Klinke der Balkontür loszulassen, aber mir war immer noch schwindelig, also packte ich rasch wieder zu. In meinen Ohren rauschte das Blut so laut, dass ich kaum etwas anderes hören konnte. War da Musik? Davids Klavier? Aber das war doch kaputt.

Ich blinzelte, weil der Nebel zurückkehrte. Fest kniff ich die Lider zusammen, und als ich sie wieder voneinander löste, klebten meine Wimpern zusammen. Ruckartig riss ich die Augen auf. Kein Nebel.

Und keine Musik. Nur das schwache Rauschen des Windes in den Bäumen und das durch den Nebel gedämpfte Donnern der Brandung.

Ich wollte die Balkontür wieder schließen, aber ich konnte mich nicht bewegen. Meine Füße waren eiskalt, meine Zähne begannen zu klappern und trotzdem blieb ich, wo ich war.

Bis ich das Wispern hörte.

»... it will not be long 'til our wedding day ...«

Meine Knie wollten nachgeben, aber ich klammerte mich an der Klinke fest, so gut es ging. In meinem Schädel rauschte und hämmerte es, ich blinzelte ...

... und stand an der Balkonbrüstung.

Vor Schreck taumelte ich zurück. Wie war ich hierhergekommen? Ich konnte mich nicht daran erinnern, das Zimmer verlassen zu haben, und doch stand ich hier, mit nackten Füßen auf den eiskalten Fliesen und eingehüllt von diesem sonderbar wattigen Nebel. Meine Hände umklammerten das Geländer. Hatte ich etwa vorgehabt, darüberzusteigen und ...

*Das kann nicht sein!* Mein Verstand setzte einen Augenblick lang aus. Blinzelnd kämpfte ich gegen den Nebel und wagte nicht, in die Tiefe zu schauen. Dort unten befand sich der Terrassenboden. Steinharter Marmor. Ich versuchte, meine

Hände vom Geländer zu lösen, aber es ging nicht. Ich stand wie festgewachsen, wie hypnotisiert.

Erst nach mehreren Minuten hatte ich mich so weit in der Gewalt, dass ich das Geländer loslassen und einen Schritt zurückweichen konnte.

Schritte unten auf dem Weg zum Haupthaus ließen mich aufhorchen. Ich wagte, einen vorsichtigen Blick nach unten und sah David, der zu einer der Bänke auf dem Rasen ging und sich dort im Schein der Laterne niederließ. Er starrte auf etwas in seiner Hand. Erst auf den zweiten Blick erkannte ich, dass es der fliederfarbene Umschlag war, den ich schon ein paar Mal in seiner Hosentasche gesehen hatte. Unschlüssig schlug er den Umschlag gegen seine Fingerspitzen, dann öffnete er ihn und nahm ein einzelnes Blatt heraus. Während seine Blicke über die Zeilen wanderten, berührte er seine Lippen mit dem Knöchel seines Zeigefingers.

Ich ertappte mich dabei, dass ich die Hand ausstreckte, als könne ich ihn über die Entfernung hinweg berühren. Aber dann wurde mir erneut schwindelig und erschrocken langte ich nach dem Geländer. Die Nebelschwaden in meinem Kopf verdichteten sich wieder. Und dann hörte ich diese wispernde Frauenstimme. Sie sagte nur ein einziges Wort.

»David!«

Unten auf seiner Bank ruckte Davids Kopf hoch. Und ich schlug beide Hände vor den Mund, um nicht anzufangen zu schreien. Offenbar hatte er das unheimliche Wispern auch gehört!

# 19

Wie betäubt wich ich rückwärts. Schritt für Schritt.

Übelkeit würgte mich und ich hielt mir den Mund zu, um mich nicht zu übergeben. Meine Füße und auch meine Beine waren inzwischen so eiskalt, dass sie bei jedem Schritt schmerzten. Mit der freien Hand tastete ich nach der Tür hinter meinem Rücken. Meine Fingerspitzen stießen gerade dagegen, als unten auf dem Rasen eine Männerstimme ertönte.

»Ich habe dich von meinem Fenster aus gesehen.« Es war Henry. Offenbar verbrachte er wieder einmal eine Nacht im Herrenhaus. Er baute sich vor David auf, stemmte die Hände in die Hüften. »Was machst du hier? Sag nicht, du liest schon wieder diesen elenden Brief!«

Davids Entgegnung war zu leise, als dass ich sie verstehen konnte.

»Jesus, David, du kannst dich doch nicht für den Rest deines Lebens in Schuldgefühlen suhlen!«

Wieder war es still.

»Der Rest meines Lebens ...«, murmelte David.

Henry stieß einen unterdrückten Fluch aus. »Du machst mir echt Angst, Alter, weißt du das?«

»Keine Sorge!«, sagte David kühl. »Ich habe nicht vor, hinter Charlie herzuspringen.«

Irgendwie war ich froh, dass er das sagte. Ich lehnte mich

gegen die Balkontür, aber dann schoss es mir durch den Kopf, dass David Henry vermutlich anlog.

»Wirklich, David?« Henry klang besorgt. Offenbar war er auf den gleichen Gedanken gekommen wie ich.

David brummte etwas, das wie ein Ja klang.

»Suchst du immer noch nach diesem elenden Buch?«, fragte Henry.

David faltete den Brief sorgsam zusammen, steckte ihn wieder in den Umschlag und schob den Umschlag in seine Tasche. Dann rieb er sich mit den Händen das Gesicht.

»Ich kann es einfach nicht finden, Henry, und das macht mich vollkommen irre! Ich glaube, ich werde noch wahnsinnig.«

Ich wartete darauf, dass er Henry von der wispernden Stimme erzählen würde, aber er tat es nicht. Grübelnd kaute ich auf meiner Unterlippe herum. Konnte es sein, dass ich mir die Stimme nur eingebildet hatte? Aber David hatte sie eindeutig auch gehört. Oder war sein Kopf wegen eines ganz anderen Geräuschs hochgeruckt? Vielleicht hatte er hinter sich einfach nur einen Ast knacken gehört und ich hatte die falschen Schlüsse gezogen. Vielleicht wurde nicht er irre, sondern ich. Ich wusste einfach nicht, was ich denken und glauben sollte.

»Hast du Adam noch mal danach gefragt?«, wollte Henry wissen.

»Er hat es nicht!»

»Hast du ihn noch mal gefragt?« Henrys Stimme war eindringlich.

David senkte den Kopf. »Nein. Er ist sowieso nicht gut auf mich zu sprechen und nach der Aktion von Juli heute ... Ich wollte ihn nicht noch mehr quälen.«

Henry strich sich mit beiden Händen seine langen Haare zurück. »Stattdessen quälst du lieber dich selbst«, sagte er trocken. »Du hast mir übrigens immer noch nicht verraten, was so wichtig an diesem Buch ist.«

Da schaute David wieder auf. Seine Stimme war sehr leise und es war Glück, dass genau in diesem Moment der Wind so weit nachließ, dass ich ihn trotzdem verstehen konnte.

»Es kann sein, dass darin ein Hinweis zu finden ist, warum sie sich umgebracht hat, Henry!«

Nachdem ich dieses Gespräch belauscht hatte, konnte ich lange nicht einschlafen, denn ein Gedanke ging mir unentwegt im Kopf herum: War das Buch, von dem David und Henry eben gesprochen hatten, Charlies *Rebecca*-Ausgabe, die ich bei Rachel gekauft hatte? Das konnte wohl kaum sein, denn dann hätte Henry ihm doch gesagt, dass ich es hatte.

Vielleicht aber wollte Henry David nur vor etwas beschützen, das in diesem Buch stand, und schwieg deshalb. Was auch immer es war: Heute Nacht würde ich dieses Rätsel nicht mehr lösen. Ich kam zu dem Schluss, dass ich Henry einfach morgen danach fragen würde. Mit diesem Vorsatz schlief ich endlich ein.

Als ich am nächsten Morgen erwachte, war das ein mühsamer und quälender Prozess, der sich anfühlte, als versuche ich, aus einem klebrigen Sumpf zu entkommen. Wieder war meine Zunge pelzig und ich hatte einen ekeligen Geschmack im Mund. Wieder schwankte die Welt unter mir und ich kam mir vor, als hätte ich die ganze Nacht auf einem Schiff zugebracht und sei gerade an Land angekommen. Für einige Minuten war ich so verwirrt, dass ich nicht einmal wusste, ob ich das Gespräch zwischen Henry und David gestern Nacht tatsächlich gehört oder aber nur geträumt hatte.

Ich ignorierte den hämmernden Kopfschmerz, so gut ich

konnte, ging duschen, zog mich an und frühstückte dann – heute gemeinsam mit Jason, der wie jeden Tag Anzug und Krawatte trug. Mein Vater gesellte sich zu uns und eine Weile unterhielten wir uns über seinen neuen Roman und über Bücher im Allgemeinen. Die ganze Zeit wartete ich vergeblich darauf, dass Henry ebenfalls kommen würde. Irgendwann berichtete Jason stolz, dass er für den Abend eine kleine Überraschung vorbereitet hatte. Immerhin war Silvester, erklärte er in einem Tonfall, als seien wir alle zu verpeilt, um uns daran zu erinnern. Nun ja, zumindest mein Vater schien reichlich überrascht von seiner Ankündigung. Ich erklärte, dass ich mit David auf eine Strandparty gehen und nicht anwesend sein würde. Zu meiner Erleichterung schluckten sie das, ohne sich weiter darüber auszulassen oder Fragen zu stellen. Ich war froh, dass Jason offenbar nicht groß über David reden wollte, denn irgendwie hatte ich das dringende Bedürfnis nach etwas Abstand. Als wir alle drei fertig waren mit dem Essen, fing mich mein Vater draußen vor dem Speisezimmer noch einmal ab.

»Ist alles okay, Juli?«, fragte er und musterte mich eindringlich. Irgendwie schien er zu spüren, dass genau das nicht der Fall war, aber ich war zu geübt darin, ihn zu beruhigen.

»Klar«, behauptete ich leichthin. »Die Party heute Abend wird bestimmt genauso cool wie die in Boston.«

Er überlegte. Dann nickte er zögernd. Ganz hatte ich ihn wohl doch nicht überzeugt.

»Ich muss los!«, rief ich darum so ungeduldig wie möglich. »Bis später, Dad!« Damit ließ ich ihn einfach stehen und ging in mein Appartement, um meine Jacke zu holen.

Da weder von Henry noch von David ein Fitzelchen zu sehen war, beschloss ich, einen kleinen Ausflug auf die Gay-Head-Klippen zu machen. Vielleicht, so meine absurde Hoffnung, würde ich dort auf eine Idee kommen, was vor sechs Wochen an dieser Stelle passiert war.

Da es noch früh am Morgen war, wirkte die Landschaft wie verschlafen. Ein paar Vögel, die der winterlichen Kälte trotzten, hüpften in den Zweigen der Wacholdersträucher herum und zwitscherten ziemlich wenig enthusiastisch vor sich hin. Mehrere Kaninchen hoppelten über den Pfad oder durch die Ginsterbüsche und schienen nur wenig Angst vor mir zu haben. Eines machte sogar neugierig Männchen, als ich vorbeikam.

Der Himmel war heute noch immer klar und ich fragte mich, ob Taylor sich mit ihrer Vermutung, es würde Sturm geben, nicht doch geirrt hatte. Die Sonne stand als verschwommener hellgelber Ball über mir, schaffte es aber nicht, mich zu wärmen. Die Luft war erfüllt vom Geschrei der Möwen und dem Donnern der Brandung, das lauter wurde, je näher ich den Klippen kam.

Während ich ging, kam ich mir sonderbar allein auf der Welt vor. Ich versuchte, mich in die Lage der Ich-Erzählerin aus *Rebecca* zu versetzen. Wie mochte es sich anfühlen, reich zu sein und den ganzen Tag lang nichts anderes zu tun zu haben, als dem Personal Anweisungen zu geben? Es war ein Leben, das ich mir nur schwer vorstellen konnte. Ich langweilte mich ja jetzt schon, obwohl ich erst ein paar Tage hier zur Untätigkeit verdammt war. Als ich an der Weggabelung den Pfad einschlug, der zu den Klippen führte, entschied ich, dass das Leben als reiche Upperclass-Ehefrau nicht für mich infrage kam. Ich dachte an meine Freunde zu Hause in Boston und bedauerte kurz, dass ich heute an Silvester nicht bei ihnen sein konnte. Ich beschloss, Miley nachher anzuskypen, in der Hoffnung, dass sie ein bisschen Zeit für mich hatte. Das würde wenigstens eine Stunde totschlagen.

Seufzend umrundete ich die Gruppe dicker Findlinge und stand im nächsten Moment auf den Klippen. Der Wind schlug mir ins Gesicht wie eine Faust und das Donnern der Brandung war jetzt so laut, dass ich mein eigenes Wort nicht verstanden hätte. Vorsichtig trat ich näher an die Kante heran. Der Boden unter meinen Füßen gab etwas nach und fühlte sich weich an. Ein bedrohliches Knistern ertönte und rasch hüpfte ich zurück. Auf keinen Fall wollte ich Charlies Schicksal teilen!

Nachdenklich blickte ich über die weite graue Fläche des Ozeans hinweg nach Norden und fragte mich, was genau mich eigentlich hierher gezogen hatte. Der scharfe Wind hatte meine Kopfschmerzen nur noch verstärkt. Und dazu kam jetzt auch dieses fürchterliche, schwankende Gefühl wieder.

Vorsichtshalber wich ich noch ein paar Schritte zurück, bis ich mit dem Rücken fast an einem der Findlinge stand.

Das Meer brauste unter mir.

Eine ganze Weile stand ich einfach nur da, ließ meine Gedanken treiben. Und dann verspürte ich plötzlich den dringenden Wunsch, einen Blick in die Tiefe zu werfen. Was war es wohl für ein Anblick gewesen, den Charlie als letzten in ihrem Leben gehabt hatte? Ich war schon drauf und dran, wieder vorzutreten, als mir klar wurde, was ich vorhatte.

»Scheiße, Juli!«, schimpfte ich mit mir selbst. »Spinnst du jetzt total?«

In diesem Augenblick erinnerte ich mich, was Grace zu mir gesagt hatte, bevor sie mich mit in ihre Kammer genommen hatte.

Die Entscheidung, von den Klippen zu springen, lag nicht bei mir.

Sondern bei Madeleine.

Ein eisiger Knoten bildete sich in meinem Magen. Auf einmal hatte ich das Gefühl, nicht mehr allein auf der Klippe zu sein. Ich fuhr herum. Waren da Schritte gewesen?

»Ist da wer?« Meine Stimme hörte sich an, als sei ich plötzlich zwölf Jahre alt.

Der Wind jaulte und heulte und schien sich über mich lustig zu machen. Dann setzte er für einen Wimpernschlag aus und in dem kurzen Moment, in dem die Brandung ebenfalls schwieg, weil sie neuen Anlauf nehmen musste, hörte ich ein verzweifeltes Wispern.

»... Daaaviiid ...«

Meine Hand zuckte zum Mund.

Der Wind setzte wieder ein, die nächste Welle warf sich mit einem Donnern gegen den Felsen weit unter mir. Ich stand wie erstarrt und versuchte, mir einzureden, dass ich mich getäuscht, dass ich kein unheimliches Wispern gehört hatte. Es dauerte einige Minuten, bis Wind und Brandung wieder genau zum gleichen Zeitpunkt schwiegen, und bis dahin raste mein Herz so sehr, dass mir die Rippen davon schmerzten.

Aber als mich der nächste Moment der Stille umgab, hörte ich nichts. Kein Wispern. Nichts. Nur tiefes, eisiges Schweigen.

Doch dann flüsterte die Stimme: »Du hast sie gestoßen, David!«

Ich wäre vor Schreck beinahe ohnmächtig geworden. Das konnte doch einfach nicht sein! Es gab keine Geister! Ich war mir hundertprozentig sicher, dass meine überreizte Fantasie mir nur einen Streich spielte. So musste es sein. Bei all den schrägen Dingen, die mir in den letzten Tagen passiert waren, war das die einzig plausible Erklärung.

Und doch wartete ich, bis Wind und Brandung ein drittes Mal schwiegen. Diesmal jedoch blieb es tatsächlich still.

Mechanisch wandte ich mich von der Klippe ab.

Und rannte zurück zum Herrenhaus, als sei der Teufel hinter mir her.

Obwohl ich rannte, brauchte ich für den Rückweg fast doppelt so lange wie für den Hinweg, denn auf halber Strecke wurde mir so schwindelig, dass ich anhalten musste. Der Boden unter meinen Füßen bockte wie ein Schiff bei Orkan, ich sank auf die Knie, um nicht der Länge nach hinzuschlagen. Etwas saß in meinem Kopf, ein Nebel, der sich über meinen Verstand legte, mich einhüllte, wie in der Nacht schon einmal.

Es dauerte einige Minuten, doch dann ging es mir übergangslos wieder besser. Vorsichtig stand ich auf und setzte meinen Weg – langsamer als zuvor – fort.

Als ich den Parkplatz von *Sorrow* erreichte, hatte ich wieder alle Sinne beisammen. Ein Pick-up irgendeiner Müllbeseitigungsfirma stand vor dem Haus und zwei Männer in schneeweißen Overalls luden die zertrümmerten Reste von Davids Klavier auf. Hatten die etwa die ganze Zeit in seinem Zimmer gestanden?

Ich marschierte an den Männern vorbei auf den Hauseingang zu und grüßte ohne Worte. Sie reagierten gelassen. Einer nickte mir zu, der andere tippte sich mit dem Zeigefinger an den Schirm seines Basecaps und murmelte: »Miss!«

Wahrscheinlich waren sie den Umgang mit zickigen Töchtern reicher Inselbewohner gewohnt.

Ich war erfüllt von einer Unruhe, die mich ganz zappelig machte. Gewöhnlich ging ich laufen, wenn das der Fall war, aber nach dem, was auf der Klippe passiert war, hatte ich nicht das Bedürfnis, heute noch einmal allein hinauszugehen.

Aber ich musste mich dringend auspowern.

*Sorrow* besaß – ebenso wie das Haus von Zac Gontermans Vater – einen Indoor-Swimmingpool. Und ebenso wie dort erreichte man ihn durch die Tür mit dem Messingdelfin. Ich beschloss also, ein bisschen schwimmen zu gehen. Taylors Badeanzug hatte ich noch in meinem Appartement. Ich brauchte nur ein paar Minuten, um mich umzuziehen und eingehüllt in einen flauschigen Bademantel und mit einem Handtuch über der Schulter zurück ins Haupthaus zu gehen.

Der Poolbereich von *Sorrow* war wesentlich kleiner als der in Zacs Haus, aber nicht weniger mondän eingerichtet. Man sah, dass dieser Bereich nachträglich ausgebaut worden war. Ende des 19. Jahrhunderts, als man das Herrenhaus errichtet hatte, war offenbar niemand auf die Idee gekommen, dass man ein Schwimmbad brauchen konnte.

Die Fliesen des Beckens hatten eine leuchtend blaue Farbe, ebenso die Säulen, die die Decke hielten. Bis auf eine Art Skulptur, die von Efeu umrankt war, gab es hier keinerlei Grünzeug. Dafür waren in die Decke bestimmt hundert kleine Strahler eingelassen, die aussahen wie ein Sternenhimmel. Ich glaubte, sogar einige Sternbilder zu erkennen.

Schnell zog ich meinen Bademantel aus, legte ihn über eine Liege am Beckenrand und glitt ins Wasser. Es war angenehm kühl – genau richtig, um Bahnen zu ziehen. Ich kraulte ein paar Mal mit hoher Geschwindigkeit hin und her, bis meine Muskeln sich angenehm warm anfühlten, dann drosselte ich das Tempo ein wenig und verfiel in einen gleichmäßigen Rhythmus, der gewöhnlich richtig war, um meinen Kopf zu leeren.

Bei einer Wende hörte ich, wie die Hallentür klappte. Ich hielt inne, griff nach dem Beckenrand und drehte mich um, um zu sehen, wer gekommen war.

Es war David. Er hatte sich nicht die Mühe gemacht, einen

Bademantel überzuwerfen, aber er musste ja auch nicht erst vom Gästehaus herüberkommen und durch die Dezemberkälte. Seine schwarze Badehose hob sich deutlich von seiner blassen Haut ab. Das Tattoo auf seinen Rippen zog meinen Blick magisch an, noch mehr jedoch der große blaue Fleck, der direkt daneben prangte. Henry hatte ihn offenbar noch weitaus härter getroffen, als ich gedacht hatte.

»Oh!«, machte David, als er mich entdeckte. »Ich wusste nicht, dass du hier bist.«

Ich wischte mir die nassen Haare aus der Stirn. »Mir war es zu kalt zum Laufen.«

Er wies in Richtung Tür. »Soll ich wieder ...«

»Nein, nein! Schon gut!« Ich grinste ihn an. »Ist ja schließlich euer Pool, nicht meiner.«

Er trat an den Beckenrand. Ich konnte den Blick nicht von der Prellung lassen. Einige Sekunden lang stand er da, den Kopf leicht schief gelegt, als lausche er auf eine Stimme, die nur er hören konnte. Dann hechtete er mit einem Kopfsprung ins Wasser und begann ebenfalls, Bahnen zu ziehen.

Ich stieß mich vom Rand ab und schwamm weiter. Durch Davids Auftauchen hatte ich vergessen, wie viele Bahnen ich schon hinter mir hatte, aber das war mir egal. Obwohl wir jeder für sich schwammen, war es einfach ein gutes Gefühl, etwas mit David gemeinsam zu tun. Ab und zu begegneten wir uns in der Mitte des Beckens und ich warf ihm jedes Mal einen unauffälligen Blick zu. Irgendwann fiel mir auf, dass er es genauso machte.

Diese Erkenntnis brachte mich zum Lächeln. Ich beendete mein Training und stemmte mich aus dem Wasser. Auf dem Beckenrand blieb ich sitzen, wrang meine nassen Haare aus und sah zu, wie David auf der gegenüberliegenden Seite eine gekonnte Wende hinlegte und auf mich zugekrault kam. Bei jeder Bewegung seines linken Armes blitzte kurz das Tattoo über der Wasseroberfläche auf.

Er merkte, dass ich aufgehört hatte zu schwimmen, und hielt ebenfalls an. »Keine Lust mehr?«, fragte er. Ich hatte das Gefühl, es war das erste Mal, dass er freiwillig das Wort an mich richtete.

Ich lächelte erneut. »Ich wollte fünfzig Bahnen schwimmen und ich glaube, die habe ich.«

Er hielt sich am Beckenrand fest und sah zu mir auf. Wasser perlte aus seinen dunklen Haaren und lief ihm über Stirn und Wangen. Heute sahen sie nicht aus wie Tränen. Seine Fingernägel waren sehr weiß. »Du glaubst?«

Täuschte ich mich oder lächelte er sogar? Es war so ein kurzes Aufblitzen, dass ich mir nicht ganz sicher war.

»Als du reingekommen bist, habe ich vergessen, wie viele ich schon hatte.«

»Aha. Sorry!« Er legte den Arm auf den Beckenrand, sodass er sich mir ganz zuwenden konnte.

Schlagartig war mein Kopf völlig leer. »Peinlich, oder?« Ich grinste und wusste selbst nicht genau, wovon ich sprach.

»Für dich oder für mich?«

»Eher für mich, würde ich sagen.«

»Wieso?« Ganz ruhig und gelassen lag sein Blick auf mir und ich ärgerte mich über meine Nervosität. David schien meine Gegenwart nicht das Geringste auszumachen, aber das war ja auch kein Wunder.

Schließlich war er ja auch nicht derjenige, der dagegen ankämpfte, sich rettungslos zu verlieben.

Was sollte ich bloß sagen? Ich winkte ab. »Ach, egal!«

»Hm«, machte er. Und schwieg.

*Mist! Sag doch was!,* dachte ich verzweifelt. »Die Prellung«, krächzte ich schließlich. »An deinen Rippen, meine ich. Heilt sie gut?«

Er fasste sich mit der freien Hand an die entsprechende Stelle. Als er den Arm wieder aus dem Wasser hob und mit dem anderen auf dem Beckenrand überkreuzte, zeichneten die Tropfen feine Spuren auf seiner Schulter und seinem Bizeps. »Ich glaube schon. Es tut jedenfalls nicht mehr so weh.«

»Es sieht ganz schön schlimm aus, finde ich. Hat Taylor dich untersucht, ob etwas gebrochen ist?«

Er schüttelte den Kopf.

Hilfe, warum schaute er mich so an? Ich musste mich hinter meinem Rücken abstützen, damit er nicht sah, wie meine Hände zitterten. »Du hast neulich gesagt, dass es wehtut, wenn du atmest. Das könnte heißen, dass eine Rippe gebrochen ist.«

Er schien zu überlegen, was er antworten sollte. Dann grinste er plötzlich. »Warum machst du dir Sorgen um mich?« Es sollte leicht klingen, unbeschwert, aber das tat es nicht. Ich sah den Ausdruck in seinen Augen, diesen Ausdruck, der mir als Allererstes an ihm aufgefallen war. Als stehe er mit einem Fuß am Abgrund und freue sich darauf zu fallen.

Ich verscheuchte den Gedanken und beschloss, auf Davids Versuch, eine ganz normale Unterhaltung zu führen, einzugehen. »Eingebildet bist du gar nicht, oder?«

Er hob fragend eine Augenbraue. Dann schwang auch er sich aus dem Wasser und setzte sich neben mich auf den Beckenrand. Ich musste den Blick gewaltsam von dem Tattoo losreißen.

Meine Beine hingen noch immer ins Wasser. Ich überkreuzte sie an den Knöcheln. »Wie kommst du darauf, dass ich mir Sorgen um dich mache?« Bevor er irgendwas Bedeutungsschweres oder Trauriges sagen konnte, schob ich eilig nach: »Das ist wirklich typisch Mann!«

»Wirklich?« Sein Blick wanderte in meinem Gesicht herum und ich musste mich zwingen, nicht den Kopf zu senken. *Himmel, diese Augen!* »Hast du einen Freund? Zu Hause, in Boston, meine ich.«

Die Frage kam so unerwartet, dass mir vor Schreck die Arme nachgaben, auf die ich mich noch immer stützte. Ich fing mich selbst ab und setzte mich aufrechter hin. »Wie kommst du darauf?«

Er zuckte die Achseln. »Interessiert mich irgendwie.«

*Okay. Und jetzt?*

»Nö.« Das war alles, was ich herausbrachte, und es klang so schrecklich nach: *Das geht dich gar nichts an!* Ich wollte etwas hinzufügen, wollte ihm erklären, dass ... ich hatte keine Ahnung, was ich ihm erklären wollte.

»Warum bist du plötzlich so schweigsam?«, fragte er.

Da musste ich lachen. Ich lachte so sehr, dass es mir unangenehm war. Ich ließ mich ins Wasser gleiten und tauchte unter. Als ich wieder hochkam, hatte ich mich nur etwas mehr unter Kontrolle.

David hatte sich nicht gerührt, sodass jetzt ich zu ihm aufschauen musste. »Was ist so lustig?«

»Ausgerechnet du fragst *mich*, warum ich schweigsam bin!«, platzte es aus mir heraus und ich spürte schon wieder ein Lachen in meiner Kehle hochsteigen. Ich bewegte die Beine leicht, um nicht unterzugehen. Dabei kam mir eine Idee, und ohne lange nachzudenken, fügte ich an: »Wer von uns beiden spielt hier seit Tagen den Maxim de Winter, hm?«

Die Wirkung war verblüffend und furchtbar zugleich.

David wurde blass. »Was hast du gesagt?«, hauchte er.

Ich erschrak über mich selbst und auch über seine heftige Reaktion. Warum hatte ich das gesagt? Es war nicht schwer, die Frage zu beantworten: Weil ich herausfinden wollte, ob das Buch, von dem David und Henry gestern auf der Bank vor dem Haus gesprochen hatten, tatsächlich *Rebecca* war. Ich musterte David. Er kannte *Rebecca*, das war eindeutig. Aber was bedeutete das?

»Nichts«, wehrte ich eilig ab, denn plötzlich schämte ich mich für meine hinterlistigen Spielchen. Kurz überlegte ich, ob ich David einfach sagen sollte, dass ich das Buch bei Rachel gekauft hatte. Doch dazu reichte mein Mut nicht. Also hielt ich die Klappe und suchte fieberhaft nach einem neuen Gesprächsthema. Aber mir fiel nur ein einziges ein, von dem ich wusste, dass es ihn ablenken würde.

»Das Tattoo«, murmelte ich. Und bevor sein Gesicht sich verschließen konnte, fügte ich rasch hinzu: »Es sieht klasse aus. Hast du es wirklich wegen ...«

»Charlie.« Er sagte den Namen ganz leise und ich vergaß für einen Augenblick zu schwimmen. Bevor ich ganz unterging, schlug ich einmal kräftig mit den Beinen. Und dann sagte er etwas, mit dem ich überhaupt nicht gerechnet hatte: »Irgendwann, wenn es an der Zeit ist, werde ich es wegmachen lassen.«

»Wegmachen?«

»Können wir bitte über was anderes reden?«

Ich kehrte zurück an den Beckenrand. Wie er zuvor legte ich einen Arm darauf ab und stützte nun das Kinn darauf. »Worüber?«

David schaute über das Wasser hinweg, dann sah er mich wieder an. »Wo warst du heute Morgen? Ich habe gesehen, dass du den Pfad entlanggegangen bist.«

Ich war erleichtert und aufgeregt zugleich. Erleichtert, weil er mich nicht auf meinen blöden Spruch von Mr de Winter ansprach. Und aufgeregt, weil er mir offenbar nachspionierte. »Beobachtest du mich etwa?«, fragte ich. In meinem Magen kribbelte es.

»Würde es dich stören?«

*Nein!,* hätte ich fast geantwortet, aber ich sagte: »Ein bisschen vielleicht.« Dann fügte ich hinzu: »Aber wenn du mir gestern nicht nachgegangen wärst, hätte Adam mich ...«

»Adam hätte dir nie im Leben was getan!« Er schien sich dieser Sache völlig sicher zu sein, und das, obwohl er gesehen hatte, wie wütend ich den Museumsbesitzer gemacht hatte. Aus irgendeinem Grund musste ich an die Axt in Jasons Hand denken und auf einmal sehnte ich mich nach ein paar normalen Menschen. Meine Freundin Miley wäre jetzt eine wohltuende Gesellschaft gewesen. Oder zur Not sogar mein Dad.

»Für mich hat das aber ein bisschen anders ausgesehen«, sagte ich.

David schüttelte den Kopf. »Er trauert um seine Tochter. Das ist alles. Er trauert nur.«

Ich tauchte so weit ab, dass mein Mund unter Wasser geriet und prustete. »Wie du«, murmelte ich, nachdem ich wieder aufgetaucht war. Innerlich aber fluchte ich. Warum nur war mit diesem Typen kein Gespräch möglich, das uns nicht irgendwann auf Charlie brachte?

David lehnte sich zurück, blieb für einen Augenblick so sitzen, dann legte er sich ganz hin und starrte in den künstlichen Sternenhimmel über uns. »Ja«, sagte er nachdenklich. »Wie ich.« Schließlich wälzte er sich auf die Seite, sodass er mich wieder ansehen konnte. »Henry hat mir gesagt, dass wir heute Abend zu einer Silvesterparty gehen.«

Mir fiel siedend heiß ein, dass ich ihm davon noch gar nichts erzählt hatte. »Ja. Sorry. Das habe ich ganz vergessen. Crystal hat uns eingeladen und ich dachte mir ...«

»Sie hat *uns* eingeladen.«

»Genau genommen mich. Aber ich habe gesagt, dass ich nur komme, wenn ich dich mitbringen darf.«

David stützte den Kopf auf die Hand. Ich sah, wie sich die Sehnen an seinem Unterarm spannten. »Du hast miterlebt, wie die anderen auf mich reagieren.«

Das hatte ich in der Tat. »Stimmt«, sagte ich. »Und das ändert sich nur wieder, wenn *du* dich änderst. Du musst ihnen zeigen, dass du dich auch wie ein normaler Mensch verhalten kannst.«

Ein schwaches Lächeln umspielte seine Lippen und diesmal konnte ich tatsächlich ein wenig von dem David auf Henrys Foto durchschimmern sehen. Den fröhlichen, gut aussehenden David. »Du hältst mich also für nicht normal?«

»Nur ein bisschen«, sagte ich. Mein Herz raste.

Er überlegte. »Warum willst du, dass ich mitkomme?«

*Habe ich das nicht gerade erklärt?*

»Warum willst du *wirklich*, dass ich mitkomme?«, präzisierte er seine Frage. Uff! Warum gelang es ihm immer wieder, mich sofort zudurchschauen, ohne dass ich etwas dagegen machen konnte? Hilflos zuckte ich die Achseln. »Ich hätte dich eben gern dabei.« Ich biss mir auf die Zunge. So, wie er erzogen worden war, blieb ihm jetzt nichts anderes mehr übrig, als mitzukommen, das wusste ich wohl. Und ich täuschte mich nicht.

Er nickte langsam.

»Also gut«, sagte er. »Wann geht es los?«

# 20

Gegen 21 Uhr saß ich neben David im Fond von Jasons Pick-up. Henry hatte auf dem Beifahrersitz Platz genommen. Wir ließen uns von Taylor zum Stand am Lilly Pond fahren, wo die Silvesterparty stattfinden sollte. Wir hatten ein steifes Abendessen hinter uns, bei dem sich niemand so recht wohlgefühlt hatte – Jason und mein Dad eingeschlossen. Es hatte sich nämlich herausgestellt, dass Jasons Silvesterüberraschung darin bestand, dass er die unnachahmliche Kimmi Primrose eingeladen hatte. Ich hatte eine längere Diskussion mit meinem Vater führen müssen, in der es hauptsächlich darum ging, dass ich ihn vor der Bestsellerautorin retten sollte. Ich hatte mich schlichtweg geweigert. Fast hatte ich ein schlechtes Gewissen deswegen, aber wirklich nur fast. Immerhin war mein Vater schuld daran, dass ich mich in diesem Haus voller Bekloppter befand! An diesen Gedanken klammerte ich mich und schaffte es tatsächlich, Nein zu sagen, als Dad mich allen Ernstes gefragt hatte, ob er nicht mit zu unserer Party kommen konnte.

»Danke, Taylor, dass du uns hinfährst«, hörte ich Henry sagen.

Für Taylor bedeutete die Fahrt an den ungefähr fünfzehn Kilometer entfernten Lilly Pond nur einen kleinen Umweg auf ihrem Weg zu ihrer eigenen Party, die sie mit ein paar Bekannten von früher feiern wollte. Für den Rückweg hatten wir beschlossen, ein Taxi zu nehmen.

Während Taylor den Wagen über die engen Straßen der Insel steuerte, beobachtete ich David möglichst unauffällig. Er trug eine Jeans und darüber einen dunklen Sweater und eine dicke Daunenjacke. Ich konnte an seiner Miene nicht ablesen, wie er sich fühlte, und darum konzentrierte ich mich lieber auf das Gespräch, das Taylor und Henry führten.

»Wie weit bist du?«, fragte Taylor gerade. Sie sprachen offenbar über ein Bild, das Henry gestern angefangen hatte, eine Strandszene mit Segelbooten. Ich hätte gern gewusst, ob es auch darauf diese unheimliche zweite Ebene gab, die mir bei unserem Besuch in seiner Wohnung einen solchen Schrecken eingejagt hatte.

»Fertig«, behauptete Henry.

Taylor warf ihm einen kurzen Seitenblick zu, konzentrierte sich dann aber wieder auf die Straße. Es war glatt und eine Menge Verkehr. Anscheinend hatte die halbe Insel entschieden, den Silvesterabend nicht zu Hause zu verbringen. Ein Sportcabrio mit offenem Verdeck kam uns entgegen. Der Fahrer machte ein Victory-Zeichen und seine Passagiere reckten johlend ein paar Flaschen in die Luft. Ich stellte mir vor, wie eisig der Fahrtwind sein musste, und rieb mir unwillkürlich die Arme.

David warf mir einen fragenden Seitenblick zu.

Ich lächelte ihn an, aber darauf reagierte er nicht. *Natürlich!*

Ich biss die Zähne zusammen und wandte mich stattdessen an Henry. »Fertig?«, fragte ich staunend. »Du malst ziemlich schnell, kann das sein?«

Er zuckte die Achseln. »Nur, wenn ich ein Thema habe.« Er hatte sich in einen langen schwarzen Mantel geworfen und einen grauen Kaschmirschal um den Hals gewickelt, der vermutlich teurer gewesen war als mein gesamtes Outfit. Seine langen Haare trug er offen, was ihm einen dramatischen Ausdruck verlieh. Gegen seine vor Energie sprühende gute Laune wirkte David still, blass und ziemlich melodramatisch.

»Ein Thema«, wiederholte ich.

Henry drehte sich so, dass er mich ansehen konnte. »Etwas, das mich umtreibt«, erklärte er. »Eine Idee, ein Plan, keine Ahnung, wie ich es nennen soll.«

Ich nickte verstehend. Das kannte ich von meinem Vater. Er sagte auch oft, dass ihm das Schreiben leichter von der Hand ginge, wenn er ein Thema hatte. Er nannte es »Motiv«.

Henry verzog die Lippen zu einem ironischen Lächeln. »Sagen wir, ich brauche einen Arschtritt, etwas, das mich stark beschäftigt. Aber dann male ich ziemlich schnell, ja – und vor allem mache ich dann Sachen, die alles andere sind als seichter Kitsch.«

Taylor blinkte und bog in eine Nebenstraße ab, deren Fahrbahnbelag aus feinem schneeweißem Kies bestand. Ein riesiger Kasten von Wohnhaus tauchte vor uns auf, ein Ungetüm aus Holz und Glas und Beton, das wahrscheinlich modern aussehen sollte, auf mich aber nur abweisend und kalt wirkte. Mein Blick fiel auf ein paar Krähen, die auf dem kahlen Boden neben der Straße hockten und an irgendetwas Rotem herumpickten. Eine einzelne Möwe befand sich mitten unter ihnen und wirkte mit ihrem weißen Gefieder wie ein Schaf unter lauter Wölfen. Meine Arme, die noch immer um meinen Oberkörper geschlungen waren, sanken in meinen Schoß.

Taylor nahm die letzte Kurve der Auffahrt und hielt auf einem Parkplatz, auf dem bereits mehrere teure Wagen standen. Auf den ersten Blick entdeckte ich zwei Porsche, einen Mercedes und einen riesenhaften Schlitten, der aussah wie ein Old-timer, dessen Fabrikat ich allerdings nicht kannte. Von dem Parkplatz führte ein schmaler Sandweg durch die Dünen und hinunter zum Strand, der ganz offensichtlich im Privatbesitz jener Leute war, denen auch das Haus gehörte.

»Viel Spaß, ihr drei!«, wünschte Taylor uns, während wir ausstiegen. »Und denkt daran: Nicht zu viel trinken!«

Schon von Weitem war die Musik zu hören, ein schnelles, rhythmisches Stampfen, das auch nicht melodiöser wurde, als wir näher kamen. *House,* dachte ich seufzend. Ich hasse House Music. In meinen Ohren hört es sich an, als prallen zwei Autos zusammen – und das stundenlang. Der Pfad führte an verkrüppelten Wacholderbüschen vorbei und dann abwärts zu einer Bucht mit feinem weißem Sandstrand, in der man sich im Sommer mit Sicherheit unbeobachtet sonnen konnte. Heute jedoch standen keine Strandliegen herum. Stattdessen waren drei große Feuer entzündet worden. Mit ihrem hoch aufgeschichteten Holz und den Flammen, die bis in den Himmel zu lodern schienen, erinnerten sie mich spontan an Scheiterhaufen.

Ich ermahnte mich, nicht so melodramatisch zu sein, und stolperte hinter Henry und David her auf die Gruppe von Jugendlichen zu, die sich in dem Dreieck zwischen den Feuerstellen auf Baumstämmen niedergelassen hatten. Einige von ihnen wirkten bereits ziemlich angetrunken, obwohl die Party offiziell erst in einer halben Stunde beginnen sollte.

»Hey!«, rief Crystal uns aus der Menge heraus zu. »Das ist ja cool, dass ihr gekommen seid!« Sie wandte sich an den Typen, der neben ihr saß, und flüsterte ihm etwas ins Ohr. Obwohl der Typ eine Kapuze aufhatte, erkannte ich ihn sofort. Es war Mike, der Kerl, der mit David auf der Poolparty beinahe eine

Schlägerei begonnen hatte. Wahrscheinlich hatte Crystal ihm gesagt, dass er sich zusammenreißen sollte.

Der Blick jedenfalls, den Mike David jetzt zuwarf, war alles andere als freundlich.

David tat so, als bemerke er ihn nicht. Er stand sehr dicht bei mir und ich konnte sein Aftershave riechen.

Crystal erhob sich von ihrem Baumstamm und kam auf mich zu, was dazu führte, dass David sich zurückzog. Ich sah zu, wie er sich einen Platz etwas abseits suchte, dann hatte Crystal mich auch schon erreicht und ich wurde abgelenkt. Sie verabreichte mir die obligatorischen Wangenküsschen, dann hakte sie sich bei mir unter und zog mich zu ein paar Mädchen, die etwas abseits standen und angeregt miteinander schwatzten. Henry gesellte sich zu einem Jungen, der mir den Rücken zuwandte.

»Leute, das ist Juli Wagner, von der ich euch erzählt habe!« Crystal schob mich in die Mitte der Gruppe und ich kam mir vor wie ein exotisches Tier, so neugierig, wie ich aus einem halben Dutzend Augenpaare gemustert wurde. Auch David beobachtete mich, stellte ich fest, und umschlang mich mit den Armen.

»Du bist also die Tussi, die Mr Bell für seinen Sohn engagiert hat«, sagte die hochgewachsene Rothaarige zu mir, die ich schon auf Zacs Poolparty kennengelernt hatte. Ricky. Sie hatte stark geschminkte Lippen und zentimeterlange Fingernägel.

Spontan musste ich an die Ich-Erzählerin aus *Rebecca* denken. War sie zu Beginn des Romans nicht auch Gesellschafterin? Ich unterdrückte das Gefühl, hier als Angestellte eingeordnet zu werden, und schenkte Ricky ein freundliches Lächeln. »Mein Vater schreibt in Jasons Haus an seinem neuen Bestseller«, sagte ich honigsüß. »Und er hat mich gebeten, ihn zu begleiten.« Ich hoffte, dass die Tatsache, dass ich den Herrn Verleger Jason Bell beim Vornamen nannte, für gebührenden Eindruck sorgen würde. Und so war es auch.

Ricky verzog überrascht und anerkennend zugleich das Gesicht. »Du bist Bob Wagners Tochter?«

Warum hatte ich den Eindruck, dass in diesem Satz schon wieder eine Spitze verborgen lag?

»Lass gut sein, Ricky!«, mischte Crystal sich ein. »Juli ist echt voll in Ordnung! Sie kann nichts dafür, dass ihr Alter sie dazu gedrängt hat, für David das Kindermädchen zu spielen.« Als sie David erwähnte, schaute ich erneut zu ihm hinüber. Jemand war gerade an ihn herangetreten und bot ihm eine Flasche Bier an. Er nahm sie und bedankte sich, trank aber nicht. Stattdessen starrte er schweigend in eines der Feuer.

»Ich weiß nicht.« Ricky zog eine Schnute und nahm einen Schluck aus ihrer eigenen Bierflasche, die sie in ihren pinkfarbenen Krallen hielt. Ihr Blick huschte über den Strand, als sei sie auf der Suche nach jemandem, und als sie David entdeckte, veränderte sich etwas an ihrer Haltung. Mit einer unbewussten Geste strich sie sich ihre wilden roten Haare hinters Ohr. In diesem Augenblick begriff ich, dass Ricky scharf auf David war. Ich konnte es mir nicht entgehen lassen, diese Erkenntnis auszunutzen. Ich tat so, als wollte ich ihr eine verschwörerische Neuigkeit zuflüstern, und beugte mich dafür dicht an ihr Ohr. »Er hat was Besonderes, nicht wahr?«, säuselte ich so spöttisch, wie ich konnte.

Ricky wich ein Stück zurück und starrte mich wütend an. Es war nicht angenehm, durchschaut zu werden, das wusste ich aus eigener, leidvoller Erfahrung. Schnippisch zuckte sie die Achseln. »Klar. Wenn man auf Vampire steht.« Und damit wandte sie sich demonstrativ den anderen Mädchen zu, die unseren kleinen Schlagabtausch die ganze Zeit schweigend und auch ein wenig staunend verfolgt hatten.

Crystal hakte mich erneut unter und zog mich zu einer improvisierten Bar, die man aus ein paar Brettern zusammengezimmert hatte. »Nimm's ihr nicht übel!«, bat sie mich. »Ich glaube, sie ist ein bisschen in David verschossen.«

Ein etwas dicklicher Typ mit mindestens einer Million Sommersprossen stand hinter der Bar und schenkte an alle, die vorbeikamen, Getränke aus. »Hey!«, begrüßte er mich. »Was soll's sein?«

Ich bestellte mir ebenfalls ein Bier, obwohl ich eigentlich nicht so darauf stand. Aber hier schienen heute Abend alle Bier zu trinken und ich wollte nicht noch mehr auffallen, als ich es ohnehin schon tat.

»Sie ist nur neidisch auf dich«, erklärte Crystal mir, während ich den ersten Schluck nahm und mich anstrengen musste, nicht das Gesicht zu verziehen.

»Neidisch?« Ich ließ die Bierflasche sinken.

»Klar. Weil David dich beobachtet, nicht sie.« Mit dem Kinn wies sie so unauffällig wie möglich in Davids Richtung.

Er beobachtete mich tatsächlich.

Als er sah, dass ich es bemerkt hatte, senkte er rasch den Blick.

In meinem Magen begannen Schmetterlinge zu flattern.

»Ich bin mit ihm hier«, sagte ich zu Crystal. »Ich sollte mich mal ein bisschen um ihn kümmern.«

Aber sie ließ mich nicht aus ihren Fängen. »Gleich!«, bestimmte sie. Sie trank ihr eigenes Bier aus und stellte die leere Flasche auf die Theke. Unaufgefordert gab der Sommersprossentyp ihr ein neues. »Wusstest du, dass ich Charlies Brautjungfer war?«, murmelte sie dann und räusperte sich schwer.

»Ich wäre es zumindest gewesen, wenn ...« Sie ließ die Bierflasche sinken und es kümmerte sie nicht, dass die Hälfte der Flüssigkeit herausschwappte.

Ich starrte auf die Lache im Sand zu unseren Füßen und wusste nicht, was ich sagen sollte. »Es muss eine ziemliche Ehre sein, darum gebeten zu werden«, meinte ich endlich. »Brautjungfer zu sein, meine ich.«

»Ehre!« Jemand hinter mir schnaubte spöttisch. Ich drehte mich um. Es war Ricky. »Wenn Charlie etwas von einem wollte, dann hat man es besser nicht abgelehnt!«, sagte sie bedeutungsvoll. Um ihren geschminkten Mund lag ein grimmiger Zug und ich fragte mich, was sie wohl mit ihrer Behauptung gemeint hatte. Besonders freundlich hatte sie ja nicht geklungen – was mich überraschte. Bisher hatte jeder, den ich nach Charlie gefragt hatte, immer nur in höchsten Tönen von ihr geschwärmt.

»Wie meinst du das?«, fragte ich und ignorierte die Tatsache, dass sie mich immer noch nicht ernst zu nehmen schien.

Rickys Lippen kräuselten sich zu einem verächtlichen Lächeln, von dem ich nicht genau wusste, ob es mir oder Charlie galt. »Sie war ...«

Crystal lachte auf. Es war ein helles, übertrieben lautes Geräusch. »Ach, hören wir doch auf, von Charlie zu reden!«, rief sie aus.

Auf seinem Platz beim Feuer ruckte Davids Kopf hoch und er schaute in unsere Richtung. Seine Miene verfinsterte sich, als er sah, mit wem ich redete.

*Was?,* dachte ich so intensiv, wie ich konnte. *Sie hat davon angefangen, nicht ich!*

Ricky bemerkte seinen Blick. »Du hast recht«, sagte sie und im Gegensatz zu Crystal sprach sie absichtlich so laut, dass er es hören musste. »Reden wir lieber von was anderem, schließlich ist Charlie *tot.*«

Selbst über die Entfernung hinweg konnte ich sehen, wie sich die Muskeln an Davids Unterkiefer abzeichneten, als er die Zähne zusammenbiss.

Kurz darauf schaffte ich es, mich endlich von den Mädchen loszueisen. Ich ging zu David, der sich noch keinen Millimeter gerührt hatte, seitdem wir hier waren.

»Ich glaube, die wollen um jeden Preis verhindern, dass ich mich zu dir setze«, seufzte ich halb im Scherz und ließ mich neben ihm auf dem Baumstamm nieder. Meine Bierflasche hatte ich noch immer in der Hand, aber jetzt stellte ich sie neben meinen Füßen in den Sand.

»Weißt du, wovon ich nachts träume?«, fragte er völlig überraschend und ohne auf meinen Scherz einzugehen.

Erstaunt sah ich ihn an. »Nein ...«, antwortete ich vorsichtig.

Er schwieg. An seiner Schläfe pochte eine Ader, das konnte ich im Schein des Feuers deutlich sehen.

Der Baumstamm war eisig und ich spürte, wie die Kälte durch meine Jeans drang. Ich rührte mich nicht, als sei David ein scheues Tier, das durch die geringste Bewegung zur Flucht getrieben werden würde.

»Nachts im Traum sehe ich Charlies Gesicht.« Er sprach ganz leise und der Schmerz in seinen Worten fuhr mir mitten ins Herz. »Ich sehe sie, wie sie in der Dünung liegt. Das Wasser rinnt über ihr Gesicht und der Tang in ihrem Haar ...« Seine Stimme versagte.

Ich schluckte gegen die Tränen an, die mir in die Augen schießen wollten. Also war er dabei gewesen, als sie gesprungen war! Ich war unfähig, mir auszumalen, was das für ihn bedeutete. »Ich kann mir nur versuchen vorzustellen, wie sehr dich das quält«, flüsterte ich.

David sah mich an. »Du ahnst nicht, wie sehr!«

In diesem Moment zersprang mein Herz aus Glas in tausend winzige Splitter, die meinen Brustkorb füllten und einen so scharfen Schmerz verursachten, dass ich aufkeuchte.

Davids Augen weiteten sich ein wenig. »Alles okay?«

Hastig nickte ich. »Klar.« Ich hatte keine Ahnung, ob meine Stimme wirklich so leicht klang, wie ich es beabsichtigt hatte. Ich war vollauf damit beschäftigt, David meinen Schmerz und Liebeskummer nicht sehen zu lassen. Ich grub die Fingernägel in die raue Rinde des Stammes, bis es anfing wehzutun. Der dumpfe Schmerz war nichts im Vergleich zu dem Schmerz in meiner Brust und so nahm ich betrübt die Bierflasche wieder in die Hand. In diesem Moment war ich mir ganz sicher, dass ich gegen Charlie niemals im Leben eine Chance haben würde. Niemals würde es mir gelingen, sie aus Davids Herzen zu vertreiben und ihren Platz einzunehmen.

Schwer lag sein Blick auf meinem Gesicht und ich hätte alles dafür gegeben zu erfahren, was hinter seiner Stirn vor sich ging. Ich konnte nicht weiter darüber nachdenken, denn auf einmal war Henry bei uns.

»Was du da eben gesagt hast, Kumpel, ist Bullshit!« Er warf einen Blick auf meine Bierflasche, sah, dass sie noch ganz voll war, und nahm sie mir weg. Er trank einen langen Schluck, bevor er weitersprach. »Du kannst Charlie nicht so gesehen haben, wie du behauptest, und das weißt du!« Herausfordernd starrte er David ins Gesicht.

Der hielt seinem Blick stand. Es war unheimlich, den starken

Kontrast zwischen den beiden zu sehen: Auf der einen Seite Henry, laut und lebenslustig und sogar jetzt noch mit einem leicht spöttischen Funkeln in den Augen. Auf der anderen Seite David, still und in sich gekehrt. Und zornig.

»Ich ...«, setzte er an, aber Henry fiel ihm mitten ins Wort.

»Du kannst Charlie nicht in der Brandung gesehen haben!«, wiederholte er. Beiläufig gab er mir meine Bierflasche zurück. Ich nahm sie, ohne sie überhaupt zu registrieren.

David schüttelte abwehrend den Kopf.

»Warum nicht?«, mischte ich mich ein und hatte gleichzeitig das Gefühl, die Antwort längst kennen zu müssen.

Henry sah mich an, als könne er meine Gedanken lesen. »Ich habe es dir schon erzählt, erinnerst du dich nicht? Als wir unseren ersten Spaziergang gemacht haben.« Er wartete einen Moment, aber bevor ich mir alles ins Gedächtnis rufen konnte, was er mir damals erzählt hatte, sprach er schon weiter. Jetzt hatte er die Zähne zusammengebissen. »Weil in der Nacht, in der ... es passiert ist, Sturmflut war. Das Meer reichte deswegen bis an den Fuß der Klippen. Es hat Charlie sofort mit sich gerissen.« Er hielt inne, schöpfte Kraft, bevor er fortfuhr: »Man hat ihre Leiche nie gefunden.«

»Ich hatte von Anfang an das Gefühl, dass da etwas nicht stimmt«, sagte eine Stimme hinter uns. Wir drehten uns um. Die Stimme gehörte Ricky. Sie musste in relativ kurzer Zeit ziemlich viel getrunken haben. Ihre Zunge stolperte über einige Vokale, aber trotzdem schaffte sie es, einigermaßen verständlich zu reden.

»Wovon sprichst du?«, fragte ich und David legte mir unwillkürlich eine Hand auf das Bein, um mich zu stoppen. Ich erschauderte, konzentrierte mich aber weiter auf Ricky. Sie machte nicht den Eindruck, als habe sie uns wirklich belauscht. Ihr benebelter Geist schien viel mehr um ihre eigenen Probleme zu kreisen.

»Von der Verlobung natürlich.« Sie nickte enthusiastisch. Mit der Zungenspitze fuhr sie über ihre Unterlippe. Ihre Haare waren jetzt noch zerzauster als vorhin und ich entdeckte ein paar Grashalme darin. Vermutlich war sie zwischenzeitlich mit einem der Jungs in den Dünen gewesen und hatte geknutscht.

»Du warst so komisch«, murmelte sie.

Crystal gesellte sich zu uns, aber ich achtete nicht weiter auf sie. Die Musik wechselte von House zu Hiphop. *Auch nicht besser.*

Davids Hand krampfte sich um meinen Oberschenkel. Ich richtete den Blick darauf, sodass ihm bewusst wurde, was er tat. Sofort zog er die Hand zurück. Bevor er sich entschuldigen konnte, hatte Ricky unseren Baumstamm umrundet und baute sich jetzt vor David auf. Mit ihrem langen Fingernagel tippte sie ihm vor die Brust. Ihre Bewegungen waren unkoordiniert und linkisch.

»Er!« Sie drehte den Kopf und fixierte mich. »Ganz düster hat er ausgesehen ... bei der Verlobungsfeier ... Aber das hat außer mir niemand gemerkt, glaube ich. Aber ist ja auch klar! Ein Mädchen merkt so was, wenn sie einen Kerl ... liebt, oder?« Sie stolperte über das vorletzte Wort und bekam einen Schluckauf. »Huppsa!«, kicherte sie. »Wie peinlich!« Ich wusste nicht, ob sie ihr Benehmen meinte oder aber die Tatsache, dass sie eben verraten hatte, in David verliebt zu sein.

David atmete durch. Dann bedeckte er seine Augen mit der flachen Hand. Es war eine resignierte, schmerzliche Geste.

»So hat er damals auch gemacht, andauernd.« Ricky suchte

irgendwo Halt und fand ihn bei mir. Schwer stützte sie sich auf meiner Schulter ab. Ich roch ihren Atem. Sie hatte inzwischen definitiv etwas anderes intus als nur Bier. Ich tippte auf Tequila. »Auf der Verlobungsparty, mein ich.« Sie kicherte albern. »Weißt du was? Ich glaube, dass er da schon geplant hat, sie von der Klippe zu stoßen!«

Crystal stieß ein entsetztes Kieksen aus.

Ich fuhr erschrocken in die Höhe. »Wie kannst du ...?« Der Rest der Frage blieb mir im Halse stecken.

Ricky entfernte sich ein paar Schritte von mir. Mit ausgestrecktem Zeigefinger deutete sie auf David. »Gib's doch zu, du ... du Scheißkerl!«, schrie sie. »Du hast sie runtergestoßen!« Sie schwankte ein wenig. Alle starrten sie an, einige erschrocken, andere schadenfroh. Jemand schaltete endlich diese furchtbare Musik aus und es wurde sehr still. Nur das Rauschen der Brandung war noch zu hören – und der Schrei einer Möwe, der klang wie das Lachen eines Verrückten.

In meinem Hinterkopf rumorte es. Die Anschuldigung, die Ricky eben geäußert hatte, rührte an einer Erinnerung, aber ich bekam sie nicht zu fassen. Sie hatte etwas mit den Klippen zu tun, das immerhin spürte ich. Aber je stärker ich versuchte, die Erinnerung zu fassen zu kriegen, umso nebeliger kam sie mir vor. Ich gab es auf und konzentrierte mich lieber wieder auf das Hier und Jetzt.

»Ricky, halt's Maul!«, rief jemand. »Du bist besoffen!«

Aber die meisten anderen Partygäste wirkten weniger geschockt von Rickys Worten als vielmehr gespannt, wie David jetzt reagieren würde.

Unfähig, mich zu rühren, sah ich zu, wie er sich erhob und das Dreieck der Feuerstellen verließ. Direkt an der Grenze zwischen Licht und Dunkelheit blieb er kurz stehen. Ich war nicht sicher, aber ich glaubte, ihn schwanken zu sehen. Dann ging er weiter und die Dunkelheit verschluckte ihn.

»Scheiße!«, murmelte Henry.

»Halt das mal!«, bat ich Crystal und drückte ihr meine Bierflasche in die Hand.

So schnell ich konnte, rannte ich David nach. Die Splitter, in die sich mein Herz verwandelt hatte, klirrten in meiner Brust und raubten mir fast den Atem.

# 21

Er musste schnell gegangen sein, denn ich schaffte es nicht, ihn einzuholen. Hinter mir setzte die Musik wieder ein, wurde aber leiser, je weiter ich lief. Schließlich übertönte das Rauschen der Brandung sie ganz. Die einsame Möwe schien sich entschlossen zu haben, schlafen zu gehen, jedenfalls schwieg sie jetzt. Einmal hörte ich in den Dünen etwas, das wie das Kläffen eines Hundes klang. Sonst war ich umgeben von tiefer, unheimlicher Stille.

Kurz nachdem ich losgegangen war, kam der Mond hinter den Wolken hervor. Am Flutsaum konnte ich die Muscheln und Algenreste sehen, die das Wasser angespült hatte. Davids Spuren waren in dem fahlen Licht gut zu erkennen und ich folgte ihnen, bis sie im rechten Winkel von der Wasserkante abbogen und in die Dünen führten.

David saß am Rand einer Art Senke. Ein Bein hatte er angezogen, das andere lang ausgestreckt und schweigend starrte er in eine Ferne, die nur er sehen konnte. Unschlüssig blieb ich stehen. Ich wusste nicht, was ich tun sollte. Brauchte er jemanden, der sich zu ihm setzte, oder war es besser, ihn in Ruhe zu lassen? Es war unmöglich, es ihm anzusehen, zumal er mir den Rücken zuwandte.

Schließlich entschied ich, dass ich ihn besser nicht störte. So leise wie möglich zog ich mich zurück, doch ich war offenbar nicht leise genug.

»Komm ruhig näher«, forderte er mich auf.

Ich hielt inne. Wie lange hatte er schon gewusst, dass ich da war?

Mit einem unguten Gefühl trat ich näher. »Ich wollte dir nicht auf den Geist gehen.«

»Setz dich!«, bat er.

Ich tat, was er sagte. »Das, was Ricky da eben ...«

Er unterbrach mich mit einer Art Zischen.

Ich wartete. Mein zersplittertes Herz schmerzte noch immer und dazu kam jetzt ein Gefühl in meinem Magen, das ich im ersten Moment nicht einzuordnen wusste. Es wuchs und wuchs. Erst, als es mich ganz und gar ausfüllte, begriff ich, dass es Angst war. Angst vor dem, was er gleich sagen würde. Ich grub die Hände in den Sand, bis mir die feinen Körner unter die Fingernägel drangen und dort anfingen zu schmerzen.

»Sie ist nicht die Einzige, die das denkt«, sagte David.

Ich hätte ihn am liebsten gepackt und geschüttelt, weil er so ruhig war. So unheimlich ruhig. *Hast du es getan?,* wollte ich ihn fragen, aber meine Zunge war wie gelähmt. Es wäre eine Erklärung für sein gequältes Verhalten gewesen. Was hatte Henry gesagt: *Aus irgendeinem Grund gibt er sich die Schuld an ihrem Tod.* In meinem Kopf kreisten die Gedanken.

Noch immer lag Davids Blick auf mir, seine Hand tastete zu seiner hinteren Hosentasche. Er zog den fliederfarbenen Brief heraus.

»Ich habe es nicht getan«, sagte er. Vor lauter Erleichterung sackte ich in mich zusammen.

Er sah es und seine Lippen wurden weiß.

»Warum wirkst du dann so schuldig?« Hatte ich das tatsächlich gefragt? Ich konnte es selbst kaum fassen. Jetzt würde er wütend auf mich werden! Er würde aufstehen, auf mich niederstarren, verletzt und enttäuscht, weil ich ihm nicht glaubte. Weil ich ihm einen Mord zutraute. Und dann würde er mich einfach hier in der Finsternis sitzen lassen.

Er tat nichts davon. Stattdessen drehte er den Brief in den Händen, bis ich fast wahnsinnig wurde.

»David! Bitte!«, flehte ich ihn an.

»Henry denkt, es ist ihr Abschiedsbrief«, flüsterte er. »Aber das stimmt nicht. Sie hat ihn mir gegeben, auf der Klippe, kurz bevor sie gesprungen ist, aber es ist kein Abschiedsbrief.«

Ich zwang mich, die Hände aus dem Sand zu ziehen. Sie waren schmutzig und ich wischte sie an meiner Jeans ab. Dann streckte ich die Hand nach dem Brief aus.

Doch David steckte ihn wieder in seine Hosentasche.

»Darin steht der Grund, warum du dich schuldig an ihrem Tod fühlst, oder?«, fragte ich. »Darin und in dem Buch.«

Er fuhr zusammen. »Was weißt du von dem Buch?«

»Ich habe dich und Henry gestern Nacht gehört. Als ihr draußen auf der Wiese darüber gesprochen habt. Dieses Buch ...« Ich musste Mut fassen, bevor ich weiterreden konnte. Wenn ich ihm jetzt erzählte, dass ich das Buch hatte, würde er vielleicht so zornig auf mich werden, dass er mich nie mehr wiedersehen wollte. Andererseits: Hatte er nicht gesagt, dass er wahnsinnig werden würde, wenn er das Buch nicht fand? Half ich ihm nicht, wenn ich ... Hinter meinen Augen entstand ein dumpfer Druck, der dem wattigen Nebel ähnelte, den ich nun schon ein paar Mal gespürt hatte. »Dieses Buch«, wiederholte ich. »Es könnte sein, dass ich es habe.«

Er sah sehr skeptisch aus.

»Es ist eine Ausgabe von *Rebecca*«, redete ich weiter. »Eine Taschenbuchausgabe mit einem brennenden Haus vorne drauf, nicht wahr? Und es hat Charlie gehört.«

»Du ... hast es.« Er stockte nach dem ersten Wort. »Du hast es wirklich? Wie ...«

»Ich habe es bei Rachel in der Buchhandlung gefunden.«

»Sie hat es an Rachel verkauft?« Er schlug sich vor die Stirn. »Darauf wäre ich im Leben nicht gekommen.«

»Ich habe gesehen, dass ihr Name drinsteht, und darum habe ich es gekauft. Es tut mir leid, ich hätte dir heute Mittag im Schwimmbad schon sagen müssen, dass ... aber du warst so erschrocken, als ich den Namen de Winter erwähnt habe ...«

Ich kam nicht dazu weiterzusprechen, denn mit einem Satz war David auf den Beinen. »Wo ist es?«, erkundigte er sich so begierig, als sei er ein Junkie und ich hätte ihm versprochen, ihm Stoff zu besorgen.

»In meinem Zimmer, in der Nachtschrankschublade.«

Eine so wilde Hoffnung flog über sein Gesicht, dass ich Angst bekam. Was, wenn wir uns beide täuschten? Was, wenn er in dem Buch nicht das fand, auf das er hoffte?

»Hast du es durchgesehen?«, fragte er.

Ich nickte.

»Gibt es irgendwelche Einträge darin, Markierungen, irgendwas?«

Ich erzählte ihm von den fliederfarbenen Unterstreichungen.

»Das ist es!« Er packte mich, wollte mich mit sich ziehen. »Wir müssen auf der Stelle ...« Da wurde ihm bewusst, dass er mir wehtat. Eilig ließ er mich los. »Entschuldige.« Schlagartig schien alle Energie aus ihm herauszufließen. »Ich ...« Sein Gesicht verfinsterte sich wieder, als ihm irgendein Gedanke kam. »Glaubst du mir, dass es nicht stimmt, was Ricky behauptet hat?« Er holte so tief Luft, dass es wie ein Schluchzen klang. »Glaubst du mir, dass ich sie nicht gestoßen habe?«

Plötzlich hatte ich Tränen hinter den Lidern. »Ist es wichtig, dass ich dir glaube?«

»Für mich ja.«

Die Splitter in meinem Brustkorb, die mein Herz gewesen waren, hörten auf zu klirren. »Dann glaube ich dir«, flüsterte ich. Und das war die Wahrheit.

David lieh sich irgendeinen Wagen und wir beide fuhren zurück nach *Sorrow*. Ich musste David mehrmals ermahnen, langsam zu fahren, aber er reagierte erst, als ich ihn am Arm packte und meine Fingernägel angstvoll hineingrub, weil er wie ein Wahnsinniger um eine Kurve schlidderte.

»Entschuldige«, murmelte er und ging vom Gas.

Dennoch spritzte der Kies unter unseren Reifen, als wir auf dem Parkplatz des Herrenhauses zum Stehen kamen. David sprang aus dem Wagen und gemeinsam eilten wir über den Plattenweg zum Gästehaus. Das heißt, ich stolperte ziemlich benommen hinter ihm her.

Während ich in meiner Jackentasche nach dem Schlüssel für mein Appartement kramte, stand David unruhig neben mir. Und kaum hatte ich die Tür aufgeschlossen, lief er in mein Schlafzimmer, ohne um Erlaubnis zu bitten.

»Wo ist es, sagtest du?«

»In der Schublade vom Nachtschrank.« Ich betrat mein Appartement und kam gerade hinzu, als David die Schublade aufzog. Sein Gesicht zerfiel in Scherben.

»Was ...«, flüsterte er. Dann drehte er sich langsam zu mir um. »Das ist ein echt schlechter Scherz, Juli!«

Ich begriff nicht sofort, was er damit meinte.

Seine Augen funkelten zornig. »Das Buch!«

»Was ist damit?«, fragte ich ärgerlich.

»Da ist kein Buch!«

»Das ist unmög...« Ich eilte neben ihn und verstummte in dem Moment, in dem ich einen Blick in die Schublade werfen konnte.

Er hatte recht.

Das Buch war verschwunden.

»Es war da!« Ich stand mit hängenden Schultern neben meinem Bett und konnte es nicht fassen. Dass David davon ausging, ich hätte mir mit ihm einen schlechten Scherz erlaubt, schmerzte so heftig, dass ich krampfhaft die Zähne aufeinanderbiss. »Ich hatte es in die Schublade gelegt, David, das musst du mir glauben!« Dann kam mir ein Gedanke. Was, wenn Grace es beim Saubermachen weggeräumt hatte? Ich war in der letzten Zeit so verpeilt gewesen. Vielleicht hatte ich das Buch gar nicht in die Schublade gelegt, sondern irgendwo herumliegen lassen.

Ich drehte mich einmal um meine eigene Achse, ließ meinen Blick über die Möbel wandern, über das Bücherregal, den Couchtisch, die Sessel. Als ich an das Regal treten wollte, um nachzusehen, ob Grace das Buch vielleicht zwischen die anderen sortierte hatte, begann der Boden unter meinen Füßen zu schwanken.

Ich blieb stehen und versuchte, das Schwindelgefühl unter Kontrolle zu bekommen. Mein Kopf fühlte sich an wie mit Watte vollgestopft.

»Alles in Ordnung?« David trat vor mich hin und sah mir ins Gesicht. »Du bist ganz blass geworden.«

Ich nickte, aber das war keine gute Idee. Mein Gehirn schien bei der Bewegung von innen gegen meinen Schädel zu schlagen, ein heftiger Kopfschmerz zuckte durch meinen Kopf. Vor Schmerz kniff ich die Augen zusammen.

»Komm!« David nahm mich am Ellenbogen und führte mich zu einem der Sessel. »Setz dich lieber! Ich hole dir ein Glas Wasser.«

Er verschwand kurz im Bad, und als er mit meinem gefüllten Zahnputzbecher wiederkam, ging es mir schon wieder ein bisschen besser.

»Danke«, murmelte ich, trank einen Schluck und stellte den Becher dann fort.

»Was war los?«

Ich überlegte, was ich ihm sagen sollte. Ich wollte ihn nicht beunruhigen, also behauptete ich: »Nur ein kleiner Schwindelanfall. Ich glaube, ich habe heute ein bisschen zu wenig gegessen.« Ich unterstrich meine Worte mit einem schwachen Grinsen, aber ich war mir nicht sicher, ob David mir die Lüge abkaufte.

Er sah mich jedenfalls ziemlich skeptisch und vor allem ziemlich ernst an. Ich rätselte wieder einmal, was hinter seiner Stirn vorging.

»Das Buch«, murmelte ich. »Schau mal im Regal nach, ob es da steht.«

Das tat er, und als er kurz darauf resigniert den Kopf schüttelte, sagte ich: »Es war da, David!«

Er wollte es glauben, das konnte ich ihm ansehen. Mit aller Kraft wollte er daran glauben, dass ich ihm die Wahrheit sagte, und das zeigte mir, wie wichtig das Buch für ihn war. Was hatte er Henry gesagt?

*Es kann sein, dass darin ein Hinweis ist, warum Charlie sich umgebracht hat.*

»Jemand muss es weggenommen haben.« Ich versuchte, so viel Überzeugung wie nur möglich in meine Stimme zu legen, aber plötzlich war ich mir selbst nicht mehr sicher. Ich dachte an das gruselige Gewisper, das ich auf den Klippen gehört und mir doch auf jeden Fall nur eingebildet hatte.

Was, wenn ich mir das Buch auch nur einbildete?

Der Gedanke war so plötzlich da, dass ich schlucken musste.

Unsinn! Ich war doch nicht bescheuert. Ich erinnerte mich genau daran, wie ich das Buch bei Rachel gekauft hatte. Blöderweise erinnerte ich mich ebenso gut daran, wie ich es in die Schublade gelegt hatte.

»Es ist schon spät. Grace schläft bestimmt schon. Morgen können wir sie fragen, wo es sein könnte.« David war so blass und sah derartig erschöpft aus, dass ich fürchtete, er würde bald zusammenbrechen.

Erst wollte er protestieren, aber als ich ihn, wie eben im Auto, am Arm berührte, hielt er inne. Dann nickte er. »Du hast recht«, murmelte er. Er wünschte mir eine gute Nacht und ließ mich schließlich allein.

Ich starrte auf die Tür, durch die er verschwunden war, und als ich hinter ihm abschloss, war ich mir sicher, dass er in dieser Nacht kaum Ruhe finden würde.

Ich allerdings auch nicht. Denn kaum eine Viertelstunde, nachdem David weg war, klopfte es an meiner Tür. Ich war gerade im Bad und putzte mir die Zähne. Eilig spülte ich mir den Mund aus und ging, um zu öffnen. Ich dachte, David wäre noch einmal zurückgekommen, aber stattdessen stand mein Vater vor mir. Seine Haare waren zerrauft, wie immer, wenn er intensiv schrieb.

»Ach, du!«, sagte ich lahm.

»Bitte entschuldige, dass ich nicht mit schwarzem Rollkragenpullover und großen dunklen Welpenaugen dienen kann«, entgegnete er leicht pikiert.

Ich musste schmunzeln. »Entschuldige! Komm rein.«

Er trat ein und in diesem Augenblick erst ging ihm auf, was er da gerade gesagt hatte. »Heißt das, du hast tatsächlich *ihn* erwartet?« Er sagte das mit einem entsetzten kleinen Keuchen. Ich wusste, dass er mich noch immer für seine kleine, süße Prinzessin hielt, die auf seine Knie krabbelte, wenn sie sich wehgetan hatte. Mit der Vorstellung, dass ich einen Freund haben könnte, war er noch nie klargekommen.

»Keine Sorge!«, beruhigte ich ihn. »Ja, ich habe tatsächlich geglaubt, dass du David bist, aber nur, weil ich dachte, er hat was vergessen.«

Dads Augen quollen hervor. »Dann war er ... hier? In deinem ...« Mit einem Ächzen ließ er sich auf die Couch plumpsen.

Ich kam mir ein bisschen gemein vor, denn ich hatte das eben natürlich mit voller Absicht gesagt, weil ich wusste, welchen Schluss er daraus ziehen würde. Jetzt ließ ich ihn noch ein bisschen zappeln, bevor ich ihn beruhigte: »Ja. Er war hier, aber nur, weil er mich von der Party hierher gefahren hat. Keine Sorge, Dad. Er ist der vollendete Gentleman!« Ich setzte mich neben ihn und lehnte mich ein bisschen an, weil ich wusste, dass er das mochte.

Erleichtert blies mein Vater die Wangen auf. »Gott sei Dank!«

»Weswegen bist du noch mal hier?«, brachte ich ihn auf den eigentlichen Grund für sein Kommen zurück.

»Oh. Richtig! Eigentlich wollte ich dir sagen, dass ich die Rohfassung fertig habe.«

Er hatte es also tatsächlich geschafft, die kleine Privatparty, die Jason für ihn und Kimmi Primrose organisiert hatte, zu schwänzen? Und er hatte allen Ernstes *geschrieben?* An Silvester? Was war mein Dad eigentlich für ein Wesen?, fragte ich mich entgeistert. Ein menschliches auf keinen Fall.

Ich pustete mir gegen die Stirn. »Wie bist du darauf gekommen, dass ich hier bin? Eigentlich wollte ich doch auf einer Party sein.«

Er schaute mich an, als sei ihm das erst in diesem Moment wieder eingefallen. »Ach ... stimmt.« Er blinzelte müde. »Ich dachte ... ach egal! Weißt du was? Ich fände es ganz schön, wenn wir beide auf den Jahreswechsel anstoßen würden.« Er grinste schelmisch. »Ich habe aus Jasons Weinkeller einen ziemlich guten Champagner geklaut.«

Ich hatte zwar keine rechte Lust auf diese Aktion, aber ich konnte ihn auch schlecht einfach hinauswerfen, also nickte ich und behauptete: »Das wäre toll!«

Er ging und kehrte gleich darauf mit zwei Kristallgläsern und einer staubigen Flasche zurück. Alles drei stellte er auf den Couchtisch, denn bis Mitternacht war noch ein wenig Zeit. »Warum bist du eigentlich schon wieder zurück?«, fragte er mich.

»Die Party war nicht so prall, da dachten wir, wir fahren lieber wieder nach Hause.«

»Das tut mir leid«, sagte Dad. »Ich habe dich ganz schön vernachlässigt in den letzten Tagen, oder?«

»Nicht mehr als sonst auch, wenn du schreibst«, sagte ich reflexartig.

Er wirkte schuldbewusst, und das verstärkte meinen Ärger sonderbarerweise. Eigentlich war ich es ja gewohnt, dass er mich ignorierte. Warum störte es mich ausgerechnet in diesem Augenblick so sehr? Die ganzen letzten Tage hatte ich nur selten einen Gedanken an meinen schreibenden Vater verschwendet und nun, da er aus seinem Schneckenhaus gekrochen kam, war ich sauer auf ihn?

Vermutlich hing es mit dem Scherbenhaufen zusammen,

den ich in meiner Brust mit mir herumtrug. Konnte man ein Herz eigentlich wieder zusammensetzen?

Ich seufzte schwer. »Schon gut!«

Er verdrehte die Augen gen Decke, wie er es gerne tat, wenn er angestrengt nachdachte. »Wie geht es mit David?«

»Okay so weit.« Ich versuchte, möglichst gleichgültig zu klingen, aber offenbar gelang mir das nicht besonders gut.

Dad runzelte die Stirn. »Also nicht so toll, was? Das tut mir ...« Er unterbrach sich, bevor er schon wieder sagen konnte, dass es ihm leidtat.

»Falls Jason fragt, sag ihm, er kann beruhigt sein: Ich glaube, dass David nicht mehr vorhat, sich umzubringen.«

*Nicht, dass es mein Verdienst wäre,* fügte ich im Stillen hinzu.

»Oh. Das ist gut.« Dad war anzusehen, wie ratlos ihn dieses Gespräch machte. Im Umgang mit echten Menschen war er wirklich eine Katastrophe!

Eine Weile schwiegen wir beide betreten und ich suchte nach einem neuen Gesprächsthema. Schließlich beschloss ich, mich etwas zuzuwenden, bei dem mein Vater mit Sicherheit gesprächig wurde: Bücher.

»Sag mal, du kennst doch bestimmt *Rebecca,* den Roman von Daphne du Maurier?«, fragte ich.

»Natürlich!« Seine Miene hellte sich schlagartig auf. Er sah aus wie ein Mensch, der nach einem gefährlichen Marsch durch ein tückisches Moor endlich wieder festen Boden unter den Füßen hatte. »Du müsstest es eigentlich auch kennen. Wenn ich mich richtig erinnere, hast du es an deinem zwölften Geburtstag aus unserem Regal genommen. Ich kann mich daran erinnern, dass du den Anfang langweilig fandest.«

Das war ja mal wieder typisch! Er vergaß, dass ich mit ihm

hier war, er vergaß sogar manchmal, dass ich überhaupt existierte. Aber er wusste auf den Tag genau, wann ich welches Buch gelesen und wie es mir gefallen hatte.

»Du bist echt ein Autist, weißt du das?«, grummelte ich, und als er mich gekränkt ansah, fuhr ich fort: »Ich habe es damals nur angelesen. Kannst du dich an den genauen Inhalt des Buches erinnern?«

»Klar.«

»Erzähl ihn mir!«

»Wie weit bist du damals gekommen?«

»Nicht weit.« Ich lieferte ihm eine kurze Zusammenfassung der wenigen Seiten, die ich hier auf *Sorrow* gelesen hatte. »Wenn ich das Ganze richtig verstanden habe, heiratet die Heldin ihren Maxim de Winter und geht mit ihm nach Manderley.«

Dad lehnte sich zurück. »Im Grunde fängt die Geschichte da erst richtig an. Die Erzählerin kommt nach Manderley und muss feststellen, dass ihre Vorgängerin, de Winters erste Frau Rebecca, dort noch allgegenwärtig ist.«

Ich stieß ein Schnauben aus. »Klingt ja fast ein bisschen nach mir«, murmelte ich nur halb im Scherz. Eine kalte Hand griff mir ins Genick und streichelte mich ganz sanft. Plötzlich musste ich an Grace denken und dass sie behauptet hatte, Geister würden einen Dinge finden lassen.

*Madeleines Geist ist dabei, Sie in den Wahnsinn zu treiben.* So ähnlich hatte sie sich ausgedrückt. Ich kämpfte gegen das zunehmende Gefühl an, dass sie womöglich recht hatte.

Dads Miene verfinsterte sich.

»Wenn du die Stirn noch mehr runzelst, siehst du bald aus wie ein Dackel!«, ermahnte ich ihn.

Er ignorierte den Einwurf. »In dem Buch versucht die Haushälterin, die Erzählerin in den Wahnsinn zu treiben«, erzählte er weiter.

»Na, das passt«, sagte ich mit einem Anflug von galligem Humor. »Grace nervt ganz schön!« Aber im Stillen dachte ich an das Gewisper auf der Klippe, an das Schaudern, das mich immer wieder in der Halle des Herrenhauses überfiel. An die häufigen Schwindelanfälle und das Gefühl, mich durch dichten Nebel kämpfen zu müssen. »Wie geht das Buch aus?«, fragte ich.

Dad schüttelte sanft den Kopf. Er hasste es, das Ende von Büchern zu verraten, selbst wenn er darum gebeten wurde.

»Komm schon!«, rief ich. »Wenn du es mir nicht sagst ...« Ich wusste nicht, womit ich ihm drohen sollte, also unterbrach ich mich.

Er seufzte. »Also schön! Am Ende des Buches stellt sich heraus, dass diese Rebecca keineswegs so eine liebenswerte, perfekte Frau war, wie die Erzählerin glauben soll. Im Gegenteil: Sie war ein manipulatives Biest, das de Winter in der Hand hatte und ihn ausgenutzt hat, wo sie nur konnte. Wenn ich mich recht erinnere, hat er sie in dem Roman sogar getötet.«

Ich musste an die Sätze denken, die Charlie unterstrichen hatte. Tatsächlich schien es in ihnen genau um das zu gehen, was Dad mir eben erzählt hatte.

Nachdenklich kaute ich auf meiner Unterlippe herum.

»Worüber grübelst du nach?«, fragte Dad.

Ich winkte ab. »Das ist nur langweiliger Teenagerkram, glaub mir, das interessiert dich überhaupt nicht!«

Aber er ließ sich nicht so leicht abspeisen. Er blickte auf seine Armbanduhr. »Bis Mitternacht ist noch ein bisschen Zeit. Ich denke, wir können sie ganz gut mit diesem ganz normalen Vater-Tochter-Kram füllen, oder?«

Ich schwankte zwischen zwei Bedürfnissen hin und her, die sich gegenseitig ausschlossen. Zum einen hätte ich mich meinem Vater gern anvertraut und ihm alles erzählt, was in den letzten Tagen passiert war. Diese ganze Geistergeschichte eingeschlossen. Aber – und das war die andere Seite der Medaille – ich wusste auch, dass Dad mir nicht würde helfen können. Wahrscheinlich würde er alles nur noch schlimmer machen. Darum hatte ich gleichzeitig auch Angst, ihm zu viel zu erzählen.

Ich beschloss, ihm wenigstens ein kleines bisschen zu sagen. »Ich habe in einer Buchhandlung in Chilmark ein Buch gefunden, das offenbar Charlie gehört hat.«

*»Rebecca«*, vermutete er.

Ich nickte. »David hat mich gebeten, es ihm zu geben, aber ich kann es nicht wiederfinden. Ich dachte, ich hätte es in meinen Nachtschrank getan, aber da ist es nicht.«

Er stand von der Couch auf. »Hast du im Regal nachgesehen? Vielleicht hat dieses Dienstmädchen es aufgeräumt.«

»Da ist es nicht.«

»Soll ich dir suchen helfen?« Er wirkte froh, mir mit einer so unkomplizierten Tätigkeit helfen zu können.

Gemeinsam suchten wir jeden Winkel des Appartements ab. Wir sahen unter dem Bett nach, hoben die Matratze hoch, durchkämmten jede Ecke und jeden Winkel. Vergeblich.

Ein lautes Knallen draußen zeigte uns schließlich, dass es Mitternacht war. Die ersten Böller wurden gezündet und vor meinem Fenster schoss eine einzelne Silvesterrakete senkrecht in die Luft und explodierte in einem roten Funkenregen.

Mein Vater, der gerade dabei war, wohl zum sechsten oder siebten Mal unter dem Bett nachzusehen, richtete sich auf und rieb sich über den Schädel. Dann griff er sich die Champagnerflasche und die beiden Gläser. Wir gingen auf den Balkon, und während wir zusahen, wie die Bewohner von Martha's Vineyard den Jahreswechsel begingen, stießen wir mit dem Champagner an. Er war zu warm, aber schmeckte trotzdem nicht schlecht.

Ich ließ meinen Blick über den Himmel schweifen. Ganze Kaskaden roter, grüner und goldener Raketen schossen in die Luft und tauchten *Sorrow* in einen zauberhaften Schimmer. In dem flackernden Licht konnte ich sehen, dass David drüben ebenfalls auf seinem Balkon stand. Heftige Sehnsucht nach ihm durchfuhr mich. Ich dachte daran, wie er vorhin am Strand die Hand auf meinen Oberschenkel gelegt hatte, und mir wurde ziemlich warm bei diesem Gedanken.

Obwohl er es nicht sehen konnte, nickte ich ihm zu.

»Happy New Year«, flüsterte ich und ignorierte meinen Vater, der nachdenklich die Stirn runzelte.

# 22

Am nächsten Morgen war ich ungefähr anderthalb Stunden später wach als an den anderen Tagen. Wie zuvor hatte ich einen dicken Kopf und einen ekelhaften Geschmack im Mund. Einem Anflug von völlig irrationaler Hoffnung folgend, zog ich die Nachtschrankschublade auf und sah nach, ob wir in der Nacht vielleicht nur nicht richtig nach dem Buch geschaut hatten.

Natürlich hatten wir das. Ungefähr ein Dutzend Mal. Die Schublade war noch immer leer.

Ich seufzte. Ich hätte es lieber gehabt, Grace nicht nach dem Verbleib des Buches fragen zu müssen, aber so wie es aussah, blieb mir nichts anderes mehr übrig.

Um die Kopfschmerzen loszuwerden, beschloss ich, eine Runde zu laufen. Als ich wieder zurück war und geduscht hatte, fühlte ich mich tatsächlich wesentlich besser. Es war inzwischen fast elf. Ich prüfte, ob Miley zufällig schon online war, aber natürlich war das nicht der Fall. Vermutlich war sie nicht vor dem Morgengrauen ins Bett gegangen und würde bis mindestens vierzehn Uhr schlafen. Ich hinterließ ihr einen Neujahrsgruß, der hoffentlich nicht ganz so melancholisch klang, wie ich mich gerade fühlte, ging wieder offline und beschloss zu frühstücken.

Zu meiner Überraschung war ich im Speisezimmer fast die Erste. Nur Taylor hockte am Tisch, starrte mit aufgestützten

Ellenbogen in eine Tasse mit Tee und sah ziemlich mitgenommen aus.

Ich wünschte ihr einen guten Morgen und ein frohes neues Jahr, aber sie grunzte nur etwas Unverständliches zurück.

Ich nahm mir eine Tasse Kaffee und setzte mich zu ihr. »Kater?«, fragte ich mitleidig.

Sie schaute nicht auf. »So wie sich das anfühlt, ist es ein ausgewachsener Tiger«, stöhnte sie.

Ich musste schmunzeln. »Das geht vorbei!«

Jetzt endlich hob sie den Kopf. Ihre Augen waren ziemlich unterlaufen. Es musste wirklich eine wilde Party gewesen sein. Ich verspürte einen Anflug von Neid. Vielleicht hätte ich mich gestern Abend auch einfach besaufen sollen, dachte ich. Dann könnte ich mich wenigstens an den ganzen Schlamassel jetzt nicht mehr erinnern.

»Wie war es bei euch?«

»Suboptimal.«

Sie verzog das Gesicht und ich wusste nicht, ob aus Mitgefühl oder weil ihr schlecht wurde. »Das tut mir leid«, murmelte sie und senkte den Blick wieder in ihren Tee.

»Du musst ihn trinken«, riet ich ihr. »Anstarren hilft nichts.«

Sie nickte nur. Da beschloss ich, sie in Ruhe zu lassen. Ich frühstückte wie immer, gönnte mir aber außerdem noch ein Croissant mit Marmelade. Als ich fertig war, kam Grace herein und füllte die Kaffeekanne nach, obwohl sie noch fast voll war. Ich spürte ihren prüfenden Blick auf mir ruhen und musste mir erst selbst Mut zureden, bevor ich sie nach dem Buch fragen konnte. »Ach, Grace«, sagte ich schließlich so beiläufig wie möglich. »Haben Sie zufällig ein Buch aus meinem Nachtschränkchen genommen und anderswohin gelegt?«

Ich wollte sie nicht des Diebstahls bezichtigen, also verpackte ich die Frage auf diese Weise.

Grace' Augen weiteten sich. *»Das* Buch?«, flüsterte sie.

Taylor schaute kurz auf, aber sie war zu sehr mit der Zwergenkolonne in ihrem Schädel beschäftigt, um uns mehr als eine Sekunde Aufmerksamkeit zu schenken.

Ich ignorierte Grace' Gegenfrage. »Haben Sie es weggeräumt?«

»Nein, Miss Wagner.« Sie wirkte so erschrocken, dass mir die Sache schon wieder unheimlich wurde.

»Schon gut«, nickte ich. »War nur so eine Idee. Danke.«

Ich verließ das Haupthaus und auf halbem Wege zum Gästehaus begegnete ich auf dem Plattenweg Henry.

»Guten Morgen!«, rief er gut gelaunt wie immer. Er hatte leichte Schatten unter den Augen, aber er sah nicht so aus, als hätte er Kopfschmerzen oder gar einen echten Kater. »Ihr wart gestern Abend aber schnell verschwunden.« Er grinste verschwörerisch. »Das heißt aber nicht, dass Davids Bett endlich wieder warm ist, oder?«

Ich errötete angesichts dieser recht unverblümt gestellten Frage. »Natürlich nicht!«, sagte ich streng. »Was du denkst!«

»Nur das Beste!« Er hakte die Daumen lässig in die Schlaufen seines Gürtels. »Ich denke außerdem, dass es eine gute Idee ist, heute einen kleinen Ausflug zu machen.« Bevor er näher erläuterte, was ihm vorschwebte, wechselte er noch einmal das Thema. »Mal im Ernst: Warum seid ihr so schnell weg?«

»Ich habe David verraten, dass ich das Buch bei Rachel gefunden und gekauft habe.«

Falls Henry sich wunderte, warum ich das getan hatte, ließ er es sich zumindest nicht anmerken.

»Und?«, fragte er. »Ist bei der Lektüre was rausgekommen?«

Ich schüttelte den Kopf. »Das Buch ist weg.«

»Weg?« Ungläubig sah er mich an.

»Weg, ja. Jemand muss es aus meinem Nachtschrank genommen haben.«

Er kratzte sich an der Seite. »Sonderbar!« Dann zwinkerte er und damit war das Thema für ihn vom Tisch. »Weißt du, was ich mir gedacht habe? Was hältst du davon, wenn du und David heute mit mir nach Oak Bluffs kommt? Ich will ein paar Bilder an einen Laden dort verkaufen und wir könnten uns einen schönen Tag machen. Ihr müsst beide dringend mal etwas anderes sehen als diesen Kasten hier!«

In Letzterem stimmte ich ihm unbedingt zu. »Heute ist Feiertag«, erinnerte ich ihn dennoch. »Wie kannst du da Bilder verkaufen?«

»Oh. In Oak Bluffs gibt es keine Feiertage. Wegen der Touristen. Der Laden, in den ich will, hat sogar an Weihnachten auf. Hast du Lust?«

»Etwas ganz Normales tun?« Ich seufzte. »Au ja!«

Henry schien zufrieden mit dieser Reaktion. »Gut. Gehen wir nachsehen, ob David schon wach ist.«

»So, mein Lieber! Mit deiner Rumgammelei ist jetzt Schluss!« Ohne anzuklopfen, hatte Henry Davids Zimmer geentert. David war wach. Er saß auf seiner schwarzen Ledercouch und hatte die Füße auf dem Tisch abgelegt.

»Hoch mit dir!«, befahl Henry ihm.

Ich stand in der Tür und beobachtete die Szene mit gemischten Gefühlen.

David sah mich an. »Das Buch?«, fragte er.

Ich zuckte die Achseln. »Ich habe gestern Abend noch fast

eine Stunde lang danach gesucht. Und Grace sagt, sie hat es nicht weggeräumt. Tut mir leid!«

Da nickte er. Er sah aus, als hätte er es geahnt. »Du weißt nicht zufällig noch, was sie unterstrichen hatte, oder?«

Ich überlegte. »Es ging um Rebecca, aber so genau erinnere ich mich nicht mehr. Tut mir leid!« Zu gern hätte ich ihm etwas Tröstliches gesagt, aber ich wusste nicht, was.

Er nickte erneut.

Zu meiner Erleichterung war das Buch für Henry überhaupt kein Thema.

»Hoch!«, befahl er David zum zweiten Mal.

Langsam ließ David seinen Kopf von mir zu ihm herumschwingen. »Wie kommst du darauf, dass ich mache, was du sagst?«, fragte er mit müder Stimme. Unter seinen Augen lagen tiefe Schatten und sein Gesicht wirkte heute noch blasser als sonst. Ich hatte mit meiner Vermutung also richtiggelegen, dass er nicht gut würde schlafen können.

Statt darauf zu antworten, fegte Henry seine Füße zu Boden. »Ich sagte: Hoch mit dir!«

Widerwillig gehorchte David und stand auf. »Was hast du vor?«

Henry ging zu seinem Wandschrank und nahm seine Lederjacke heraus. »Wir machen einen kleinen Ausflug!« Mit einer energischen Bewegung warf er David die Jacke zu und der musste sie auffangen, damit sie nicht zu Boden fiel.

»Was ist, wenn ich mich weigere?« Er sprach leise, aber ich konnte hören, dass er sauer wurde. Er hatte sich wieder in dieses abweisende Verhalten gehüllt wie in eine Rüstung.

Entschlossen steuerte ich auf ihn zu. »Dann komme ich ins Spiel!«, sagte ich möglichst leichthin. Um mich gegen seinen Widerwillen zu wappnen, verschränkte ich die Arme vor der

Brust. »Henry hat mich gebeten, mit ihm zu seiner Galerie nach Oak Bluffs zu fahren, und ich hätte gern, dass du mitkommst.«

Bestimmt ein, zwei Minuten lang fochten wir ein stummes Blickduell aus.

Henry zerriss die Spannung, indem er auflachte. »Sie hat dich in der Hand, mein Lieber, und das weißt du so gut wie ich!«

In diesem Moment erst wurde mir klar, dass ich David manipulierte.

»Ähm!« Ich räusperte mich unbehaglich. »Es war eine blöde Idee. Entschuldige, David! Wenn du keine Lust hast, fahren Henry und ich natürlich alleine!«

»Den Teufel werden wir tun!«, knurrte Henry. Er war inzwischen an der Zimmertür angekommen. Mit herausfordernd vorgerecktem Kinn öffnete er sie, dann wies er mit einer Kopfbewegung nach draußen. »Schwing deinen mageren Arsch in mein Auto, sonst tue ich es, Kumpel!«

Mit sehr langsamen Bewegungen streifte David sich seine Jacke über. Dicht an mir vorbei ging er zur Tür. Der Blick, den er mir zuwarf, war so ausdruckslos, wie ich es von ihm gewohnt war, aber an der Art, wie er sich bewegte, konnte ich ablesen, dass er jetzt wirklich wütend war.

Er war es auch noch, als wir in Oak Bluffs die Galerie betraten. Auf der Fahrt hatte er eisern geschwiegen und irgendwie war mir das ganz recht gewesen. Andernfalls hätte ich mit ihm vielleicht noch einmal über das verschwundene Buch reden müssen. Nach Grace' erschrockener Reaktion heute Morgen löste allein die Vorstellung Unbehagen bei mir aus. Alles, was ich hier bisher über Geister im Allgemeinen und über

Madeleine im Speziellen erfahren hatte, spukte mir unablässig durch den Kopf. Ich musste mich zwingen, die Gedanken daran von mir zu schieben. Heute, beschloss ich schließlich trotzig, würde ich einmal einen Tag freimachen. Frei von all dem Düsteren, Unheimlichen. Blöd nur, dass ich nicht von meinem Liebeskummer freinehmen konnte.

Der Laden erwies sich als eine Art Souvenir- und Trödelladen, in dem man neben Bildern örtlicher Künstler auch allerlei Krimskrams kaufen konnte. Während Henry mit der Ladenbesitzerin, die er Heather nannte, über seine Bilder verhandelte und David es vorzog, am Fenster zu stehen und schweigend hinaus auf die Straße zu starren, sah ich mich ein wenig um. Es gab eine Menge maritimes Zeug. Kleine Keramikmöwen, die mit ihren riesigen Kulleraugen und Kapitänsmützen ziemlich albern aussahen, Figuren, die offenbar aus Treibholz geschnitzt worden waren und ziemlich rätselhaft wirkten, und indianische Kunstgegenstände: Das Sortiment bot einen bunten Querschnitt von allerlei Schnickschnack, für das Touristen offenbar bereit waren, Geld auszugeben.

Ich drehte eines der Preisschilder um, die an den Treibholzskulpturen hingen, und schnalzte erschrocken mit der Zunge.

Dafür kauften Leute wie ich ein Auto!

Mein Blick fiel auf eine Vitrine mit schwerem indianischem Silberschmuck. Neugierig trat ich näher. Es handelte sich um Ketten, Ringe und mehrere Armreifen aus Silber, die allesamt mit großen dunkelroten Steinen verziert waren. Sie gefielen mir ausgesprochen gut. Besonders schön fand ich eines der breiten Armbänder, in die rings um den Stein ein verschlungenes, sehr traditionell aussehendes Muster eingraviert war.

Ich betrachtete es eine Weile und suchte dann nach einem Preis. Wie ich vermutet hatte, bekam ich bei den Zahlen Schnappatmung.

Ich wandte mich zu Henry um, der inzwischen seine Bilder auf dem Ladentisch ausgebreitet hatte und versuchte, Heather davon zu überzeugen, sie alle zu nehmen.

»Ich weiß nicht, Henry«, sagte die Ladenbesitzerin gerade. »Ich meine, die sind hübsch und vor allem auch nicht so unheimlich wie deine anderen Werke. Aber die Leute wollen eben eher die romantische Variante.« Sie wies auf eine Wand, an der eine Reihe von kitschig bunten Strandansichten hing, die mich an die Bilder von Thomas Kinkade erinnerten.

Ich musste schmunzeln. »Das ist wahre Kunst, Henry! Da kannst du mit deinem seichten Kitsch nicht mithalten.«

Er verzog das Gesicht, als habe er plötzlich Zahnschmerzen bekommen. »Spotte nur!«, grummelte er. Dann wandte er sich wieder an Heather. »Du kannst mir doch nicht erzählen, dass es auf Vineyard nur Touristen ohne Kunstverstand gibt!«

Sie sah ihn mit einer Mischung aus Mitleid und Verzweiflung an. »Glaub mir, ich kann diese pastelligen Machwerke auch nicht mehr ertragen, aber das ist es eben, was die Leute wollen.«

Ich überließ Henry seinem Verkaufsgespräch und gesellte mich zu David. »Er sollte mal sein Farbenrepertoire wechseln«, sagte ich.

»Eher friert die Hölle zu!« Davids Mundwinkel zuckte ein wenig.

Ermuntert von diesem Anzeichen von Normalität lachte ich auf. »Wahrscheinlich hast du recht! Vielleicht sollten wir ihm erklären, dass Pastell *in* ist.«

David wendete seinen Blick von der Straße ab und sah stattdessen mich an. Ich erschrak, denn seine Augen waren nicht nur rot, sondern sie glänzten auch sonderbar fiebrig. Sein Gesicht war blass.

»Dir ist schlecht«, murmelte ich und dachte daran, wie er an meinem ersten Tag auf der Insel gesagt hatte, ihm sei seit Charlies Tod andauernd schlecht. »Stimmt's?«

Er nickte nur. Dann durchfuhr ihn ein heftiger Ruck. Seine Gesichtsfarbe wandelte sich von Weiß zu Grün und er stürzte nach draußen, wo er aus meinem Blickfeld verschwand.

Ich wollte ihm nachlaufen, aber Henry packte mich am Arm und hielt mich davon ab. »Er hätte es, glaube ich, nicht so gern, wenn du ihm auch noch beim Kotzen zuguckst.«

Da hatte er natürlich recht. Ich nickte und er ließ mich wieder los. »Bisher hat er sich nie übergeben«, sagte ich. »Warum ausgerechnet hier?«

Heather war gerade dabei, einige von Henrys alten Bildern, die an der Wand gegenüber dem Pastellkitsch hingen, abzunehmen und durch die neuen zu ersetzen. Henry umfing den gesamten Laden mit einer ausholenden Geste. »Charlie war oft mit ihm hier.«

Ich grub die Fingernägel in meine Handflächen, weil Wut in mir hochstieg. Sie war so stark, dass ich Henry anblaffte: »Und trotzdem schleppst du ihn mit hierher?«

Seine Augen weiteten sich ein wenig, dann runzelte er die Stirn. »Juli, wir können ihn nicht für den Rest seines Lebens in Watte packen! Er wird überall auf der Insel an Charlie erinnert werden und er muss das endlich mal überwinden.« In einer hilflos verzweifelten Geste hob er die Arme in die Luft. »Sonst springt er irgendwann doch noch mal.«

Ich unterdrückte den brennenden Wunsch, David nachzulaufen. »Deine Methoden sind nicht besonders hilfreich!«, beschwerte ich mich. »Manchmal kommt es mir so vor, als hättest du sogar Freude daran, ihn zu quälen!«

»Das darfst du nicht denken!«, keuchte Henry. Er wirkte so betroffen und verletzt, dass ich mich sofort für den Vorwurf schämte.

»Entschuldige, das war nicht fair. Ich weiß, dass du ...«

Er legte eine Hand auf meine Schulter, tätschelte sie. Er wollte noch etwas sagen, aber Heather rief nach ihm und er musste sich wieder um den eigentlichen Grund kümmern, weshalb er hier war.

Während die beiden ihre Verhandlungen fortsetzten, kehrte ich zu der Schmuckvitrine zurück und starrte eine Weile lang nachdenklich hinein.

»Gefällt dir das Zeug?« Henry stand plötzlich wieder hinter mir und ich schrak zusammen. Ich war so versunken gewesen, dass ich alles andere rings um mich herum vergessen hatte.

»Schon«, gab ich zu.

Er wies auf den Armreif mit dem roten Stein. »Der ist besonders schön, oder?«

Ich nickte nur und er rief nach Heather. »Kannst du uns mal die Vitrine aufmachen?«

Sie kam mit einem Schlüsselbund, öffnete das kleine Schloss und schob die Glastür auf. Henry langte nach dem Armband und hielt es mir hin. »Leg es mal an!«

Ich zögerte. »Ich kann mir das im Leben nicht leisten, Henry!«, sagte ich.

»Leg es doch einfach mal an!«

Also gehorchte ich. Das Armband passte perfekt und an meinem Handgelenk sah es noch einmal so schön aus. Ich drehte und wendete den Arm hin und her, sodass das Licht sich in dem roten Stein brach.

»Und?«, meinte Henry.

»Schon, aber ...« Ich machte Anstalten, den Armreif wieder abzustreifen.

Er hinderte mich daran und zog mit der anderen Hand seine Geldbörse aus der Hosentasche.

»Henry, das geht nicht!«, protestierte ich.

Er achtete gar nicht auf mich. Zusammen mit Heather ging er zum Ladentisch und gab ihr dort eine schwarze Kreditkarte.

»Nein, Henry!«, rief ich. »Du kannst mir das Ding nicht einfach schenken!«

Er grinste breit. »Wieso nicht?«

»Weil es viel zu teuer ist!« Ich zog den Armreif ab und legte ihn zurück in die Vitrine.

Er lachte nur. »Teuer ist relativ, Juli.« Er sah zu, wie Heather die Kreditkarte durch ihr Lesegerät zog. Während sie darauf wartete, dass die Zahlung bestätigt wurde, wandte Henry sich mir zu. »Sieh es einfach als kleine Wiedergutmachung.«

»Wiedergutmachung, wofür?« Mein Blick lag auf dem Armreif und langsam siegte die Freude über den Anstand. Das Stück war wirklich wunderschön.

»Ist doch egal!« Der Computer signalisierte mit einem dezenten Piepen, dass Henrys Konto mit dem Betrag belastet worden war. Heather zog die Karte aus dem Lesegerät und gab sie ihm zurück. Er steckte sie weg, dann kam er zu mir, nahm das Armband aus der Vitrine und streifte es mir über. »Behalt es gleich an. Es steht dir wirklich gut.«

# 23

Nachdem die Sache mit dem Armreif geklärt war, beendeten Henry und Heather ihre Verhandlungen. Sie einigten sich darauf, dass Heather probieren würde, die neuen Bilder zu verkaufen, dass dies aber ihr letzter Versuch sein würde. Wenn sie in drei Monaten noch immer keines davon losgeworden war, sollte Henry kommen und alle wieder abholen.

Er willigte ein und schien mit diesem Deal sogar recht zufrieden zu sein. »Wollen wir?«, fragte er mich gut gelaunt, nachdem er die abgehängten Werke in das Packpapier eingeschlagen hatte, in dem er die neuen gebracht hatte.

Ich nickte. David stand seit ein paar Minuten draußen vor dem Laden auf der Veranda und schien schon auf uns zu warten. Sein Gesicht war nicht mehr ganz so blass, aber er wirkte noch immer so ungehalten und missmutig, dass ich keine Lust hatte, ihm von Henrys teurem Geschenk zu erzählen. Also zog ich beim Hinausgehen die Ärmel von Jacke und Pullover bis zu den Fingerspitzen, um den Armreif zu verbergen.

Henry sah es, aber er kommentierte es dankenswerterweise nicht, sondern verstaute stattdessen seine Bilder im Wagen. Als das erledigt war, schlug er vor, ein bisschen durch den Ort zu schlendern. »Es gibt hier ein paar hübsch abgefahrene Häuschen, die Touristen sich gern ansehen«, erklärte er. »Sie nennen sie die *Gingerbread Houses*. Dir als Deutsche müssten sie eigentlich gefallen.«

Ich war schon längere Zeit nicht mehr als Deutsche bezeichnet worden, kommentierte es aber nicht weiter. Ohnehin hatte ich keine Chance, etwas zu erwidern, denn Henry schmiedete fröhlich weiter Pläne.

»Und dann könnten wir das Karussell besuchen und eine Runde fahren.«

Ich versuchte, Davids Blick einzufangen, um zu sehen, ob er Lust zu solchem Touristenkram hatte, aber er wich mir aus. Also zuckte ich leicht ärgerlich die Achseln. »Warum nicht?«, sagte ich. Und als er mich missmutig ansah, starrte ich nur finster zurück.

*Selbst schuld!*, dachte ich grimmig. *Rede halt mit mir!*

Die sogenannten *Gingerbread Houses* sahen tatsächlich aus wie Lebkuchenhäuschen, die man mit buntem Zuckerguss verziert hatte. Sie leuchteten in allen möglichen Farben, von Zitronengelb über Schlumpfblau und Türkis bis zu einer Farbe, die Henry als »Shrimpfarben« bezeichnete. Veranden, Fenster, Säulen, alles war verziert mit weiß lackierten Leisten, die wirkten, als seien sie aus Baiser.

»Uff!«, machte ich, als ich vor dem berühmtesten dieser Häuschen stand, dem Pink House, das seinen Namen wirklich zu Recht trug. »Daran hätte Barbie ihre wahre Freude!« Das Häuschen war ein absoluter Albtraum in Rosa. Wände, Fensterrahmen, die gesamte Veranda – alles war in dieser schreienden Farbe gestrichen, als wollte es dem Betrachter zubrüllen: Wage es ja nicht, mich zu übersehen!

»Ich glaube«, sagte ich, nachdem wir diese Grausamkeiten ausreichend betrachtet hatten, »jetzt brauche ich irgendwas Bitteres zu trinken.«

Wir kehrten in ein Café ein, dessen Wände gegen das, was wir gerade gesehen hatten, geradezu blassrosa wirkten. Henry bestellte uns drei Bitter Lemon, und während wir tranken, unterhielten Henry und ich uns über die Häuschen, die offenbar von Generation zu Generation weitervererbt wurden.

»Nur ab und an«, erklärte Henry mir, »wird eines davon verkauft. Wenn die Besitzer keine Nachkommen haben, zum Beispiel.« Er trank einen Schluck und stellte sein Glas wieder auf dem Tisch ab. »Da fällt mir ein, wusstest du, David, dass diese junge Schwangere, die vor zwanzig Jahren von den Klippen gesprungen sein soll, in einem der Lebkuchenhäuschen gewohnt hat?«

Ich hätte mich fast an meinem Getränk verschluckt, so lässig und unerwartet kam das. »Henry!«, rügte ich. »Muss das sein?«

Er schien überrascht von meinem Vorwurf. »Was denn?«

David hatte sein Glas noch nicht angerührt. Seine Lippen waren trocken und rissig, aber trotzdem trank er nicht, sondern drehte sein Glas nur zwischen den flachen Händen hin und her. »Schon gut, Juli.« Sein Blick fiel auf meine Hände, aber der Armreif war unter meinem Pulloverärmel gut verborgen.

Ich tat, als wollte ich Henry eine Kopfnuss verabreichen. *Idiot!*, formte ich lautlos mit den Lippen.

Er zuckte nur die Achseln.

Nachdem wir ausgetrunken hatten, setzten wir unseren Touristenausflug fort. Die nächste Attraktion, die auf dem Programm stand, war das angeblich weltberühmte *Flying Horses Carousel.*

Dafür, dass das Karussell weltberühmt sein sollte, befand es sich in einem ziemlich schäbig aussehenden Bretterverschlag, fand ich. Nach dem, was Henry mir über das Ding erzählte, handelte es sich tatsächlich um das älteste historische Karussell der Staaten und bei Licht betrachtet war es sogar ganz hübsch. Kleine, naturgetreu angemalte Pferde und eine Kutsche drehten sich zur Musik. Es erinnerte mich irgendwie an das Karussell aus dem Film *Mary Poppins*. Nur dass diese Pferde hier sich nicht durch Zauberkraft in die Luft erheben und mich in eine bessere Welt forttragen würden. Henry nötigte mich, eine Runde mitzufahren. Ich ritt also einige Runden im Kreis, und als meine Fahrt zu Ende war, hielt mein Pferdchen genau vor den beiden.

»Und?«, fragte Henry. Seine Augen glitzerten regelrecht vor Begeisterung und ich brachte es nicht übers Herz, ihm zu sagen, dass ich mich zum Karussellfahren eigentlich zu alt fühlte.

»Schön!«, log ich. Ich machte Anstalten abzusteigen, aber blöderweise verhedderte ich mich in dem Steigbügel auf der Innenseite und stolperte ziemlich ungeschickt den beiden Jungs entgegen. Reflexartig fasste David zu und fing mich auf. Für ein paar kurze, kostbare Sekunden lag ich in seinen Armen, denn ich brauchte einen Augenblick, bis ich mich berappelt und mein Gleichgewicht wiedergefunden hatte.

»Danke!«, murmelte ich. Meine Wangen glühten. Unsere Gesichter waren sich so nah gewesen, dass ich Davids Atem auf meiner Haut gespürt hatte. Verwirrt von dem Chaos, das plötzlich in mir tobte, strich ich mir die Haare aus den Augen. Dabei rutschte mein Pulloverärmel nach oben.

Und enthüllte den Armreif, den Henry mir geschenkt hatte.

David fluchte. Er packte mein Handgelenk mit solcher Kraft, dass ich erschrocken und schmerzlich aufschrie. »Woher hast du das?« Seine Stimme war ein heiseres Flüstern.

»Aua!«, beschwerte ich mich und wollte ihm meinen Arm entwinden. Aber er fasste nur noch fester zu, zerrte mich dichter zu sich heran und starrte auf das Armband, als habe er plötzlich eine Erscheinung.

»Woher hast du das?« Übergangslos schrie er.

Die anderen Besucher schauten erschrocken und peinlich berührt in unsere Richtung, aber ich nahm sie nur am Rande wahr. Alles, was ich sah, war Davids blasses Gesicht, seine weit aufgerissenen Augen, die fassungslos geweiteten Nasenflügel.

»Lass mich los, du Idiot!«, schrie ich zurück. Wieder versuchte ich, ihm zu entkommen, aber seine Hand war wie ein Schraubstock. Grob packte er den Armreif und zerrte ihn mir vom Gelenk. Der schwere Silberreif schrammte über meine Haut und hinterließ einen langen roten Striemen. David sah es wohl, aber noch immer gab er mein Handgelenk nicht frei.

»Ich sagte: Lass los!«, zischte ich. Und dann, ich wusste selbst nicht, wieso, holte ich aus und gab ihm eine schallende Ohrfeige.

Sein Kopf flog herum und für etliche lange Sekunden stand er einfach so da, die Haare in den Augen, ein Abdruck meiner fünf Finger auf seiner blassen Wange. Als er den Kopf endlich wieder zu mir wandte, loderten seine Augen. Ich erwartete schon, dass er mir ebenfalls eine knallen würde, aber stattdessen ließ er endlich mein Handgelenk los.

Der Armreif polterte auf die Holzdielen und rollte ein Stück zur Seite, wo er liegen blieb.

Die anderen Besucher hinter mir tuschelten. In meinen Ohren rauschte das Blut. Henry stand etwas abseits und hatte einen staunenden Ausdruck auf dem Gesicht.

Davids Miene zersplitterte. Auf einmal wurde sein Gesicht grau. Dann machte er auf dem Absatz kehrt und verließ das Gebäude.

»Scheiße!«, rutschte es mir heraus. Der Boden unter mir verwandelte sich wieder mal in schwankende Schiffsplanken. »Was war das denn?«

Henry antwortete nicht. Er schien von der Situation völlig überrumpelt, also bückte ich mich, hob den Armreif auf und lief hinter David her.

Ich fand ihn auf dem Fähranleger, der nur wenige Hundert Meter von dem Karussell entfernt lag. Er stand da und starrte auf das Meer hinaus. Ich war den ganzen Weg gerannt. Mein Atem ging schwer vom Laufen und von dem Schock. David musste mich also gehört haben. Trotzdem drehte er sich nicht um.

Seitlich hinter ihm blieb ich stehen und ich konnte die roten Striemen auf seiner Wange sehen. Zornig hielt ich ihm den Armreif direkt unter die Nase, zwang ihn so, einen Blick darauf zu werfen. Die Muskeln an seinem Hals und seinen Schultern waren angespannt.

»Was ist damit?«, fauchte ich. Ich konnte einfach nicht mehr anders, ich hatte mich viel zu lange beherrscht und gute Miene zum bösen Spiel gemacht, sodass mein ganzer Frust und mein ganzer Kummer jetzt als pure Giftigkeit aus mir herausbrachen. »Warum nur benimmst du dich wie ein Arschloch?« Ich stemmte die Hände in die Hüften, japste nach Luft, bevor ich weitersprechen konnte. Dann schnappte ich: »Ist das Ding etwa auch von Charlie?«

David senkte den Kopf und schwieg.

»Rede endlich mit mir!«, schrie ich ihn an. »Hat dieser Armreif auch etwas mit Charlie zu tun?« Mir standen jetzt Tränen in den Augen und ich wusste nicht, ob sie vor Wut oder Kummer kamen. Zornig zwinkerte ich sie weg. »Hat dieser Armreif ...«

»Ja«, sagte David. Ich fühlte mich wie mit hundert Stundenkilometern gegen eine Betonwand geprallt.

»Was?«, hauchte ich. Trotz allem, was schon geschehen war, hatte ich nicht mit so einer Antwort gerechnet. Die Schiffsplanken unter meinen Füßen fühlten sich plötzlich brüchig an. Ich wollte noch etwas sagen, aber es ging einfach nicht mehr. Es war alles zu viel. Ich fühlte mich restlos leer, ausgelaugt und vor allem unendlich schuldig. Der Wind fegte vom Meer her über den Fähranleger und krallte sich in meinen Körper wie an dem Tag meiner Ankunft. Ich fror nicht. Ich hatte in den letzten Tagen für den gesamten Rest meines Lebens genug gefroren und wahrscheinlich war ich inzwischen selbst zu Eis geworden. Warum zum Henker tat mein Herz dann aber so weh? Wütend wischte ich mir die Tränen fort, die hinter meinen Lidern hervordrängten.

Da drehte sich David zu mir um. In seinem Gesicht zeichneten sich mehrere Gefühle gleichzeitig ab, von denen ich kein einziges verstehen konnte. Er streckte die Hand nach mir aus, war aber nicht nahe genug, um mich zu erreichen.

Wieder wischte ich mir über die Wangen. Das neblige Gefühl, das ich schon auf dem Balkon und auch auf den Klippen gespürt hatte, kehrte zurück, füllte meinen Kopf mit Müdigkeit. »Scheiße!«, murmelte ich und wünschte mir in diesem Augenblick nichts mehr als Davids Berührung.

Doch er berührte mich nicht. Stattdessen nahm er mir den Armreif aus der Hand, drehte ihn nachdenklich.

Dann warf er ihn mit einer entschlossenen Bewegung so weit ins Meer hinaus, wie er konnte.

Ich sah zu, wie das Schmuckstück einen weiten Bogen beschrieb, dann mit einem Klatschen auf der Wasseroberfläche aufschlug und binnen einer Sekunde unterging. Aus dem

Augenwinkel erkannte ich, dass Henry am Anfang des Fähranlegers stand. Er zeigte keinerlei Regung.

Ein Schluchzen drängte sich in mir nach oben. Ich kämpfte dagegen an und tatsächlich gelang es mir, es zu unterdrücken.

»Lass uns zu Henry zurückgehen«, sagte David mit flacher Stimme. »Er friert sich wahrscheinlich schon zu Tode.«

Eine knappe Stunde später fiel die Tür meines Appartements hinter mir ins Schloss und ich warf mich auf mein Bett. Die ganze Rückfahrt über hatten wir kaum gesprochen, nur einmal hatte David leise gesagt, dass er Henry den Armreif bezahlen würde. Und Henry hatte darauf mit einem ebenso leisen »Vergiss es!« geantwortet. Ich hatte eisern an mich gehalten und die Tränen unterdrückt, aber jetzt brachen alle Dämme. Ich vergrub meinen Kopf unter dem Kopfkissen und schluchzte hemmungslos drauflos. Der gesamte angestaute Kummer der letzten Tage brach über mich herein wie eine Sturzflut.

Ich weinte, bis keine Tränen mehr kamen, dann wälzte ich mich auf den Rücken und starrte an die Decke. Irgendwann klopfte es an meiner Tür.

»Was ist?«, rief ich. Meine Stimmbänder hatten sich aus irgendeinem Grund in Reibeisen verwandelt.

»Juli?« Es war Taylor. »Ist alles in Ordnung?«

Mit der flachen Hand rieb ich mir über Wangen und Augen. »Ja.«

»Dein Vater hat mich gebeten, nach dir zu sehen. In einer Viertelstunde gibt es Abendbrot.«

Ich schloss die Augen und atmete drei-, viermal tief durch, bevor ich antwortete: »Ich komme gleich!«

»Gut.«

Taylors Schritte entfernten sich auf dem Gang. Ich blieb

noch eine Weile regungslos liegen, dann seufzte ich, quälte mich auf die Füße und ging ins Bad. Aus dem Spiegel blickte mir jemand völlig Fremdes entgegen. Meine Augen waren verquollen und genauso rot wie die von David. Auf Wangen und Hals hatte ich hässliche dunkelrote Flecken und meine Wimperntusche war zu langen schwarzen Streifen verlaufen. Ich stützte beide Hände auf dem Waschbecken ab und starrte mir so lange selbst in die Augen, bis mir wieder einfiel, wie man sich bewegte. Dann wusch ich mich und machte mich auf den Weg ins Speisezimmer.

Als ich das Zimmer betrat, war noch niemand da. Auf der Anrichte standen abgedeckte Platten mit dem Essen. Es roch nach Fleisch, aber nur schwach, denn zwei der Fenster standen einen Spalt offen und ein kalter Luftzug drang herein.

»Hey!«

Davids Stimme ließ mich herumfahren. Mein Herz machte einen Satz. »Hey«, gab ich zurück. Ich war innerlich so leer, dass es mir fast leichtfiel, einen normalen Tonfall anzuschlagen. »Seit wann kommst du freiwillig zum Abendbrot runter?«

Er runzelte die Stirn und zuckte dann die Achseln.

»Wegen vorhin ...«, begann ich vorsichtig.

»Nicht!« Er kam auf mich zu. Ganz dicht blieb er vor mir stehen und beim Anblick meiner verweinten Augen pressten sich kurz seine Lippen aufeinander. Ich verspürte das absurde Bedürfnis, einen Scherz zu machen.

»Sieht so aus, als wäre heute ich für die roten Augen zuständig!«

Diesmal lächelte er.

Eine Weile sagten wir beide nichts.

»Es tut mir leid«, setzte ich erneut an. »Ich wusste nicht, dass das Armb…« Ich konnte nicht zu Ende sprechen, weil er mir die Fingerspitzen auf die Lippen legte.

»Scht!«, machte er.

Seine Berührung fuhr mir bis tief in den Leib. Schlagartig war mir wieder schwindelig. David schien es mir anzusehen. Langsam hob er die Hände und griff nach meinen Schultern, um mich zu stützen. Die Sehnsucht nach ihm, nach seiner Berührung, seiner Umarmung wurde so stark in mir, dass ich unwillkürlich einen Schritt auf ihn zumachte.

Er ließ mich los, wich zurück.

Ich presste die Lippen zusammen.

»Es tut mir leid!«, flüsterte ich. »Ich wollte dir nicht wehtun!«

»Ich weiß.« Ganz flach war seine Stimme. »Du konntest es nicht wissen.« Er sprach von dem Armband und das brachte mich auf einen Gedanken.

»Henry! Er hat mir das Armband gekauft!«

»Er wusste auch nichts davon. Genau so eins habe ich Charlie geschenkt, nur ein paar Wochen, bevor sie …« Er schluckte hart, ich konnte es hören.

Ich schloss die Augen. Alles in mir wollte nur von ihm festgehalten werden. Obwohl ich wusste, dass ich ihn mit dem, was mir auf der Seele brannte, nur noch weiter von mir forttreiben würde, musste ich es fragen. Es war wie das perverse Bedürfnis, an einem ohnehin schon schmerzenden Zahn ständig mit der Zunge herumprokeln zu müssen. Traurig sprach ich es aus: »Du vermisst sie sehr, oder?«

Er versteifte sich, doch gleich darauf hatte er sich wieder in der Gewalt. Ich spürte, wie er sich sammelte, aber bevor er auf meine Frage antworten konnte, wurde die Tür des Speisezimmers geöffnet und Jason und Taylor kamen herein.

Wie ertappt fuhren David und ich auseinander. Das Zimmer

schwankte ein wenig um mich herum, aber ich riss mich zusammen. Taylors Miene hatte sich bei unserem Anblick aufgehellt und jetzt lächelte sie mir zuversichtlich zu. Jason hingegen schien nicht klar zu sein, was hier gerade geschehen war. Völlig ungerührt trat er an die Anrichte, hob eine der Abdeckungen hoch und sofort erfüllte der Geruch von gebratenem Fleisch den Raum. Schlagartig wurde mir schlecht.

# 24

Ich schaffte es, meine Übelkeit vor den anderen zu verbergen, nur David schien zu ahnen, dass etwas mit mir nicht stimmte. Immer wieder sah er in meine Richtung, und als Grace die Teller mit dem Hauptgericht auftrug, legte er seine Serviette weg und sagte: »Ich glaube, du brauchst ein bisschen frische Luft, kann das sein?«

Ich tat Messer und Gabel beiseite und nickte kläglich. Mein Vater schaute mir ins Gesicht. Seine Augen rundeten sich. »Du bist ja ganz grün!«, entfuhr es ihm.

Ich stützte mich auf der Tischkante ab und stemmte mich in die Höhe. »Entschuldigt«, murmelte ich. Ich wartete nicht ab, bis Jason mich entließ, sondern ging zur Tür. David folgte mir. Er öffnete mir und brummte irgendetwas Zustimmendes, als Taylor uns nachrief: »Geht nicht zu weit! Es ist Sturm angesagt. Er soll schon bald die Insel erreichen!«

»Warte hier«, sagte er, als wir draußen auf der Terrasse waren. »Ich hole schnell deine Jacke.« Er lief zum Gästehaus. Während er weg war, stand ich einfach nur da und versuchte, die Welt davon abzuhalten, um mich herum Tango zu tanzen. Ich hatte mich noch nie im Leben so matt und kraftlos gefühlt.

»Juli?«

Davids Stimme ließ mich zusammenzucken. Obwohl mein Gesicht in Richtung Gästehaus gewandt war, hatte ich gar nicht bemerkt, dass er wiedergekommen war. Blinzelnd schaute ich ihn an. Er hatte auch seine eigene Jacke geholt und hielt meine in den Händen. Er wirkte besorgt. »Hier«, sagte er und hielt mir die Jacke, sodass ich nur hineinzuschlüpfen brauchte. »Komm!«, forderte er mich auf und führte mich zu dem Pfad, den wir am ersten Tag schon einmal gegangen waren. Er blieb die ganze Zeit dicht neben mir und ich wusste, dass er bereit war, mich aufzufangen, für den Fall, dass ich umkippen sollte. So abwegig war dieser Gedanke leider nicht. Meine Knie fühlten sich an wie aus Gummi. »Tut mir leid«, sagte ich gequält.

Er schüttelte sanft den Kopf. »Dir geht es schon länger nicht gut, oder?«

Ich dachte an den sonderbaren Blackout auf meinem Balkon, den Nebel, der sich immer wieder in meinen Kopf drängte, und das ständige Schwindelgefühl. Nein, er hatte recht. Es ging mir schon einige Zeit nicht gut und ich wusste nicht, woran es lag. Die gruselige Stimmung, die ich immer wieder wahrzunehmen glaubte, machte alles nur noch schlimmer. Auch jetzt war mir schon wieder so gespenstisch zumute, dass ich das dringende Bedürfnis verspürte, einen Scherz zu machen. »Vielleicht leide ich doch an Madeleines Fluch!«, sagte ich mit rauer Stimme.

David stopfte die Hände in die Taschen seiner Jacke, nahm sie aber gleich wieder heraus. »Das ist nicht lustig!«

Ich holte tief Luft. Regen setzte ein. Er fiel gleichmäßig und ganz senkrecht. Ich spürte, wie mir das kalte Wasser durch die Haare und ins Gesicht rann. Ich ließ es laufen, denn ich war froh darüber. Schon wieder standen mir Tränen in den Augen und so konnte David sie wenigstens nicht sehen.

Wir schwiegen eine Weile. Als wir an die Weggabelung kamen, an der es links zu den Klippen ging, führte David mich nach rechts. Der gewundene Pfad war leicht abschüssig und schmal. Rechts und links wuchsen Büsche, aber obwohl kaum genug Platz war für zwei Leute, um nebeneinanderzugehen, wich David nicht von meiner Seite. Regenwasser und Tränen vermischten sich auf meiner Haut, rannen über meine Wangen nach unten und tropften von meinem Kinn. Eine Weile kämpfte ich wortlos damit, das Schluchzen zu unterdrücken, aber mit der Zeit wurde das schwieriger und schwieriger.

Schließlich – unter einem hochgewachsenen Wacholderbaum, der uns wenigstens ein bisschen Schutz vor dem Regen bot – blieb David stehen und zwang mich, es ebenfalls zu tun. Sanft drehte er mich zu sich um. »Was ist los, Juli?«, fragte er. »Ist es wegen des Armbands?« Er wartete auf eine Antwort, aber ich war unfähig, ihm eine zu geben. Ich brauchte all meine Kraft, um nicht wie ein Schlosshund draufloszuheulen. *Verdammt!*

»Es tut mir leid, dass ich so grob zu dir war«, murmelte David.

*Verdammt! Verdammt!*

»Das ist es nicht!«, begehrte ich auf. Meine Lippen bebten und ich war unfähig, das zu unterdrücken.

David stand ganz aufrecht und ganz ruhig da und wartete geduldig, dass ich weitersprach, aber stattdessen begann ich, nun wirklich zu schluchzen. »Es ist nur ... ich bin hier, weil ich dir helfen soll, aber es geht irgendwie nicht ...« Ich holte so tief Luft, wie ich konnte. »Ich wollte mich nicht in dich verlieben, David. Du hast selbst gesagt, dass ich alles nur noch komplizierter mache, deshalb habe ich versucht, mich nicht in dich zu verlieben, aber ich ...« Die Stimme versagte mir, ich wollte noch etwas hinzufügen, aber ich kam nicht mehr dazu, denn jetzt seufzte David.

»Ach, Juli!« Und dann trat er einen Schritt näher, hob die Arme und schlang sie um meine bebenden Schultern. Das war es, wonach ich mich die ganze Zeit gesehnt hatte! Ganz fest zog er mich an sich. Seine nasse Haut roch so gut.

»Ich möchte dich nicht noch mehr belasten«, murmelte ich, aber er machte nur: »Schscht!« Es fühlte sich unendlich gut an, von ihm festgehalten zu werden, aber es führte auch dazu, dass meine Selbstbeherrschung in sich zusammenkrachte wie ein Kartenhaus. Hemmungslos weinte und weinte ich, während David mir beruhigend über den Rücken strich und der Regen auf uns niederfiel und uns bis auf die Knochen durchnässte.

»Es ist gut«, sagte David wieder und wieder. »Es ist alles gut!«

Ich weiß nicht, wie lange es dauerte, bis ich mich einigermaßen beruhigt hatte, aber irgendwann begannen meine Zähne zu klappern und zu dem andauernden Schwindelgefühl kam jetzt auch noch ein Zittern. Es dämmerte bereits, der Himmel über uns hatte die Farbe von altem Blei.

David schob mich von sich fort und betrachtete mich. »Deine Lippen sind ganz blau.«

Außerdem hingen mir die Haare wirr ins Gesicht, meine Nase war mit Sicherheit rot und meine Augen vom Heulen geschwollen.

»Komm!«, sagte David, legte mir den Arm um die Schultern und führte mich den Pfad weiter. Keine zwei Minuten später erreichten wir eine kleine Bucht mit feinem weißem Sandstrand. Ein Holzsteg führte ins Meer hinein und genau in seiner Mitte stand ein kleines Bootshaus, das bei dem inzwischen immer stärker werdenden Regen wie hinter einem Schleier verborgen lag.

»Da drinnen ist es trocken.« David führte mich über den Steg und blieb vor der Tür des Bootshauses stehen. Ein Vorhängeschloss versperrte uns den Weg hinein.

»Tja«, meinte ich heiser und wischte mir einen Tropfen von der Nase. »Sieht so aus, als war das ein Satz mit x.«

»Geh ein Stück zurück!« David wartete, bis ich getan hatte, was er sagte, dann holte er aus und trat dicht neben dem Schloss gegen die Tür. Das Schloss riss aus, die Tür flog auf und krachte innen gegen die Wand.

»Das ist Einbruch!«, protestierte ich lahm, aber insgeheim war ich nur froh, aus diesem elenden Regen zu kommen.

David schüttelte den Kopf. »Das Bootshaus gehört meinem Vater. Ich werde ihm einfach das Schloss ersetzen.« Er schob mich ins Innere, das mir, obwohl es nicht geheizt war, warm und behaglich vorkam. Mein gesamter Körper schlotterte inzwischen vor Kälte. Während ich dastand und nicht wusste, was ich tun sollte, öffnete David eine der Kisten, die an einer Wand aufgereiht waren, und holte einen Stapel grauer Decken heraus. Zwei davon gab er mir. »Zieh die nassen Klamotten aus und trockne dich mit einer davon ab!«

Ich nahm die Decken und zögerte. Da glitt ein leichtes Lächeln über sein Gesicht. »Ich schaue auch nicht hin!« Er drehte mir den Rücken zu und zerrte sich selbst Jacke, Pullover und T-Shirt vom Leib. Ich musste schlucken, als mein Blick auf das Tattoo auf seinen Rippen fiel. Über seine Schulter hinweg warf er mir einen Blick zu. »Mach schon!« Er hüllte sich in seine Decke, dann stellte er sich in die Tür und schaute in den strömenden Regen hinaus, während ich mich bis auf Höschen und BH aus meinen nassen Klamotten schälte. Rasch rubbelte ich mich trocken. »Fertig!«, sagte ich, als auch ich mich in die Decke gehüllt hatte.

»Gut.« Er wandte sich um und breitete weitere Decken auf dem Boden aus. »Setzen wir uns und warten, bis es aufhört zu regnen, was meinst du?«

»Gute Idee.«

»Geht es dir ein bisschen besser?«, fragte David, als wir nebeneinander auf dem Boden saßen und uns mit dem Rücken gegen die Kiste gelehnt hatten.

»Ja.« Ich überlegte, was ich sagen sollte. »Warum bist du auf einmal so freundlich zu mir?«

Er blies die Wangen auf. Seine Haare hingen ihm wirr und noch immer patschnass ins Gesicht. Ich sah zu, wie sich ein Tropfen daraus löste und ihm über die Stirn rann. »Vielleicht, weil es offenbar nichts genützt hat, unfreundlich zu dir zu sein.«

Was sollte das denn heißen? Fragend zog ich die Augenbrauen zusammen.

Er lächelte. Es sah traurig aus. »Na, du hast mir gerade gesagt, dass du dich trotzdem in mich verliebt hast.«

Ich vergrub meine Nase in der Decke. Der Stoff war überraschend weich und roch gut, nach Lavendel. »Du bist ja ganz schön von dir selbst überzeugt!«, grummelte ich, verzweifelt bemüht, einen Scherz zu machen. Ich hatte David eben tatsächlich gebeichtet, dass ich mich in ihn verknallt hatte, das wurde mir erst jetzt richtig klar.

*Himmel, Juli!*

»Wieso?«, fragte er.

»Das bedeutet doch, dass du dir von Anfang an sicher warst, dass ich mich in dich verlieben würde!«

Er zuckte die Achseln. »Mädchen wie du stehen eben auf kaputte Typen wie mich.«

»Mädchen wie ich ...«

Er hielt meinem Blick einige Sekunden lang stand, doch dann senkte er die Lider, strich sich die nassen Haare aus der Stirn. Ich dachte daran, wie er im Pool gestanden und gelacht hatte. »Ich will einfach nicht schuld daran sein, dass du auch noch von den Klippen springst!«, sagte er.

Ein Schauer rann mir über den Rücken, so heftig, dass es mich schüttelte. »Keine Sorge!«, behauptete ich. »Dazu wird es nicht kommen.« Im Stillen musste ich an den Blackout auf meinem Balkon denken, vor allem aber an Grace' Warnungen. Trotzdem zwang ich mich zu einem möglichst unbeschwerten Tonfall. »Ich glaube nämlich nicht an Flüche und Geister. Mich fröstelt es zwar immer mal wieder in eurer Eingangshalle, aber das auch nur, weil ihr ständig überall die Fenster aufreißt!«

Darauf antwortete David nicht, sondern starrte mich schweigend und ein bisschen erschrocken an.

»Was ist?«, wollte ich wissen.

Er zuckte die Achseln und zog seine Decke noch etwas fester um sich. Ich ahnte, dass ihm ebenso kalt war wie mir. »Nichts!«, behauptete er. »Frierst du noch?«

Ich schluckte. Dann nickte ich.

Er öffnete seine Decke. »Komm!«, forderte er mich auf. Ich zögerte, aber dann lehnte ich mich an ihn und er schlang seine Decke um uns beide. Seine Haut war wärmer als meine und überall, wo wir uns berührten, floss ein schwacher elektrischer Strom. Vor Wonne hätte ich beinahe angefangen zu schnurren.

Ich hatte mich inzwischen so oft nach genau so einer Situation gesehnt, dass ich es kaum glauben konnte, was gerade geschah. Am liebsten hätte ich gleichzeitig gelacht und schon wieder geheult. Ich rieb mir mit meiner Decke über das

Auge. Aus Versehen stieß ich dabei mit dem Ellenbogen gegen Davids Rippen.

Er zog Luft durch die Zähne. Offenbar tat die Prellung, die Henry ihm bei der Poolparty verpasst hatte, noch immer ziemlich weh.

»Entschuldige!«, murmelte ich und rückte ein winziges Stück von ihm ab. Das war eine dumme Idee, denn sofort hob er den Arm und entließ mich auf diese Weise aus seiner Decke. *Mist!* Mein Blick fiel auf das Tattoo an seiner Seite. Ohne recht darüber nachzudenken, was ich tat, streckte ich eine Hand hervor und näherte sie dem Tattoo. David saß völlig still, aber kurz bevor ich es berührte, sagte er: »Nicht, Juli!«

Meine Hand zuckte zurück. »Henry hat mir gesagt, dass Charlie wollte, dass du das Tattoo ...«

Er legte mir die Fingerspitzen auf die Lippen. »Ich habe gesagt: Nicht!«

Ich wich der Berührung aus, indem ich den Kopf zur Seite drehte. »Charlie ...«, setzte ich an.

»Charlie ist nicht hier.«

Und da wurde mir endlich klar, dass es stimmte. Charlie war in diesem Moment zum allerersten Mal nicht bei uns, nicht zwischen uns. Wieso war ich eigentlich so blöd, sie unbedingt herbeireden zu wollen? Sie war weg. Ich war hier!

»Du hast recht«, murmelte ich. Dann fasste ich mir ein Herz. Schüchtern rückte ich wieder näher und zu meiner Freude öffnete David erneut die Decke, sodass ich darunterkriechen konnte. Mit einem wohligen Seufzen legte ich den Kopf an seine Schulter und wartete ängstlich darauf, ob ihm das zu viel war, ob er mich wieder von sich schieben würde. Aber das tat er nicht. Stattdessen zog er seine Decke fester um uns.

Sein Gesicht war ganz dicht an meinem Haar und ich konnte seinen Atem warm auf meiner Kopfhaut spüren.

Zufrieden schloss ich die Augen, öffnete sie aber gleich darauf wieder. »David?«

»Ja?«

»Was ist auf der Klippe passiert?«

Er antwortete nicht sofort, und als er zu sprechen anfing, war seine Stimme belegt. »Es gibt etwas, das du nicht weißt. Niemand außer mir weiß es.«

Schlagartig stand Rickys Anschuldigung wieder im Raum, der Verdacht, dass er Charlie von der Klippe gestoßen hatte. Ich wollte mich losmachen, um David ins Gesicht sehen zu können, aber er spannte die Muskeln an und entließ mich nicht.

»Bleib sitzen«, bat er. »Dann ist es leichter für mich.« Er schluckte schwer, dachte nach. Dann sagte er leise: »An dem Tag, an dem ... Charlie ...«

Ich saß ganz still: David sprach zum ersten Mal über die Augenblicke auf der Klippe! Nicht ganz freiwillig zwar, aber immerhin. Ich durfte den Moment nicht zerstören.

»Charlie hatte mich gebeten, mich dort mit ihr zu treffen. Sie wollte etwas mit mir besprechen.« Ich spürte, wie er den Kopf zurücklehnte, gegen die Kiste stützte. Er schwieg eine ganze Weile.

Angst klammerte eine kalte Hand um mein Herz.

»Sie ließ mich warten«, sagte er. Die Worte kamen jetzt immer schneller aus seinem Mund. »Sie ließ mich eigentlich immer warten, das war ich von ihr gewohnt. Aber diesmal reichte es mir. Ich hatte schon länger überlegt, ob es eine gute Idee war, dieser Verlobung zuzustimmen, und als Charlie dann endlich kam, hatte ich einen Entschluss gefasst.«

Meine Angst wuchs. Was kam jetzt?

»Sie wirkte traurig, ganz sonderbar. Sie gab mir einen Brief, den sie auf ihrem Briefpapier geschrieben hatte.«

Der fliederfarbene Umschlag in seiner Hosentasche.

»Sie bat mich, ihn zu lesen, aber ich tat es nicht. Ich steckte den Brief ein.« Er biss die Zähne zusammen, so fest, dass ich die Bewegung bis hinunter in seine Schulter spüren konnte. »Und dann habe ich mit ihr Schluss gemacht«, flüsterte er.

Ich richtete mich auf. Wartete, ob noch etwas kam. Dann wandte ich ein wenig den Kopf. David sah mich an. »An dem Tag, an dem Charlie von der Klippe gesprungen ist, habe ich sie sitzen gelassen, Juli.« Seine Stimme war jetzt angefüllt mit all den Schuldgefühlen, die ich schon die ganze Zeit in seinen Augen gesehen hatte.

Ich legte eine Hand an seine Brust. Ich wusste nicht, was ich sagen sollte. In mir kämpften Furcht und Freude um die Vorherrschaft. Er hatte Schluss gemacht mit Charlie? Er hatte sie gar nicht so sehr geliebt, wie ich geglaubt hatte? Ich konnte es nicht fassen.

»Du ...« Meine Stimme krächzte. »Sie war nicht der Typ, der sich umgebracht hätte. Du konntest es nicht ahnen.«

»Ich habe den Brief erst später gelesen«, murmelte er. »Ich hätte es wissen müssen.«

Ich rückte jetzt erneut ein Stück von ihm fort, diesmal mit voller Absicht, damit ich ihm richtig ins Gesicht sehen konnte. Seine Augen waren rot. Er weinte noch immer nicht. Warum nicht? Was war da noch, das ihn davon abhielt? Was würde noch kommen? Ich verspürte einen Anflug von Frustration. Zwar hatte ich etwas Wichtiges erfahren, aber aus irgendeinem Grund hatte ich trotzdem nicht das Gefühl, dass es mich David wesentlich nähergebracht hatte. Irgendwas stand noch immer zwischen uns.

»Was noch, David?«, flüsterte ich.

Aber er verschloss sich jetzt genauso schnell wieder, wie er sich mir geöffnet hatte. Eine Auster war nichts dagegen. Ich unterdrückte die Enttäuschung.

»Darf ich dich um was bitten?«, flüsterte ich.

Fragend sah er mich an.

»Halt mich einfach nur fest!«

Und das tat er. Ich legte den Kopf wieder gegen seine Schulter. Und beschloss, dass ich geduldig sein würde.

»Juli?«

Davids Stimme drang durch den angenehmen Schleier der Benommenheit, der mich in der letzten Stunde eingehüllt hatte.

»Hm?«, murmelte ich.

»Alles okay?« Er rückte ein Stück von mir ab und fast hätte ich aufgeschrien: *Nicht!* Stattdessen setzte ich mich auf.

»Klar.«

»Geht es dir ein bisschen besser?«

Meine Übelkeit war fort, der Schwindel auch. Fast jedenfalls. Ich nickte.

»Gut.« David richtete den Blick durch das einzige kleine Fenster des Bootshauses nach draußen. Inzwischen war es stockfinster geworden. An dem leisen, aber stetigen Rauschen hinter der Bretterwand konnte ich hören, dass es nach wie vor regnete. »Ich fürchte, wir müssen zurück, sonst machen sie sich noch Sorgen um uns.«

»Du könntest anrufen«, widersprach ich. Er beugte sich ein Stück zur Seite, langte nach seiner durchnässten Jacke und zog sein Handy hervor. Wasser tropfte daraus hervor, als er es in die Höhe hielt.

»Das ist hin«, sagte er.

»Es regnet immer noch«, startete ich einen lahmen zweiten Versuch, ein paar weitere gemeinsame Minuten zu schinden, aber zu meinem grenzenlosen Bedauern stand David jetzt auf.

»Ich weiß. Aber es nützt nichts.« Er begann, seine nassen Klamotten anzuziehen. Ich sah zu, wie der schwarze Stoff seines T-Shirts das Tattoo verdeckte. Als David mir den Rücken zuwandte, zog ich mich ebenfalls an. Meine Sachen waren klamm und ekelig. Ich kontrollierte mein eigenes Handy. Es hatte den gleichen Gang über den Jordan angetreten wie das von David. »Na toll!«, grummelte ich. Es tröstete mich ein wenig, dass Dad mir ja ein neues versprochen hatte, weil ich mit ihm nach Martha's Vineyard gekommen war.

David öffnete die Tür und warf einen missmutigen Blick in den Regen hinaus. »Also dann!«, seufzte er.

Keine zehn Minuten später erreichten wir das hell erleuchtete *Sorrow*. Atemlos stolperten wir durch den Haupteingang in die Halle, und obwohl wir so schnell wie möglich gerannt waren, fror ich schon wieder. Aber das war mir egal, denn ich genoss es, in Davids Nähe zu sein und zu wissen, dass die Sache mit Charlie zu Ende gewesen war, bevor wir uns kennengelernt hatten.

»Ich glaube«, grinste ich, halb trunken vor Glück, »ich muss die nächsten vier Wochen nicht mehr duschen.«

Er lächelte und schüttelte sich das Wasser aus den Haaren, sodass es in mein Gesicht spritzte.

Ich musste lachen. »He!«, rief ich. Dann zuckte ich erschrocken zusammen.

Auf der obersten Stufe der Freitreppe stand Grace.

David drehte sich um, um zu sehen, wovor ich mich erschreckt hatte. »Grace!« Seine Stimme klang vorwurfsvoll.

Sie legte eine Hand auf das Geländer und kam ein paar Stufen nach unten. Ihr Gesicht wirkte ernst und ziemlich beunruhigt.

»Was haben Sie, Grace?«, fragte David. Schlagartig war das Lächeln aus seiner Miene verschwunden.

Grace schüttelte schweigend den Kopf. Sie blieb stehen. Dann sah sie mich an und ihre Lippen wurden zu schmalen weißen Strichen. »Nichts, Master David«, murmelte sie. »Ich denke nur, Sie sollten den Fluch nicht vergessen!«

# 25

Glaubst du, man sollte ihre Warnungen ernst nehmen?«, fragte ich David. Er hatte darauf bestanden, mich bis zur Tür meines Appartements zu begleiten. Wir betraten gerade das Gästehaus.

Er schüttelte den Kopf. »Ich werde dafür sorgen, dass sie dich in Zukunft nicht mehr belästigt.«

In diesem Moment wirkte er sehr grimmig, und da ich nicht wollte, dass er sich wieder in den alten, düsteren David zurückverwandelte, hakte ich nicht weiter nach.

»Entschuldige«, sagte ich stattdessen leise, als wir vor meinem Appartement ankamen.

»Wofür entschuldigst du dich?«

Ich strich über seine nasse Brust. »Dafür, dass ich dir die Klamotten vollgeheult habe.«

Er lächelte schwach.

»Ich möchte gern alles wissen, was dich bedrückt, und ich ...« Ich konnte nicht zu Ende sprechen, denn wieder legte er mir die Finger auf die Lippen.

»Lass gut sein für heute!«, sagte er leise. Kurz waren sich unsere Gesichter sehr nahe und ich zitterte etwas bei dem Gedanken, dass er mich küssen könnte.

Aber er tat es nicht. Stattdessen nahm er den Finger von meinem Mund und trat einen Schritt zurück. »Schlaf gut!«

»Ja. Du auch.« Ich betrat mein Appartement, schaltete das

Deckenlicht ein und schloss die Tür hinter mir. Dann lauschte ich, was David nun tun würde. Vielleicht, so hoffte ich, würde er ja gleich wieder klopfen. Aber seine Schritte entfernten sich und gleich darauf konnte ich unten die Haustür klappen hören.

Seufzend machte ich mich auf den Weg ins Bad und begann noch im Gehen, meine nassen Sachen auszuziehen. Als ich an meinem Bett vorbeikam, stutzte ich.

*Rebecca* lag auf meinem Nachtschrank, als sei es niemals fort gewesen! Verwundert nahm ich es, betrachtete das Bild des brennenden Herrenhauses und schlug dann die erste Seite auf. Da stand Charlies Name, genau, wie ich ihn in Erinnerung hatte. Seltsam.

Ich grübelte, was das nun schon wieder zu bedeuten hatte. Vermutlich hatte Grace das Buch doch fortgenommen und es irgendwann im Laufe des Tages wieder hingelegt. Ich überlegte, ob ich es jetzt sofort zu David bringen sollte, aber ich hatte keine Ahnung, was für Bomben sich in diesem Text befanden, die das zerbrechliche Glück, das wir beide heute gefunden hatten, möglicherweise gleich wieder zum Einsturz bringen würden. Die Stunden in Davids Armen waren zu schön und zu kostbar gewesen, um sie aufs Spiel zu setzen. Ich knipste meine Nachtschranklampe an und beschloss, David vorerst nicht zu sagen, dass das Buch wieder da war. Erst einmal würde ich es selbst lesen, und zwar noch heute Nacht!

Bedächtig legte ich das Buch zurück auf den Nachtschrank, dann duschte ich so heiß wie möglich, schlüpfte in Jogginghose und T-Shirt und putzte mir die Zähne. Als ich zurück in mein Schlafzimmer kehrte, klopfte es an meiner Appartementtür. Mein Herzschlag beschleunigte sich.

*David?*

»Es ist offen!«, rief ich.

Die Tür schwang auf und herein kam Taylor, die auf einem kleinen silbernen Tablett ein Glas mit Milch balancierte.

Ich verscheuchte die Enttäuschung, dass es nicht David war, und schenkte ihr ein bedauerndes Lächeln. »Ich habe schon die Zähne geputzt.«

Sie stellte das Glas trotzdem auf meinem Nachtschrank ab. »Vielleicht überlegst du es dir ja noch anders.«

Nachdem sie wieder weg war, schaltete ich alle Lampen bis auf die auf meinem Nachtschrank aus, warf mich mit *Rebecca* aufs Bett und begann zu lesen. Doch ich kam an diesem Abend nicht weit, denn keine zwanzig Minuten später überfiel mich eine solche Müdigkeit, dass ich anfing zu gähnen und die Zeilen vor meinen Augen verschwammen. Trotzig blinzelte ich gegen die Schläfrigkeit an, aber der Text ergab jetzt immer weniger Sinn.

Ich erwachte, weil mein Nacken schmerzte. Völlige Finsternis umgab mich und ich schrak hoch. War da ein Geräusch gewesen? Die Muskeln an meinem Hals protestierten mit einem heftigen Ziehen gegen die ruckartige Bewegung und ich begriff, dass ich beim Lesen eingeschlafen sein musste. Mein Kopf war mir auf die Brust gesunken. Darum war auch mein Nacken so verkrampft.

Aber warum war es dunkel? Ich war sicher, dass beim Einschlafen noch meine Nachtschranklampe gebrannt hatte. Verwirrt tastete ich über die Bettdecke, auf der ich lag. Wo war das Buch?

Mit einem Ruck setzte ich mich auf.

Ein greller Lichtblitz zuckte vor meinen Augen auf. Kurz schien der Raum in helles Licht getaucht. Alles rückte in unendliche Ferne und stürzte dann mit rasender Geschwindigkeit wieder auf mich ein. Einen Sekundenbruchteil später war ich erneut von tintenschwarzer Dunkelheit umgeben. Nur ein paar regenbogenfarbene Flecken tanzten vor meinen weit aufgerissenen Augen.

Mein Herz hämmerte schmerzhaft.

War da jemand im Zimmer? Der Lichtblitz war nur kurz gewesen, aber je länger ich darüber nachdachte, umso sicherer war ich mir, einen menschlichen Umriss gesehen zu haben, der an der Balkontür stand.

Eisige Panik lähmte meinen Körper. Ich presste beide Hände auf den Magen.

»Ist da wer?«, hauchte ich. Das Blut rauschte in meinen Ohren, sodass ich meine eigene Stimme kaum hören konnte.

Ich erhielt keine Antwort.

Mit zitternder Hand tastete ich nach dem Schalter der Nachtschranklampe, stieß gegen etwas Hartes, das leise klirrte. Das Milchglas. Ich tastete weiter, meine Augen waren so weit aufgerissen, wie es nur ging.

»David?«

Ich wusste nicht genau, ob ich hoffte, dass er es war, der dort stand, oder ob ich es eher fürchtete.

Keine Antwort.

Meine Fingerspitzen stießen auf den Lichtschalter, ich zögerte, aber dann fasste ich mir ein Herz und knipste ihn an. Anheimelnd gelblicher Schein erfüllte das gesamte Schlafzimmer, fiel auf das Bett, den Schrank, die Vorhänge.

An der Balkontür stand – niemand.

Ich war allein.

Mit jagendem Herzen ließ ich die angehaltene Luft aus meinen Lungen entweichen. Ich blinzelte und die flirrenden Farben, die ich im Dunkeln auch schon gesehen hatte, kehrten zurück. Feuerräder drehten sich vor meinen Augen, das neblige Gefühl war mit einem Mal wieder da. Und auch die Übelkeit.

»Was ...«, murmelte ich und verstummte, weil es mich würgte.

Langsam schwang ich die Beine aus dem Bett. Ich blieb auf der Bettkante sitzen, doch dann trieb mich etwas mit unnachgiebiger Kraft auf die Beine. Wie magisch wurde ich von der Balkontür angezogen. Auf nackten Füßen tappte ich quer durch den Raum. Wie ferngesteuert streckte sich meine Hand nach dem Türgriff aus. Dann schwang die Tür auf. Ein eiskalter, prickelnder Regenguss wehte ins Zimmer, der mein T-Shirt auf der Stelle durchnässte. Die Tropfen brannten auf der Haut wie winzige Dolchstiche.

Trotzdem trat ich nach draußen auf den Balkon.

Eisig prasselten Regen und Hagel auf mich nieder, aber noch immer zog mich etwas unnachgiebig voran. Ich trat an das Geländer. In der Ferne donnerte die Brandung an die Klippen von Gay Head.

Eine tiefe, furchtbare Sehnsucht keimte in meinem Herzen.

*Halt dich fest!*, kreischte eine mahnende Stimme in meinem Hinterkopf und mit Mühe schaffte ich es, ihr zu gehorchen.

Meine Lider fühlten sich bleischwer an. Nebel tanzten vor meinen Augen und ich glaubte zu sehen, dass die Welt sich in eine Märchenlandschaft verwandelt hatte. Bäume, Büsche, die Bänke und Laternen unten auf dem Rasen: Alles war mit einer schimmernden Schicht aus Glas überzogen, in der sich das Licht aus meinem Schlafzimmer funkelnd brach.

Ich legte den Kopf schief und dann hörte ich eine leise Stimme. Sie war gleichzeitig ganz nah und unendlich weit entfernt und sie klang furchtbar traurig. Sie flüsterte nur ein einziges Wort:

»Juli!«

»Juli, um Himmels willen!«

Ich wurde gepackt und mit brutaler Wucht nach hinten gerissen. Ein Schrei löste sich aus meiner Kehle, stieg in den finsteren Nachthimmel, wo der heulende Wind ihn verschluckte. Das Donnern der Brandung war unendlich laut in meinen Ohren. Meine Füße brannten wie Feuer und auch die Haut an meinem gesamten Körper. Glühende Nadeln pikten mich in Schultern, Rücken und Kopfhaut. Ich spürte, wie ich von jemandem in die Arme gezogen wurde. Da war ein Zittern und es kam nicht von mir, es kam von dem anderen.

»Was machst du denn? Oh Gott, was machst du?« Fassungslos klang die Stimme und jetzt erkannte ich sie.

»David!« Meine Zunge war schwer wie Blei.

»Ja!«, rief er und drückte mich noch fester an sich. »Ja, verdammt!«

Endlich schaffte ich es, den Kopf zu heben. David war wirklich da. Das war das Erste, was ich begriff. Und er weinte. Es war nicht der eisige Regen, der ihm über die Wangen lief, das sah ich an seinen Augen. Es waren Tränen. Richtige, echte Tränen!

»Du weinst!« Es kam mir vor wie ein Wunder.

Er lachte unter Tränen und in diesem Augenblick hämmerten mehrere Erkenntnisse gleichzeitig in meinen Verstand. Er lachte vor Erleichterung. Er lachte meinetwegen. Und er hatte Angst um mich gehabt.

*Angst? Warum?*

Das Donnern der Brandung. *Warum ist es auf einmal so laut?*

Und dann begriff ich, was geschehen war. Vor Entsetzen wurden meine Knie ganz weich. David musste mich auffangen.

»Hey!«, sagte er erschrocken, hielt mich aber sicher.

Sein Gesicht schwebte riesengroß und verschwommen vor mir. Das Einzige, was ich in diesem Augenblick empfand, war grenzenloses Entsetzen.

Ich stand am Rand der Gay-Head-Klippen!

»Ja«, sagte er völlig heiser. »Du wolltest wirklich springen!«

»Komm!« Sanft führte er mich von der Kante weg, bis wir festen Grund erreicht hatten. »Scheiße, Juli!« Er stöhnte die Worte. »Um ein Haar wärest du gesprungen!«

»Wie ...« Ich fasste mir an die Lippen, weil ich sie nicht spüren konnte. Ich spürte meinen ganzen Körper überhaupt nicht, da war nur dieses Entsetzen, das mich ausfüllte wie flüssige Bronze, die man in die leere Form meines Körpers gegossen hatte. »Wie bin ich hierhergekommen?«

David ließ sich auf einen Findling fallen und zog mich neben sich. Er lachte und weinte noch immer gleichzeitig. »Wie du ... Du bist gelaufen, Juli! Den ganzen Weg hierher bist du gelaufen. Ohne Schuhe!«

Ich schaute an mir hinunter. Ich trug nur meine Jogginghose, durch die ich den Findling eisig kalt unter mir spürte, und das dünne T-Shirt, das völlig durchnässt an meinem Leib klebte. Meine Füße waren nackt und schmutzig und sie bluteten an mehreren Stellen. Kein Wunder, dass sie wehtaten!

»Ich kann mich an überhaupt nichts erinnern.« Das Letzte,

was ich noch wusste, war, wie ich auf dem Balkon gestanden hatte. Ich musste mein Appartement verlassen haben und den ganzen Weg von *Sorrow* bis hierher auf die Klippen gelaufen sein, ohne etwas davon mitzubekommen. Der Nebel in meinem Kopf lichtete sich jetzt langsam und ich schaute in Davids Gesicht, um mich an dem Anblick festzuhalten.

»Sieht so aus, als hätte der Fluch mich jetzt doch erwischt, was?«, murmelte ich noch immer wie betäubt.

David ächzte gequält. »Gott, Juli!« Dann packte er mein Gesicht und küsste mich. Er küsste mich mit solcher Heftigkeit, dass ich sein ganzes Entsetzen auf meinen Lippen schmecken konnte. Ich wäre beinahe gesprungen, hatte er gesagt. In meinem Kopf vollführten die Gedanken einen irren Tanz. Was geschah nur mit mir? Wurde ich verrückt? Vermutlich. Jedenfalls schien es die einzige Erklärung zu sein. Ich wurde verrückt und die Welt um mich herum hatte sich in ein gläsernes Märchenreich verwandelt, durch das mein wahnsinniger Verstand taumelte. Vielleicht war ja gar nicht Madeleine der Geist, sondern ich ...

All diese Dinge schossen mir in den Sekunden durch den Kopf, in denen David mich küsste. Als er wieder von mir abließ, waren seine Tränen versiegt. Erleichterung hatte den Ausdruck von Entsetzen aus seinen Augen vertrieben.

»Ich dachte, ich hätte dich verloren ...« Mit beiden Händen fuhr er sich in die Haare.

Ich legte meine Fingerspitzen gegen seine nasse Wange. Der Wind heulte um uns herum und schlug mir Regen und Eiskörner gegen den Rücken. Erst in diesem Augenblick nahm ich die Umgebung wieder vollständig wahr. Der Glaspanzer: Ich hatte ihn mir nicht eingebildet!

Die Welt ringsherum hatte sich tatsächlich in eine dicke, glitzernde Rüstung gehüllt. Bäume, Felsen, Ginster, Heidekraut – alles war überzogen mit einer Schicht aus Eis. Die landeinwärts gerichteten Äste der Bäume hatten sich in starre Zacken verwandelt, die wie Speerspitzen alle in dieselbe Richtung zeigten. Die Ginsterbüsche wirkten wie filigrane Gebilde aus Kristall. Die Heide duckte sich unter der kalten Schicht.

Selbst der Findling unter uns war bedeckt mit Eis. Ich ließ meine Finger über die Kruste gleiten. Sie war mindestens drei oder vier Zentimeter dick. Während ich wie hypnotisiert durch die Landschaft gerannt war, hatte der angekündigte Eissturm die Insel erreicht.

David führte mich durch den Sturm zurück zum Herrenhaus, und als auf halber Strecke meine Beine nachgaben, hob er mich kurzerhand auf die Arme und trug mich.

»Ich bin viel zu schwer!«, protestierte ich matt.

»Halt den Mund, Juli!« Er klang wie betrunken – betrunken vor Erleichterung, dass ich noch am Leben war.

»Ich kann alleine laufen!« Aber wie um mir zu beweisen, dass es nicht so war, kehrte jetzt dieser furchtbare Schwindel zurück und mein Kopf sank gegen Davids Schulter.

»Klar«, sagte er nur und trug mich weiter.

»Mir ist so kalt«, flüsterte ich.

»Ich weiß.« Seine Lippen waren dicht an meiner Stirn und sie streiften meine Haut wie ein sanfter Kuss. »Ich würde dir ja meine Jacke geben, aber ich hatte keine Zeit mehr, mich für dich zurechtzumachen.«

Ich nahm den Kopf von seiner Schulter und sah an ihm hinunter. Er trug nur seine Jeans und einen Rollkragenpullover.

»Wenigstens warst du so schlau, Turnschuhe anzuziehen«, murmelte ich und lehnte den Kopf wieder an.

Er schnaubte leise.

Ich wollte noch etwas hinzufügen, aber in meinem Kopf verdichteten sich die Nebelschwaden jetzt wieder und ich spürte, wie ich wegdriftete. »Ich bin ... müde!« Das letzte Wort kam nur noch als Hauch aus meinem Mund. Dann war ich weg.

# 26

Als ich wieder zu mir kam, flatterte ein riesiger bunter Vogel vor meinen Augen. Im ersten Moment dachte ich, dass ich gestorben und in irgendeinem absurden Jenseits gelandet war. Dann erst kapierte ich, dass ich den Pelikan an der Eingangstür von *Sorrow* sah. David stolperte mit mir die Stufen hoch. Gleich darauf wurde die Tür aufgerissen.

»David, um Himmels willen!«

Taylors Stimme. Sie dröhnte in meinen Ohren – alle Geräusche dröhnten jetzt in meinen Ohren wie die Schläge einer riesigen bronzenen Glocke. Eine Glocke? Hatten sie die etwa aus der Bronze gemacht, die sie in meinen Körper gefüllt hatten? Ergab eigentlich irgendwas, das ich dachte, einen Sinn? Meine Gedanken drehten sich im Kreis. Mir war jetzt nicht mehr kalt, sondern sogar ziemlich warm. Nein, nicht nur warm, sondern geradezu heiß. Ich verspürte das Bedürfnis, mir die Klamotten vom Leib zu reißen.

»Sie wollte springen!«, stieß David hervor. Er klang atemlos. Ich wurde gepackt und aus seinem Arm gehoben.

»Nicht!«, wollte ich sagen, aber ich brachte nur ein unverständliches Stammeln über die Lippen.

»Sie ist unterkühlt«, sagte Taylor. »Wir müssen sie nach oben bringen. Schnell!«

Jemand trug mich quer durch die Halle. Jason. Er brüllte nach einem Arzt, aber eine andere, besonnenere Stimme antwortete, dass die Handynetze durch den Eissturm zusammengebrochen waren und dass auch das Festnetztelefon nicht funktionierte. David eilte neben seinem Vater her und hielt meine Hand.

»Es wird alles wieder gut!«, versprach er, aber ich wusste nicht, was er meinte. Es war doch alles gut. Er war bei mir. Er hielt meine Hand. Mir war endlich warm. Es war alles gut.

»Irgendjemand sollte Bob Bescheid sagen!« Jason eilte die Treppe hoch und nahm dabei zwei Schritte auf einmal. Ich hob den Kopf und glaubte, eine Gestalt in einem roten Kleid in der Ecke neben der Standuhr stehen zu sehen. Aber dann blinzelte ich und der Eindruck war fort.

Ich wollte David davon erzählen, aber mit einem Mal hatte mich eine so allumfassende Müdigkeit erfasst, dass ich kein einziges Wort mehr herausbrachte. Meine Augen fielen zu.

Als ich erwachte, lag ich in einem riesigen Himmelbett, dessen Stoffbahnen über mir aussahen wie schneeweiße Wolken. Mein Kopf schmerzte, meine Füße ebenfalls. Das neblige Gefühl war nicht vollständig verschwunden, aber es war ein bisschen besser geworden.

»Schlaf!«, hörte ich Taylors Stimme sagen. »Du bist unterkühlt, aber wir haben das in den Griff gekriegt. Ich habe dir etwas zur Stärkung gegeben. Schlaf jetzt!«

Ich wollte etwas sagen, aber meine Lippen waren plötzlich nicht mehr aus Eis, sondern aus Holz. Die unangenehme Hitze meines Körpers war einer angenehm wohligen Wärme gewichen. Ich fühlte mich schwer und vollkommen entspannt.

Stimmen ertönten von etwas weiter weg, vermutlich vom Flur. Ich drehte den Kopf und sah, dass die Tür des Zimmers, in das sie mich verfrachtet hatten, offen stand. Ich konnte ein

Stück von meinem Vater sehen. David sah ich nicht, aber ich hörte seine Stimme.

»Du musst sie morgen so schnell wie möglich von dieser Insel schaffen, Bob«, sagte er.

Taylors Blick wandte sich ebenfalls der Tür zu.

»Ich verstehe das alles nicht!« Mein Vater klang geschockt. »Ich ...«

»Es ist alles meine Schuld!«, unterbrach David ihn. »Wenn Juli ...« Er dämpfte die Stimme und zog Dad mit sich, sodass ich nun auch ihn nicht mehr sehen konnte.

Müde schloss ich die Augen.

»Ihr könnt nicht von der Insel weg!« Jasons laute Stimme übertönte das unverständliche Gemurmel von David und meinem Vater. »Sie haben es eben durchgegeben. Der Sturm hat alle Verbindungen zum Festland gekappt. Ihr sitzt fürs Erste auf Vineyard fest, Bob!«

Ich riss die Augen wieder auf, wandte den Kopf und suchte Taylors Blick.

Sie lächelte mich an, aber aus irgendeinem Grund erreichte das Lächeln ihre Augen nicht. »Schlaf jetzt!«, wiederholte sie.

Ich gehorchte.

Ich schlief fast den ganzen nächsten Tag hindurch und wachte nur ab und zu kurz auf. David saß jedes Mal an meinem Bett und hin und wieder gesellten sich auch andere zu ihm. Jason beschwerte sich in regelmäßigen Abständen über den Eissturm und die Tatsache, dass man weder einen Arzt holen noch mich in eines der Krankenhäuser bringen konnte. Einmal hörte ich, wie David mit Henry darüber sprach, was auf der Klippe passiert war. Dann wieder glaubte ich, Grace' Stimme zu vernehmen, war mir aber nicht ganz sicher.

Wenn ich für kurze Zeit wach war, grübelte ich darüber nach, dass es etwas gab, was ich David hatte sagen wollen. Ich kam aber beim besten Willen nicht darauf, was es war. Es machte mich unruhig.

Als ich gegen Abend aus meiner Betäubung erwachte und in der Lage war, mich hinzusetzen, war es schon wieder dunkel. Im ganzen Raum standen Kerzen verteilt, die ein warmes, flackerndes Licht spendeten. Das Stromnetz schien immer noch nicht wieder intakt zu sein. Kein Wunder! In Amerika lagen die meisten Stromleitungen überirdisch. Bei einem Eissturm rissen regelmäßig die Kabel und manchmal gab es deswegen tagelange Stromausfälle.

Von David war keine Spur zu sehen.

»Er ist nach nebenan gegangen«, sagte Taylor. Sie saß auf dem Stuhl am Kopfende des Bettes, auf dem David die ganze Zeit gehockt hatte, und hatte eine Zeitschrift auf dem Schoß liegen. »Ich habe ihm gesagt, dass er sich hinlegen soll. Er war am Ende. Die ganze Nacht hat er nicht geschlafen und den Großteil des Tages auch nicht.« Sie blätterte um.

Ich stopfte mir das Kissen bequemer zurecht. Mir ging es deutlich besser. Der Nebel war aus meinem Kopf verschwunden, die Stimmen ebenfalls. Ich fühlte mich wieder wie ein Mensch. »Ich wäre tot, wenn er nicht gewesen wäre«, sagte ich.

Taylor nickte ernst. »Vielleicht hilft ihm das, Charlies Tod zu überwinden.«

Ein leichter Krampf entstand in meinem Magen, als sie den Namen nannte, und plötzlich wusste ich wieder, was ich David die ganze Zeit über so dringend hatte erzählen wollen. *Das Buch!* Ich wollte die Beine aus dem Bett schwingen. »Ich muss ihm ...«

»Du musst ihn vor allem schlafen lassen!«, fiel Taylor mir ins Wort, stand auf und schob meine Beine zurück an Ort und Stelle. »Morgen, wenn er wieder ganz auf dem Damm ist und du auch, habt ihr alle Zeit der Welt zum Reden.« Sie kümmerte sich nicht darum, dass ich protestierte, sondern ließ sich wieder auf ihren Stuhl fallen und las ungerührt weiter.

»Mir geht es wieder gut!«, behauptete ich.

Über den Rand ihrer Zeitschrift sah sie mich an. Im Licht der Kerzen wirkte ihre Miene weich und ihr Teint rosig. »Du warst unterkühlt. Und du hattest einen Blackout. Ich würde dich immer noch am liebsten in ein Krankenhaus bringen, um deinen Kopf untersuchen zu lassen, aber leider hat der Sturm uns vollständig abgeschnitten. Also ist das Einzige, was ich tun kann, froh darüber zu sein, dass ich eine medizinische Ausbildung habe. Ich werde dich hier im Bett behalten, Juli, bis ich mir sicher bin, dass du okay bist!«

Darauf wusste ich nichts zu erwidern, also schwieg ich.

Ein Blick auf das Cover ihrer Zeitschrift verriet mir, dass es sich um eine *Cosmopolitan* handelte. Das wunderte mich ein wenig. Taylor hatte auf mich überhaupt nicht den Eindruck gemacht, *Cosmopolitan*-Leserin zu sein. Ich hätte sie viel eher als den *Fit-for-Fun*-Typen eingeschätzt.

Aber wie sagt man immer? Man schaut den Menschen eben nur bis vor die Stirn.

»Hast du deine Nachricht inzwischen erhalten?«, fragte ich eine ganze Zeit später, nachdem es mir zu blöd geworden war, gegen die Decke zu starren und die flackernden Schatten der Kerzen zu beobachten.

Taylor blickte von ihrem Artikel auf. »Was meinst du?«

»Als wir zusammen joggen waren, hast du erwähnt, dass du auf eine Nachricht wartest. Hast du sie bekommen?«

»Nein.« Ein schwaches Lächeln glitt über ihr Gesicht. Es sah so traurig aus, dass ich nicht wagte nachzuhaken.

»Tut mir leid«, sagte ich nur.

Noch später am Tag kam mein Vater zu mir und leistete mir eine Weile Gesellschaft. Ich beschwerte mich auch bei ihm über meine unfreiwillige Betthaft, aber er zuckte nur die Achseln. Vermutlich war er der Letzte in diesem Haus, der es geschafft hätte, sich gegen Taylors patente Unnachgiebigkeit durchzusetzen.

Nachdenklich sah er mich an. Hinter seiner Brille waren seine Augen riesengroß. Er erinnerte mich ein wenig an den Waschbären, den wir in unserem Hinterhof in Boston hatten. Wenn man das Fenster aufmachte und ihn anschrie, während er die Mülltonnen durchwühlte, schaute er genauso verschreckt. »Wegen gestern Nacht ...« Er zögerte. »Was war los?«, stieß er dann hervor.

Sonderbarerweise musste ich nicht lange überlegen, was ich ihm erzählen sollte. Plötzlich kam ich mir wieder vor wie das kleine Mädchen, das er auf den Schoß genommen hatte, wenn es sich das Knie blutig geschlagen hatte. Ich holte tief Luft. Und erzählte ihm alles.

Von Anfang an.

Inklusive Geist und Fluch und Liebeskummer und beginnendem Wahnsinn. Nachdem ich einmal begonnen hatte, sprudelten die Worte nur so aus mir hervor und mit jedem einzelnen fühlte ich mich ein wenig leichter.

Er unterbrach mich nicht ein einziges Mal.

»Na ja«, endete ich. »Und das gestern Nacht war der Höhepunkt. Ich habe keine Ahnung, wie ich auf die Klippe gekommen bin. Es war genauso wie neulich auf dem Balkon.«

Ich verstummte, wartete, dass er etwas sagte. Als nichts kam, knurrte ich: »Aber wehe, du machst da irgendwann eines von deinen kitschigen Büchern draus!«

Entsetzt schüttelte er den Kopf. Natürlich hatte er wieder einmal nicht begriffen, dass ich Scherze machte, aber das war nach all dem, was er eben erfahren hatte, vermutlich auch zu viel verlangt. »Warum hast du mir das nicht schon viel früher erzählt?«, fragte er.

Ich überlegte, ob ich ihn darauf hinweisen sollte, dass ich das versucht hatte – an dem Tag, als mein Herz sich zum ersten Mal in Glas verwandelt hatte. Aber dann wurde mir klar, dass es ungerecht gewesen wäre. An jenem Tag war die ganze Sache ja noch nicht so eskaliert. Und als das dann der Fall gewesen war, hatte ich mich tatsächlich nicht mehr an ihn gewandt, da hatte er recht.

Ich senkte den Blick auf meine Hände. Meine Fingernägel waren sehr weiß und ich musste an die von David denken, als er am Schwimmbeckenrand gehangen und sich mit mir unterhalten hatte. »Tut mir leid«, behauptete ich. »Ich dachte, ich komme allein damit klar.«

Er lächelte schwach. Ganz viele feine Fältchen bildeten sich rund um seine Augen und er nahm die Brille ab, um sie zu putzen.

»Was glaubst du, was mit mir los ist?«, erkundigte ich mich. »Ich meine, wir sind uns doch einig, dass es keine Geister und Flüche gibt, oder?«

Ich war mir noch immer sicher, dass es so war, auch wenn die Erlebnisse auf den Klippen diese Überzeugung ganz schön ins Wanken gebracht hatten.

Dad steckte sein Taschentuch wieder weg, setzte die Brille auf und schob sie bis zur Nasenwurzel hoch. Das Licht der

Kerzen spiegelte sich in den Gläsern, sodass ich den Ausdruck in seinen Augen nicht erkennen konnte. »Ich habe keine Ahnung, Juli«, gestand er.

»Taylor hat neulich mal was von Massenpsychosen gesagt. Vielleicht liegt es an dieser sonderbaren Stimmung hier in diesem Haus, dass so viele Frauen glauben, Madeleines Geist ist hinter ihnen her.«

»Sonderbare Stimmung?«

Ich verdrehte die Augen. »Schon klar!«, murmelte ich. »Du spürst keinen eisigen Luftzug am Fuße der Freitreppe und du hörst auch nachts keine Frauenstimmen wispern.«

»Luftzug? Frauenstimmen? Nein.« Er sah mich mit neu erwachter Beunruhigung an und ich fragte mich, was von meinem Bericht er überhaupt kapiert hatte. Sowohl von dem Luftzug in der Halle als auch von den Frauenstimmen hatte ich ihm eben in aller Ausführlichkeit erzählt.

Ich unterdrückte ein Seufzen. »Du bist ja auch keine Frau«, machte ich einen Scherz. »Obwohl deine Bücher so klingen, als wärest du eine.« David war allerdings auch keine Frau, schoss es mir durch den Kopf. Und ich wusste, dass er zumindest einmal die wispernde Stimme auch gehört hatte – in der Nacht, in der er draußen auf der Bank gesessen und Charlies Brief gelesen hatte. Ich rief mir ins Gedächtnis, wie er mich angesehen hatte, als ich ihm von dem Frösteln erzählt hatte, das mich so oft in der Halle überkam. Wenn ich jetzt darüber nachdachte, dann hatte er gewirkt, als würde er dieses Frösteln kennen. Ich beschloss, ihn bei Gelegenheit danach zu fragen.

»Hallo! Redest du noch mit mir?« Dad wedelte mir vor der Nase herum und holte mich damit aus meinen Gedanken. Er sah ein bisschen beleidigt aus. »Ich sagte: Massenpsychose. Das klingt vernünftig. Ich lese mich mal ein bisschen schlau und dann spreche ich mit Jason. Vielleicht gibt es ja irgendwas, das diese Dinge erklärt, ein Bodenbelag, der giftige Dämpfe ausdünstet oder so.« Er hatte einmal in einen seiner Romantic-Thriller genau diese Erklärung für eine beginnende Psychose seiner Hauptfigur eingebaut. Ich erinnerte mich daran, dass ich das damals ziemlich dünn gefunden hatte.

»Mach das«, sagte ich trotzdem achselzuckend.

Nachdem mein Vater mich allein gelassen hatte, wurde mir so langweilig, dass ich nörgelig wurde, und gegen zwanzig Uhr erlaubte Taylor mir endlich aufzustehen, ermahnte mich aber, David schlafen zu lassen. Ich erklärte ihr, dass ich kein kleines Kind war, dem man solche Dinge noch sagen musste, aber sie nickte nur.

»Schone dich noch ein bisschen. Das, was du mitgemacht hast, war nicht von Pappe.«

Ich versprach es ihr.

Ich ging als Erstes in mein Appartement zurück. Grace hatte auf den Gängen des Gästehauses überall Kerzen aufgestellt und ich fragte mich, ob man hier keine Angst vor einem Feuer hatte. Immerhin war *Sorrow* schon einmal abgebrannt. Das warme Licht der vielen kleinen Flammen verstärkte den antiquierten Eindruck noch, den das ganze Anwesen sowieso schon machte. In meinem Appartement brannten die Kerzen natürlich nicht, aber es lagen mehrere Feuerzeuge herum. Ich zündete einige der Kerzen an und eine stellte ich auf den Nachtschrank neben meinem Bett.

*Rebecca* lag darauf, aufgeschlagen und mit den offenen Buchseiten nach unten. Ich zögerte, es zu berühren. Gab es Geisterbücher, die auftauchten und wieder verschwanden, wie es ihnen beliebte?

Ich gab mir selbst einen Klaps gegen die Stirn. Es waren fast vierundzwanzig Stunden vergangen, seitdem ich in meinem Bett gesessen und gelesen hatte. Inzwischen hatte Grace vermutlich sogar zweimal bei mir geputzt, immerhin war ja das Bett gemacht und sogar frisch bezogen, wenn ich es richtig sah. Vermutlich war mir das Buch im Schlaf aus der Hand gefallen und auf die Erde gerutscht, wo Grace es gefunden hatte. Und da sie die aufgeschlagene Seite nicht verblättern wollte, hatte sie es verkehrt herum auf den Nachtschrank gelegt.

Das war eine überaus vernünftige Erklärung, fand ich.

Ich nahm das Buch an mich. Schlug die erste Seite auf.

Und ließ es vor Schreck fallen.

Die Seite! Sie war leer!

Fassungslos bückte ich mich und hob das Buch wieder auf. Hastig blätterte ich es durch. Ich hatte mich nicht getäuscht. Charlies Name auf der ersten Seite war verschwunden. Und ebenso die fliederfarbenen Unterstreichungen, die sie gemacht hatte!

# 27

Das Buch vor die Brust gepresst, rannte ich über den Marmorplattenweg zum Haupthaus hinüber, um Grace zu suchen. Ich würde sie jetzt endlich zur Rede stellen und ihr verbieten, mein Appartement noch einmal zu betreten! Als ich das Haupthaus erreichte, wäre ich beinahe mit einer älteren Frau zusammengestoßen, die eine ganz ähnliche Dienstmädchenuniform trug wie Grace sonst. Sie schien Mexikanerin zu sein, jedenfalls ihrem Aussehen nach zu urteilen. Als sie mich sah, lächelte sie mir schüchtern zu.

»Wissen Sie, wo Grace ist?«, fragte ich sie, ohne darauf einzugehen, dass ich sie hier noch nie zuvor gesehen hatte.

Sie zögerte. Dann schüttelte sie den Kopf. »Grace ist nicht da, Miss. Sie musste gestern Abend überraschend weg. Ich bin ihre Vertretung.« Sie machte allen Ernstes einen Knicks vor mir! »Mein Name ist Jolanda. Wenn Sie etwas brauchen, sagen Sie einfach mir Bescheid, ja?«

Ich fühlte mich wie vor den Kopf gestoßen. Das Buch in meiner Hand wog Tonnen. Ich hob es ein wenig in die Höhe, sodass Jolanda einen Blick darauf werfen konnte. »Haben Sie dieses Buch in mein Zimmer gelegt?«

Jolanda zog überrascht die Augenbrauen hoch. »Nein, Miss. Ist etwas damit nicht in Ordnung?« Sie machte Anstalten, mir das Buch aus der Hand zu nehmen, aber ich zuckte zurück.

»Nein!« Meine Stimme hatte einen leicht panischen Unterton. Grace war fort? Seit gestern Abend schon? Wie war dann das Buch wieder auf meinen Nachtschrank gekommen? Was ging hier vor? Ich versuchte, mich zu beruhigen und nach einer vernünftigen Erklärung für diese Entwicklung zu suchen, aber es ging irgendwie nicht. Ich fühlte mich paranoid und konnte nichts dagegen tun.

Jolanda sah ein wenig beunruhigt aus. »Geht es Ihnen gut, Miss? Sie sind ganz blass!«

Ich atmete einmal tief durch, dann nickte ich. Mein Blick fiel auf die Treppe, die ins Obergeschoss führte. Es war mir völlig egal, ob David schlief oder wach war, und es war mir auch egal, ob Taylor mich für kindisch halten würde, wenn sie erfuhr, dass ich ihn gestört hatte: Ich musste mit ihm reden. Und zwar sofort!

Ich ließ Jolanda stehen und hastete die Treppe hinauf. Ich hatte die Hand bereits erhoben, um an Davids Zimmertür zu klopfen, als Jolanda von unten hinter mir herrief: »Er ist wach. Er ist vor ein paar Minuten in die Gemächer seiner Mutter gegangen.« Sie wies auf die Tür zwischen den beiden Liliensträußen.

Ich dankte ihr. Dann trat ich vor die Tür hin und klopfte leise.

»Herein!« Davids Stimme klang nur gedämpft.

Ich umklammerte das Buch fester, öffnete die Tür einen Spaltbreit und schlüpfte hindurch. Drinnen war es düster, denn hier gab es keine Kerzen. Nur ein kleines Feuer im Kamin brannte und eine schmale Mondsichel schien zu einem der Fenster herein.

David saß auf dem abgedeckten Sofa. Er hob den Blick von einer Stelle zwischen den beiden bodentiefen Fenstern, die ich von der Tür aus nicht sehen konnte. Als er mich erkannte, erhellte sich seine Miene schlagartig. »Juli! Du bist auf!« Er erhob sich und kam mir entgegen.

»Grace ist weg?« Ich sagte es als Frage.

David nickte ernst. »Ich habe dafür gesorgt, dass sie sich ein paar Tage freinimmt.« Er wirkte ähnlich grimmig wie gestern, als er mir versprochen hatte, dafür zu sorgen, dass Grace mich nicht mehr belästigte.

Zögernd trat ich einen Schritt näher und einer inneren Eingebung folgend verbarg ich dabei das Buch hinter meinem Rücken.

»Wenn es nach mir gegangen wäre«, fügte David ruhig hinzu, »hätte Dad sie entlassen, aber so geht es vermutlich auch erst mal.«

Ich schauderte, weil er so kühl klang. Plötzlich schien mir alles, was ich zuvor gedacht hatte, so irrational. *Verrückt.* Völlig verrückt.

Grace war fort. Sie konnte das Buch also nicht zurück auf meinen Nachtschrank gelegt haben, aber es gab mit Sicherheit eine andere Erklärung für sein rätselhaftes Verschwinden und seine Wiederkehr und auch dafür, dass Charlies Name plötzlich fort war. Oder? Ich wusste nicht mehr, was ich denken sollte.

David bemerkte meine Verwirrung. »Was hast du?«

Aber bevor ich es ihm sagen konnte, fügte er hinzu: »Komm! Setz dich doch zu mir.« Er wies auf das Sofa. Ich setzte mich, hob den Blick und vor Schreck blieb mein Herz beinahe stehen. Der Gegenstand, auf den David gestarrt hatte, als ich hereingekommen war! Es war ein Bild. Zwischen den beiden Fenstern lehnte es an der Wand, als gehöre es eigentlich nicht hierher. Der Schein des Feuers erleuchtete es gerade ausreichend, sodass man das Motiv erkennen konnte.

Es war das Bild einer jungen Frau in einem langen blutroten und hinten tief ausgeschnittenen Kleid. Sie hatte dem Maler den Rücken zugewandt, aber sie warf einen koketten Blick über ihre eigene Schulter, sodass man einen Teil ihres Dekolletés sehen konnte und auch ihr makelloses Gesicht. Ihre langen schwarzen Haare waren zu einer kunstvollen Frisur gelegt und mit einem Haarnetz bedeckt. Ihr Blick hatte etwas Feuriges und gleichzeitig Triumphierendes.

»Charlie!«, murmelte ich.

Die schöne, fantastische, unglaublich talentierte und liebenswürdige Charlie. Sämtliche Attribute, die ich über sie zu hören bekommen hatte, schien dieses Gemälde einzufangen.

Über Davids Gesicht glitt ein Schatten.

»Du willst wissen, warum ich hier sitze und das Bild anstarre«, sagte er.

Eigentlich war ich wegen des Buches gekommen, aber trotzdem konnte ich in diesem Moment nur nicken. Charlies Blick lag auf mir und durchdrang mich bis zum tiefsten Punkt meiner Seele. Ich fühlte mich so unwohl, als wäre sie tatsächlich und wahrhaftig hier bei uns.

David schloss die Augen, bevor er zu sprechen begann. »Mein Vater hat das Bild anfertigen lassen ...«

»Von Henry!«, vermutete ich, doch David schüttelte den Kopf.

Er öffnete die Augen wieder. »Ich weiß nicht, von wem. Henry malt ganz anders, das hast du doch gesehen. Das hier ist nicht sein Stil!«

Er hatte recht. Henrys Bilder waren mit Pastellkreiden oder in Acryl gemalt, dieses hier jedoch war ein Ölgemälde. Es sah völlig anders aus als alles, was Henry gemacht hatte.

Unschlüssig lege ich eine Hand auf das Buch. Ich hatte es

auf der von David abgewandten Seite neben mich gelegt und es war so düster im Raum, dass er es bisher nicht bemerkt hatte.

»Das Bild sollte ein Geschenk sein«, redete David nun weiter. »Dad wollte es mir zur Hochzeit schenken. Er hat es bestellt, als wir uns verlobt hatten, und es kam kurz nachdem ...« Er schluckte. »... Charlie gestorben war. Seitdem steht es hier. Mein Vater hat keine Ahnung, dass ich weiß, wo es sich befindet. Er hat es sofort hierher bringen und zudecken lassen.«

»Aber warum kommst du hierher und siehst es dir an?« Ich ahnte, dass er das heute nicht zum ersten Mal getan hatte. »Warum quälst du dich so? Du hast mir gesagt, dass du mit Charlie Schluss gemacht hast. Du liebst sie nicht m...«

Er unterbrach mich, indem er eine Hand hob.

Ich verstummte. Wartete.

Als er stumm blieb, hob ich das Buch, sodass er es sehen konnte.

Er setzte sich aufrechter hin. »Es ist wieder da?«

»Ja, aber ...« Ich zögerte, dann reichte ich es ihm. Er nahm es wie einen kostbaren Schatz. Einen Schatz, der ihn zwar nicht reich machen würde, dafür aber sein Seelenheil retten konnte. Bevor er es aufschlug, legte ich eine Hand auf seinen Unterarm. »Die Schrift«, sagte ich. »Sie ist nicht mehr da!«

»Wie meinst du das?«

Ich nahm ihm das Buch wieder aus der Hand und schlug die erste Seite auf. Dann tippte ich auf die freie Stelle, wo zuvor Charlies Name gestanden hatte. »Hier stand ihr Name. In fliederfarbener Tinte.«

David betrachtete die leere Stelle. »Du bist sicher ...«

»Die Unterstreichungen sind auch weg!«, unterbrach ich ihn. »Ich habe nachgeschaut, sie sind nicht mehr da.«

Davids Miene sagte mir, dass er nun langsam auch anfing, an meinem Verstand zu zweifeln. Wenn er jetzt noch einmal fragte, ob ich sicher war, dass Charlies Name und die Unterstreichungen überhaupt da gewesen waren, würde ich anfangen zu schreien. Um dem zuvorzukommen, sagte ich hastig: »Charlies Nachname war Sandhurst, nicht wahr?«

Er nickte. Seine Lippen wurden ganz bleich, weil er sie zusammenpresste. Er wusste so gut wie ich, dass er Charlies Nachnamen nie erwähnt hatte. Ich schaute in das Feuer im Kamin. Obwohl es gleichmäßig brannte, war es trotzdem noch immer kalt im Raum.

»Der Name stand hier, David! Du musst mir glauben! Ich bin nicht ...«

»Schsch!«, machte er, bevor ich das Wort *verrückt* aussprechen konnte. »Ich glaube dir ja!« Er sah geschlagen aus, sehr müde und erschöpft, wie jemand, der unendlich lange durch die Wüste gewandert war, nur um festzustellen, dass die Düne, die er mit letzter Kraft erklommen hatte, der Beginn eines weiteren, endlosen Sandmeeres war.

»Was passiert hier?«, flüsterte ich und warf unwillkürlich einen Blick auf Charlies Bild. Es sah so aus, als würde sie mich auslachen. Ihre Ärmel waren lang und am Ende mit einer Rüsche versehen, die sich um ihre Handgelenke bauschte. »Ich verstehe das alles nicht!«

David hob die Hand und kniff sich mit Daumen und Zeigefinger in den Nasenrücken. »Ich verstehe es selbst nicht, Juli, das kannst du mir glauben!«

»Dieses schreckliche Wispern in der Nähe des Hauses und draußen auf den Klippen, David! Und dieses unheimliche Frösteln unten in der Halle. Du spürst es genau wie ich, nicht wahr?«

Er nickte. Ich war erleichtert. »Gut«, murmelte ich. »Wenn ich schon irre werde, dann wenigstens mit dir gemeinsam.«

Er seufzte verzweifelt.

»Das Buch«, sagte ich zaghaft. Ich brauchte irgendwas, an dem ich mich festklammern, irgendetwas, das ich tun konnte. Und das Buch war im Moment das Einzige, was ich hatte. »Du hast gesagt, es könnte einen Hinweis darauf enthalten, warum sie sich umgebracht hat.«

Er lehnte sich zur Seite und zog den fliederfarbenen Umschlag aus seiner Hosentasche. Bestimmt eine Minute lang starrte er darauf.

»Charlie hat mir diesen Brief gegeben und ich habe ihn nicht sofort gelesen, sondern eingesteckt«, wiederholte er das, was ich schon wusste. »Ich habe sie auf der Klippe stehen lassen und dann ist sie gesprungen.« Er presste die Fingerspitzen einer Hand gegen die Stirn, als habe er Kopfschmerzen. »Seitdem habe ich mir das Hirn zermartert, was sie mit den Zeilen, die sie mir geschrieben hat, gemeint haben könnte.«

Er deutete auf das Buch in meiner Hand.

»Die Unterstreichungen«, sagte er. »Weißt du zufällig noch, auf welcher Seite sie waren?«

»Weiter hinten. Und es ging, glaube ich, darum, ob Rebecca fähig war zu lieben ...« Ich blätterte eine Weile in dem Buch herum. »Hier. Das müsste die Stelle sein.«

Er reichte mir den Brief und streckte dann die Hand nach dem Buch aus. »Darf ich?«

Ich gab es ihm mit der aufgeschlagenen Seite, und während er zu lesen begann, zog ich das eine Blatt aus dem Umschlag und faltete es auseinander. Es war mit derselben fliederfarbenen Tinte beschrieben, die auch in dem Buch gewesen war, und mir fiel auf, dass sie genau zu dem Papier passte. Das

Blatt war sehr hell, die Tinte jedoch dunkel wie Sommerflieder in voller Blüte.

Mit klopfendem Herzen begann ich zu lesen, was Charlie geschrieben hatte.

*Mein geliebter David!*, begann sie. Ich rümpfte die Nase, weil mir diese Anrede so altmodisch und theatralisch vorkam, aber dann las ich weiter. *Ich habe das Buch durch, das du mir geschenkt hast. Es ist mir nicht ganz leichtgefallen, muss ich gestehen, denn es entspricht so gar nicht meinem Geschmack, aber das weißt du ja. Weil du es mir trotzdem geschenkt hast, muss es also eine besondere Bedeutung für dich haben. Beim Lesen ist mir einiges klar geworden.*

*Ich begreife nun, warum du in den letzten Wochen so abweisend zu mir warst, David, und ich danke dir! Ich danke dir für deine Geduld mit mir und für deinen Versuch, mir klarzumachen, was nicht stimmt, ohne mich dabei mein Gesicht verlieren zu lassen.*

*Ich habe* Rebecca *also gelesen. Und ich habe begriffen, was du mir damit sagen willst. Ich verspreche dir, dass ich mich von diesem Tag an ändern werde, David. Weil ich dich so sehr liebe und ich endlich weiß, was ich für ein Glück habe, dass du mich liebst.*

*Deine Charlie.*

Ich blickte von dem Brief auf. David starrte auf Charlies Bild. Um seinen Mund lag ein verbitterter Zug. Während ich die wenigen Zeilen gelesen hatte und nun nicht weniger ratlos war als zuvor, hatte er sich die betreffende Stelle im Buch angesehen.

Tränen schimmerten in seinen Augen, ließen seinen Blick sehr hell und schrecklich verwundet aussehen.

»Du hast jetzt verstanden, was sie dir mit diesem Brief sagen wollte, nicht wahr?«, flüsterte ich.

Er ließ das Buch in seinen Schoß sinken. Mein Blick fiel auf die aufgeschlagene Seite. *Rebecca war unfähig zu lieben,* las ich.

Davids Lippen teilten sich, schlossen sich wieder. Ein Laut kam über sie, der ein Stöhnen oder auch ein Schluchzen sein konnte. »Sie dachte, ich hätte ihr das Buch geschenkt, weil ich sie mit Rebecca verglichen habe!«, sagte er rau. »Sie glaubte, ich wollte ihr damit sagen, dass sie mich verlieren würde, wenn sie nicht aufhört, mich zu manipulieren und zu triezen.«

»Aber das wolltest du gar nicht.«

Er schüttelte den Kopf. »Ich habe das Buch in einem kleinen Laden auf dem Festland gekauft, in dem wir uns kennengelernt haben. Das habe ich ihr auch gesagt, aber sie hat mir offenbar nicht richtig zugehört. Sie hat mir nie richtig zugehört!« Er bedeckte die Augen mit dieser Geste der puren Verzweiflung, die mir schon damals bei der Strandparty einen Stich versetzt hatte.

Ich nahm seine Hand, zog sie an mich und hielt sie fest.

Er schluckte. »Sie hat wirklich geglaubt, dass sie sich ändern kann. Und ich habe mit ihr Schluss gemacht.«

Seine Worte taten weh, denn ich spürte, wie dem Schuldbewusstsein, das er schon die ganze Zeit mit sich herumgetragen hatte, noch ein weiteres Gewicht auferlegt worden war. Er hatte Charlie das Buch geschenkt, weil er ihr eine Freude machen wollte. Eine ganz harmlose Freude, ein Zeichen, dass er in dem kleinen Laden an sie und an den Tag ihres Kennenlernens gedacht hatte. Aber sie hatte geglaubt, er wollte ihr damit etwas Wichtiges sagen.

»Heißt das ...« Ich schaffte es nur mit Mühe, diese Frage zu stellen, »heißt das, Charlie ähnelte dieser Rebecca?«

Davids Finger klammerten sich um die meinen. »Charlie war ... ein sehr manipulativer Mensch«, erklärte er wie unter großen Schmerzen. Ich ahnte, dass es nicht leicht für ihn war, schlecht über sie zu reden, und ich war ihm dankbar, dass er es trotzdem tat. Dass er es für mich tat. »Aus irgendeinem Grund war sie völlig verrückt nach mir. Und sie war besessen von der Idee zu heiraten. Ständig hat sie mir damit in den Ohren gelegen und es ist mir sehr schwergefallen, Nein zu sagen. Ich liebte sie nicht, Juli, warum hätte ich sie da heiraten sollen?« Er machte keine Pause, sodass ich nicht die Gelegenheit bekam, auf seine rhetorische Frage zu antworten. Aber ein tiefes Glücksgefühl durchströmte mich bei seinen Worten. Er hatte nicht nur mit Charlie Schluss gemacht, bevor wir beide uns getroffen hatten. Er hatte sie sogar nie geliebt!

Ich kreuzte den Blick der Charlie auf dem Bild und versuchte, Triumph zu empfinden, aber da war nur ein leichtes Unbehagen. Aus diesem Grund wandte ich mich lieber wieder David zu.

»Sie hat dann einfach irgendwann behauptet, wir hätten uns verlobt«, sagte er. »Und sie hat mich unter Druck gesetzt.«

»Wie das?«, fragte ich.

»Sie hat geweint. Sie konnte sehr ausdrucksvoll weinen! Ich habe es nicht übers Herz gebracht, die Verlobungsfeier abzublasen, aber die ganze Zeit über wusste ich schon da, dass es ein Fehler war. Am Ende haben mich die Ereignisse überrollt. Es war wie ein Zug, der auf mich zuraste und den ich nicht mehr stoppen konnte ...«

Er verstummte. Es wurde sehr still im Raum. Nur das Rauschen des allgegenwärtigen Windes draußen und das leise

Knacken der Holzscheite im Kamin waren zu hören. Das Gemälde von Amanda Bell, Davids Mutter, war bei diesem Licht nur ein viereckiger Umriss an der Wand über der Feuerstelle.

»Du hast sie gar nicht geliebt!« Ich hatte noch immer Mühe es zu begreifen.

»Ich habe mich mit ihr auf der Klippe getroffen, weil ich Schluss machen wollte. Sie hat geweint, aber ich habe es nicht ernst genommen, Juli! Ich habe nicht begriffen, dass ihr Weinen dieses eine Mal echt war.« Er entzog mir seine Hand und legte sie wieder über die Augen. Ich nahm sie zum zweiten Mal. Diesmal sperrte er sich, aber ich gab nicht nach. Endlich ließ er es zu, dass ich ihn festhielt. »Ich hätte niemals erwartet, dass sie sich das Leben nehmen würde. Sie hat mir diesen Brief gegeben, aber ich bin einfach weggegangen. Kurz darauf ist sie gesprungen ...« Er zitterte jetzt. Ich umfing seine Finger mit beiden Händen. »Ich bin schuld an ihrem Tod, Juli!«

Ich schwieg. Nicht, weil ich nicht wusste, was ich sagen sollte, sondern, weil er keine Worte brauchte. Was er brauchte, waren Trost und Vergebung. Sanft streichelte ich seine Hand, so wie er meinen Rücken gestreichelt hatte, als ich in seinen Armen geweint hatte. Er weinte nicht, aber er starrte gequält auf das Bild von Charlie und in seiner Miene arbeitete es schmerzhaft. Mein Schwindelgefühl kehrte zurück, aber nur ganz leicht. Und weil ich saß, war es gut auszuhalten. Ich zwang mich, Charlies Blick standzuhalten, und je länger ich das tat, umso überheblicher und arroganter kam sie mir vor. Das Unbehagen, das ich bei ihrem Anblick schon eben verspürt hatte, kroch erneut in mein Bewusstsein. Es war dem nicht unähnlich, das ich gehabt hatte, als ich vor Henrys Bildern gestanden hatte. Ich wischte es fort.

Mein Blick fiel auf das Buch in Davids Schoß. Mit einer Hand ließ ich ihn los und nahm es.

»Wirf es ins Feuer!«, bat er mich.

Überrascht sah ich ihn an. »Sicher?«

Er nickte. »Es ist an der Zeit, einen Schlussstrich zu ziehen. Wirf es ins Feuer! Und den Brief gleich mit!«

Zögernd nahm ich nun auch den Brief wieder an mich, den ich neben mir auf die Couch gelegt hatte. Dann stand ich auf und trat vor den Kamin.

Ich drehte mich um, sah David noch einmal in die Augen, um zu ergründen, ob er sich wirklich sicher war. Er nickte schwach.

Und da tat ich es. Ich warf das Buch und den Brief samt Umschlag in die Flammen. Dann kehrte ich zu David zurück. Er hob den Arm ein wenig, sodass ich darunterkriechen und mich an ihn kuscheln konnte. Ein tiefer, wohliger Schauder durchlief mich, während wir gemeinsam zusahen, wie sich Charlies Zeilen und *Rebecca* in den Flammen zu kräuseln begannen und zu einem Haufen Asche verbrannten.

# 28

Ich habe keinerlei Erinnerung mehr daran, wie lange wir in dem Lilienzimmer saßen und in die Flammen starrten. Mehrfach hörte ich die altmodische Standuhr unten in der Halle schlagen, das heißt, es müssen einige Stunden gewesen sein. Der Mond war weitergewandert und durch die Fenster irgendwann nicht mehr zu sehen gewesen. Der Schein des Feuers war unsere einzige Lichtquelle, aber wir brauchten auch nicht mehr.

Ab und zu betrachtete ich Davids Gesicht, um zu bewundern, wie die Flammen seine helle Haut zum Schimmern brachten. Und jedes Mal, wenn ich dafür den Kopf hob, bemerkte ich, dass er auch mich ansah.

Als mir das zum wiederholten Male auffiel, musste ich lachen.

»Was ist so komisch?«, fragte er.

Ich lehnte den Kopf wieder an. »Nichts. Ich frage mich nur gerade, wann genau du dich in mich verliebt hast.« *Und vor allem, warum,* fügte ich im Stillen hinzu, aber diese Frage schien mir zu sehr *fishing for compliments,* darum schluckte ich sie hinunter.

Ich hatte das Bedürfnis, mit Charlie auf dem Bild einen Blick zu tauschen, aber David hatte schon vor Stunden das weiße Tuch wieder darübergedeckt und uns auf diese Weise ihrem heimtückischen Lächeln entzogen. Um ganz sicherzugehen, hatte er das Bild sogar noch mit der Vorderseite zur Wand gedreht.

»Wieso glaubst du, dass ich in dich verliebt bin?« Seine Mundwinkel zuckten leicht und angespannt wartete ich darauf, dass er mir sagen würde, er sei nicht in mich verliebt. Doch das tat er nicht, stattdessen fragte er nach einer Weile schlicht: »Was glaubst du?«

Mein Herz schlug einen Salto. Ich schüttelte den Kopf. »Ich habe keine Ahnung! Auf der Poolparty vielleicht.«

»Nicht auf der Poolparty.«

»Sondern?«

»Eher.«

Ich stützte mich an seiner Schulter ab und rückte ein Stück von ihm ab, um ihm besser ins Gesicht sehen zu können. »Sag schon! Wann?«, forderte ich ihn auf und gab ihm einen leichten Knuff in die Rippen. Er atmete scharf ein. Ich hatte die Prellung getroffen.

»Entschuldige!«, murmelte ich.

Da grinste er breit. Es war, als wäre im Zimmer die Sonne aufgegangen. »Reingelegt!«

»Blödmann!« Ich knuffte ihn erneut. »Wann?«, verlangte ich dann zu wissen.

»Als ich dich zum ersten Mal gesehen habe.« Er lehnte sich tiefer in das Sofa und streckte die Beine aus, wie um mir zu beweisen, dass dieses Gespräch ihm nicht im Mindesten peinlich war. Ich wusste, dass genau das Gegenteil der Fall war.

»Schwachsinn!«, rief ich aus. »Du lügst doch!«

Er zog mich wieder an sich. »Wie kommst du darauf?«

»Liebe auf den ersten Blick gibt es nur in den Romanen von meinem Vater!«

Davids Zähne leuchteten weiß. »Sagst du!«

»Wenn es wirklich so ist«, behauptete ich, »dann hast du das aber die ganze Zeit gut verborgen.«

Daraufhin schwieg er eine Weile und ich dachte schon, er würde sich wieder in den düsteren, stummen David zurückverwandeln. Aber als er erneut sprach, tat er es zu meiner Erleichterung mit einem weiteren Lächeln. »Ich war mit meinen Schuldgefühlen beschäftigt. Und damit, mir darüber klar zu werden, warum du mich so zickig behandelst.«

»Zickig?« Empört fuhr ich in die Höhe. Diesmal ließ ich mich in die gegenüberliegende Sofaecke fallen und betrachtete David aus der Entfernung. Sein Gesicht wirkte weicher, fand ich. Entspannter. »Ich habe mehr Geduld mit dir gehabt als alle anderen in diesem Haus zusammen!«

Er nickte. »Da hast du recht.« Er legte einen Arm auf die Sofalehne und grinste. »Trotzdem warst du auch zickig!«

Ich streckte ihm die Zunge raus und da lachte er.

Ab und zu musste David aufstehen, um Holz nachzulegen. Das Feuer erwärmte mit der Zeit den gesamten Raum und irgendwann war es sogar so warm, dass es uns unangenehm wurde.

»Ich öffne mal eben ein Fenster«, sagte David und stand auf. Einige Minuten blieb er an dem geöffneten Fenster stehen und schaute in den Regen hinaus, während ich ihn von hinten betrachtete.

Und dann, ohne jede Vorwarnung, schrak er zusammen.

Sofort war ich in Alarmbereitschaft. »Was ist?«, rief ich.

Er drehte sich zu mir um. Sein Gesicht war bleich, der weiche Ausdruck aus seiner Miene verschwunden.

»David, was ist l...«

Sein Zeigefinger legte sich an die Lippen und ich verstummte abrupt. Und dann hörte ich es auch. Ein leises, kaum zu verstehenes Wispern.

»Juli!«

Eine Pause.

»Er liebt dich nicht.«

»Madeleine!«, hauchte ich und kam mir gleich darauf unendlich blöd vor. »Es gibt keine Geister!«, stieß ich hervor. Plötzlich war ich mir da jedoch nicht mehr so sicher.

David hingegen schwankte. »Jetzt reicht es!«, flüsterte er und fügte zu meiner Überraschung hinzu: »Du musst die Insel auf der Stelle verlassen!«

Ich rappelte mich aus der Sofaecke auf die Füße. »Warum das denn?« Ich fragte, obwohl mein Instinkt mir genau das Gleiche zuraunte: *Weg von hier! Sofort!*

David kam zu mir und packte mich an den Schultern. »Weil es zu gefährlich für dich ist!«

Ich ließ mich zurück auf die Sofakante sinken. »Ich bin doch kein ...«

»Juli!« Eindringlich fiel er mir ins Wort. »Was wäre, wenn ich dich nicht von der Klippe gezogen hätte?« Er sah aus, als bereite ihm allein die Vorstellung körperliche Schmerzen. »Dann wärst du jetzt auch tot!«

Dem gab es nichts entgegenzusetzen. »Aber ...«

Da kniete er sich allen Ernstes vor mich hin und legte mir beide Hände auf die Oberschenkel! »Eine Weile habe ich eben gedacht, dass wir das hinbekommen, dass wir uns gemeinsam gegen diesen Irrsinn wehren können, aber jetzt ...«

*Diesen Irrsinn ...*

Ich glaubte zu spüren, wie mich der Nebel wieder einhüllen wollte, aber ich kämpfte dagegen an. Ganz aufrecht setzte ich mich hin und griff nach Davids Händen. »Was ist das für ein Irrsinn, David?«

Er schüttelte bedauernd den Kopf. Er wusste es auch nicht.

»Glaubst du etwa an diesen bescheuerten Fluch?«, flüsterte ich.

Er sah gequält aus. »Ich glaube daran, dass irgendwas mit dir nicht stimmt, Juli! Ebenso wie mit mir. Und es ist eine Tatsache, dass alle Frauen, die ich geliebt habe, tot sind!«

Täuschte ich mich oder fing die Welt wieder an, unter mir zu schwanken? Vorhin noch hatte David mir gesagt, dass er sich vom ersten Augenblick an in mich verliebt hatte. Und jetzt wollte er mich schon wieder loswerden?

»Charlie hast du nicht geliebt«, sagte ich mit tauben Lippen.

»Aber meine Mutter. Verdammt, Juli! All die Frauen aus meiner Familie, die junge, schwangere Frau vor zwanzig Jahren, es sind so viele!« Er senkte den Kopf, sodass ihm die Haare vor die Augen fielen. »Du sollst nicht die nächste sein!«

»Was willst du dagegen tun?« Mir schossen Tränen in die Augen.

»Dich von der Insel wegbringen.« Er stand auf, zog mich auf die Füße. Für einen kurzen, kostbaren Augenblick waren wir uns ganz nah und ich spürte seinen Atem auf meinen Augenlidern.

»Bitte nicht!«, flüsterte ich.

Er nahm mich an der Hand und zog mich zur Tür. Sein Gesicht sah grau aus, so grau, als sei ihm Madeleines Geist persönlich gegenübergetreten.

Er öffnete die Tür, dann schob er mich hinaus auf den Gang.

Ich drehte mich um, sah ihm in die Augen.

»Es tut mir leid, Juli«, flüsterte er. »Aber du musst gehen.« Dann schloss er die Tür vor meiner Nase.

Fassungslos blieb ich einen Moment lang stehen, dann wandte ich mich ab. Als ich einen Fuß auf die oberste Stufe der Freitreppe setzen wollte, um nach unten zu gehen, trat ich ins Leere. Ich musste mich am Geländer festklammern, um nicht die gesamte Treppe hinunterzufallen. Zwei Stufen taumelte ich nach unten, dann fing ich mich wieder. Der Aufprall fuhr als schmerzhafter Schlag durch meinen gesamten Rücken.

Den Rest der Treppe überwand ich halbwegs unfallfrei, und als ich am Fuße der Treppe anlangte, hörte ich, wie oben Davids Fäuste gegen die Tür krachten.

Die Tür meines Appartements fiel hinter mir ins Schloss. Ich lehnte mich dagegen und schloss die Augen, doch dadurch wurde das neblige Gefühl in meinem Kopf nur noch schlimmer und so riss ich sie wieder auf. Ich atmete ein paar Mal tief durch, und als das auch nichts half, zählte ich langsam bis zwanzig. Danach ging es ein bisschen besser.

Ich wankte quer durch den Raum zum Bett. Taylor hatte mir auch an diesem Abend eine Milch hingestellt. Ich blieb einen Moment lang stehen und starrte die weiße Flüssigkeit an. Wenn jemand vorhatte, mich zu vergiften, wäre dieses allabendliche Glas eine gute Möglichkeit ... Zögernd streckte ich die Hand danach aus, hob es hoch. Ich roch an der Milch, aber ich konnte nicht feststellen, ob sie mit irgendwas versetzt war, also stellte ich das Glas wieder hin. Ohne die Schuhe von den Füßen zu streifen, ließ ich mich auf die Bettdecke fallen.

Im nächsten Moment fuhr ich wie von der Tarantel gestochen wieder in die Höhe.

Jetzt war ich vollends verrückt geworden, daran gab es nicht den geringsten Zweifel! Das Buch, das David und ich noch vor ein paar Stunden verbrannt hatten: Es lag völlig unversehrt auf meinem Nachtschrank!

Völlig von der Rolle ließ ich mich in die Kissen sinken und fixierte mit klopfendem Herzen die Zimmerdecke. Flirrende Punkte tanzten vor meinen Augen. Der Nebel in meinem Kopf breitete sich aus und begann, von innen gegen meinen Schädel zu drücken. Ein dumpfer Schmerz war die Folge. Was war noch real, was Fantasie? Ich wusste es einfach nicht mehr. Je mehr ich mir den Kopf zermarterte, umso dicker wurde der Nebel. Ich blinzelte ...

... und als ich die Augen wieder öffnete, war es stockfinster. Die Kerze war heruntergebrannt und ausgegangen.

Ich schreckte auf, weil ich schon wieder Zeit verloren hatte, aber ich fühlte mich zu matt, um länger darüber nachzudenken. Stattdessen tastete ich nach dem Lichtschalter, um zu prüfen, ob der Strom immer noch weg war. Er war es. Aber die Vorhänge waren noch offen und nur ein paar dünne Wolken zogen vor dem sichelförmigen Mond dahin, den man von meinem Zimmer aus sehen konnte. Langsam gewöhnten meine Augen sich an den schwachen silbrigen Schimmer, den er in das Zimmer warf.

Das Glas mit Milch sah in diesem Licht eigenartig geheimnisvoll aus. Ich starrte es an und konnte allein den Anblick nicht mehr ertragen. Ich nahm es, brachte es ins Bad und leerte seinen Inhalt ins Waschbecken, dann sah ich zu, wie ein Großteil der weißen Flüssigkeit im Abfluss verschwand. Und genau in diesem Moment wurde mir schlagartig so schlecht, dass ich es nur mit Mühe und Not zur Toilette schaffte, bevor ich mich übergeben musste.

Ich erwachte, weil ich Davids Stimme gehört hatte, die verzweifelt meinen Namen flüsterte. Sonderbarerweise wusste ich sehr genau, dass ich nur geträumt hatte. In meinem Traum hatten David und ich oben auf den Klippen gestanden und hinunter in die Brandung gesehen, wo Charlie gelegen hatte. Ihr langes rotes Kleid bewegte sich in den Wellen. Es sah aus, als wallten blutige Schleier durch das Wasser. Charlies Augen waren offen, und obwohl sie sich sechzig, siebzig Meter unter uns befand, wusste ich, dass sie mich ansah. Ich hörte ein Lachen, das jedoch nicht von ihr kam, sondern von jemandem hinter mir. Ich drehte mich um.

Madeleine stand auf dem Pfad und bedeutete mir, ihr zu folgen.

Ich gehorchte willenlos. Wie ferngesteuert ging ich los, doch irgendwas wollte mich zurückhalten. Verzweifelt überlegte ich, was es war, bis mir einfiel, dass David noch da war, dass ich ihn nicht allein auf den Klippen lassen durfte. Ich wehrte mich gegen den hypnotischen Sog, den Madeleine ausübte. Ich stemmte mich dagegen, drehte und wand mich – und endlich gelang es mir, mich daraus zu befreien.

Ich fuhr herum. Nur, um zu begreifen, dass es zu spät war.

David stand am Rand der Klippen und blickte in die Tiefe.

»Charlie!«, flüsterte er. Seltsamerweise hatte ich keine Probleme, ihn zu verstehen.

Dann machte er einen Schritt nach vorn. Und fiel.

Auf seinen Lippen war nur ein einziges Wort.

»Juli!«

Das war der Moment gewesen, in dem ich erwacht war.

Jetzt rutschte ich in meinem Bett ein Stück nach oben und lehnte mich mit dem Rücken gegen die Wand.

»Juli!« Die Stimme einer Frau.

Ich erstarrte. Voller Panik wanderte mein Blick zum Fenster – es war geschlossen! Ich hatte diese wispernde Stimme bisher nie bei geschlossenem Fenster gehört, hatte gehofft, dass ich hier drinnen sicher sein würde, doch offensichtlich war das ein Irrtum gewesen.

»Juli!«, wisperte die Stimme erneut.

»Ja?« Ich konnte nicht anders. Ich musste antworten. Vor Angst und Entsetzen fühlte ich, wie ich zusammenschrumpfte, bis ich nur noch so groß war wie eine Maus.

»Du weißt, dass er dich nicht liebt, oder?«

Ich schüttelte den Kopf. »Du ... du kriegst mich nicht ...« Ich knirschte mit den Zähnen, aber dann stieß ich hervor: »... Madeleine!«

»Wer hat dir gesagt, dass ich Madeleine bin?«

Ich hob eine Faust zum Mund und biss in den Knöchel meines Zeigefingers.

»Ich bin nicht Madeleine, Juli!«

»Hör auf!«, kreischte ich. »Lass mich endlich in Ruhe!«

Aber die Stimme lachte nur. »Komm, Juli. Es wird Zeit zu springen!«

In einem Anfall von Angst und wildem Trotz schoss ich aus dem Bett und lief los. Aus meinem Zimmer, den Flur entlang und unten aus der Haustür hinaus auf den feuchten Rasen zwischen Gäste- und Herrenhaus. Angefüllt mit Panik und Zorn drehte ich mich einmal um die eigene Achse. »Wo bist du?«, schrie ich. »Zeig dich!«

Irgendwo beim Herrenhaus wurde ein Fenster geöffnet.

»Zeig dich!« Ich rannte über den Rasen, von einer Seite zur anderen, von rechts nach links, bis ich nicht mehr konnte, bis der Schwindel und die Übelkeit mich zu überwältigen drohten. Schwer atmend blieb ich stehen.

»Zeig dich endlich!« Jetzt flüsterte ich nur noch.

»Juli?« Es war David, der plötzlich neben mir stand. »Um Himmels willen!« Er wollte mich anfassen, aber ich schrie nun auch ihn an.

»Das Buch!«

Er wurde bleich. »Was für ein Buch, Juli?«

»Das in meinem Zimmer!« Ich rannte ein paar Schritte in Richtung Gästehaus, verlor die Orientierung, kam zurück. Ermattet deutete ich hinter mich. »Das Buch in meinem Zimmer. Es ist wieder da, David!« Ich schluchzte vor Schrecken. *»Rebecca!«*

*»Rebecca ...«* In Davids Stimme schwang Entsetzen mit. »Wir haben es verbrannt, Juli!«

Da packte ich ihn bei der Hand. »Komm mit!«, fauchte ich und zerrte ihn hinter mir her. Ich zog ihn ins Gästehaus, in mein Appartement, in mein Schlafzimmer.

»Da liegt es!«, rief ich und deutete auf den Nachtschrank. Dabei sah ich in Davids Gesicht, um mitzuerleben, wie auch er erblassen würde. Um an seinen Augen zu erkennen, dass ich nicht allein wahnsinnig wurde.

Aber ich sah nur grenzenloses Unverständnis.

»Was ist nur los mit dir?«, flüsterte er.

Ich fuhr herum, starrte auf den leeren Nachtschrank.

Da lag kein Buch.

»Gleich morgen früh«, sagte David mit Grauen in der Stimme, »sorge ich dafür, dass du diese verdammte Insel verlässt!«

# 29

»Nein, David!« Mein Vater war plötzlich da und an dem undeutlichen Gemurmel hinter ihm konnte ich erkennen, dass ich mit meinem Anfall das halbe Haus aufgeweckt haben musste. Taylor und Jason standen draußen vor meinem Appartement auf dem Flur und auch Henrys tiefe Stimme glaubte ich zu hören.

»Wir fahren sie in ein Krankenhaus«, sagte mein Vater. »Und zwar auf der Stelle!«

»Die Straßen sind noch immer vereist«, wandte Jason ein, aber Dad winkte ungeduldig ab.

»Dann müssen wir eben langsam fahren!« Er griff sich meine Jacke und legte sie mir über die Schultern. »Komm!«, befahl er.

Die Fahrt verlief ziemlich abenteuerlich, das hat mein Vater mir später erzählt. Ein paar Mal war er knapp davor, in einen Graben oder gegen einen Baum zu rutschen, und jedes Mal schaffte er es nur mit Müh und Not, den Wagen auf der eisglatten Straße zu halten. An unsere Beinahe-Unfälle erinnere ich mich heute nicht mehr, aber ich erinnere mich daran, dass David während der gesamten Fahrt neben mir auf dem Rücksitz saß und mich im Arm hielt. Ich hatte die Augen geschlossen und versuchte verzweifelt, gegen den Schwindel und die drohende Ohnmacht anzukämpfen. Letzteres allerdings vergeblich, denn als ich die Augen das nächste Mal wieder öffnete, lag ich in einem mit weißer Bettwäsche bezogenen Krankenhausbett.

»Es geht ihr ziemlich schlecht!«, sagte eine tiefe Männerstimme, die mir unbekannt vorkam.

»Können wir denn gar nichts tun?« *Diese* Stimme kannte ich nur allzu gut.

»Dad!«, stöhnte ich.

»Juli!« Mein Vater war ganz dicht bei mir. »Du bist wach! Wie geht es dir?«

»Ich ... habe Durst«, gelang es mir zu sagen. Ich wollte mich aufsetzen, aber ich wurde festgehalten.

»Bleib liegen. Du bist im Krankenhaus. Die Leute hier kümmern sich um dich.«

»Wir haben Ihnen Blut abgenommen.« Jetzt redete wieder die erste Stimme. Ein Arzt, vermutete ich. Ich drehte den Kopf so, dass ich ihn ansehen konnte. Er war schon älter, grauhaarig und mit einer randlosen Brille. »Dr. Redwood«, stand auf einem kleinen Schild an seinem Revers. Er wirkte überaus kompetent. Als er bemerkte, dass ich seinen Ausführungen nicht richtig folgen konnte, wandte er sich wieder an meinen Vater. »Die Blutabnahmen haben wir durchgeführt, weil sämtliche Schnelltests auf Halluzinogene negativ waren. Solange wir nicht wissen, was für ihren Zustand verantwortlich ist, können wir nicht viel tun. Ihr Blutdruck spielt verrückt, aber wir haben sie einigermaßen stabilisiert. Wenn uns der Bluttest Ergebnisse liefert, werden wir entsprechende Maßnahmen ergreifen, aber im Moment stochern wir im Nebel.«

*Nebel,* dachte ich. *Wie passend.* »Ich habe Durst«, murmelte ich ein zweites Mal und Dr. Redwood meinte: »Etwas Wasser wird nicht schaden.«

»Ich hole dir was«, sagte mein Vater und stand von meinem Bett auf.

Während er fort war, musste ich wieder weggesackt sein, denn übergangslos saß er auf meiner Bettkante, half mir, mich aufzurichten, und setzte mir ein Glas an die Lippen. Ich trank, verschluckte mich. Hustete.

»David!«, murmelte ich.

»Er wartet draußen. Henry ist bei ihm.«

Ich nickte. »Das ist gut.« Meine Lippen fühlten sich rissig an und schmerzten ein bisschen.

»Das ist es.« Dad stellte das Glas fort. »Versuch, ein bisschen zu schlafen.

»David?«

Mit einem Wimmern schreckte ich hoch. Es war dämmerig im Zimmer, draußen brach ein neuer Tag an.

Jemand war mit mir im Raum, das spürte ich, aber noch bevor ich in Panik ausbrechen konnte, sagte David: »Ich bin es. Ganz ruhig!«

Ich setzte mich aufrechter hin. Mein Verstand schien jetzt etwas klarer zu sein, jedenfalls konnte ich wieder einigermaßen geradeaus denken. Mein Kopf schmerzte noch, aber der Nebel darin war fort.

»Wo ist mein Vater?«, fragte ich. »Wie lange war ich weg?«

»Du hast geschlafen.« David war ganz schmal und blass vor Sorge. »Dein Vater ist runter in die Cafeteria gegangen, um ein bisschen was zu frühstücken. Wie geht es dir?«

Ich zwang mich zu einem Lächeln. »Besser, glaube ich.«

»Sie kümmern sich alle gut um dich.« Er kam an mein Bett und setzte sich auf die Kante. Behutsam nahm er meine Hand. Seine Haut fühlte sich kühl und trocken an. Im Gegensatz zu meinen. Hatte ich etwa Fieber?

»Dr. Redwood sagt, die Tests sind bald abgeschlossen.« Er

strich mir die Haare aus der schweißnassen Stirn. »Dann wissen wir, was diese Anfälle auslöst.«

Ich sah ihn ernst an. »Bist du mal auf die Idee gekommen, dass sie die gleichen Tests bei dir auch machen sollten?«

Er schluckte.

»Ich meine, du hast ganz ähnliche Symptome wie ich. Übelkeit. Schwindel.« Ich überlegte, ob ich das Entscheidende noch hinzufügen sollte, dann entschied ich mich, es zu tun. »Und du hörst diese Stimmen, genau wie ich.«

David atmete tief durch. »Sehen wir erst mal, was mit dir ist«, wich er mir aus.

Ich nickte. Mir fehlte es sowieso an der nötigen Energie, um darauf zu bestehen. »Sieht so aus«, murmelte ich mit halb geschlossenen Augen, »als hätte ich jetzt wirklich die Rolle dieser Erzählerin aus deinem fürchterlichen Buch übernommen.«

Er legte die Hand an meiner Wange. »Wie meinst du das?«

»Versucht darin nicht jemand, die junge Frau in den Tod zu treiben?«

Davids Wangenmuskeln verhärteten sich. »Du glaubst, jemand will deinen Tod?«

»Was gibt es sonst für eine Erklärung für das hier?« Ich wies an meiner eigenen, lang ausgestreckt daliegenden Gestalt hinunter. »Etwa den Fluch? Glaubst du an Geister? Glaubst du, dass Madeleine irgendwo draußen um *Sorrow* herumspukt und versucht, mich in den Selbstmord zu treiben?« Selbst jetzt, wie ein Käfer auf dem Rücken liegend und unfähig, mehr als zwei Schritte zu machen, ohne dass mir so schlecht wurde, dass ich einfach umkippte, fiel es mir schwer, das zu glauben.

Mein Bett schwankte wie die *City of Columbus* im Sturm. Der Wind rüttelte am Fenster und ich glaubte, hinter seinem

Flüstern die helle Stimme zu hören, die nach mir rief. Sogar jetzt, hier im Krankenhaus, hörte ich sie.

»Hörst du sie auch, David?«

Er beugte sich über mich. »Da ist nichts, Liebling.« Er gab mir einen Kuss auf die Stirn. »Versuch, noch ein bisschen zu schlafen!«

Ich stand am Fenster, das ich einen Spaltbreit geöffnet hatte, meine Hand klammerte sich um den Griff, weil meine Beine kaum in der Lage waren, mich zu tragen. Wie war ich hierhergekommen? Ich wusste es nicht.

Von draußen drang das Wispern des Windes herein.

Die Beine knickten unter mir weg und ich fiel. Hart schlug ich auf dem Boden auf, schmeckte Blut auf meiner Lippe.

»Verdammt!« David war bei mir. Er hob mich auf die Arme und trug mich zurück zum Bett, dann klingelte er nach der Schwester.

»Ich war nur kurz auf der Toilette«, sagte er, als eine ziemlich junge blonde Frau mir in die Augen leuchtete und meinen Puls maß. Sie sah professionell besorgt aus, und nachdem sie meine Werte in einen Bogen eingetragen hatte, sagte sie: »Ich frage einmal nach, wie lange die Screenings noch dauern.«

Als sie wieder fort war, bahnte sich ein Gedanke einen Weg durch den Nebel in meinem Kopf. »Vielleicht bist du es ja«, flüsterte ich.

»Was soll ich sein?« Sanft zog David meine Decke höher.

Der Gedanke gewann an Kontur, wurde deutlicher. »Vielleicht bist du derjenige, der mir das Gift ...«

»Hör auf, Juli!«, stöhnte er. Ich klammerte mich an ihn, als er sich aufrichten wollte.

»Geh nicht weg! Lass mich nicht alleine!«

Er stand da und blickte resigniert auf mich herunter.

»Bitte!«, flehte ich. »Halt mich fest, sie gewinnt sonst doch noch!« Es war völlig widersprüchlicher Quatsch, den ich hier von mir gab. Irgendwo in den hintersten Winkeln meines Verstandes wusste ich das. Trotzdem konnte ich nicht anders. Ich krümmte mich.

Da setzte er sich zu mir aufs Bett und zog mich in seine Arme. »Ich bin bei dir«, sagte er und ich fragte mich, warum er es mit zusammengebissenen Zähnen tat.

Ich lehnte mich an ihn und schloss die Augen.

Jemand betrat das Zimmer. Ich hörte Dr. Redwood mit neutraler Stimme sagen: »Wir haben jetzt die Ergebnisse der Tests.« Gespannt riss ich die Augen wieder auf.

»Und?« In Davids Stimme lagen Anspannung und Angst.

Der Arzt blätterte durch den Testbericht, den er auf einem Klemmbrett dabeihatte. »Negativ auf Amphetamine, Benzodiazepine, LSD und auch alle anderen Substanzen, die Halluzinationen auslösen können. Aber da ist etwas anderes ...« Er hielt inne. Irgendwie sah er plötzlich verunsichert aus und ich konnte mir nicht so recht erklären, warum. »Der Test auf ...« Er nannte irgendeinen komplizierten chemischen Namen. »... war positiv.«

Während der Arzt sprach, war mein Vater hereingekommen. Dr. Redwood bemerkte ihn und wandte sich an ihn. »Wie es aussieht, hat Ihre Tochter auf einer der Partys der letzten Tage ein paar Pillen zu viel eingeworfen.«

Ich wollte protestieren, aber David hielt mich zurück. Mit zusammengekniffenen Augen sah er Dr. Redwood an. »Was wollen Sie damit sagen?«

»Was ich damit sagen will«, gab der Arzt jetzt reichlich kühl zurück, »ist, dass es sich bei dem Wirkstoff, den Ihre Freundin im Blut hat, um eine ziemlich neue Partydroge der High-Society-Kids hier auf der Insel handelt. Sie nennen es *White Rage*. Ein Dreckszeug aus der Gruppe der Phenylethylamine. Einmal genommen, verursacht es einen ordentlichen Rausch, der ein bisschen einem LSD-Trip ähnelt, nur ohne Flashbacks und die ganzen anderen negativen Begleiterscheinungen. Längerfristig konsumiert, schärft es sämtliche Sinne. Nimmt man es, hört, riecht und schmeckt man alles mit großer Intensität. Besonders der Geschmack von Süßem wird extrem verstärkt.«

Ich musste daran denken, wie süß mir die Milch geschmeckt hatte, die Grace mir gebracht hatte. Und auch der ekelhafte Latte macchiato fiel mir ein, den ich mit Crystal in dem kleinen Café getrunken hatte. Hatten nicht auch die Lilien vor Amanda Bells Zimmer plötzlich sehr viel intensiver gerochen als zuvor? Jetzt wusste ich, warum.

»Darüber hinaus«, erklärte Dr. Redwood weiter, »hat es aber eine ganze Menge anderer Nebenwirkungen. Übelkeit. Schwindel, wenn man es zu häufig nimmt. Und vor allem verursacht es in Verbindung mit Kalzium Wahnvorstellungen.« Wieder schaute er auf seinen Testbericht. »Und wie es aussieht, hat Juli ein paar Mal zu oft davon genascht.«

»Meine Tochter nimmt keine Drogen!«, begehrte mein Vater auf. »Jemand hat sie vergiftet!«

Dr. Redwood sah ihn mit einem Ausdruck an, der mir klarmachte, dass er diese Ausrede vermutlich schon öfter gehört hatte. »Wenn es so ist«, sagte er ganz ruhig, »dann sollten Sie bei der Polizei Anzeige erstatten.«

Der Blick meines Vaters huschte zu mir. »Das werden wir!«, versprach er. »Aber was gedenken Sie gegen die Symptome zu tun?« Er wies auf mich, um die Bedeutung seiner Frage zu unterstreichen.

»Gegen *White Rage* gibt es kein Gegenmittel.« Dr. Redwood zuckte bedauernd die Achseln. »Alles, was wir tun können, ist, Juli zu überwachen und abzuwarten, bis die Wirkung nachlässt.«

»Wie lange wird das dauern?« Davids Stimme war ähnlich ruhig wie die des Arztes, aber ich konnte ihm ansehen, dass er am liebsten irgendetwas zertrümmert hätte.

»Zwei, drei Tage vermutlich.« Der Arzt wandte sich zum Gehen. Die Tür meines Krankenzimmers schwang hinter ihm zu und fiel mit einem leisen Klicken ins Schloss.

Nachdem er weg war, überlegten mein Vater und David eine Weile, wer ein Interesse daran haben könnte, mich zu vergiften. Wenn Dr. Redwoods Ergebnisse korrekt waren, dann hatte ich die Droge nicht nur einmal genommen, sondern mehrere Male. Was dagegen sprach, dass sie mir jemand auf einer der Partys, auf denen ich gewesen war, untergejubelt hatte. Ich hörte zu, wie Dad und David über Grace und den Rest des Personals sprachen, über Taylor, Crystal und ihre Freundinnen. Einmal erwähnte David sogar den Namen seines Vaters, aber ich konnte mich auch getäuscht haben, denn ich war von all dem Kram, der mir passiert war, inzwischen so müde, dass mir immer wieder die Augen zufielen.

Anders als in deutschen Krankenhäusern, in denen die Angehörigen den ganzen Tag lang bleiben dürfen, gibt es in amerikanischen noch immer eine genau geregelte Besuchszeit – zumindest bei Patienten, die nicht in Lebensgefahr schwebten. Und da das bei mir seit dem Ergebnis des Drogentests nicht mehr der Fall zu sein schien, kam irgendwann die Krankenschwester herein und verkündete, dass David und mein Dad nun gehen müssten. »Es tut mir leid«, sagte sie mit einem kleinen Lächeln, das ich ihr nicht wirklich abnahm.

Ich wollte protestieren, wollte auf keinen Fall, dass David ging. Aber er erhob sich wortlos, beugte sich über mich und gab mir einen sanften Kuss auf die Stirn. »Ich bin gleich wieder da!«, versprach er.

Nachdem auch mein Vater sich von mir verabschiedet hatte, folgte David ihm auf den Gang hinaus.

Es verging vielleicht eine halbe Stunde, da öffnete sich die Tür und er kam wieder herein. Auf seinem Gesicht lag ein zufriedenes Lächeln. »Wie es aussieht, hat die Schwester sich bei der Besuchszeit geirrt.« Er kam an mein Bett und setzte sich auf dessen Kante.

Ich musterte ihn. »Wie das?«

Er tippte nur gegen die Innentasche seiner Jacke, wo er, wie ich wusste, seine Brieftasche aufbewahrte. »Sagen wir, es gibt Regeln, die sich mit genügend Bargeld ganz einfach aus dem Weg räumen lassen.«

Der nächste Tag verging in ziemlicher Eintönigkeit. Ich musste eine ganze Reihe Untersuchungen über mich ergehen lassen und ständig in irgendwelche Gläser pinkeln. Man nahm mir mindestens zwei Liter Blut ab. Jedenfalls fühlte es sich so an – so oft, wie ich gestochen wurde. Aber genau wie Dr. Redwood in Aussicht gestellt hatte, klangen die Symptome meiner *White-Rage*-Vergiftung langsam ab. Die Übelkeit ließ nach und schließlich auch der Schwindel.

Als ich nach einem Schädel-CT, das Dr. Redwood angeordnet hatte, weil ich so oft ohnmächtig geworden war, wieder in mein Zimmer zurückkam, warteten dort Henry und mein Vater auf mich.

»Hey!«, grüßte Henry mich gut gelaunt. »Ich dachte mir, ich begleite deinen Vater mal hierher. Ich hoffe, das ist dir recht?«

Ich schaute an dem Jogginganzug herab, den ich trug, und zuckte die Achseln. »Wenn du mich in diesem Aufzug ertragen kannst.«

Er grinste breit. »Dir steht doch alles, Baby!«

Ich zog eine Grimasse, dann gab ich meinem Vater einen Kuss auf die Wange. »Schön, dass du da bist. Wo ist David?«

»Er wollte sich nur ein bisschen was zu essen holen«, antwortete Dad. »Er kommt gleich wieder.« Sein Blick ruhte auf dem Stapel Zeitschriften, die David gelesen haben musste, während er auf meine Rückkehr wartete. »Morgen bringe ich ihm ein Buch mit«, grummelte er.

Aber nicht *Rebecca,* schoss es mir durch den Kopf. »Habt ihr mittlerweile die Polizei verständigt?«, fragte ich, während ich in mein Bett kletterte und mir die Kissen im Rücken zurechtstopfte.

»Sie suchen nach dem Täter.« Henry nickte. Sein Blick fiel auf das Tablett auf meinem Nachtschrank. Die übliche Tasse Kaffee und ein Stück Kuchen, das eher nach Plastik aussah als nach etwas, das man mit Genuss essen konnte.

*Der Täter.*

Ich schluckte. Es war ein unheimliches Gefühl zu wissen, dass einem jemand etwas Schlechtes wollte. Beinahe so unheimlich, wie mit vernebeltem Verstand an der Brüstung eines Balkons oder auf den Gay-Head-Klippen zu stehen und den Drang zu verspüren, in die Tiefe zu springen.

»Grace«, murmelte ich. Inzwischen war ich mir ganz sicher, dass nur sie hinter alldem stecken konnte. Sie hatte Zugang zu meinem Zimmer gehabt und das Buch nach Belieben nehmen und wieder hinlegen können. Außerdem hatte sie die Mahlzeiten serviert, die ich gegessen hatte. Für sie wäre es ein Leichtes gewesen, die Droge hineinzumischen. An den meisten Abenden hatte ich außerdem die Milch von ihr gebracht bekommen. Hatte nicht Dr. Redwood behauptet, dass *White Rage* in Verbindung mit Kalzium Wahnvorstellungen auslöste? Milch enthielt eine Menge Kalzium. Und dann war da auch noch Grace' sonderbare Faszination von Madeleines Fluch ... oh ja, ich hatte genug Zeit gehabt, um darüber nachzudenken, und war inzwischen ziemlich überzeugt davon, dass Grace einen Knall hatte.

Die Tür öffnete sich und David kehrte zurück. Er nickte Henry und Dad zu, dann setzte er sich neben mich. »Alles okay mit dem CT?«, fragte er.

Ich bejahte und sah Henry an, um unser unterbrochenes Gespräch wieder aufzunehmen.

Er schürzte die Lippen. »Ich glaube nicht, dass die Cops etwas herausbekommen.«

»Warum nicht?« Es war mein Vater, der das fragte.

»Die Polizei glaubt nicht an eine Verschwörung«, sagte Henry leise. »Dein Dad und ich haben eine Aussage gemacht und ich habe gesagt, dass wir Grace verdächtigen. Sie haben sie in ihrem Zuhause aufgesucht und befragt, aber sie behauptet, dass sie nichts damit zu tun hat. Sie glauben ihr offenbar.« Er verzog das Gesicht. »Sie denken, dass du dir die Droge irgendwo auf einer der Partys der letzten Tage eingehandelt hast.«

»Aber Dr. Redwood hat gesagt, wenn es so wäre, müssten die Werte niedriger sein. Er denkt, dass mir die Droge über einen längeren Zeitraum verabreicht worden sein muss.«

»Es gab mehrere Partys in den letzten Tagen, oder?« Henry zuckte die Achseln. »Die Polizisten werden noch kommen und dich befragen, aber die Tatsache, dass das nicht längst geschehen ist, spricht auch für sich, finde ich.«

Ich biss die Zähne zusammen. »Hast du ihnen auch gesagt, dass David dieselben Sympt...«

»Er war auf denselben Partys wie du, Juli«, erinnerte Henry mich.

»Mist!« Ich warf mich in die Kissen zurück. »Dann werden sie die Ermittlungen einstellen?«

Mein Vater seufzte. »Sieht so aus. Und das heißt für mich: Wir kehren nach Boston zurück. Sobald du dieses Krankenhaus verlassen darfst.«

»Nein!«, rutschte es mir heraus. »Warum?«

David griff nach meiner Hand und hielt sie ganz fest. »Weil irgendjemand auf *Sorrow* versucht, dir etwas anzutun, Juli. Wir haben keine Ahnung, warum, und ich werde nicht zulassen ...«

»Eben!«, fiel ich ihm mitten ins Wort. »Wir haben keine Ahnung, warum! Und wir werden es nicht rausfinden, wenn wir jetzt einfach verschwinden!«

Auf der anderen Seite meines Bettes stieß Henry ein trockenes Lachen aus. »Sieht so aus, als hätte die Droge doch ihren Verstand in Mitleidenschaft gezogen«, sagte er spöttisch.

Ich funkelte ihn an. »Was soll das heißen?«

»Das heißt«, ergriff wieder David das Wort und hielt meine Finger nun mit beiden Händen fest, »dass wir nicht riskieren werden, dass du erneut in Gefahr gerätst.« Er schaute meinen Vater an und der nahm den Faden auf.

»Wir fahren nach Hause, Juli!«, sagte er. »Basta!«

Dr. Redwood ließ sich kurz bei mir blicken, nachdem Henry und mein Vater gegangen waren.

»Ihre Blutwerte entwickeln sich sehr positiv«, erklärte er mir. »Wie geht es Ihnen heute?«

»Ganz okay.«

»Noch schwindelig?«

»Nur wenn ich zu schnell aufstehe.«

»Übelkeit?«

Ich schüttelte den Kopf.

»Halluzinationen?«

Davon hatte ich keine einzige gehabt, seitdem ich hier im Krankenhaus war. Na ja, vielleicht eine halbe, als ich am Fenster gestanden und dem Wind gelauscht hatte, aber das musste der Arzt nicht unbedingt wissen. »Nein«, sagte ich.

Davids Blick ruhte völlig ausdruckslos auf mir.

»Gut. Ich bin mit der Entwicklung sehr zufrieden. Wenn es morgen auch so aussieht, können Sie nach Hause gehen, denke ich.« Dr. Redwood sah mich ernst an. »Und in Zukunft passen Sie besser auf, was Sie auf Partys essen oder trinken.«

Ich nickte gehorsam, obwohl ich mich über seinen gönnerhaften Tonfall ärgerte. Wenn schon er als mein Arzt nicht an eine absichtliche Vergiftung glaubte, wie sollte es dann die Polizei tun?, schoss es mir durch den Kopf.

»Schön. Wir sehen uns dann morgen noch einmal.« Mit diesen Worten nickte Dr. Redwood erst David, dann mir zu und verschwand.

»Willst du mich loswerden?« Ich hatte mich lang auf dem Bett ausgestreckt und drehte jetzt den Kopf so, dass ich David ansehen konnte.

Er saß auf dem Stuhl neben mir und kippelte auf den beiden Hinterbeinen. Bei meiner Frage beugte er sich nach vorne, sodass auch die Vorderbeine wieder auf der Erde landeten. »Was soll das heißen?«

Ich wappnete mich, denn ich rechnete damit, dass er nach dem, was ich als Nächstes sagen wollte, wütend werden würde. »Irgendwie habe ich nicht das Gefühl, dass du diese Sache wirklich beenden willst. Sonst würdest du versuchen herauszufinden, was tatsächlich passiert ist.«

Es war ein nur schlecht versteckter Vorwurf. Genauso gut hätte ich behaupten können, dass er sich in seinen Selbstvorwürfen und mit seiner Selbstquälerei ganz gemütlich eingerichtet hatte.

Er schien das zu wissen, denn er antwortete mir nicht sofort.

»Ich meine«, fuhr ich fort, »ich habe das Gefühl, dass du dich für Charlies Tod noch immer selbst bestrafen willst. Darum willst du mich wegschicken, statt lieber herauszufinden, was auf *Sorrow* vor sich geht. Du magst diesen Zustand, in dem du dich befindest. Du denkst immer noch, du hast ihn verdient.« Ich raufte mir die Haare. »Gott, ihr Bells habt wirklich alle einen Knall!«

In Davids Miene arbeitete es eine ganze Weile lang heftig, bevor er leise antwortete: »Denkst du das wirklich?«

Ich wollte etwas sagen, aber ich wusste nicht so recht, was. Also schwieg ich. Mein Herz klopfte heftig. Es war das erste Mal seit dem Tag im Bootshaus, dass zwischen David und mir so etwas wie ein richtiger Streit in der Luft lag.

David schwieg ebenfalls. So lange, bis ich es nicht mehr aushielt.

»So, wie du dich im Moment verhältst, David«, sagte ich in etwas versöhnlicherem Tonfall, »hat Charlie dich noch immer in der Hand. Sie manipuliert dich noch immer, merkst du das nicht?«

Seine Kaumuskeln traten sichtbar hervor. Mit dem Knöchel seines linken Daumens fuhr er sich über die Lippen. Es sah aus, als wolle er die Worte, die ihm auf der Zunge lagen, daran hindern, aus seinem Mund zu kommen. Als er sprach, waren seine Zähne zusammengebissen. »Ich werde nicht zulassen, dass du dich in Gefahr bringst!«

Ich unterdrückte ein Schnauben. Da war er wieder, der altmodische Macho, der in Zac Gontermans Haus schon einmal hinter seiner Fassade hervorgeblitzt hatte. Wie an jenem Abend war ich mir nicht sicher, ob ich wütend oder gerührt sein sollte. An seinen Augen konnte ich ablesen, dass er sich wirklich Sorgen um mich machte. Trotzdem sagte ich: »Ich bin nicht dein Eigentum, David! Ich entscheide selbst für mich.«

Schwer und unerträglich düster lag sein Blick auf mir. »Und das heißt?«

»Dein Vater hat mich nach Martha's Vineyard geholt, weil ich dir helfen sollte. Das heißt, dass ich nach *Sorrow* zurückkehren werde, wenn Dr. Redwood mich entlässt. Für meinen gesundheitlichen Zustand haben wir die Erklärung jetzt gefunden. Ich werde auch für den Rest eine finden. Für die wispernde Stimme und für ...« Ich unterbrach mich, weil David mit einer so heftigen Bewegung von seinem Stuhl aufstand, dass der rückwärts rutschte und gegen die Wand krachte. Erschrocken schaute ich zu ihm auf.

Er atmete zweimal tief durch. Seine Hände waren zu Fäusten geballt. »In diesem Fall ...«, sagte er kalt und marschierte zur Tür. Er streckte die Hand nach der Klinke aus, berührte sie jedoch nicht. Kurz hatte ich den Eindruck, dass ihm schwindelig war. Ich biss mir auf die Lippe. Vermutlich hatte es keinen Sinn, ihn jetzt zu bitten, ebenfalls einen Drogentest machen zu lassen.

»Was hast du vor?«, fragte ich leise. Zum ersten Mal seit längerer Zeit spürte ich wieder die Scherben in meiner Brust.

David senkte den Kopf. Ohne sich zu mir umzudrehen, sagte er: »Ich könnte es nicht ertragen, mit anzusehen, wie du in dein Unglück rennst.« Er hielt inne, ein paar Sekunden vergingen.

»Mein Unglück, David?« Ich musste die Worte hervorzwingen. »Weißt du, was mein Unglück wäre?«

David rührte sich nicht.

»Von hier weggeschickt zu werden. Von dir.« Himmel, seit wann redete ich so schwülstig daher?

Meine Worte standen im Raum. Lange. Dann, nach einer Ewigkeit, hob David den Kopf, aber er starrte nur geradeaus die Tür an. Seine Stimme war sehr leise, als er hinzufügte: »Zwing mich nicht dazu!«

Und mit diesen Worten ging er.

Als er hinter sich sachte die Tür ins Schloss zog, schossen mir Tränen in die Augen.

Ich lehnte mich in die Kissen zurück, verschränkte die Arme hinter dem Kopf und starrte lange Zeit gegen die Decke ins Leere. In mir tobten die verschiedensten Gefühle. Zum einen wollte ich hinter David herlaufen, ihn in meine Arme ziehen und ihm sagen, wie sehr ich ihn liebte. Ich wollte ihm versichern, dass Charlie uns niemals auseinanderbringen würde, dass ich zu ihm halten würde, egal, was geschah. Aber gleichzeitig war ich auch unglaublich wütend. Seitdem ich wusste, dass all diese unheimlichen Dinge, die mir auf *Sorrow* passiert waren, eine natürliche Ursache hatten, kam mir Davids Verhalten übertrieben und melodramatisch vor. Ich versuchte, mir einzureden, dass es an der Droge lag, die vermutlich auch in seinem Blut noch immer kreiste. Aber irgendwie reichte das nicht aus, meine Wut gegen ihn kleiner werden zu lassen.

Heute, da ich weiß, was noch alles hinter den Fassaden von *Sorrow* lauerte, schäme ich mich dafür, dass ich damals nicht mehr Verständnis für David aufbringen konnte. Aber an diesem Tag, in dem Krankenhausbett und mit den Resten von *White Rage* im Blut, war ich unfähig, weiter zu denken als bis zu den Klippen von Gay Head.

Seufzend schloss ich die Augen und wartete darauf, dass David sich besinnen und zurückkommen würde.

Irgendwann wurde leise die Tür aufgeschoben. Ich regte mich nicht, obwohl ich kurz davor war zu lächeln. David war wieder da, dachte ich.

Doch es war nicht David.

Die Stimme, die jetzt ertönte, kannte ich nur zu gut. »Miss Wagner?«

Ich riss die Augen auf und fuhr in die Höhe.

An meinem Bett, die Hände in einer verlegenen Geste vor dem Körper verschränkt, stand Grace.

»Sie!« Das war alles, was ich hervorbrachte. Mein Herz jagte. War sie etwa gekommen, um ihr Werk zu vollenden? Wollte sie mich umbringen? Hier? Wo jederzeit jemand hereinkommen konnte? Und wenn ja: Warum nur?

All diese Gedanken rasten durch meinen Kopf, während ich Grace fassungslos anstarrte und nicht wusste, was ich tun sollte.

»Keine Angst!«, versuchte sie, mich zu beruhigen. »Ich tu Ihnen nichts!«

Ein trockenes, ängstliches Lachen brach aus meinem Mund. Ich schwang die Füße aus dem Bett und stand auf. Ich war um einiges größer als sie. Kampflos würde ich mich nicht ergeben.

Grace sah, wie ich mich anspannte, und auf einmal wirkte sie traurig. »Ich weiß, dass Sie mich für schuldig an all diesem hier halten. Die Polizei war bei mir.«

»Was wollen Sie?« Klang meine Stimme tatsächlich so schrill? Ich schielte zu dem Schalter, mit dem man eine Schwester rufen konnte. Er befand sich auf der anderen Seite des Bettes, dort wo Grace stand. Na toll!

»Ich habe einen schweren Fehler gemacht, Miss Wagner«, sagte Grace mit dumpfer Stimme. »Und ich bin hier, um ihn wiedergutzumachen.«

Ich verstand kein Wort von ihrem Gerede, aber sie schien es nicht zu bemerken, denn sie sprach einfach weiter.

»Mein Fehler war, dass ich Ihnen nichts von meinen Träumen erzählt habe.«

»Was für Träume?« Ich ertappte mich dabei, dass ich zur Tür schielte und inständig hoffte, David würde wiederkommen. So viel dazu! Eben hatte ich ihn noch angemotzt und behauptet, ich würde ganz gut ohne seine Hilfe klarkommen, und jetzt, wo es ernst wurde ... Ich brachte mehr Abstand zwischen mich und Grace und kämpfte gegen den Anflug von Panik an, der mich zu überrollen drohte. Die Droge war fast vollständig aus meinem Körper verschwunden, redete ich mir ein. Es gab keinen Grund, weiterhin paranoid zu sein.

»Ich träume von einer Frau in einem roten Kleid, Miss Wagner. Es ...«

Ich riss eine Hand hoch, um sie zum Schweigen zu bringen, aber sie ignorierte mich einfach.

»Es ist nicht Madeleine, die im Traum zu mir kommt.« Eindringlich starrte sie mich an. »Es ist ...«

»Charlie?«, krächzte ich und konnte selbst nicht glauben, dass ich das sagte.

Grace jedoch nickte zufrieden. »Sie glauben, dass ich verantwortlich bin für das, was Ihnen passiert, Miss Wagner, aber in Wahrheit hängt alles mit Charlie zusammen.«

In diesem Moment explodierte etwas hinter meinen Augen. Es gibt die Redewendung »rotsehen« und tatsächlich senkte sich nun ein roter Schleier über meinen Blick. »Hören Sie endlich auf, in Rätseln zu sprechen!«, schrie ich Grace an.

Die zuckte zusammen, aber sie schien weiter entschlossen zu sagen, weswegen sie gekommen war. »Das Wispern, das Sie gehört haben, Miss Juli. Ich war es nicht. Und Madeleine hat mir gesagt, dass sie es auch nicht war.«

»Madeleine ist ein Geist! Sie existiert nicht!« Während ich das zischte, öffnete sich die Tür und David stand auf der Schwelle.

Als er Grace erblickte, wurde er blass. »Was machen Sie hier?«

Grace wich vor ihm zurück, bis sie beinahe mein Bett berührte. Ich drängte mich weiter zurück gegen die Fensterbank. Irgendwie brauchte ich so viel Abstand wie möglich zu dieser Verrückten. »Ich will Miss Wagner nur ...«

»Raus!« David brüllte. Dann wurde er sich dessen bewusst und riss sich zusammen. »Sofort!«, fügte er etwas leiser hinzu und trat zur Seite, um Grace durchzulassen.

Sie zögerte, doch dann nickte sie. Sie ging zur Tür, aber bevor sie das Zimmer verließ, blieb sie noch einmal stehen und wandte sich zu mir um.

»Sie wollen Antworten, Miss Wagner«, flüsterte sie. »Sie finden sie auf den Klippen!«

# 30

Am nächsten Morgen waren meine Werte tatsächlich so gut, dass Dr. Redwood mich entließ. Mein Vater und Henry kamen, um David und mich abzuholen. David, der nach Grace' Verschwinden gestern Abend nicht mehr von meiner Seite gewichen war, ging zusammen mit seinem besten Freund in die Cafeteria, um sich einen starken Kaffee zu holen.

Dad starrte ihm hinterher, als er das Krankenzimmer verließ. »Er sieht ziemlich müde aus.«

»Er hat vergangene Nacht nicht viel geschlafen.« Ich erzählte ihm von Grace' Auftauchen und dem Schrecken, den sie uns beiden eingejagt hatte.

Mein Vater runzelte grimmig die Stirn. »Das ist jetzt alles vorbei. Jason hat uns ein kleines Charterflugzeug bereitstellen lassen. Wir verlassen Vineyard noch heute.«

Ich nickte nur und er sah mich erstaunt an. Natürlich hatte er geglaubt, dass ich mich weigern würde, *Sorrow* so bald schon zu verlassen. Aber als er mich jetzt eindringlich musterte, begriff er wohl, dass Grace der Grund dafür war, warum ich meine Meinung geändert hatte. Ihr unheimliches Verhalten hatte mir klargemacht, dass ich Abstand brauchte. Trotzdem war ich weiterhin hin- und hergerissen. Ich wollte nicht von David fort. Gleichzeitig aber war da auch so etwas wie Erleichterung. Den ganzen Irrsinn, der hier ablief, hinter mir zu lassen, war eine ziemlich verlockende Aussicht.

»Aber wir fahren doch erst noch mal nach *Sorrow* zurück, oder?«, fragte ich.

Dad nickte. »Aber nur zum Kofferpacken und Tschüss-Sagen.«

Im Auto hatte ich Mühe, mir nicht ansehen zu lassen, wie mies es mir ging. David saß neben mir auf dem Rücksitz und hielt meine Hand. Ich konnte den Blick kaum von ihm lassen. Die Vorstellung, von der Insel fortzugehen, kam mir mit jedem Kilometer, den wir zurücklegten, weniger erträglich vor. Henry, der auf dem Beifahrersitz hockte, hatte sich so zur Seite gedreht, dass er David und mich ansehen konnte.

»Abschiedsblues«, stellte er fachmännisch fest. »He! Man könnte meinen, nach allem, was passiert ist, bist du froh, von dieser verrückten Insel wegzukommen!«

Ich nickte unter Tränen und wischte mir mit dem Ärmel ziemlich undamenhaft über die Nase.

Wortlos zog David ein Taschentuch aus der Tasche und reichte es mir.

»Danke.« Ich schnäuzte mich.

»Ihr seid nur gut hundert Meilen voneinander entfernt!«, versuchte Henry, mich aufzumuntern. »Er kann dich besuchen kommen, für den Fall, dass du vorhast, niemals wieder einen Fuß auf Vineyard zu setzen.«

»Ich weiß«, murmelte ich. Und trotzdem fühlte sich der Gedanke, von David getrennt zu werden, unerträglich an – selbst wenn es nur wenige Autostunden waren, die zwischen uns lagen. Aus irgendeinem Grund hatte ich das fürchterliche Gefühl, ihn nie wiederzusehen, wenn ich jetzt fortging. Es war irrational, das war mir klar, aber was von den Dingen, die ich in den letzten Tagen erlebt und getan hatte, war nicht irrational gewesen?

Wir erreichten *Sorrow* und Dad bat mich, meinen Koffer zu packen. Ich nickte, aber ich stand auf dem Parkplatz herum, bis er und auch Henry im Haus verschwunden waren. David blieb bei mir.

»Henry hat recht«, sagte er leise und trat ganz dicht vor mich hin. »Ich komme dich besuchen.« Er legte behutsam die Arme um mich und zog mich an sich. Ich lehnte den Kopf gegen seine Brust und kämpfte gegen die Tränen, die immer wieder hinter meinen Lidern hervorquellen wollten. »Dann sind wir beide weit weg von alldem hier.«

Tief holte ich Luft. »Ich habe Angst«, gestand ich ihm. Ich hatte Angst, ihn hier zurückzulassen. Angst, dass derjenige, der uns vergiftet hatte, es weiter versuchen würde. Angst, dass David am Ende doch noch von der Klippe sprang, so wie ich es beinahe getan hätte.

Er legte die Lippen an meinen Scheitel. Sein Atem fühlte sich warm an auf meiner Kopfhaut. »Ich weiß.«

In diesem Moment hatte ich eine Idee. Ich machte mich von David los und schaute ihm ins Gesicht. »Komm mit nach Boston!« Im Stillen musste ich über mich selbst den Kopf schütteln. David war in meiner Vorstellung so sehr mit *Sorrow* verbunden, dass ich auf diesen so naheliegenden Gedanken tatsächlich nicht früher gekommen war. An der Überraschung, die sich in seinem Gesicht abzeichnete, konnte ich erkennen, dass es ihm ähnlich ging.

»Du könntest dich in Boston untersuchen lassen«, fuhr ich aufgeregt fort. »Und wenn in deinem Blut auch *White Rage* zu finden ist, müssen die Polizisten uns glauben! Dir geht es immerhin schon viel länger so schlecht! Sie werden Grace ...«

Sanft legte David mir die Fingerspitzen auf den Mund. »Halt mal die Luft an.«

Meine Haut kribbelte, wo er mich berührte. Dann nahm er die Hand fort, legte sie stattdessen unter mein Kinn und hob mein Gesicht so an, dass ich zu ihm aufsehen musste. Ganz sanft berührten seine Lippen meine.

Als wir uns voneinander lösten, war mir schon wieder schwindelig.

»Alles okay?«, fragte David leise und schlang die Arme fester um mich. »Du schwankst schon wieder.«

Meine Stimme war atemlos. »Das hat diesmal andere Gründe.« Ich lächelte.

Er deutete mit dem Kinn auf das Gästehaus. »Geh deine Koffer packen. Wir treffen uns in einer Stunde in der Halle.«

Ich wagte kaum, die Frage zu stellen. »Dann kommst du tatsächlich ...«

»Geh einfach!«, sagte er. Er lächelte dabei und mein Herz schien sich bei diesem Anblick von einem Scherbenhaufen zurück in ein menschliches Organ zu verwandeln.

Ich brauchte natürlich keine ganze Stunde, um meine paar Klamotten in den Koffer zu werfen. Aber ich hatte im Krankenhaus nur zweimal ganz kurz geduscht und nutzte daher jetzt die Zeit, um das hier ausgiebig nachzuholen. Ich wusch und föhnte mir die Haare, und als ich in mein Schlafzimmer ging, hatte ich immer noch mehr als eine halbe Stunde Zeit. Beim Anziehen fiel mein Blick durch die Balkontür hinunter auf den Rasen vor dem Gästehaus.

Taylor saß auf der kleinen Bank, auf der ich neulich nachts David hatte sitzen sehen. Sie hielt sich selbst mit den Armen umschlungen und sogar über die Entfernung hinweg konnte ich erkennen, dass sie weinte.

Rasch schlüpfte ich in Jeans und Sweater. Dann öffnete ich

die Balkontür und trat ins Freie. Taylor bemerkte mich nicht. Ich zögerte.

Sollte ich zu ihr gehen und meine Hilfe anbieten?

Sie begann, sich selbst vor- und zurückzuwiegen wie jemand, der völlig verzweifelt war, und das gab den Ausschlag. Ich schnappte mir meine Jacke und rannte nach unten.

Als ich jedoch zu der Bank kam, war sie leer. Taylor war aufgestanden und davongegangen. Eilig schaute ich mich um, und tatsächlich: Ich entdeckte sie gerade noch, wie sie auf dem Pfad verschwand, den David und ich an meinem allerersten Tag hier auf *Sorrow* gegangen waren.

So schnell ich konnte, lief ich hinter ihr her.

Ich fand sie unter dem Baum, unter dem David und ich bei dem Regen Schutz gesucht hatten. Sie starrte ziellos in Richtung Ozean. Ich räusperte mich leise, um sie nicht zu erschrecken.

Sie wandte sich zu mir um. »Juli! Ich habe dich gar nicht kommen gehört.« Hastig wischte sie sich die Tränen von den Wangen.

Ich lächelte sie tröstend an. »Ich habe dich unten auf der Bank gesehen und dachte, du könntest vielleicht jemanden gebrauchen ...« Ich ließ den Rest des Satzes in der Luft hängen.

Sie ergänzte ihn für mich. »... zum Reden, meinst du?« Ein trauriges Lächeln erhellte ihr Gesicht für eine paar Sekunden. »Ja. Das wäre zur Abwechslung mal eine gute Idee.« Sie wies auf den Pfad und gemeinsam gingen wir ihn entlang, während sie nach den passenden Worten suchte.

»Ich habe dir doch erzählt, dass ich hier auf der Insel bin, weil ich auf eine Nachricht warte«, begann sie langsam und zögernd.

Ich nickte.

»Heute ist diese Nachricht gekommen«, erklärte sie mir.

Wir umrundeten ein paar Findlinge. Vor uns war der Weg von einer riesigen Pfütze überschwemmt, sodass wir nicht weiterkamen. »Lass uns hier langgehen«, schlug Taylor vor. Rechts ging ein winziger Trampelpfad ab, der mir zuvor noch nie aufgefallen war. Tiere schienen ihn geschaffen zu haben und er schlängelte sich durch das Dornen- und Ginstergebüsch, sodass wir für einige Zeit hintereinanderher gehen mussten. Als der Pfad zurück auf den Weg mündete, schloss Taylor, die die ganze Zeit hinter mir gegangen war, wieder zu mir auf. »Ich habe sie wiedergefunden«, sagte sie mit einem wehmütigen Ton.

»Sie?« Ich wusste nicht, was sie meinte.

Taylor griff in einen der Büsche und riss einen kleinen Zweig ab. Ich musste daran denken, dass David bei unserem ersten Spaziergang dasselbe getan hatte. Während Taylor den Zweig nachdenklich zwischen den Fingern drehte, erzählte sie: »Ich war noch ziemlich jung. Da wurde ich schwanger. Fast zwanzig Jahre ist das jetzt her.« Sie hielt inne, sah mich an, als warte sie darauf, dass ich etwas sagte.

Ich wusste nicht, was, also redete sie weiter. »Ich habe die Insel in einer Nacht-und-Nebel-Aktion verlassen. Lange Jahre wusste niemand, dass ich fortgegangen war.«

Und jetzt begriff ich, worauf sie hinauswollte. In meinem Kopf gab es einen kleinen Knall. Es fühlte sich an, als sei etwas entzweigerissen, das mir zuvor den Blick auf die Tatsachen verstellt hatte. »Du warst die schwangere Zwanzigjährige!«, entfuhr es mir. »Die Frau, von der alle denken, dass sie über die Klippen gegangen ist!«

Taylor nickte betrübt. »Ich wusste lange Jahre nicht, dass

man das hier glaubte. Ich hatte keine Familie, weil meine Eltern kurz zuvor gestorben waren. Und auch kaum Freunde. Als ich fortging, dachte ich darum, niemand würde mich vermissen.«

Das hatte auch niemand getan, überlegte ich mit einem Anflug von Traurigkeit. Weil alle gedacht hatten, dass sie gesprungen war.

»Sie haben dich als Letztes auf den Klippen gesehen«, sagte ich.

»Ja. Ich habe mich damals sehr für die Legende interessiert. Ich wollte mich von Madeleine verabschieden.« Taylor lächelte etwas peinlich berührt und ich wusste, dass ihre Worte nicht bedeuteten, dass sie wirklich an den Geist glaubte. Es war mehr ein Abschiednehmen von der Insel gewesen, vermutete ich. Sie war fortgegangen und damals hatte sie gedacht, dass sie nie wieder hierher zurückkehren würde.

Meine Gedanken wanderten kurz zu David. Warteten er und Dad schon auf mich?

»Was war mit dem Vater deines Kindes?«, fragte ich.

Sie machte ein Gesicht, als sei das keine gute Frage. »Er weiß bis heute nichts davon. Es war ein One-Night-Stand.« Ihr Blick richtete sich in die Ferne und auf einmal sah sie sonderbar zornig aus. Ein beklommenes Gefühl breitete sich in meiner Brust aus. Eine leise Stimme warnte mich mit eindringlichem Flüstern, dass irgendetwas hier nicht stimmte, aber ich kam nicht darauf, was es sein könnte. Mit einer Mischung aus Befangenheit und Neugier ging ich weiter.

»Was ist mit dem Kind geschehen?«, fragte ich.

Sie strich mit dem Zweig über die Innenfläche ihrer Hand. Längere Zeit sagte sie nichts, und als sie es endlich tat, war ihre Stimme tränenerstickt. »Ich habe es zur Adoption freigegeben. Lange Jahre hatte ich keinen Kontakt zu ihr, aber vor ein paar Wochen bin ich ihr hier auf der Insel über den Weg gelaufen. Ich habe ein bisschen gebraucht, bis ich es gewagt habe, Nachforschungen anzustellen, aber heute Morgen kam die Bestätigung.«

»Die Bestätigung ... die Nachricht, auf die du gewartet hast.« Ich brauchte einen Moment, bis ich begriff, was sie mir sagen wollte. Fassungslos starrte ich sie an. »Charlie war deine Tochter!«, hauchte ich. Ich hatte eine Weile lang nicht auf den Weg geachtet, aber jetzt erkannte ich, wo wir uns befanden. Wir standen auf den Klippen.

Das Meer lag direkt unter uns und warf sich zornig gegen die Felsen.

»Charlie war deine Tochter!« Ich konnte nicht anders, ich musste es einfach wiederholen.

Mechanisch nickte Taylor. Ihre Augen schwammen jetzt in Tränen, aber da war auch noch ein anderer Ausdruck, den ich nicht zu deuten wusste. Sie wirkte fast ein bisschen entrückt.

In meinem Kopf bildeten sich schon wieder Nebelfetzen. Ich glaubte, zwischen dem Donnern der Brandung und dem stetigen Rauschen des Windes die Frauenstimme wispern zu hören. Ging das jetzt etwa schon wieder los? Verzweifelt konzentrierte ich mich auf Taylor. Sie trat näher an den Abgrund heran. Was hatte sie vor? Wollte sie sich etwa hinunterstürzen?

»Taylor!«, sagte ich leise.

Sie drehte sich nicht zu mir um. Ich hörte den Felsen unter ihren Füßen knistern und meine Haare richteten sich auf.

»Bitte komm von dort weg!«

»Ich habe sie im Stich gelassen«, flüsterte sie. »Ich habe mich jahrelang nicht für sie interessiert. Aber als ich sie dann endlich wiederhatte, ist sie ...«

... *gesprungen!*

Mir war eiskalt.

»Sie wird nicht wieder lebendig, wenn du auch springst«, sagte ich.

Da drehte sie sich zu mir um. »Nein. Das wird sie nicht.« Der sonderbare Ausdruck in ihren Augen hatte sich verstärkt und ihr Blick fühlte sich an wie ein Schlag ins Gesicht.

Ich streckte die Hand nach ihr aus. »Komm da weg!«, bat ich.

Der Felsen knisterte bedrohlich.

Und in diesem Moment grapschte Taylor nach meinem Arm und zerrte mich an sich.

Ich schrie auf.

»Lass sie sofort los!«, ertönte hinter mir eine Stimme.

Es war David!

Taylors Hände lagen wie Eisenklammern um meinen Unterarm. David trat auf die Klippen hinaus. Sein Gesicht war angespannt und blass und ich konnte die Sorge in seinen dunklen Augen schimmern sehen. Sein Blick zuckte hektisch zwischen Taylor und mir hin und her, aber so ruhig wie möglich hob er uns beide Hände entgegen. »Lass sie los, Taylor! Lass sie zu mir, ich bitte dich!«

Taylor wirkte jetzt vollends verwirrt. Bevor sie etwas sagen konnte, trat nun auch Henry auf die Klippen hinaus. In der Hand hielt er etwas, das ich auf den ersten Blick nicht erkennen konnte. Er blieb schräg hinter David stehen und für einen schier unendlich langen Zeitraum rührte sich niemand.

Der Wind blies mir von hinten gegen den Rücken, als wollte

er mich zurück auf sicheren Boden schieben. Das Knistern des Felsen unter unseren Füßen wurde lauter.

»Du gibst mir die Schuld an Charlies Tod«, sagte David mit ruhiger Stimme. »Und du hast recht damit. Aber es bringt Charlie nicht zurück, wenn du Juli tötest!«

Seine Worte sickerten wie Eiswasser in meinen Verstand und erst jetzt begriff ich es endlich. »Du hast ...« Meine Stimme stockte vor Fassungslosigkeit. Sie steckte hinter alldem? Sie war der Grund für all die Dinge, die mir passiert waren? Sie hatte mich vergiftet, hatte mich dazu treiben wollen, über die Klippe zu springen? Sie! Nicht Grace?

*Sie wollen Antworten, Miss Wagner,* hatte Grace gesagt. *Sie finden sie auf den Klippen.*

So wie es aussah, sollte sie recht behalten.

»Ich habe gesehen, wie Juli dir den Pfad entlang gefolgt ist«, erklärte David. »Da bin ich euch hinterher.«

»Ich habe vorhin nach dir gesucht, Taylor, weil ich dich etwas fragen wollte.« Henry trat jetzt neben David. »Aber du warst nicht in deinem Zimmer. Stattdessen habe ich das hier dort entdeckt!« Er hielt den Gegenstand hoch, den er in der Hand hatte. Es war Charlies *Rebecca*-Ausgabe! »Du hast das Spielchen mit dem Buch getrieben, hast es gegen eine zweite, identische Ausgabe ausgetauscht, es erst weggenommen und dann wieder auftauchen lassen, um Juli weiszumachen, dass sie den Verstand verliert. Du hast Zugang zu Medikamenten. Wie hast du ihr *White Rage* verabreicht? Mit der Milch, die du Grace jeden Abend hast bringen lassen?«

Ich wollte etwas einwenden, aber in meinem Kopf war nur noch Leere und ich vergaß, was ich hatte sagen wollen, bevor ich den Mund aufmachen konnte. Henry redete immer noch. Seine Stimme wurde jetzt zunehmend zornig.

»Du hast die ganze Zeit versucht, auch David in den Selbstmord zu treiben, gib es zu, Taylor!« Er langte in seine Jackentasche und zog etwas hervor, das mit allerlei Kabeln versehen war, die durch seine Finger baumelten. Aber er machte keine Anstalten zu erklären, worum es sich dabei handelte. Stattdessen sagte er: »Du wolltest dich an ihm rächen, stimmt es, Taylor?«

Taylor schüttelte den Kopf, es war eine verlorene, fassungslose Geste. »Ich habe nichts dergl…«

»Halt's Maul!«, brüllte Henry sie an. Sein Gesicht war rot vor Wut. David streckte die Hand aus und legte sie ihm auf den Oberarm, um ihn zu stoppen.

Taylor klammerte sich noch immer an mich. Der Felsen unter unseren Füßen knisterte jetzt nicht mehr. War das ein gutes oder ein schlechtes Zeichen?

Henry sprach nun beherrschter weiter. »Du hast mit technischen Mitteln dieses Wispern beim Herrenhaus erzeugt.« Er hielt das Kabelgewirr hoch, während er das sagte. »Diese kleinen Lautsprecher hast du schon vor Wochen überall angebracht, nicht wahr? Damit hast du David gequält.«

»Ich habe nichts davon getan!«, schrie Taylor und wich ein Stück rückwärts. Ich konnte nicht anders, ich musste ihr folgen, weil sie mich immer noch nicht losließ. Ängstlich warf ich einen Blick über die Schulter. Das Meer unter uns war weiß, Felsen ragten spitz aus den schäumenden Fluten.

Henry ließ sich nicht beirren. »Aber dann hast du mitbekommen, dass er sich in Juli verliebt hat, und du hast deinem Plan eine andere Richtung gegeben.«

Davids Augen waren dunkel vor Schmerz und Angst. Ich suchte seinen Blick, hielt mich daran fest, weil es das einzige war, was mir in diesem Moment noch Halt geben konnte.

»Als Juli das *Rebecca*-Buch gekauft hat, ist dir klar geworden, um wie viel besser dieser neue Plan ist, stimmt es, Taylor?«, redete Henry weiter. Warum hörte er nicht endlich auf? Sah er nicht, dass er Taylor nur dazu trieb, immer weiter an die Kante zu gehen? »Versucht nicht die Haushälterin in diesem Buch, die junge Frau in den Wahnsinn zu treiben? Dies hat dich auf die Idee gebracht, wie du David noch mehr leiden lassen konntest. Indem du Juli in den Selbstmord treibst, genau wie die Figur in dem Roman!«

»Warum, Taylor?«, flüsterte David.

Endlich bekam ich die Zähne auseinander. »Charlie!«, krächzte ich. »Sie war ihre Tochter!«

Sowohl auf Henrys als auch auf Davids Gesicht erschien ein Ausdruck vollkommener Verblüffung. Es war deutlich zu erkennen, dass keiner von beiden dies geahnt hatte. In meinem Hinterkopf murmelte eine leise Stimme, aber ich wusste nicht so recht, was sie mir sagen wollte. Aus irgendeinem Grund fiel es mir schwer, all das zu glauben, was Henry und David Taylor hier an den Kopf schleuderten. Mein Blick huschte von den beiden zu Taylor und wieder zurück.

Sie sah fassungslos aus, aber es schien eher Fassungslosigkeit über die Anschuldigungen zu sein als darüber, enttarnt worden zu sein.

»Ihr irrt euch!«, flüsterte sie und wie zum Beweise dafür, dass sie die Wahrheit sagte, gab sie mich endlich frei. Ich stolperte von der Kante weg, in Davids Arme. »Gott sei Dank«, hauchte er und zog mich an sich.

Henry jedoch trat Taylor ein Stück entgegen. Zornig hielt er ihr den Lautsprecher hin und drückte auf einen kleinen Knopf. Eine geisterhafte Frauenstimme ertönte.

»Spring, Juli«, wisperte sie. »Er liebt dich nicht!«

Und in diesem Moment geschah alles mit rasender Geschwindigkeit.

Es gab einen lauten Knall. Erst viel später begriff ich, dass es das Gestein gewesen sein musste, dass unter Taylors Gewicht vor Spannung zerborsten war.

Die Klippe, Taylor, alles sackte mehrere Fuß weit ab. Taylor kreischte, ich ebenfalls.

»Nein!«, schrie David, stieß mich von sich und hechtete vor, um Taylor festzuhalten.

Ein unheimliches, nervenzerfetzendes Knirschen ertönte, für einen Sekundenbruchteil hingen Klippe, Taylor und David in der Luft. Staub wallte hoch, legte sich über die Szene, sodass ich kaum noch etwas erkennen konnte. Taylor kreischte erneut. Und im nächsten Moment waren sie und David fort. Etwas klatschte in die Fluten unter uns.

»David!«, brüllte Henry. Wie David zuvor hechtete er nach vorn. Mit dem Bauch prallte er auf dem Rand der Abbruchkante auf, rutschte ein Stück auf den gefährlichen Abgrund zu. »Hab dich!«, ächzte er.

Gerade noch hatte er es geschafft, Davids Hand zu ergreifen.

Unfähig, mich zu bewegen, sah ich mit an, wie sich die Muskeln an seinen Schultern und Armen spannten. Seine Jacke rutschte hoch und für den Bruchteil einer Sekunde konnte ich ein schwarzes Tattoo auf seinen Rippen erkennen. Ich registrierte es kaum, denn jetzt stöhnte er auf. »Halt dich fest!«, presste er hervor. »Oh Gott!«

Und dann gefror die gesamte Welt rings um mich herum zu Eis.

David fiel. Henry brüllte seinen Schmerz und seine Frustration in den Himmel, wälzte sich fassungslos auf den Rücken und bedeckte seine Augen mit dem Unterarm.

»Nein!«, wimmerte ich.

Eine Staubwolke stieg in die Luft, noch einmal landeten Felsbrocken klatschend in der Flut und mit ihnen ...

Ich sank auf die Knie. Unfähig, etwas zu empfinden, robbte ich an die Kante heran. Es war mir völlig egal, ob ich selbst auch noch abstürzen würde oder nicht. Fast blind vor Tränen spähte ich in die tosende Tiefe, streckte die Hand aus. Doch es war zu spät.

Davids Körper lag weit unten auf den Felsen und eine Welle spülte über ihn hinweg.

# 31

Die Musik war laut und betäubend auf meinen Ohren. Ich hörte Gary Jules auf dem neuen Handy, das Dad mir nach unserer Heimkehr wie versprochen gekauft hatte. Gerade lief *Mad World* und ich summte leise mit. »The dreams in which I'm dying are the best I've ever had.« Meine Augen waren trocken – schon seit einigen Tagen hatte ich nicht mehr geweint, weil einfach keine Tränen mehr in mir waren. Meine Lider fühlten sich an wie aus Sandpapier und sie brannten wie Feuer. Ich war dankbar dafür, denn dieses Gefühl brachte mich David nahe.

Ich stand gerade in der Küche und machte Abendbrot für Dad und mich. Es war Mitte Januar. Zwei Wochen waren vergangen, seit David von der Klippe ins Meer gestürzt war. In dieser Zeit war ich zur Schule gegangen, hatte mich mit meinen Freunden getroffen. Ein, zwei Mal hatte ich mich sogar von ihnen überreden lassen auszugehen. Einmal hatte ich unsere eigene Ausgabe von *Rebecca* aus dem Regal gezogen und versucht, sie zu lesen, aber ich war unfähig gewesen, mich damit zu befassen. Also hatte ich das Buch in meinem Zimmer in eine Ecke geschleudert, wo es noch immer lag.

Ich hatte kaum gegessen und noch weniger geschlafen. Wenn es mir gelang, einmal für kurze Zeit zur Ruhe zu kommen, träumte ich von David. Dann sah ich ihn wieder in den Wellen liegen, sein Körper wurde vom Meer hin und her gewiegt wie ein kleines Kind von seiner liebevollen Mutter. Und seine Augen, diese schönen Augen mit dem goldenen Ring, blickten leer in den bleigrauen Himmel. In meinen Träumen sah ich mich selbst in einem roten Kleid am Strand stehen. Seltsamerweise träumte ich nie davon, auf den Klippen zu stehen, oder davon, in die Tiefe zu springen. Ich stand immer nur am Strand und starrte sehnsuchtsvoll auf das Meer hinaus, das ihn mir genommen hatte.

Wenn ich aus so einem Traum aufwachte, brauchte ich jedes Mal viele Minuten, um mich selbst davon zu überzeugen, dass er lebte. Im Gegensatz zu Taylor, die bei dem Absturz gestorben und auf Vineyard beerdigt worden war, hatte David überlebt. Er lag im Krankenhaus und man hielt ihn in einem künstlichen Koma, um seinem Körper Gelegenheit zu geben, die schweren Verletzungen zu heilen. Henry telefonierte jeden Tag mit mir, um mich auf dem Laufenden zu halten, wie es ihm ging, und jedes Mal, wenn mein Handy klingelte und mir seine Nummer anzeigte, fürchtete ich ranzugehen. Jedes Mal hatte ich Angst, dass er mir sagen würde, David sei gestorben.

Genau wie an diesem Abend im Januar. Das Telefon klingelte. Ich stoppte die Musik und nahm ab. Meine Hand zitterte dabei.

»Ja?«

»Er ist aufgewacht!« Ganz ruhig war Henrys Stimme, doch ich konnte hören, dass er erleichtert war.

Meine Knie wurden bei dieser Nachricht so weich, dass ich mich setzen musste. »Gott sei Dank!«

»Er möchte mit dir reden«, sagte Henry. »Warte, ich gebe dich weiter.«

Es dauerte mehrere Sekunden, dann hörte ich Henrys leise Stimme sagen: »Du kannst sprechen, Kumpel!«

»Juli?« Davids Stimme war dünn und schwach. Mir zerriss es das Herz.

»Ich bin hier.« Schlagartig waren meine Augen voller Tränen. »Ich kann kommen, wenn du es möchtest! Ich wäre schon früher gekommen, aber Dad hat mich nicht ...«

»Nein!«, flüsterte er.

Ich glaubte, meinen Ohren nicht zu trauen.

»Du darfst nicht wieder herkommen. Es ist noch nicht vorbei. Du ...« Er machte eine lange Pause, dann fügte er hinzu: »Du musst mich vergessen.« Er klang so matt, als sei er kurz davor, ohnmächtig zu werden.

»Wie meinst du das?«, rief ich, aber es war nicht mehr David, der am anderen Ende der Leitung war, sondern wieder Henry.

»Er ist noch ziemlich groggy«, erklärte er mir. »Ich kümmere mich um ihn.«

»Ich möchte kommen.« Ich zerrte an meinen Kopfhörern, die mir hinderlich am Hals herumbaumelten. Mein Vater war plötzlich neben mir und half mir, mich von den Kabeln zu befreien, während ich das Telefon ans andere Ohr nahm.

»Bleib lieber vorerst in Boston«, widersprach Henry. »Bis ich rausgekriegt habe, was in seinem Kopf vorgeht.« Er wartete, ob ich etwas erwidern würde, aber als ich es nicht tat, fügte er fragend hinzu: »Okay, Juli?«

Ich nickte, dann erst begriff ich, dass er das nicht sehen konnte. »Okay«, murmelte ich. Ich wusste nicht, was ich denken sollte.

»Ich halte dich auf dem Laufenden, Ehrenwort!« Und damit legte Henry auf.

Ich starrte auf das Telefon, als hätte es sich soeben in eine Giftschlange verwandelt.

»Schlechte Nachrichten?«, fragte Dad besorgt.

»Nein«, antwortete ich. »Er ist aufgewacht.«

»Warum siehst du dann aus, als hättest du eben von seinem Tod erfahren?«

Ich setzte mich. Gary Jules schepperte noch immer aus meinen Kopfhörern. Endlich schaltete ich die Musik aus. »Er will mich nicht sehen.«

Danach dauerte es noch Wochen, bis sie David aus dem Krankenhaus entlassen hatten. Henry rief mich weiterhin an und erzählte mir, welche Fortschritte er machte. Ich hörte seiner Stimme an, dass es David nicht gut ging, aber Henry versuchte, seine Sorge zu überspielen und mir weiterhin Optimismus zu vermitteln, wie er es getan hatte, seit wir uns kennengelernt hatten. Mit David selbst wechselte ich nach unserem kurzen Telefonat kein einziges Wort mehr. Er weigerte sich, mit mir zu reden. Egal, was Henry auch versuchte, David behauptete steif und fest, dass es so das Beste sei. Ich müsse ihn vergessen, sagte er.

Ich konnte es nicht fassen, wurde zwischen Wut und Trauer hin und her geschleudert wie ein Pingpongball zwischen zwei Schlägern.

Natürlich konnte ich ihn nicht vergessen. Ich fragte mich immer wieder, was er denn jetzt noch fürchtete. Meine Halluzinationen hatten sich als Manipulation einer Verrückten herausgestellt, oder etwa nicht? Madeleines Geist war nicht mehr als eine Sage. Es gab keinen Fluch. Und trotzdem fürchtete David sich vor irgendetwas so sehr, dass er mich lieber auf Distanz hielt, als mich erneut in Gefahr zu bringen? Ich zermarterte mir den Kopf, was dieses Etwas sein mochte. Und gleichzeitig kam ich fast um vor Sehnsucht nach ihm. Erneut begann ich, Henrys Anrufe zu fürchten, denn in mir wuchs die Angst, dass David noch einmal auf die Klippe gehen würde.

An einem Vormittag im März dann rief Henry mich zu einer völlig ungewöhnlichen Zeit an. Mit klopfendem Herzen nahm ich ab und war darauf vorbereitet zu hören, dass David gesprungen, dass er diesmal wirklich tot war.

Aber Henry sprach nicht von Davids Tod. »Es geht wieder los, Juli«, sagte er. »Ich kriege das nicht allein hin. Du musst kommen. Sofort. David braucht dringend deine Hilfe!«

Meine Antwort war kurz: »Ich komme!« Gleich darauf stürmte ich mit energischen Schritten zu meinem Vater ins Arbeitszimmer. Es war mir egal, dass ich ihn störte.

»Steh auf!«, befahl ich ihm. »Wir müssen nach Vineyard. Sofort!«

Als wir *Sorrow* diesmal erreichten, war es lange nicht mehr so kalt wie kurz nach Weihnachten. Da wir außer von Henry von niemandem erwartet wurden, mussten wir diesmal an der doppelflügigen Haustür klingeln. Grace öffnete uns. Als sie mich erkannte, fielen ihr fast die Augen aus dem Kopf.

»Miss Wagner!«

Ich war nicht weniger überrascht, sie hier zu sehen, aber dann fiel mir ein, dass sie ja nichts für all die Dinge konnte, die passiert waren. Sie war an meinem Zustand nicht schuld gewesen, sondern Taylor. Es war nur normal, dass Jason sie wieder in dem Herrenhaus arbeiten ließ.

Grace war klug genug, kein Wort über meine Rückkehr zu verlieren.

»Ja, Grace«, sagte ich grimmig zu ihr. »Ich bin wieder da. Sie ja offenbar auch. Wo ist David?«

Sie kam nicht dazu, mir eine Antwort zu geben.

»Du hättest nicht herkommen dürfen«, sagte David von der obersten Stufe der großen Freitreppe.

Er sah furchtbar aus. Er war noch dünner geworden. Tiefe Schatten lagen unter seinen Augen. Eine lange, nur halb verheilte Platzwunde zierte seine Stirn, eine weitere seine Wange direkt unter dem Auge. Er hielt sich sehr gerade und ich wusste, was der Grund dafür war: Er hatte sich bei seinem Sturz fünf Rippen gebrochen. Henry hatte mir das erzählt. Sein rechter Arm lag noch immer in einer Schlinge.

Ich brauchte einen Moment, bis ich den Schrecken überwunden hatte. Dann entschied ich mich dafür, seine unfreundlichen Begrüßungsworte zu ignorieren. Ich ging zu ihm nach oben. Beiläufig bemerkte ich, dass der kalte Schauder diesmal ausblieb.

Direkt vor David blieb ich stehen.

»Du hättest nicht kommen dürfen«, wiederholte er. Sein Blick lag auf meinem Gesicht und in seiner Miene arbeitete es. Ich konnte den Schmerz sehen, der in seinen Augen lag.

»Ich bin aber da«, sagte ich leise.

Da wehrte er sich nicht mehr. Mit dem unverletzten Arm packte er mich, zog mich mit einem Ruck an sich. An der Art, wie seine Lippen weiß wurden, sah ich, dass er große Schmerzen haben musste, aber er umfing mich jetzt so fest, dass ich keine Chance hatte abzurücken, um seine gebrochenen Rippen zu schonen.

»Oh Juli«, raunte er. »Ich habe dich so vermisst!«

Plötzlich schossen mir Tränen in die Augen. »Ich dich auch.« Eine Weile blieb ich in seiner Umarmung, wohl wissend, dass Grace uns sehr genau beobachtete. Dann endlich machte ich mich los. »Gehen wir besser in dein Zimmer«, bat ich.

In Davids Zimmer war es nicht viel wärmer als im Lilienzimmer früher. Ich unterdrückte ein Zittern. »Du sitzt noch immer im Kalten«, murmelte ich.

David ließ sich mühevoll in einen Sessel sinken. »Es ist auch noch nicht vorbei«, sagte er.

Ich ging zu ihm, ließ mich vor ihm auf die Knie nieder und nahm seine Hand. »Was meinst du damit?« An der Stelle, an der sein altes Klavier gestanden hatte, befand sich jetzt ein neues Instrument. Ich schaute auf die Schlinge, in der sein Arm hing, und fragte mich, wann er wohl wieder spielen können würde.

»Madeleine.« Mehr sagte er nicht.

Ich wartete.

»Sie flüstert noch immer«, fügte er hinzu. In seiner Stimme lag ein Grauen, das mir den Boden unter den Füßen fortzog. Schlagartig war ich zurück auf den schwankenden Planken, aber diesmal war ich bei klarem Verstand. Diesmal würde ich mich nicht unterkriegen lassen.

»Henry hat mir erzählt, dass sie das ganze Grundstück und auch die Felsen auf den Klippen abgesucht haben. Sie haben sechs Lautsprecheranlagen gefunden. Wenn du Madeleines Flüstern noch immer hörst, dann kann das nur daran liegen, dass sie eine übersehen haben.« Ein gruseliger Gedanke schoss mir durch den Kopf. In meinem Appartement war kein Lautsprecher gefunden worden, obwohl man sehr sorgfältig danach gesucht hatte. Wieso aber hatte ich die geheimnisvolle Stimme in meinem Zimmer gehört? War es wirklich nur eine Ausgeburt meiner hysterischen Fantasie gewesen, als ich mit dem Geist gesprochen hatte? Ich biss die Zähne zusammen, damit mir keine dieser Fragen aus dem Mund purzeln konnte.

David hob die Hand an die Stirn und rieb sie. Die Platzwunde dort sah übel aus. Ich vermutete, dass er noch immer Kopfschmerzen hatte. »Möglich«, sagte er, wirkte aber nicht überzeugt.

Ich nahm seine Hand und küsste sie. »David! Taylor ist tot! Ihre Leiche wurde gefunden und beerdigt. Wir finden auch noch die letzten Lautsprecher und dann ist es vorbei!«

Doch er schüttelte den Kopf. Etwas lag in seinem Blick, etwas Hoffnungsloses, dass ich ihn am liebsten gepackt und geschüttelt hätte. Er sah aus, als glaube er mir nicht. Nein, es war wieder wie früher. Er sah genauso schuldbewusst und düster aus wie beim allerersten Mal, als ich ihm auf der Treppe von *Sorrow* begegnet war. Als wären wir wieder dort, wo alles begonnen hatte. Ich konnte mir das nicht erklären.

Eigentlich konnte es nur einen einzigen Grund für sein Verhalten geben. »Denkst du, dass Taylor ... unschuldig war?« Mir selbst war dieser Gedanke in den vergangenen Wochen immer mal wieder durch den Kopf geschossen. So, wie Taylor ausgesehen hatte, als Henry sie mit seinen ganzen Vorwürfen konfrontiert hatte, war sie von den Anschuldigungen überrascht gewesen. Und dazu kam noch etwas anderes: Wenn ich Taylor richtig verstanden hatte, dann hatte sie erst an dem Tag, an dem ich aus dem Krankenhaus entlassen worden war, den Beweis erhalten, dass Charlie tatsächlich ihre Tochter war. Wenn das stimmte, wie konnte es dann sein, dass sie schon so viele Wochen früher angefangen hatte, einen derart perfiden Racheplan zu schmieden?

Ich konnte David ansehen, dass er sich ähnliche Gedanken gemacht hatte. Das also war der Grund, warum er versuchte, mich von sich fernzuhalten. Er versuchte noch immer, mich zu beschützen. »Du glaubst, dass der Täter noch immer ...«

Er schüttelte den Kopf. »Es ist nur ...« Er zögerte, schien zu überlegen. Ich sah, wie er schluckte. »Ich glaube, dass du so einen kaputten Typen wie mich nicht verdient hast.«

Entgeistert starrte ich ihn an, überlegte, was ich jetzt sagen sollte. Ich liebte ihn, mehr, als ich es jemals für möglich gehalten hätte. Ich wollte nur eines: mit ihm zusammen sein. Am liebsten hätte ich ihn in meine Arme gezogen, ihn festgehalten und ihm das ins Ohr geflüstert. Aber ich wusste auch, dass jedes Wort von mir ihn in seiner Entschlossenheit nur bestärkt hätte. Er war offenbar noch immer der Meinung, dass es besser für mich war, ihn zu vergessen.

Ich beschloss also, von all diesen Gedanken, die mir in einem einzigen Sekundenbruchteil durch den Kopf schossen, keinen einzigen auszusprechen.

»Hast du einen Verdacht?«, wisperte ich stattdessen.

Doch er ging nicht auf meine Frage ein. »Niemals soll ein Paar auf *Sorrow* glücklich werden«, murmelte er. »Wir alle wissen das.«

»Es gibt weder Geister noch Flüche, David«, flüsterte ich und nahm wieder seine Hand. »Egal, was auch immer hier vorgeht, es ist ebenso real wie die Lautsprecher.« Wieder musste ich daran denken, dass in meinem Appartement kein Lautsprecher gefunden worden war. Ich schob den Gedanken beiseite.

»Mag sein«, sagte David. »Aber was, wenn es das Haus selbst ist, das die Menschen darin zu all diesen Dingen treibt?«

Ich begriff, dass er das durchaus ernst meinte. In diesem Moment war ich mir fast sicher: Er hatte einen Verdacht, wer tatsächlich hinter der ganzen Sache steckte. Aber wer mochte das sein?

Wenn es Taylor wirklich nicht gewesen war, die diesen ganzen technischen Aufwand getrieben hatte, gab es mehrere andere Möglichkeiten. Adam. Charlie war seine Adoptivtochter gewesen.

War es doch Grace? Wenn Taylor es nicht gewesen war, kam auch sie wieder infrage. Aber wenn er sie verdächtigte, warum arbeitete sie dann wieder hier? Er hatte schon einmal dafür gesorgt, dass sie das Haus verlassen musste. Er konnte es wieder tun. Er konnte sie wegschicken. Sie, nicht mich.

»Ich finde raus, wer es war, David!«, sagte ich.

Gequält sah er mich an. »Genau das ist der Grund, warum ich nicht wollte, dass du herkommst! Es ist zu gefährlich, Juli! Wenn der Täter tatsächlich noch immer hier ist, dann bist du nach wie vor in großer Gefahr!«

Mir kam ein Gedanke. »Was sagt eigentlich die Polizei zu dem Ganzen?«

»Sie hält Taylor für die Täterin. Für sie ist der Fall abgeschlossen.«

Ich nickte. »Sehr praktisch.«

»Das Gleiche hat Henry auch gesagt.« Davids Gesicht verlor jetzt zunehmend an Farbe.

»Haben sie dir geraten, im Bett zu bleiben?«, fragte ich.

Er nickte.

Ich stand auf. »Also, dann los!«, kommandierte ich. Und als er sich nicht rührte, nahm ich seinen gesunden Arm und zog vorsichtig daran.

Schmerzhaft verzog David das Gesicht, aber er gab endlich nach. Er ließ sich von mir auf die Füße helfen und zum Schlafzimmer führen. Als er sich auf die Bettkante setzte, war sein Gesicht vor Erschöpfung ganz grau. Mit einem unterdrückten Stöhnen ließ er sich nach hinten sinken. Ich half ihm, die

Beine hochzulegen. »Schlaf ein bisschen«, riet ich ihm. »Ich bin hier und pass auf dich auf.«

Er starrte mit offenen Augen zur Decke. »Ich kann nicht schlafen«, sagte er leise. Aber seine Lider flatterten bereits.

Ich beugte mich über ihn und gab ihm einen Kuss auf die Stirn. »Ich liebe dich«, flüsterte ich ihm zu.

»Genau das ist das Problem«, murmelte er. Und als seine Augen bereits zu waren, flüsterte er: »Verlass die Insel! Bitte!«

Dad hatte in einem völlig ungewöhnlichen Anfall von Pragmatismus dafür gesorgt, dass Grace uns unsere alten Appartements im Gästehaus zurechtmachte. Als das geschehen war, kam er, um nachzusehen, wie es David ging.

Ich legte meinen Zeigefinger an die Lippen, als er hereinkam. »Er schläft!«

Dad kam an Davids Bett und blickte auf ihn herab. »Du liebe Güte!«, murmelte er. Mehr sagte er nicht und ich war dankbar dafür. »Brauchst du was?«

Ich überlegte. Ich hatte David versprochen, dass ich bei ihm bleiben würde, solange er schlief. Also konnte ich nicht weg, um endlich herauszufinden, welche Geister auf *Sorrow* noch immer herumspukten. Aber es gab eines, was ich tun konnte.

»Ja«, sagte ich zu Dad. »Du könntest mir das Buch geben, das ich in meinem Koffer habe.«

Er versprach, es zu bringen, und ging. Als er kurz darauf wiederkam, schaute er stirnrunzelnd auf die gebundene Ausgabe von *Rebecca,* die er in der Hand hielt. Ich hatte länger überlegt, ob ich sie mitnehmen sollte, und sie dann, einer inneren Eingebung folgend, eingepackt.

David regte sich im Schlaf und murmelte irgendwas Unverständliches. Ich nahm seine Hand und hielt sie fest.

»Brauchst du noch was?«, flüsterte Dad.

Ich schüttelte den Kopf.

»Ich komme ab und zu nach euch sehen«, versprach er, bevor er ging. Ich ließ Davids Hand für einen Moment los, aber nur, um mir einen Sessel neben sein Bett zu schieben. Dann warf ich David einen langen Blick zu und begann zu lesen.

Irgendjemand musste Jason gesagt haben, dass Dad und ich wieder auf der Insel waren, denn ungefähr eine Stunde nachdem ich mich in *Rebecca* vertieft hatte, öffnete sich die Tür und er kam herein. Er war offenbar auf der Jagd gewesen, trug robuste Kleidung und Schuhe und wie an meinem ersten Tag auf *Sorrow* ein Schrotgewehr mit aufgeklapptem Lauf über dem Arm.

»Juli!«, rief er, als er mich sah.

»Scht!« Ich zeigte auf David, der noch immer schlief. Dann legte ich das Buch auf seine Bettdecke und erhob mich.

»Ich wusste gar nicht, dass du wieder da bist!« Jetzt flüsterte Jason. Er kam zu mir und umarmte mich herzlich. Ich ließ seine Begrüßungsküsse über mich ergehen.

»Ist Bob auch da? Was macht ihr wieder hier?«

»Ja.« Ich lächelte möglichst mädchenhaft. »Ich hatte einfach Sehnsucht nach David.«

Über sein Gesicht glitt ein Schatten und ich fragte mich nicht zum ersten Mal, was der Grund dafür war, dass die beiden sich so schlecht verstanden.

»Er ist auf dem Weg der Besserung«, sagte er. Dann hob er das Gewehr ein wenig in die Höhe. »Entschuldige mich bitte. Ich muss das hier wegschließen, damit nicht noch ein Unglück geschieht.«

Und damit verließ er das Zimmer wieder. Ich runzelte nachdenklich die Stirn. Er hatte David nicht einmal angesehen.

Mit der Nacht kam der Regen. In langen, heftigen Schauern prasselte er gegen die Scheiben, während ich Seite um Seite des Buches las, das David und mir so großen Kummer bereitet hatte. Das schlechte Wetter machte mir nicht das Geringste aus, denn ich hatte die Heizung im Zimmer hochgedreht und mit der Zeit wurde es richtig mollig warm.

Einmal zwischendurch wurde Davids Schlaf unruhig. Er begann, den Kopf hin und her zu werfen und unverständliches Zeug zu murmeln. »Nein!«, hörte ich heraus. Und einmal: »Nicht! Juli!«

Ich beugte mich über ihn, strich ihm die Haare aus der Stirn und flüsterte: »Ich bin hier. Es ist alles gut!«

Da beruhigte er sich wieder und schlief weiter, sodass ich zu *Rebecca* zurückkehren konnte.

Grace brachte irgendwann ein Tablett mit Abendessen. Ich bat sie, es auf dem Tisch abzustellen. Wieder mal musste ich ihren langen, vielsagenden Blick über mich ergehen lassen. Zum Glück verkniff sie sich aber auch diesmal jede Bemerkung und verabschiedete sich mit einem höflichen Kopfnicken. Ich beschloss, vorsichtig zu sein und von den Dingen auf dem Tablett nichts anzurühren. Immerhin war ich mir immer noch nicht sicher, was für eine Rolle Grace in diesem Spiel spielte.

Ich kehrte also erneut zu meinem Buch zurück, doch bald wurde mir die Luft im Schlafzimmer zu warm. Ich wollte nicht, dass David mit einem Brummschädel erwachte, darum drehte ich die Heizung herunter. Aber es war ein altertümliches Ding, das nur langsam reagierte, also trat ich ans Fenster und öffnete es für eine Weile.

Die Nachtluft war kühl, aber lange nicht mehr so eisig wie vor sechs Wochen. Ein schmaler Mond stand am wolkenlosen

Himmel. Die Sternbilder sahen aus wie auf eine pechschwarze Leinwand gepinselt.

»David!«, hörte ich eine unendlich leise, kaum verständliche Stimme.

Ich biss die Zähne zusammen.

In diesem Augenblick, ohne Drogen im Blut, kam mir das Gewisper überhaupt nicht mehr unheimlich vor. Ich wusste ja, dass es von einer Aufnahme stammte, und so klang es in meinen Ohren in diesem Moment eher erbärmlich.

»Juli!«, wimmerte David hinter mir im Schlaf.

Ich drehte mich zu ihm um. Er hatte die Augen offen, aber er war nicht wach. Ich schloss das Fenster wieder und ging zu meinem Stuhl zurück. »Ich bin hier«, sagte ich erneut.

Da sanken seine Lider herunter und er schlief weiter.

In *Rebecca* begegnete die Ich-Erzählerin der Haushälterin Mrs Danvers und musste feststellen, dass diese sie wieder und wieder mit ihrer Vorgängerin Rebecca verglich. Ich schauderte ein bisschen bei dem Gedanken, wie Charlie dieses Buch gelesen und dabei erkannt hatte, dass sie dieser finsteren und gemeinen Rebecca ähnelte. Obwohl ich sie nicht gekannt hatte und das, was ich inzwischen über sie wusste, sie nicht besonders sympathisch machte, tat sie mir jetzt ein bisschen leid.

Mit einem Seufzen las ich weiter, bis ich zu der Stelle mit dem Kleid kam. Mrs Danvers hatte der Erzählerin geholfen, sich für einen Ball zurechtzumachen. Aus reiner Boshaftigkeit hatte sie dafür gesorgt, dass das Kleid genauso aussah wie jenes, das Rebecca zuvor getragen hatte.

Erschrocken hob ich den Kopf, starrte vor mich hin und wiederholte die gerade gelesenen Worte in meinem Kopf.

Und dann überkam es mich mit schrecklicher Klarheit. Das

Kleid in diesem Buch ... das rote Kleid von Taylor, mit dem David mich ertappt hatte ... und ...

Mir wurde vor Schreck ganz elend.

Ohne darauf zu achten, ob ich David vielleicht weckte, knallte ich das Buch auf seine Bettdecke. Dann rannte ich los. Die Liliensträuße vor Amandas Zimmer waren an diesem Tag nicht weiß, sondern rot. Wenn ich heute darüber nachdenke, erscheint es mir wie ein böses Omen für die Dinge, die von dieser Sekunde an wie ein Uhrwerk abliefen. Ich stürmte in das Zimmer. Die Luft war ebenso kalt wie immer. Ich glaubte, noch den Geruch von verbranntem Papier riechen zu können, aber das war bestimmt nur Einbildung. Der Kamin war sauber gefegt und leer, von dem Taschenbuch und Davids Brief war nichts mehr übrig.

Amanda Bell blickte von der luftigen Höhe ihres Gemäldes auf mich herab, aber sie war es nicht, deren Bild ich suchte. Ich wandte mich zu den beiden Fenstern und erschrak, denn Charlies Bild war nicht mehr da. Hatten sie es vernichtet? Fieberhaft drehte ich mich einmal um die eigene Achse und dann entdeckte ich es zu meiner grenzenlosen Erleichterung. Es stand gegen die Seite des Sofas gelehnt, auf dem David und ich die schönsten Stunden verbracht hatten, die ich hier auf *Sorrow* erlebt hatte. Es war noch immer abgedeckt. Mit fliegenden Fingern zerrte ich das Tuch fort. Dann stellte ich das Bild auf das Sofa und starrte in Charlies makelloses, überhebliches Gesicht.

Einige Minuten lang stand ich einfach da, hielt ihrem spöttischen Lächeln stand und spürte dem Unbehagen nach, das mich bei ihrem Anblick schon einmal überkommen hatte. Dann legte ich den Kopf auf die Seite, kniff die Augen zusammen ...

... und in diesem Moment verstand ich und wäre vor Schreck fast ohnmächtig geworden!

# 32

Erfüllt von absolutem Entsetzen rannte ich wieder nach draußen auf den Flur – und stieß einen erschrockenen Schrei aus, als ich gegen eine große, massige Gestalt prallte.

Es war Henry. Genau wie beim ersten Mal, als ich mit ihm zusammengestoßen war, fing er mich mit einem belustigten Lachen auf und bewahrte mich so davor, der Länge nach hinzuknallen. Doch anders als beim letzten Mal starrte ich ihm jetzt gehetzt und angsterfüllt ins Gesicht.

Sein Lächeln zerfiel. Und er begriff.

»Charlies Gemälde!«, keuchte ich. Ich wusste, dass es ein Fehler war, ihn das zu fragen, aber ich konnte nicht anders. Ich musste es aussprechen, weil mir sonst der Schädel geplatzt wäre. »Es ist von dir, nicht wahr?«

Er nickte sehr langsam. Und ebenso langsam verwandelte sich der Ausdruck auf seinem Gesicht. Die Maske des freundlichen, besorgten, spöttischen Henry fiel herunter und brachte eine ganz andere Person zum Vorschein. Eine, die erfüllt war von Hass und Zorn – und Irrsinn.

»Du …«, hauchte ich. Zu mehr kam ich nicht. Ich wollte schreien, wollte die ganze Welt darauf aufmerksam machen, was ich soeben begriffen hatte, aber ich brachte keinen einzigen Ton heraus, denn Henry riss mich jetzt an sich und bedeckte meinen Mund mit seiner riesigen, warmen Hand.

Ich wehrte mich, trat um mich, biss, kratzte, aber es nützte alles nichts. Er war viel zu stark für mich. Er nahm mich wie ein Bündel unter den Arm und trug mich nach draußen, als sei überhaupt nichts dabei. Mit langen Schritten überquerte er den Parkplatz vor dem Haus und dann – mein Herz setzte aus bei dieser Erkenntnis – schlug er den Weg zu den Klippen ein.

Nach ein paar Hundert Metern stellte er mich auf die Füße, aber seine Faust lag dabei fest um mein Handgelenk, sodass ich nicht entkommen konnte. Ich schrie, so laut ich konnte, um Hilfe, aber es nützte nichts. Der Wind war jetzt wieder stärker und er trug meine Schreie aufs Meer hinaus. Niemand hörte mich. Und niemand sah mit an, wie Henry mich wie ein Stück Vieh hinter sich her zu den Klippen zerrte.

Ich fragte ihn nicht, was er vorhatte. Ich wusste es. Er würde mich von den Klippen stürzen. Und dann würde er zu David gehen und ihm erzählen, er hätte mich davon abhalten wollen, sei aber erfolglos gewesen. Er würde ihn umarmen, ihn trösten in seiner Trauer darüber, mich am Ende doch noch verloren zu haben. Und er würde weiterhin so tun, als sei er Davids bester Freund, und sich dabei an Davids Leid weiden.

All das sah ich in Henrys Gesicht, während er mich durch die Finsternis und den Regen zu den Klippen schleifte. Was ich nicht sah, war die Antwort auf eine einzige Frage.

Warum?

Warum hasste er David so sehr, dass er ihm all diesen Schmerz zufügen wollte?

Ich stemmte mich mit meinem ganzen Gewicht in den aufgeweichten Boden, aber ich wurde einfach weitergezerrt, sodass sich meine Absätze tief in den Schlamm gruben. Dann jedoch stießen meine Füße gegen eine Wurzel, die quer über den Weg verlief. Für einen kurzen Moment hatte ich Halt und es gelang mir, Henry zum Stehenbleiben zu bewegen.

»Warum?«, keuchte ich.

Er lachte nur.

Ich ruckte an seinem Arm. »Rede mit mir! Du hast die Lautsprecher angebracht, nicht Taylor, stimmt es? *Du* wolltest David in den Tod treiben, nicht sie!«

Er nickte. Sein Blick war ein wenig träge, so als habe er den Verstand verloren. Etwas Irres saß hinten in seinen Augen und machte mich fast wahnsinnig vor Angst. Trotzdem redete ich weiter. »Hast du ihn auch vergiftet, so wie mich?«

»Es war einfach«, sagte er dumpf. »Jason hat mich geradezu angefleht, zu den Mahlzeiten zu euch zu kommen. Ich konnte ihm ohne Probleme immer mal wieder *White Rage* ins Essen mischen.« Er zog an meinem Arm, aber ich wehrte mich.

*Ich muss ihn in ein Gespräch verwickeln!*, dachte ich und hakte meinen Fuß fester in die Wurzel. Solange er redete, würde er mich nicht weiter zur Klippe ziehen. Fieberhaft überlegte ich, was ich sagen sollte, aber bevor mir etwas einfiel, zog Henry mich mit einem Ruck an sich und legte einen Arm um mich. Ich fühlte mich wie in einer Schraubzwinge, bekam kaum noch Luft. Sein Mund näherte sich meinem Ohr und er flüsterte, als er jetzt weitersprach. »Es war genau, wie ich gesagt habe, als Taylor auf der Klippe stand. Erst hatte ich vor, David über die Kante zu treiben, aber als du kamst und er sich Hals über Kopf in dich verliebte, da fiel mir ein, dass es viel wirkungsvoller wäre, wenn du springen würdest.«

»Darum hast du angefangen, auch mir *White Rage* zu verabreichen. Wie hast du das gemacht? Nicht mit der Milch jedenfalls.« Ich musste jedes einzelne Wort gegen den Widerstand seines Armes hervorquetschen, aber zu meiner Verwunderung war ich mit einem Mal völlig ruhig und konzentriert. Vielleicht ist es so, dass der Verstand nur ein bestimmtes Maß an Entsetzen ertragen kann. Ist das überschritten, verhält er sich wieder, als sei alles normal. Genauso war es jetzt zumindest bei mir. Auf einmal wurde ich geradezu kaltblütig.

»Nein. Die Milch kam mir nur gelegen, weil das Kalzium darin die Wirkung der Droge noch verstärkt hat. Und natürlich hat die Milch geholfen, den Verdacht auf Taylor zu lenken.«

»Wie dann?«, wollte ich wissen.

»Rate mal!«

Ich dachte an den Rumcocktail, den er mir auf der Poolparty gegeben hatte. Dr. Redwood hatte behauptet, dass ich die Droge über einen längern Zeitraum und nicht nur ein einziges Mal zu mir genommen haben musste. »Bei der Poolparty?«, murmelte ich.

»Poolparty ist gar nicht schlecht.«

»Der Cocktail!«

Er schüttelte den Kopf. »Nope.«

Ich hätte ihn vor lauter Anspannung beinahe angeschrien. Nur mit Mühe beherrschte ich mich. »Wie dann?«, hauchte ich.

Er beschloss, mich nicht länger rätseln zu lassen. »Ich habe bei unserem ersten Frühstück gesehen, dass du Magnesium nehmen musst. Bei der Poolparty hast du deine Tasche mit den Kapseln in der Umkleidekabine liegen lassen. Es war einfach, sie zu präparieren. Sie lassen sich ganz leicht öffnen und das Pulver darin durch ein anderes ersetzen.« Er sah stolz, geradezu glücklich aus. »Ich habe in jede Kapsel nur eine winzige Menge getan. Auf diese Weise hast du dich nach und nach selbst vergiftet. *White Rage* reichert sich im Organismus an und die Wirkung steigt langsam, aber stetig an. Genial, oder?« Seine Augen glänzten.

»Warum hast du Taylor das Ganze in die Schuhe geschoben?«

»David. Er war mir dicht auf den Fersen. Wenn ich es nicht getan hätte, wäre er darauf gekommen, was tatsächlich los ist. Als du mir auf der Cocktailparty gesagt hast, dass du *Rebecca* gekauft und gleichzeitig auch noch davon erzählt hast, wie David dich in Taylors rotem Kleid erwischt hat, da kam mir die Idee. Schließlich ist in dem Buch die Hausangestellte die Mörderin. Und da das mit der Milch sowieso gut passte, habe ich eben Taylor gewählt.«

»Dann hast du diese ganzen Spielchen mit dem Buch getrieben«, begriff ich. »Du hast es gegen eine zweite Ausgabe ausgetauscht. Und später hast du nur so getan, als hättest du es in ihrem Zimmer gefunden.«

Er nickte zufrieden. »Die Schlüssel zu deinem Appartement habe ich übrigens von Grace gestohlen.«

Plötzlich schien ihm aufzufallen, dass ich ihn mit meinem Gerede von seinem eigentlichen Ziel abhielt. Er umfasste meinen Oberkörper fester. Dann zerrte er mich auch noch den Rest des Weges bis zu den Klippen.

Die Brandung war heute nicht so laut wie gewöhnlich. Vielleicht lag das aber auch daran, dass es in meinen Ohren jetzt angefangen hatte zu rauschen. Die Angst kehrte mit doppelter Wucht zurück und mein Blutdruck lag vor Panik wahrscheinlich irgendwo jenseits der zweihundert. Adrenalin schoss durch meine Adern, aber es nützte überhaupt nichts. Ich hatte Henrys Kraft nichts entgegenzusetzen. Ohne mich loszulassen, drängte er mich bis an den Rand der Abbruchkante, sodass ich in die Tiefe blicken konnte.

In diesem Moment wusste ich, dass ich sterben würde.

Das Meer reichte heute nicht bis an den Fuß der Klippen.

Spitze, scharfkantige Felsen ragten unter mir auf und ich glaubte schon, sie auf mich zufliegen zu sehen, aber Henry riss mich noch einmal zurück.

»Lass sie gehen!«

Die wenigen Worte waren Musik in meinen Ohren. Ich versuchte, mich in Henrys Umklammerung umzudrehen, aber es gelang mir nicht. Erst, als Henry selbst sich zu der Stimme umwandte, konnte ich David sehen. Er stand am Ende des Pfades und blickte uns aus riesengroßen dunklen Augen an. Sein Gesicht war weiß wie eine Wand, die eine gesunde Hand hing zur Faust geballt neben seinem Oberschenkel herab. »Lass sie gehen, Henry, ich bitte dich!«

»Wieso sollte ich?« Henry brüllte fast. Sein Arm rutschte ein wenig höher. Er legte sich jetzt um meinen Hals und drückte zu, sodass ich mich ganz steif machen musste, um noch Luft zu bekommen.

»Weil du dich an mir rächen willst. Juli ist völlig unschuldig. Ich bitte dich noch einmal: Lass sie gehen!« David trat vor. Er war jetzt nur noch wenige Schritte von uns entfernt. Sein Blick wanderte nach unten zu den Felsen. Dann richtete er ihn auf mich und ich erkannte etwas darin, das mich vor Entsetzen aufwimmern ließ. Er war bereit zu springen, wenn das bedeutete, mein Leben zu retten!

»Nicht!«, gelang es mir zu flüstern.

David reagierte nicht darauf. Und Henry auch nicht.

Ich versuchte, mich mit dem Gedanken vertraut zu machen zu sterben. Es ging nicht. Es war einfach unmöglich, es sich überhaupt nur vorzustellen.

Henry sagte etwas zu mir, aber ich hatte nicht zugehört. Ich klebte an Davids Blick, weil es das Letzte sein sollte, was ich im Leben sehen wollte.

Mit einem brutalen Ruck machte Henry mich wieder auf sich aufmerksam. Er lockerte seinen Griff ein wenig, sodass ich reden konnte. »Ich habe dich gefragt, wie du mir auf die Schliche gekommen bist.«

Und da erzählte ich es ihm. »Das Buch. Die Täterin darin quält den Helden, indem sie der Erzählerin ein Kleid verpasst, das früher Rebecca getragen hat. Als ich das gelesen habe, wusste ich es.«

Henry schnalzte mit der Zunge. »Der Armreif, nicht wahr?«

Ich nickte, so gut es in seiner Umklammerung ging. Es war tatsächlich der Armreif gewesen, der ihn verraten hatte. »Der. Und das Bild«, sagte ich.

»Das Bild von Charlie?« Henry klang, als hätte er das längst vergessen.

Vor meinem geistigen Auge erschien das Gemälde und unwillkürlich kniff ich wieder die Augen zusammen, genau wie ich es vorhin in dem Lilienzimmer getan hatte. Wieder sah ich Charlie in ihrem fantastischen roten Kleid mit den langen Ärmeln und den opulenten Rüschen am Handgelenk. Und dann kippte das Bild, genau wie es alle Gemälde von Henry taten, und es enthüllte seine zweite Ebene. Eine Ebene, in der Charlies Augen nicht mehr lebendig und feurig aussahen, sondern kalt und leblos. Eine Ebene, in der statt des Haarnetzes Tang in ihre Haare gewoben war. In der Wassertropfen ihr makelloses Gesicht wie Tränen benetzten. Und vor allem eine Ebene, in der die rote Rüsche an ihrem linken Handgelenk sich als Armreif mit einem roten Stein entpuppte.

»Du wusstest sehr wohl, dass Charlie genau das gleiche Armband besessen hat, als du es mir geschenkt hast«, flüsterte ich. »Du hast es mir gekauft, weil du wusstest, dass du David damit bis ins Mark triffst.«

Henry kicherte, es klang schrecklich kalt. »Ich gebe zu, das war ein dummer Fehler. Aber die Verlockung war einfach zu groß.«

»Wie kannst du ihn nur so hassen?«, flüsterte ich. Die ganze Zeit über hatte ich den Blick nicht von David gelassen. Meine Augen fingen an zu brennen, als ich sah, dass ihm Tränen über die Wangen liefen. Er machte einen weiteren Schritt auf den Abgrund zu. Ich schüttelte verzweifelt den Kopf.

»Warum, Henry?«

»Weil er mir Charlie weggenommen hat!« Die Worte kamen wie ein giftiges Zischen aus Henrys Mund und unwillkürlich wurde sein Griff um meinen Hals wieder enger. Rote Punkte tanzten vor meinen Augen. »Ich habe sie geliebt, im Gegensatz zu dir, David!« Er bemerkte, dass ich kurz vor dem Ersticken war, und ließ ein wenig locker. Gierig sog ich frische Luft in meine Lungen, während Henry mit der freien Hand sein T-Shirt aus dem Gürtel zog und seine linke Rippenseite enthüllte.

Auf seiner Haut – genau an der gleichen Stelle wie bei David – prangte ein Tattoo mit Sanskrit-Zeichen!

»Du weißt, was das heißt, David?«, fragte er.

David nickte. »I am my beloved's and my beloved is mine.« Es war das, was auch auf seinem Körper stand.

»Ich hatte es zuerst«, sagte Henry nun. »Es war meine Idee, ich hatte es ihr vorgeschlagen. Aber sie hat nur mit mir gespielt. Sie hat sich in dich verknallt, David! Und sie hat dich dazu gebracht, dir ausgerechnet diesen Spruch auch stechen zu lassen!«

Mit einem schuldbewussten Ausdruck hob David Henry die Hand entgegen. »Davon wusste ich nichts, das musst du mir glauben! Ich hatte keine Ahnung von deinem Tattoo!«

Ich dachte an die Poolparty. Henry hatte sein T-Shirt nicht ausgezogen. Offenbar hatte er es in Davids Gegenwart nie getan.

Henry schien David gar nicht gehört zu haben. »Du Mistkerl hast es dir stechen lassen! Du hast ihr die Ehe versprochen, du elendes Arschloch, und dann hast du sie hier auf der Klippe einfach sitzen lassen. Obwohl sie sich für dich ändern wollte. Sie hat es mir erzählt, dass sie verstanden hat, warum du sie nicht lieben willst. Die ganze Zeit über hat sie sich immer wieder bei mir ausgeheult, David! Kannst du dir vorstellen, was das mit einem Mann macht?«

Ich konnte es. Mein Herz zog sich vor Kummer, aber auch vor Wut zusammen. Diese Charlie war wirklich ein furchtbarer Mensch gewesen.

»Schließlich ist sie von der Klippe gesprungen.« Henry war fast am Ende seiner Geschichte, das merkte man ihm an. Seine Stimme klang erschöpft. Erschöpft, aber auch tödlich entschlossen. »Ironie des Schicksals, David: Der einzige Kerl, der ihr wirklich etwas bedeutet hat, wollte sie nicht!« Er zog mich noch ein wenig dichter an den Abgrund und drehte mich so, dass meine Fußspitzen jetzt in der Luft hingen. Einige Steinchen bröckelten unter meinem Gewicht weg, ich wurde fast nur noch durch Henrys Arm gehalten. Gleich würde es vorbei sein!

Aber Henry schien doch noch nicht ganz fertig zu sein. »Weißt du, was ich lustig finde?«, wandte er sich wieder an David. »Du hast mich all die Zeit nie verdächtigt.«

Das hatte ich auch nicht. Obwohl es genügend Anzeichen gegeben hatte, wie mir plötzlich bewusst wurde. Die Art, wie Henry David behandelt hatte – burschikos und seltsam gnadenlos hatte er ihn zum Beispiel gezwungen, mit nach Oak Bluffs zu fahren. Ausgerechnet in den Laden hatte er David geführt, in dem Charlie gern einkaufen gewesen war. Verdammt, ich hatte ihm sogar noch Vorwürfe gemacht, hatte ihn verdächtigt, dass er Spaß daran hatte, David zu quälen!

Dass das tatsächlich der Fall war, wäre mir im Traum nicht eingefallen. Nicht einmal, als ich bei Taylors Absturz einen kurzen Blick auf Henrys Tattoo erhascht hatte, war ich misstrauisch geworden ...

»Henry!«, bat David erneut.

An mir vorbei begegneten sich die Blicke der beiden, fochten einen stummen Kampf aus.

»Lass sie gehen. Was du willst, bin ich.« David war jetzt fast ebenso nahe am Abgrund wie ich.

Die Kante unter unseren Füßen knisterte.

»Du glaubst, dass ich dich springen lasse?« Henry lachte auf. »Oh nein, mein Freund! So einfach kommst du nicht davon!«

Ein heftiger Ruck fuhr durch meinen Körper. Ich spürte, wie ich fiel. Ein entsetzter Schrei durchschnitt die Luft und ich wusste nicht, ob er mir gehörte oder David.

Dann prallte ich auf. Die wenige Luft, die ich noch in meinen Lungen gehabt hatte, wurde mit einem Schlag aus mir herausgepresst. Ich brauchte eine Sekunde, um zu begreifen, dass ich nicht auf den Felsen in der Tiefe gelandet war, sondern auf der Erde oben auf der Klippe. David flog zu mir, packte mich, zerrte mich mit einem schmerzerfüllten Schrei von der noch immer bröckelnden Kante weg. Dann ging er neben mir in die Knie, zog mich an sich, umarmte und küsste mich unter erleichtertem Lachen und Weinen.

Betäubt und fassungslos, dem sicher geglaubten Tod so knapp entkommen zu sein, sah ich mich nach Henry um. Er war nirgends zu sehen. Ich machte mich aus Davids Armen los, krabbelte zu der Kante und schaute darüber.

Henrys Körper lag unten auf den Felsen. Sein Kopf war in einem unnatürlichen Winkel nach hinten gebogen.

»Er ist gesprungen«, sagte David leise neben mir und legte mir den Arm wieder um die Schultern. »Im letzten Moment hat er dich von der Kante fortgestoßen und ist selbst gesprungen.«

***

»Schade, Master David, dass Sie uns wirklich verlassen wollen!« Grace' Gesicht wirkte betrübt, während sie vor David stand und ihm höflich die Hand schüttelte.

David schenkte ihr ein warmes Lächeln. »Sie haben Madeleine«, scherzte er. »Sie brauchen mich hier nicht.«

Seine Worte schienen sie nicht zu amüsieren. Ganz im Gegenteil. Sie schien zu überlegen, ob sie etwas erwidern sollte, aber dann entschied sie sich dagegen. Sie wusste sehr wohl, dass David ihr den Hals gerettet hatte. Als Jason erfahren hatte, dass Henry ihr die Appartementschlüssel gestohlen und sie es nicht gemeldet hatte, hätte er sie beinahe entlassen. Es war nur Davids Fürsprache zu verdanken, dass er es am Ende doch nicht getan hatte.

Wir standen auf dem Parkplatz neben Dads Wagen und waren bereit, die Insel zu verlassen und nach Boston heimzukehren. Ein paar Tage waren vergangen, seit Henry in den Tod gesprungen war. Die Polizei hatte erneut wegen eines Todesfalls auf den Gay-Head-Klippen ermitteln müssen und war diesmal zu der Erkenntnis gekommen, dass es sich um einen Unfall handelte. David und ich hatten mit unseren Aussagen wesentlich zu dieser Sichtweise der Dinge beigetragen. Trotz allem, was er ihm angetan hatte, wollte David nicht, dass Henry als Verbrecher in die Polizeiakten einging. Ich liebte ihn für diese

Entscheidung nur umso mehr. Und ich wusste, dass es lange dauern würde, bis die Wunden, die Henry Davids Seele zugefügt hatte, verheilen würden.

Henry war sein Freund gewesen.

David hatte ihm vertraut. Er hatte keine Ahnung gehabt, was er ihm mit seiner Beziehung zu Charlie angetan hatte – und nun hatte er keine Möglichkeit mehr, Henry das zu sagen und ihn deswegen um Verzeihung zu bitten. Diese Tatsache quälte ihn, das wusste ich. Ich hatte lange darüber nachgedacht, warum Henry am Ende selbst gesprungen war. Vielleicht hatte er gewusst, wie David über seinen Tod denken würde. Vielleicht war es sein letzter Versuch gewesen, ihm Leid zuzufügen. Vielleicht aber war er einfach nur verzweifelt gewesen. Wir würden es nie erfahren.

Ich unterdrückte ein Kopfschütteln. Es war schon etwas Wahres dran, an meiner Vermutung, dass alle Leute auf *Sorrow* einen Knall hatten.

Jetzt sah ich David an.

Ich konnte nur hoffen, dass er irgendwann über alles hinwegkommen würde. Und ich war wild entschlossen, alles zu tun, was dafür notwendig war.

Die letzten Lautsprecher, die noch versteckt gewesen waren, hatte man inzwischen gefunden und entfernt. Man hatte auch noch einmal in meinem Appartement nachgesehen. Erfolglos. Die Frage, warum ich Madeleines Geflüster in meinem Zimmer gehört hatte, würde ebenfalls unbeantwortet bleiben müssen. Es war mir fast egal. *Sorrow* würde jetzt hoffentlich endlich zur Ruhe kommen.

*Wenn Madeleine Bower damit einverstanden ist.*

Ich blinzelte und schob diesen verrückten Gedanken weit von mir. Grace sandte mir einen langen, durchdringenden

Blick und ich hatte das unheimliche Gefühl, dass sie wusste, was ich dachte.

»Machen Sie besser keine Scherze über Madeleine, Master David!«, sagte sie ernst.

Er nickte. »Stimmt. Da haben Sie wohl recht!« Dann wandte er sich an seinen Vater. »Mach's gut.« Die Verabschiedung der beiden hatte bereits drinnen in der Halle stattgefunden und sie war gewohnt kühl, fast eisig ausgefallen. Ich nahm mir vor, irgendwann herauszufinden, was zwischen den beiden geschehen war. Aber das konnte warten. Für lange Zeit hatte ich jetzt erst einmal genug von Rätseln, düsteren Geheimnissen und vor allem von Trauer.

Dad hatte David überredet, mit uns nach Boston zu kommen, damit er dort wieder ganz gesund werden konnte. Vielleicht würde er danach ein Studium am MIT anfangen, aber auch das war noch Zukunftsmusik.

Jetzt nahm ich ihn erst einmal mit nach Hause, um dafür zu sorgen, dass dieser verwundete Blick aus seinen Augen verschwand.

Vielleicht würden dann ja auch die scharfkantigen Splitter in meiner Brust wieder zu einem ganz normalen Herzen werden.

Über das Auto hinweg grinste Dad David an. »Einsteigen!«, befahl er gut gelaunt. »Sonst verpassen wir die letzte Fähre!«

»Bloß nicht!« Ich half David, sich auf die Rückbank zu setzen. Er atmete scharf ein, weil seine Rippen noch immer schmerzten, aber er lächelte. Ich verabschiedete mich von Jason und dann auch von Grace.

»Leben Sie wohl, Grace!«, sagte ich.

Sie nickte mir zu. »Nicht Lebewohl, Miss Wagner. Auf Wiedersehen!« Sie sagte es, als sei sie sich ganz sicher, dass wir uns wiedersehen würden. Und aus irgendeinem Grund war ich es auch.

Kurz ließ ich den Blick über den Parkplatz wandern, suchte nach einer Frauengestalt im roten Kleid.

Grace lächelte wissend.

Ich beschloss, die gespenstischen Bilder für immer aus meinem Kopf zu verbannen. »So schnell werden Sie mich auf *Sorrow* nicht wiedersehen!«, behauptete ich.

Sie wiegte den Kopf, als wollte sie sagen: Wir werden sehen!

Dann stieg ich zu David in den Wagen. Er reichte mir seine Hand und ich nahm sie. Seine Haut war kalt. Ich begegnete seinem Blick und mein Herz klopfte heftig, als er mich anlächelte.

»Sehen wir zu, dass wir von hier verschwinden!«, sagte ich.

Heute, da all diese Dinge längst Vergangenheit sind, weiß ich, dass Grace recht behalten sollte.

Ich sollte schneller nach *Sorrow* zurückkehren, als mir lieb war.

Doch in diesem Augenblick, als mein Vater die Tür zuschlug und Gas gab, lagen diese Dinge noch in der Zukunft. Wir rollten aus der Ausfahrt und die Straße hinunter.

»Hey!« Davids Stimme war ganz leise, und als ich nicht sofort reagierte, fasste er mir unter das Kinn und drehte meinen Kopf so, dass ich ihn ansehen musste. »Alles okay?«, fragte er sanft.

Meine Haut kribbelte an der Stelle, wo seine Finger mich berührten. Ich antwortete ihm nicht. Ich lächelte nur.

Kathrin Lange

## Herz in Scherben

Komm mir näher, und du wirst es bereuen.
Ein Schuss hallt in Davids Kopf wider. Plötzlich ist die Erinnerung da und er weiß nicht, ob sie etwas mit Charlies Tod und den schrecklichen Ereignissen auf Martha's Vineyard zu tun hat. Fünf Monate sind seitdem vergangen, aber nun zieht eine dunkle Ahnung David mit Macht auf die Insel zurück. Seine Freundin Juli folgt ihm voller Sorge. Doch entgegen aller Befürchtungen ist es nicht der Inselfluch, der den beiden das Leben schwer macht, sondern die arrogante Lizz. Sie tut alles, um Juli von Davids Seite zu verdrängen. Als dann plötzlich eine Mädchenleiche auftaucht, beginnt Juli zu zweifeln. Was geschah wirklich im Winter auf den Klippen? Und welche Rolle hat David dabei gespielt?

Arena

Auch als E-Book erhältlich

384 Seiten • Gebunden
ISBN 978-3-401-60005-5
www.arena-verlag.de

## Das Böse hat seine guten Seiten – Die Arena Thriller

# Schattenflügel

Als Kim den mysteriösen Lukas kennenlernt, ahnt sie noch nicht, dass er der Freund ihrer älteren Schwester Nina war, die man vor zwei Jahren tot aufgefunden hat – mit einer schillernden Libelle auf dem Gesicht. Kim verliebt sich in ihn, auch wenn sie immer wieder zweifelt, ob sie ihm trauen kann. Gerade als sie beginnt, sich auf ihn einzulassen, verschwindet erneut ein Mädchen.

# Septembermädchen

Ein düsteres Industrieviertel am Abend. Leonie stößt mit einem Fremden zusammen. Blut rinnt über sein Gesicht. Er sieht sie an und küsst sie. Von diesem Augenblick an ist Leo von dem verschlossenen Elijah fasziniert. Doch dann findet sie heraus, dass auf dem Trainingsgelände des nahegelegenen Capoeira-Clubs, in dem Elijah trainiert, vor genau einem Jahr ein Mädchen tödlich verunglückte. Plötzlich beginnt ein merkwürdiger Straßenbettler, Leo zu verfolgen. »Im September sterben Mädchen«, raunt er ihr zu, »und du wirst die nächste sein.«

Arena

264 Seiten • Klappenbroschur
ISBN 978-3-401-06794-0
Auch als E-Books erhältlich

264 Seiten • Klappenbroschur
ISBN 978-3-401-06843-5
www.arena-verlag.de